KNAUR

Von Luisa Binder sind bereits folgende Titel erschienen:
Eigentlich sind wir nicht so
Darf ich dir das Sie anbieten?

Über die Autorin:
Luisa Binder hat allerlei geisteswissenschaftliche Dinge studiert, die ihr im Leben bislang noch nicht wirklich weitergeholfen haben. Immerhin hat sie einen Job in einer Werbeagentur ergattert. Der lässt ihr sogar genug Zeit, Romane zu schreiben, z.B. *Darf ich dir das Sie anbieten?* und *Eigentlich sind wir nicht so*. Sie lebt in einer beschaulichen Kleinstadt in der Metropolregion Rhein-Neckar, mag alles, was Punkte hat, und lernt in ihrer Freizeit Schwedisch. Deswegen mag sie Zimtschnecken auch lieber als Lebkuchen.

Luisa Binder

Friede, Freude, Pfefferkuchen

Roman

KNAUR

Besuchen Sie uns im Internet:
www.knaur.de

FSC
www.fsc.org
MIX
Papier aus verantwortungsvollen Quellen
FSC® C083411

Originalausgabe Oktober 2017
Knaur Taschenbuch

Ein Imprint der Verlagsgruppe
Droemer Knaur GmbH & Co. KG, München

Dieses Werk wurde vermittelt durch die Agentur Brauer.

Redaktion: Leena Flegler
Covergestaltung: ZERO Werbeagentur, München
Coverabbildung: FinePic/Shutterstock
Illustrationen im Innenteil: ekler/Shutterstock.com
Satz: Adobe InDesign im Verlag
Druck und Bindung: CPI books GmbH, Leck
ISBN 978-3-426-52043-7

2 4 5 3 1

Für Henning.
Bei den Arschbomben ins Leben
macht dir keiner etwas vor.

1

Wollen wir Weihnachten eigentlich zusammen feiern?« Noëlle, die sich gerade noch in der Betrachtung der dezembergrauen Landschaft verloren hatte, holte vor Schreck viel zu viel Luft. Trotzdem hatte sie das Gefühl, nicht genug Sauerstoff in die Lunge pumpen zu können. Sie japste. Erik hatte »Weihnachten« und »zusammen« in einem Satz verwendet. O Gott!

Sie waren seit etwa einer Stunde unterwegs. Wie nicht anders zu erwarten, hatten sie am Samstagvormittag eine halbe Ewigkeit aus der Frankfurter Innenstadt heraus gebraucht, und bis nach Mainz war der Verkehr immer wieder so dicht gewesen, dass sich Noëlle ein paarmal fest auf die Zunge gebissen hatte, um nichts zu sagen. Samstag war *der* Reisetag schlechthin, vor allem am ersten Adventswochenende. Hätten sie wirklich nicht morgen erst zu Eriks Eltern aufbrechen können? Da hätten sie sich auch die Übernachtung gespart. Reichte doch, wenn man ein Mittagessen miteinander verbrachte. Immerhin war man sich vorher noch nie begegnet, oder? Musste ja nicht gleich ein ganzes Wochenende sein, an dem Erik und sie in der Hunsrücker Pampa bei der ihr unbekannten Mischpoke blieben.

Blöderweise war ihr Anreisetag-Argument in die vollkommen falsche Richtung losgegangen, als sie es Erik nach ein paar Tagen Grübelns vorgelegt hatte. Der hatte daraufhin nämlich vorgeschlagen, schon einen Tag früher, am Freitag nämlich, loszufahren, und das war so ziemlich das Gegenteil dessen, was Noëlle beabsichtigt hatte. Also hatte sie einfach behauptet, am Freitag länger im Büro bleiben zu müssen, und hatte so zumindest ein komplettes Wochenende im Hunsrück abwenden können. Blieb die Nacht von Samstag auf Sonntag. Die hatte Erik sich nicht ausreden lassen – und das, obwohl er Noëlle doch sonst eigentlich jeden Wunsch von den Lippen ablas.

Mit so einem Gentleman war sie wirklich noch nie zusammen gewesen, und es hatte durchaus ein Weilchen gedauert, bis sie sich daran gewöhnt hatte, dass er ihr die Türen auf- und die Jacken hinhielt. Es war auf altmodische Art regelrecht rührend, wie Erik sich um seine Freundin kümmerte. Und jetzt, da Noëlle sich mit dem Gedanken arrangiert hatte, dass ihr Freund ihr beim Aussteigen aus dem Auto half *und* den Müll rausbrachte, wollte sie sich gar nichts anderes mehr vorstellen.

»Du sagst ja gar nichts«, bemerkte er und warf ihr vom Fahrersitz aus einen Blick zu. Gerade setzte er den Blinker, um in Höhe von Bingen die A60 zu verlassen. Noëlle verfluchte seine scharf eingestellten Antennen, mit denen er jedes noch so kleine Zögern und selbst die winzigste Veränderung im Tonfall bemerkte. Nicht dass ein anderer Tonfall oder eine Antwort, die Noëlle ihm schuldig blieb, einen in sich ruhenden Mann wie Erik Flock aus der Fassung gebracht hätte.

»Ich … Also …«

Sie stockte. Was sollte sie denn sagen? Dass sie Weihnachten hasste? Nicht nur nicht mochte, sondern aus tiefster Seele und mit jeder Faser ihres Körpers verabscheute? Dass sie eine Gänsehaut bekam, wenn die ersten Töne von »Last Christmas« gespielt wurden, und Brechreiz verspürte, wenn Ende August die ersten Schokoweihnachtsmänner und Spekulatiuskekse in den Supermarktregalen auftauchten? Dass sie sämtliche Kuverts, die zwischen dem 1. und 24. Dezember in ihrem Briefkasten landeten und ganz eindeutig keinen Einkommenssteuerbescheid, sondern einen pappkartonartigen, gefalteten Gegenstand enthielten, ungeöffnet in den Papierkorb beförderte? Dass sie bei jeder Weihnachtsfeier, die ihre Firma in den letzten fünf Jahren ausgerichtet hatte, immer auf wundersame Weise krank gewesen war? Oder im Urlaub – meist auf einer ausgedehnten Fernreise in ein Land, in dem man Weihnachten entweder gar nicht oder in so geringem Ausmaß feierte, dass Noëlle den Festivitäten mit einem entspannten Lächeln im Gesicht aus dem Weg gehen konnte? Indien zum Beispiel, im vergangenen Jahr. Drei Wochen Sonne satt. Nicht mal der Müll hatte sie gestört, solange sie dem Zipfelmützenwahnsinn entkam.

Sie und Erik waren nun schon seit ein paar Monaten zusammen, aber eben doch nicht lang genug, als dass sie den Wunsch oder das dringende Bedürfnis verspürt hätte, ihm von ihrem Weihnachtstrauma zu erzählen. Natürlich hatte er gefragt, wann er mal ihre Eltern kennenlernen würde. Doch da hatte Noëlle sich mit der großen Entfernung rausgeredet, immerhin war Hildesheim mehrere Stunden Autofahrt von Frankfurt weg, und Erik konnte wegen seines Jobs selten mehr als zwei Tage am Stück freinehmen – vor allem nicht am Wochenende.

Selbstverständlich war Noëlle immer bewusst gewesen, dass die Frage nach Weihnachten irgendwann kommen würde. Nur hatte sie sich eben gewünscht, dass sie eher später als früher gestellt würde. Und am allermeisten hatte sie gehofft, dass Erik sie irgendwann mit dem Geständnis überraschte, als Heidenkind kein Weihnachten zu feiern, den Konsum aus

Überzeugung zu boykottieren oder eine Zimtallergie zu haben. Ihr wäre alles recht gewesen …

Und jetzt das.

»Puh, Weihnachten«, setzte sie erneut an. Dann holte sie tief Luft und zwang sich, in Eriks Richtung zu schauen, der sich gerade von der Beschleunigungsspur in den nicht mehr ganz so dichten Verkehr auf der A61 einfädelte. »Lass uns da in ein paar Tagen noch mal drüber reden. In Ruhe und mit ein bisschen Zeit.«

Erik sah sie wieder an und grinste. Es war genau dieses spitzbübische Jungsgrinsen, das ihr schon bei der ersten Begegnung weiche Knie beschert hatte und seitdem jedes Mal dafür sorgte, dass sie dahinschmolz, sobald er es aufsetzte. Was eigentlich ziemlich blöd war. Denn Noëlle konnte schon von Haus aus echt schlecht nein sagen, und mit Hilfe von Eriks entwaffnendem Lausbubencharme löste sich ihr Widerstand in der Regel binnen Sekunden in Luft auf.

Nur bei diesem einen speziellen Thema nicht. Bei Weihnachten – das wusste Noëlle mit einer Sicherheit, um die sie sonst immer die anderen beneidete – würde sie hart bleiben. Das nannte man wohl Selbsterhaltungstrieb.

»Jetzt wär doch eine Supergelegenheit zum Reden«, legte Erik nach. »Es sind ja auch nur noch gut drei Wochen bis Weihnachten. Oh, und wir haben sogar die perfekte musikalische Untermalung für die Planung!«

In diesem Moment fingen die Glocken aus Mariah Careys Horrorhit »All I Want for Christmas« an, aus den Lautsprecherboxen zu klingeln, und Erik drehte gut gelaunt die Lautstärke höher und wackelte im Takt mit dem Kopf hin und her. Dann begann er auch noch, sehr schief und mit sehr falschem Text mitzujaulen. Auch wenn Erik Flock noch so viele Talente und liebenswerte Eigenschaften hatte: Singen konnte er nicht.

Noëlle spürte, wie ihr etwas Saures aus dem Magen in die Kehle stieg, und das lag nicht an Eriks Gesang. Nein, es war die Tatsache, dass sie Weihnachten aus tiefster Seele hasste. Dieses ganze aufgesetzte, inszenierte »Wir haben uns alle lieb«-Gehabe, das konnte sie ungefähr so gut leiden wie einen Nagel im Fuß. Wobei sie der Vergleich unangenehm daran erinnerte, wer da vor etwa zweitausend Jahren geboren worden war, um fortan die Welt mit seiner beknackten Geburtstagsparty zu quälen. Empfängnisverhütung, davon schon mal was gehört?

Nur mit Mühe konnte Noëlle ein Stöhnen unterdrücken, als Mariah (Carey, nicht die jungfräuliche ohne H am Ende) jaulend wie ein Robbenbaby, das seine Mutter verloren hatte, anfing zu singen.

»Mir ist Weihnachten jetzt nicht sooo wichtig …«

Die Untertreibung des Jahrtausends drohte im Gejaule aus den Boxen unterzugehen.

Erik guckte sie leicht konsterniert von der Seite an.

»Was? Wieso das denn?«

Konsterniert – und ein bisschen traurig. Er stellte das Radio wieder leiser. Immerhin.

»Och …« Sie zuckte mit den Schultern und begann, an ihrem Gurt herumzuspielen. »Hat keinen bestimmten Grund.«

Was gelogen war. Was sogar so heftig gelogen war, dass sich Noëlle wunderte, warum nicht auf der Stelle eine ganze Armada himmlischer Heerscharen über sie kam und sie mit den Posaunen von Jericho das Fürchten lehrte.

Dass ihre Eltern eine gewisse »Affinität« zum Fest der Liebe hatten, wurde schon aus der Wahl der Namen ihrer Kinder deutlich. Es hätte so unendlich viele Möglichkeiten gegeben. Lena. Maike. Anna. Passte alles ganz hervorragend zum Familiennamen Christmann, und keine Sau hätte sich dabei etwas gedacht. Wie ihre Eltern aber auf die Idee gekommen waren, ihre Tochter ausgerechnet Noëlle zu nennen, war ihr bis heute ein Rätsel. Noëlle, das kam aus dem Französischen und hieß »Weihnachten«. Ein saublöder Name, den jeder sofort kommentieren musste. »Na, ist denn heut schon Weihnachten?«, war nur einer von unzähligen Kalauern, wenn sie sich irgendwo mit vollem Namen vorstellte, dicht gefolgt von einem gesummten »Stille Nacht, heilige Nacht« oder der Frage, ob sie auch auf irgend so einer Liste mit lustigen Namen auftauchte – zwischen Rosa Schlüpfer und Claire Grube.

Am schlimmsten war es in der Schule gewesen, im Deutschunterricht. Ihr Lehrer – einer dieser Pauker, die sich selbst unfassbar komisch fanden und ihre Epochalnoten anhand der Lautstärke der Lacher vergaben, die auf ihre miesen Altherrenwitze folgten –, hatte anhand von Noëlles Namen das Stilmittel der Tautologie erklärt.

»Es handelt sich dabei um eine Reihung sinngleicher oder sinnverwandter Ausdrücke«, hatte er doziert, als sie rhetorische Figuren durchgenommen hatten. »Ihr könnt euch als Eselsbrücke natürlich die tote Leiche merken. Aber wir haben hier auch eine Tautologie unter uns, nicht wahr, Noëlle Christmann?«

Das Brüllen ihrer Mitschüler war so laut gewesen, dass es Noëlle schier in den Ohren weh getan hatte. An diesem Tag hatten sie alle mündlich eine Eins bekommen. Nur Noëlle hatte nicht mitgelacht. In ihrem Herzen hatte sie einen kleinen Stich verspürt. Von da an hatte sie ihren Namen noch viel mehr gehasst als die Weihnachtswut ihrer Eltern, und das wollte schon was heißen.

»Weißt du, was ich glaube?«, riss Erik sie aus ihren düsteren Erinnerungen, die nach Turnbeutel und billigem Axe-Deo rochen. »Du hast einfach noch nie richtig Weihnachten gefeiert.«

Nur mühsam konnte Noëlle ein hysterisches Schnauben unterdrücken. Erik hatte ja so was von keine Ahnung.

Im August, manchmal sogar noch während der letzten Woche der Sommerferien, begann in der Familie Christmann Jahr für Jahr das Spektakel des Grauens: Noëlles Vater öffnete die Tür zur freistehenden Garage neben dem schmucken Einfamilienhaus im gar nicht mal so malerischen Stadtteil Himmelsthür (ein Zufall, beteuerten ihre Eltern bis heute) und damit die Büchse der Pandora. Denn statt sein Auto oder das seiner Frau in der Garage zu parken, verwahrte Heiner Christmann dort die wahren Schätze: mehrere Kilometer Lichterketten, unzählige Rentierschlitten inklusive sechs langbeiniger Tierattrappen in Originalgröße, einen täuschend echten Weihnachtsmann, der sich drei Monate im Jahr vom Schornstein abseilte, Millionen und Abermillionen von Glühbirnen, blinkend, leuchtend, dimmbar und in allen Variationen und Farben, die an jedem Strauch, jedem Busch, jedem Zweiglein im Garten hingen und den Nachthimmel erleuchteten. Außerdem aufblasbare Riesenschneemänner, ein Gartenzaun aus illuminierten Zuckerstangen, diverse Engel und mechanisch winkende Weihnachtswichtel in verschiedenen Größen und Materialien, die den Vorgarten in ein Weihnachtsdorf verwandelten, das jedem Vergnügungspark der Welt locker zur Ehre gereicht hätte.

Die Christmanns waren (bis auf die Tochter) absolute Weihnachtsjunkies. Nach dem vierwöchigen Aufbau der Außendekoration, der spätestens Anfang September abgeschlossen sein musste, folgte die Deko im Inneren des Hauses. Jede einzelne Gardine wurde abgehängt und durch eine Variante ersetzt, auf der lachende Lebkuchenmänner und pausbäckige Putten ihr Unwesen trieben. Sämtliche Treppenstufen, die ins Obergeschoss und in den Keller führten, wurden mit grün-rot leuchtenden Lichtleisten geschmückt. An jeder Wand und über jeder Tür baumelten riesige gestrickte Socken, Tannenzweige, Rehe, Zwerge, Zuckerstangen oder Elchgirlanden. Aus allen Ecken winkte einem irgendeine weihnachtliche Figur entgegen: ein mannshoher Nikolaus, ein kindsgroßer Wichtel, ein bis an die Decke ragender Plüschelch. Das normale weiße Geschirr musste dem kitschigen, aber äußerst kostbaren antiken Sammler-Service weichen, auf dem dicke Weihnachtsmänner kleinen Kindern mit Schleifen im Haar Geschenke und Schaukelpferde aus einem großen Jutesack überreichten. Die Kaffeekanne bekam anstelle eines Deckels eine Weihnachtsmütze aus Porzellan aufgesetzt. Die Türklingel spielte »Macht hoch die Tür«. Die Fensterscheiben waren dank der weihnachtlichen Motive aus Sprühschnee nahezu undurchsichtig – es drang kein Tageslicht mehr ins Haus, was aber nicht weiter schlimm war, da es zum einen Winter war und früh dunkel und zum anderen das Haus ja ohnehin von etwa dreißigtausend Glühbirnchen erhellt wurde. In jedem, wirklich jedem Raum stand eine kleinere bis mittelgroße Nordmanntanne, geschmückt mit Weihnachtskugeln in allen Farben, Kerzen in jeder Größe und Lichterketten und Lametta, dass sich die Zweige bogen. Durch das Wohnzimmer, das über und über mit kleinen Miniaturhäuschen bestückt war – darunter Zuckerwattestände, Kirchen, Schulen, Bahnhöfe und natürlich Mini-Plastiktannen, so weit das Auge reichte –, fuhr eine Eisenbahn mit winzigen Geschenken in den kleinen Güterwaggons und Miniaturmenschen jenseits der Gleise, die sich mit Schneebällen bewarfen und mit Schlitten schneebedeckte Abhänge hinabstürzten – Abhänge, die mal das Fensterbrett, die Anrichte oder das TV-Board gewesen, jetzt aber dank weißer Watte und gleichfarbigem Dekostoff in eine Winterwunderwelt verzaubert worden waren.

Wenn es einen Menschen auf der Welt gab, der wusste, wie man *richtig* Weihnachten feierte, dann war es Noëlle Christmann.

Trotzdem erwiderte sie auf Eriks Vermutung erst mal nichts. Sie hatte einfach keine Lust, ihm von dem Horror zu berichten, der sich jedes Jahr in Hildesheim bei ihren Eltern abspielte. Sie wollte ihm nicht erklären müssen, warum sie seit bald zwölf Jahren nicht mehr daheim feierte. Mit neunzehn war sie letztmals über Weihnachten in Himmelsthür gewesen, im Jahr darauf dann, direkt nach dem Abi, im Auslandsjahr in Australien. Und wie sehr ihr das gefallen hatte! Unter Palmen hatte sie am Strand gelegen und dem Weihnachtsmann gut gelaunt den sinnbildlichen Mittelfinger gezeigt. Zwar feierten auch die Aussies das Fest der Liebe – aber eher mit einem Barbecue am Strand und jeder Menge Bier aus eisgekühlten Flaschen. Und da der Schnee, die Nikolausmützen, die Christstollen und die Lebkuchen fehlten, war Weihnachten Down Under etwas vollkommen anderes für Noëlle gewesen – eine Erfahrung, die sie fortan so oft wie möglich wieder heraufbeschworen hatte.

In den vergangenen Jahren hatte sie immer eine Ausrede parat gehabt, warum sie über die Feiertage nicht nach Hause hatte fahren können. Entweder war es ein Tauchurlaub in Thailand gewesen, eine Prüfung, für die sie hatte lernen müssen, eine Freundin, die frisch getrennt ausgerechnet während des Fests der Liebe sonst allein sein würde und ihren Beistand brauchte, oder ein besonders wichtiger Auftrag, den sie für die Firma bearbeiten musste. In manchen Jahren lag Weihnachten so ungünstig, dass Noëlle sich gar keine Ausrede einfallen lassen musste. Aber mittlerweile brauchte sie das ohnehin nicht mehr. Denn obwohl ihre Eltern sie immer wieder einluden, hatten sie allmählich wohl verstanden, dass es besser war, wenn sie sich auf ihren Sohn, dessen Frau und derer beider kleine weihnachtliche Familie konzentrierten, die die Geburt Jesu mit einer ähnlichen Begeisterung feierten wie sie selbst.

Nikolaus und Natalie (Noëlle war sich sicher, ihr Bruder hatte diese Frau nur ihres Namens wegen geheiratet) fanden tatsächlich, dass es nichts Besseres gab, als mit den Zwillingen Kaspar und Melchior und dem Nachzüglerkind Balthasar nach Himmelsthür zu fahren und dort eine Woche inmitten von 2000000 Watt zu verbringen. Die Vorstellung, ebenfalls dort mittendrin zu sitzen, während die Zwillinge gerade um irgendeinen Baum rasten, die elektrische Eisenbahn entgleisen ließen und sich anschließend um die gefüllten Weihnachtssocken prügelten, während Noëlles Mutter in Dauerschleife Bachs Weihnachtsoratorium hörte und ihr Vater mit dem kleinsten Enkel die dreiunddreißigste Krippe im Haus einrichtete – nein. Ganz klares Nein. Ein Nein, das sogar noch verdoppelt wurde, sobald sie sich ausmalte, wie es wäre, wenn auch Erik mitkäme. Erik, dem ihre verrückte Familie garantiert eins der zahlreichen Nikolauskostüme aufzwingen würde. Allein weil er so groß war. Und dann noch der Bart!

Bislang hatte Noëlle es abwenden können, Erik mit ihrer Familie zu konfrontieren. Hoffentlich würde sie die Gnadenfrist noch etwas länger aufschieben können.

Was sie allerdings nicht mehr hatte aufschieben können, war die Begegnung mit *seiner* Verwandtschaft. Wenn Noëlle sämtliche Anspielungen richtig gedeutet hatte, war diese Familie eine regelrechte Wundertüte, bei der man grundsätzlich mit allem rechnen musste. Immerhin wusste sie bereits, dass Georg und Monika Flock nett waren: einerseits, weil sie einen wunderbaren Sohn hatten, der nicht nur über gute Manieren und ein bemerkenswertes Äußeres verfügte, sondern auch eine äußerst charmante und mitreißende Art hatte. Andererseits, weil sie schon mal miteinander telefoniert hatten. Im

Auto, über die Freisprechanlage, als Erik und Noëlle nach Darmstadt ins Jugendstilbad gefahren waren, an einem Sonntag. Während dieses Gesprächs, in dem man einander wegen der miserablen Netzabdeckung im Hunsrück hatte anbrüllen müssen, hatten Eriks Eltern sie eingeladen, sie doch mal in Krummenau besuchen zu kommen. Natürlich hatte Noëlle zugesagt. Was hätte sie denn sonst tun sollen? In telefonischer Anwesenheit aller Beteiligten?

Und jetzt also Eriks Frage, ob sie Weihnachten zusammen feiern wollten.

Ob er bemerkt hatte, dass sie ihm eine Antwort schuldig geblieben war? Bestimmt, er war ja nicht doof. Trotzdem war er von der entspannten Sorte. Wenn er Noëlle mal wieder mit irgendetwas überfiel (dem ersten gemeinsamen Urlaub, einer ziemlich indiskreten Frage oder eben dem Kennenlernen seiner Eltern) und es kurz darauf bemerkte, lächelte er meist nur dieses charmante Jungslächeln, sagte dann so etwas wie: »Na ja, du kannst es dir ja noch mal überlegen«, und dann ließ er sie in Ruhe und wartete, bis Noëlle dazu imstande war, eine Aussage zu treffen. Was mitunter Wochen dauern konnte.

Aber Noëlles Alptraumfest …?

Egal. Sie hatte ein ganzes Wochenende Zeit, um sich die perfekte Ausrede einfallen zu lassen, warum sie am 24. Dezember dringende Verpflichtungen hätte, denen sie unbedingt nachgehen müsste. Sie würde ihm natürlich auch erzählen können, dass sie allein zu ihren Eltern fahren wolle, und sich dann vier Tage lang in ihrer kleinen Zweizimmerwohnung in Frankfurt-Sachsenhausen einschließen. Sie hatte mal von einer Studentin aus Holland gelesen, die auf diese Art eine zweimonatige Asienreise inszeniert hatte – komplett mit Fototapete vom Sandstrand, Solariumbesuchen und angeblichen Tauchfotos, die sie in einem Rotterdamer Freibad geschossen und anschließend am Rechner nachbearbeitet hatte. Keinem war aufgefallen, dass die junge Frau nicht wirklich weg gewesen war, nicht mal ihren Eltern und Freunden. Wenn einer Holländerin ein solches Kunststück mit zwei Monaten Asien gelungen war, sollten vier Tage Niedersachsen doch kein Problem sein, oder?

Nur was, wenn Erik sich daraufhin einfach selbst einlüde? Da würde Noëlle direkt eine zweite Lüge aus dem Ärmel zaubern müssen. Eine Krankheit. Ein gebrochenes Bein. Oder besser: zwei gebrochene Beine. Allerdings würden die eine ziemlich lange Reha nach sich ziehen.

Wäre sie wirklich bereit, einen solchen Aufwand zu betreiben, nur um …

Ja!, lautete die Antwort. Ja, ja und noch mal ja!

Dennoch war ihr nicht wohl bei dem Gedanken, ihren Freund derartig anzuflunkern, der sich überdies auch immer noch recht frisch anfühlte – wie eine neue Haarfarbe, die man im Vorbeigehen im Spiegel an sich entdeckte und die einen auch noch nach Wochen überraschte.

Also lieber bei der Wahrheit bleiben? Nein. Dazu war Noëlle noch nicht bereit. Schon mit anderen vor ihm, mit Partnern wie mit Freundinnen, hatte sie diese Unterhaltung geführt, und in den seltensten Fällen war sie zu ihrer Zufriedenheit verlaufen. Denn entweder hatten diese anderen, denen Noëlle von ihrem Trauma berichtet hatte, die ganze Sache zum Schreien komisch gefunden und waren nicht in der Lage gewesen, auch nur einen Funken Mitgefühl für sie aufzubringen. Oder Noëlle hatte sich eine ellenlange Gardinenpredigt anhören müssen: dass man mit zweiunddreißig doch so langsam mal genügend Abstand zum eigenen Elternhaus haben sollte, um über derlei Ärgernisse hinwegzusehen …

Der Denkfehler war nur: Weihnachten bei den Christmanns war kein Ärgernis. Es war die Apokalypse.

Sie warf Erik einen verstohlenen Seitenblick zu. Dieser Bär von einem Mann … Sie mochte ihn wirklich gern, mittlerweile war sie sich sogar fast sicher, dass er der Richtige war. Am Anfang hatte sie sich gesträubt. Er hatte sie mit seiner doch recht überschwenglichen Art gerade zu Beginn ihrer Beziehung von Zeit zu Zeit regelrecht überfahren. Schon am zweiten Wochenende hatte er sie romantisch ausgeführt, nach vier Wochen hatte der erste Kurzurlaub in einem Wellnesshotel im Odenwald angestanden. Für Noëlle, die eigentlich lieber im Standgas fuhr, war das geradezu schwindelerregend schnell gewesen. Aber ihre Freundin Ann-Kristin hatte gesagt: »Süße, du schnallst dich jetzt mal an, und dann lässt du dich von Erik einfach rumkutschieren. Kann ja nicht sein, dass du bis zum Ende deines Lebens im ersten Gang vor dich hin tuckerst.« Und Noëlle hatte beschlossen, sich auf die Beziehung und auf Eriks Bleifuß einzulassen.

Und wo hat es dich hingebracht?, fragte sie sich jetzt und unterdrückte einen Seufzer, während sie im Augenwinkel das Schild nach Rheinböllen vorüberrauschen sah. Erik setzte erneut den Blinker, bremste und fuhr auf die Bundesstraße ab.

Vielleicht konnte sie ihn ja doch noch zu einer Fernreise überreden. Gerade erst neulich hatte er ihr doch erzählt, dass er gern mal nach Las Vegas fliegen würde. Wäre das denn nicht ein toller Aufhänger? Wobei … Am Ende würde er sie dort noch heiraten! Einfach so, schwuppdiwupp, wie es seine Art war. Nicht lang fackeln, einfach machen. Vielleicht war Vegas also doch keine so gute Idee. Aber vielleicht Südafrika? Da hatte Noëlle in diesem Jahr eigentlich hingewollt – bis sie Erik begegnet war und der ihr Leben durcheinandergebracht hatte.

Ach, mir wird schon etwas einfallen, beruhigte sie sich in Gedanken.

Wieder wanderte ihr Blick zu Erik, der mit den Fingern komplett unrhythmisch aufs Lenkrad klopfte. Die blonden

Haare mit den ersten dezent silbrigen Sprengseln standen ihm wie immer wild vom Kopf ab. Sein Bart war dicht und schön, wie bei einem echten Nordmann.

Im selben Moment drehte Erik sich in ihre Richtung, lächelte sie an und nahm ihre Hand. Sofort spürte sie, wie die Wärme, die von seiner Haut ausstrahlte, auf ihre frostig kalten Finger überging. Erik ließ seine Hand dort, selbst als er wieder nach vorn sah und leise anfing, »Thunder Road« von Springsteen mitzupfeifen, das inzwischen im Radio lief. Kein Weihnachtshit, hurra.

Noëlle seufzte und lehnte sich in ihren Sitz zurück. Es würde alles gut werden. Sie würde Eriks Eltern kennenlernen, und die würde sie mögen. Weihnachten würde sie irgendwie abwenden können. Und mit Erik würde es genauso toll weitergehen, wie es vor fünf Monaten angefangen hatte und dann nonstop weitergegangen war.

Ganz bestimmt.

2

Die Radiomusik wurde von einem Dudeln unterbrochen, und im Display, das über der Mittelkonsole hing, erschien ein grüner Telefonhörer. *Mutti ruft an.*

Erik drückte auf einen Knopf am Lenkrad. »Hallo, Mutti!«

»Liebling«, erklang Frau Flocks Stimme aus den unsichtbaren Lautsprechern irgendwo an den äußeren Rändern des Armaturenbretts. »Seid ihr schon unterwegs?«

Erik zwinkerte Noëlle zu. »Na klar.«

»Und wie lang braucht ihr noch?«

»Eine halbe Stunde vielleicht? Wir freuen uns schon!« Wieder legte er die Hand auf Noëlles Bein und drückte es kurz. »Und wir bringen Hunger mit.«

»Das erwarte ich auch! Ich hab dein Lieblingsessen gekocht.«

Noëlle verkniff sich ein Grinsen und legte nun ihrerseits die Hand auf die von Erik. Das Lieblingsessen für den Lieblingssohn. Wie süß! Vor allem, wenn man bedachte, dass das Söhnlein gute eins neunzig groß war und knapp einhundert Kilo auf die Waage brachte – ein Zentner davon reine Muskelmasse wohlbemerkt.

»Wir sind alle schon so gespannt auf deine neue Freundin«, fuhr Frau Flock fort. Offenbar war ihr wieder entfallen, dass sie über die Freisprechanlage für sämtliche Passagiere nur zu gut zu verstehen war, dabei hatten sie beim letzten Mal doch auch im Auto telefoniert. »Weißt du, was Onkel Rudi gesagt hat?« Sie kicherte und wollte gerade Luft holen, als Erik sie unterbrach.

»Noëlle hört mit, Mutti.« Amüsiert blickte er in den Außenspiegel. Dann flüsterte er Noëlle zu: »Wir wollen doch nicht, dass du jetzt schon einen schlechten Eindruck von meiner Familie bekommst!«

Noëlle mühte sich ein Lächeln ab, doch es verrutschte ein wenig. Allmählich beschlich sie ein ungutes Gefühl. Schlechter Eindruck? Äh ...

Kurz schien die Mutter sich mit einer Person im Hintergrund zu unterhalten.

»Papa fragt gerade, ob wir heute Nachmittag nach Hochscheid fahren. Alle zusammen, das wäre doch schön?«

»Von mir aus gern«, antwortete Erik. »Aber das besprechen wir am besten, wenn wir da sind. Eine halbe Stunde noch. Bis nachher, Mutti!« Er legte auf, nachdem sich seine Mutter von ihm verabschiedet hatte, und sah Noëlle an. »Freust du dich?«

Sie hätte nicht sagen können, wie oft er sie das in den letzten Wochen schon gefragt hatte – seitdem klar gewesen war, dass sie am ersten Adventswochenende in den Hunsrück fahren würden.

Noëlle seufzte. »Natürlich freu ich mich, deine Eltern kennenzulernen.«

»Und Onkel Rudi.«

»Und Onkel Rudi.«

»Und Finya und Lasse.«

»Und Finya und Lasse.«

»Und Oma Lisbeth.«

»Auch die, ja«, murmelte Noëlle, der ein wenig bang bei dem Gedanken an den riesigen Haufen Familienangehöriger wurde, die Erik ihr bereits in diversen Erzählungen vorgestellt hatte, und zwar inklusive Macken und Marotten, die aber – laut Erik – samt und sonders in die Kategorie »schräg, aber liebenswert« fielen. Und alle vergötterten sie ihren Goldjungen, der in die große weite Welt (namentlich Frankfurt) ausgezogen war, um das winzige Kaff mit den gerade einmal zweihundert Einwohnern stolz zu machen. Vermutlich würden bei ihrer Einfahrt in das Dorf alle am Straßenrand Spalier stehen und Spruchbänder in die Höhe halten. Die Marschkapelle würde ein flottes Liedchen anstimmen, der Bürgermeister eine Rede halten, Freibier und Würstchen würden verteilt, denn in Krummenau – das wusste Noëlle mittlerweile – war die Welt noch in Ordnung.

»Du wirst die Krummenauer Brötchen *lieben«*, meinte Erik wie aufs Stichwort. »Sie sind …«

»… viel besser als diese Industrierohlinge, die man in Frankfurt beim Bäcker bekommt«, fiel Noëlle ihm ins Wort.

Sie schüttelte den Kopf. Wieder die Leier! Angeblich waren die Brötchen in Frankfurt ungenießbar, die in der Heimat dafür aber umso fluffiger, größer und knuspriger. Und das Gras natürlich grüner, die Luft klarer, die Leute freundlicher. Sicher. In einer Zweihundert-Seelen-Gemeinde, da hielt man zusammen. Da kannte jeder jeden, und alle kannten Erik Flock, den prominentesten Sohn der Stadt.

»Was ist denn überhaupt in Hochscheid?«, wollte Noëlle nun wissen und erinnerte ihn damit wieder an den Vorschlag seiner Mutter, am Nachmittag mit der gesamten Bagage dorthinzufahren.

»Die Eishalle«, antwortete Erik gut gelaunt und grinste Noëlle an. »Da hab ich angefangen als kleiner Steppke. Die Wiege meiner Karriere, sozusagen.«

Ihr wurde schlagartig am ganzen Körper kalt. Eishalle? O Gott!

»Freiluft«, setzte Erik nach.

Allein bei dem Gedanken an eine Eishalle – sei sie nun mit oder ohne Dach – fing Noëlle an zu zittern. Ein weiteres Mal erschauderte sie, als sie über die wenigen und viel zu dünnen Klamotten in ihrem Weekender nachdachte.

Erik, dem ihr Frösteln nicht entgangen war, stellte die Heizung höher. »Keine Angst, ich wärm dich.« Er sah sie zärtlich an. »Du bist echt nicht für den Winter gemacht, was? Meine kleine Frostbeule!«

Das stimmte. Noëlle liebte den Sommer. Es konnte ihr gar nicht heiß genug sein. Wenn die Sonne den Asphalt zum Flirren brachte und alles zum Erliegen kam und einem schon im Sitzen der Schweiß den Rücken hinabfloss, da kam Noëlle überhaupt erst auf Betriebstemperatur. Denn ansonsten war ihr immer kalt. Genau genommen von September bis Juni. Nur im Hochsommer war es für sie halbwegs erträglich, aber selbst dann ließ sie in der Wohnung vorsorglich die Hausschuhe an.

Vor ein paar Jahren, als ihr die permanent eiskalten Finger, die zu allem Überfluss von Zeit zu Zeit auch noch blau anliefen, dann doch zu merkwürdig vorgekommen waren, war Noëlle zu einem Arzt gegangen. Der hatte ihr erklärt, dass sie am sogenannten Raynaud-Syndrom leide, einer Gefäßverengung, die dafür sorge, dass zu wenig Blut und damit Wärme in ihre Hände und Füße transportiert werde. Im Gegensatz zu gesunden Menschen, bei denen sich die Gefäße in der Kälte automatisch leicht zusammenzogen, passierte das bei Noëlle nicht nur abrupt und vollkommen überraschend, sondern dazu auch noch in Situationen, in denen sie es oft überhaupt nicht brauchen konnte. Zum Beispiel wenn sie einen Vortrag in der Firma halten sollte. Da wurden ihre Hände manchmal so kalt, dass sie die Fernbedienung des Beamers nicht mehr richtig greifen konnte. Eine halbe Stunde später, wenn das Blut zurückfloss, begannen ihre Finger dann, knallrot zu werden und fürchterlich zu schmerzen, und ihre Hände sahen aus, als hätte sie kochendes Wasser darübergekippt.

Diese körperliche Reaktion war Noëlle furchtbar peinlich. Sie spürte es immer genau, wenn ihr Kollegen oder Geschäftspartner auf die krebsroten Hände starrten, als drohten die jeden Moment zu explodieren. Aber was war die Alternative? Handschuhe tragen? Das machte sie nur, wenn sie allein in ihrem Büro war und sichergehen konnte, dass niemand hereinplatzte.

Es war kein Zufall, dass sie Erik im Sommer kennengelernt hatte. Vor fünf Monaten war das gewesen, Anfang Juli und so heiß, dass ganz Deutschland kollektiv aufgestöhnt hatte. Ganz Deutschland – bis auf Noëlle. Die fühlte sich nach einer langen, kalten Durststrecke endlich wieder wie ein Fisch im Wasser. Kein Tag unter der 35-Grad-Marke, die Stadt untersagte das Wässern von Gärten und Grünanlagen, Eltern und Schüler gingen (noch vor Sonnenaufgang!) auf die Straße, um für die Wiedereinführung der Hitzefrei-Regelung zu demonstrieren. Die Eisbären aus dem Frankfurter Zoo wurden auf Kurzurlaub nach Kopenhagen geschickt. Ein Tier hatte schon im ebenfalls verhältnismäßig heißen Juni einen Hitzschlag erlitten. Die Menschen jammerten und schwitzten. Einzig Noëlle fuhr triumphierend und ganz in ihrem Element am Schaumainkai entlang und genoss den trockenen Saharawind, der ihr ins Gesicht blies.

An das Gefühl der heißen Böe, als hielte man sich einen Föhn vor das Gesicht, musste sie jetzt wieder denken, da Erik die Belüftung auf die höchste Stufe und die Sitzheizung anstellte. Er selbst saß nur im T-Shirt da, während Noëlle ihren Wintermantel gar nicht erst abgelegt hatte.

An ihrer verfrorenen Art, das wusste sie, war nicht nur das unheilbare, wenn auch sonst vollkommen harmlose Raynaud-Syndrom schuld. Es war ihr gesamter Körperbau, der Kälte den idealen Nährboden bot. Noëlle war mit ihren eins achtzig sehr groß für eine Frau, noch dazu schlank, fast ein bisschen zu dünn. Obwohl sie reinhauen konnte wie ein Scheunendrescher, setzte bei ihr einfach kein Fett an – was vermutlich auch ein Grund für ihre kalten Extremitäten war: Denn in ihrem Körper mussten gigantische Stoffwechselprozesse ablaufen, die die gesamte Energie und Wärme in ihrer Körpermitte benötigten. All ihre Freundinnen bewunderten ihre schlanke Figur. Noëlle selbst hätte gegen ein bisschen mehr auf den Rippen gar nichts einzuwenden gehabt, und zwar nicht nur, damit sie dank einer kleinen Extraspeckschicht nicht mehr so jämmerlich fror. Sie fand es auch nicht übermäßig schön, dass sie so gar keine weiblichen Kurven hatte, sondern ganz eindeutig eher dem androgynen Typ entsprach. Kein Hintern, kein Busen, dafür endlos lange, dünne Arme und Beine. Dazu mittelbraune Haare, die wie schlappe Spaghetti von ihrem Kopf hingen und sich durch keinen Lockenstab der Welt in eine wallende Mähne verwandeln ließen.

Obwohl sie die Sonne liebte, entsprach Noëlles Haut nicht dem klassischen Sommertypen. Sie war sehr hell und lichtempfindlich. Doch ihre LSF-50-Eincreme-Orgien waren nichts im Vergleich zu den ständig blauen und schockgefrorenen Fingern und Zehen, die sie jahraus, jahrein ein Dreivierteljahr lang quälten.

Manchmal fragte sie sich, warum Erik sich gerade in sie verliebt hatte. Er war vier Jahre älter als sie, sechsunddreißig, und ein ausgesprochen gut aussehender Mann mit einem Herzen aus Gold. Eigentlich ein Wunder, dass so einer noch frei gewesen war – oder vielmehr frei geworden. Denn nach acht Jahren

Beziehung und einer äußerst zähen Trennung war Erik im letzten Sommer gerade wieder auf die Beine gekommen, als Noëlle ihn kennenlernte.

Es war, wie bei den meisten Paaren, über die Arbeit passiert. Noëlle arbeitete für eine kleine, aber recht erfolgreiche Marketingagentur, die Werbung, Promotion und mitunter auch die Pressearbeit für Unternehmen übernahm, die sich keine eigene Marketingabteilung leisten konnten oder wollten. Von Limonadenherstellern bis Schuhproduzenten war alles vertreten – und von Zeit zu Zeit eben auch regionale Sportvereine. Weil Noëlle im Jahr zuvor den Frankfurter Kickers mit Hilfe einer breit angelegten Image-Kampagne zu einem deutlichen Zuschauerzuwachs verholfen hatte, war ihrem Chef nichts Besseres eingefallen, als sie direkt auf den nächsten Sportverein anzusetzen, der an die Agentur *Fräuleinwunder* herangetreten war. Erst hatte Noëlle sich nicht mal was dabei gedacht, als Michael, ihr schwuler Vorgesetzter und Inhaber der Agentur, ihr einen Schnellhefter mit der Aufschrift »Frankfurter Schneefüchse« auf den Schreibtisch gelegt hatte.

Wobei sie allein bei »Schnee« hätte aufmerken müssen.

Die Schneefüchse waren ein Eishockeyverein – einer der erfolgreichsten in Deutschland. Und natürlich hatte Noëlle noch nie von ihnen gehört. Denn Eishockey war so ziemlich die letzte Sportart, die sie – menschgewordener Eiszapfen – sich jemals freiwillig angetan hätte.

Aber gut, es half ja nichts. Noëlle würde den Verein in der kommenden Saison in puncto Marketing beraten, und immerhin fand das erste Treffen Anfang Juli statt. Da standen keine Spiele an, die Mannschaft war gerade erst aus einem Trainingslager in Nordfinnland zurück, wo es selbst zu dieser Jahreszeit kühl genug gewesen war, um Eishockey zu spielen – wenn auch auf Kunsteis.

Sie traf den Trainer, zwei Vertreter des Vorstands und den Mannschaftskapitän in den Räumlichkeiten des Vereins, die auf frostige neunzehn Grad runtergekühlt worden waren. Noëlle sah sich vier bärtigen Männern in kurzen Hosen und ärmellosen T-Shirts gegenüber, während sie selbst quasi noch an der Schwelle angefangen hatte zu bibbern. Zum Glück erkannte Erik, seines Zeichens Schneefuchskapitän, Noëlles Misere auf der Stelle und riss sämtliche Fenster auf, um ein paar subtropische Grad Celsius hereinzulassen. Während Noëlle langsam wieder auftaute, erzählte sie den vier kernigen Kerls (die sie samt und sonders an eine Horde Finnen erinnerten, weil sie alle so groß und breitschultrig waren, dass sie sich selbst daneben winzig und leicht wie eine Feder fühlte) von ihren Plänen.

Am Ende des Treffens, als alle Ideen besprochen, für gut befunden und die nächsten Termine festgezurrt worden waren, brachte Erik Noëlle noch zur Tür. Viel schüchterner, als Noëlle es einem Mann von solchem Format zugetraut hätte, sagte er: »Frau Christmann, ich weiß, das klingt jetzt vielleicht komisch, aber …« Er schlug die Augen nieder, holte einmal tief Luft und fragte dann: »Hätten Sie vielleicht Lust auf ein weiteres Treffen? Eher … privater Natur?«

Vollkommen überrumpelt stammelte Noëlle: »Ähm … klar. Aber … wieso? Haben Sie … auch privat Interesse an unseren Agenturleistungen?«

Erik Flock wurde kirschrot, und erst da dämmerte es Noëlle, dass er sie gerade um ein Date gebeten hatte. Augenblicklich wurden ihre Hände kalt. Eiskalt. Als wäre sie gerade selbst in Finnland. In einem dieser Abertausenden Seen – unter Wasser, und das Eisloch über ihr wäre schon vor einer ganzen Weile zugefroren.

»Ich … Also …« Sie versuchte verzweifelt, das Stammeln bleiben zu lassen, und dachte fieberhaft – und zwar mit

Schüttelfrost! – darüber nach, ob sie einen Kunden überhaupt daten *durfte*. Dann aber fielen ihr die Worte ihrer besten Freundin Ann-Kristin wieder ein, die gerade erst vor kurzem geklagt hatte, dass es in Frankfurt keine vernünftigen Männer mehr gebe und sie, sobald ihr Blick auf den nächstbesten falle, ohne Zögern zuschnappen werde. Und jetzt stand hier einer direkt vor Noëlles Nase. Er sah gut aus, war charmant und sogar größer als sie. Und fragte, ob sie mit ihm ausgehen wolle.

Sie sagte ja, und er sah zutiefst erleichtert aus.

»Also, das freut mich wirklich sehr«, murmelte er ein bisschen kurzatmig und hielt ihr die Hand hin. »Ich heiße Erik. Und deine Nummer hab ich ja.«

Einen Moment lang starrte Noëlle auf seine große Hand. Er hatte saubere Fingernägel – kurz geschnitten – und lange Finger, außerdem riesige Handflächen. Wie die sich wohl anfühlten, wenn sie einem die Haare aus dem Gesicht strichen?

Noëlle schluckte ihre Bedenken hinunter, ergriff seine Pranke, die sich zweitausend Grad wärmer anfühlte als ihre, und sagte: »Freut mich. Ich heiße Noëlle. Noëlle Christmann.«

Dass Erik in seiner Aufregung vergaß, einen Witz über ihren Namen zu machen, heimste ihm ein paar Extrapunkte ein.

Bei einem Fest am Mainufer ein paar Tage später trafen sie sich wieder, auf einem Restaurantboot. Noëlle, von der untypisch wüstenhaften Julihitze sprichwörtlich von ihrer ewigen Eisschicht befreit, stand in einem roten und sehr knappen Kleidchen, das ihr um die schlanken Oberschenkel flatterte, an der Reling des Schiffs und betrachtete die Frankfurter Skyline. Sie fühlte sich eins mit sich und der Welt, und sie war schon leicht beduselt vom prickelnden Hugo in ihrem Glas. Erik stand neben ihr, irgendwann spürte sie seine warme Hand auf ihrem Rücken, und da wusste sie: Das mit ihm würde was werden. Er hatte einfach herrlich warme Hände.

Erik war wirklich ein klimatisches Wunder. Egal wie sehr Noëlle auch bibberte und fror, er konnte sie immer wärmen. Genau genommen war er das, was sie immer gesucht hatte: eine Art mobile Heizstation, verpackt im Körper eines attraktiven Mannes, der noch dazu freundlich, witzig und zuvorkommend war. Herz, was willst du mehr?

Aber das war bei weitem noch nicht alles, was Erik Flock ausmachte. Denn spätestens als er sie zu sich nach Hause einlud, um für sie zu kochen, wusste Noëlle, dass sie diesen Mann so schnell nicht wieder würde ziehen lassen. Er kochte Nudeln mit Hackfleischsoße und hatte die Bolognese vierundzwanzig Stunden zuvor angesetzt, damit sie auch schön durchzog. Sie schmeckte fantastisch. Genau wie Eriks vorsichtige Küsse, die er Noëlle anstelle eines Desserts angedeihen ließ. Dass sie einen Mann getroffen hatte, der warme Hände hatte, kochen konnte *und* dann auch noch küssen, war für Noëlle fast schon zu viel des Guten.

Letztendlich verliebte sie sich aber auch nicht in seine Kochkünste, nicht in die hübsche Dreizimmerwohnung mit der geschmackvollen Einrichtung oder den wohltemperierten Körper. Sie verliebte sich in seine immer wieder aufflammende Nervosität.

Als er sie um jenes erste Date gebeten hatte, war ihm die Nervosität nur allzu deutlich anzusehen gewesen. Bei ihrem Treffen auf dem Schiff hatte er sich immer wieder verhaspelt, und das Haspeln hatte komischerweise erst aufgehört, als er sie am Rücken berührt hatte. Fünf Tage später wiederum, bei ihm zu Hause, hatte Noëlle beinahe den Eindruck gehabt, als könnte er jeden Moment anfangen zu hyperventilieren. Erst als sie seinen ersten Kuss erwidert hatte, war seine Atmung wieder normal geworden.

Das hatte ihr gefallen. Dass sie solche Reaktionen in ihm auslöste.

Nach seinen ersten zaghaften Annäherungsversuchen und sobald Erik sich sicher gewesen war, dass Noëlle ihn auch wollte, hatte er sofort den Turbo eingelegt und sie mit seiner Zuneigung schier überschüttet: Er rief an, umgarnte sie, beschenkte sie mit Blumen und bekochte sie – so gut, dass sie tatsächlich und zum ersten Mal seit langer Zeit drei Kilo zunahm. Einfach so. Sie hatte sich vor lauter Glück ein kleines Wohlstandsbäuchlein angefressen. Aus den ersten Stunden, die sie miteinander verbrachten, wurden Tage, aus Tagen Wochen. Und heute würde sie seine Eltern kennenlernen.

Objektiv betrachtet klang es natürlich wie ein schlechter Witz: Ausgerechnet sie war mit einem Eishockeyspieler zusammengekommen! Ann-Kristin hatte sich gekringelt vor Lachen. Es war aber auch einfach zu absurd, um wahr zu sein. Als die Eishockeysaison wieder losgegangen war, hatte es Noëlle vor jedem Samstag gegraust, den sie ins Stadion musste, um Erik zuzujubeln. Dabei durfte sie sogar längst in die VIP-Lounge, die immerhin auf (immer noch zu kalte!) zweiundzwanzig Grad hochgeheizt war. Früher hatte sie sich oft gefragt, warum nie jemand eine mobile Wärmetransportkapsel erfunden hatte – so was in der Art eines überdimensionierten Bratschlauchs, den man sich überziehen konnte, wenn man bei Temperaturen unter zwanzig Grad vor die Tür treten musste. Für eine solche Thermokammer hätte Noëlle viel gegeben. Stattdessen fröstelte sie vor sich hin, obwohl sie sich den Rücken mit Wärmepflastern beklebte, Angora-Nierenschützer trug und Heizkissen in die Jackentaschen stopfte.

Für alle anderen Fälle hatte sie jetzt immerhin Erik. Und das war eigentlich noch viel, viel besser als eine mobile Wärmetransportkapsel. Weil die nicht halb so gut geküsst hätte wie er. Nur deshalb stand Noëlle auch jeden Samstag in der Eishalle und langweilte sich, weil sie Eishockey nun mal nur mäßig spannend fand. Alles Erik zuliebe – wenn er aber auch immer so lieb fragte!

Bei jedem Tor, das er schoss, klatschte sie frenetisch – allerdings weniger aus Begeisterung denn um sich klammheimlich die Hände aufzuwärmen. Wenn Erik seinen Teamkollegen zu Hilfe eilte, um sie aus einer Prügelei zu zerren oder einen Angriff vor dem eigenen Tor abzuwehren, hielt Noëlle die Luft an, bis ihr ganz mulmig wurde, und atmete erst wieder durch, wenn die Gefahr gebannt war. Denn obwohl Erik so ein Koloss von einem Kerl war, wusste sie doch, wie nah ihm manche Dinge gingen. Wenn seine Mannschaft unfair behandelt wurde. Wenn sie unglücklich verloren. Wenn er seine Leistung nicht hatte abrufen können. Dann wurde der große Wikinger zum klitzekleinen Wickie, und Noëlle konnte nicht mehr tun, als ihre Arme auszubreiten und ihn zu trösten, so gut es eben möglich war.

»Ich hab aber gar keine Schlittschuhe dabei«, murmelte Noëlle in der unsinnigen Hoffnung, dass ihr so die Eishalle in Hochscheid erspart bleiben könnte.

»Gar kein Problem. Du hast die gleiche Schuhgröße wie Finya. Und in der Halle können sie dir notfalls auch Schuhe leihen.«

»Ah.« Noëlle verzog den Mund.

Gerade fuhren sie an einem Dorf namens Kirchberg vorbei. Die Straße war wenig befahren und tauchte hinter der Ortschaft in einen dichten Tannicht ein, der Noëlle unwillkürlich an einen Märchenwald erinnerte. Damals, als ihre Mutter ihr noch aus Oma Tildas Buch vorgelesen hatte, hatte sie sich immer vorgestellt, dass in genau so einem Wald der Wolf das Rotkäppchen ansprach.

Feiner Schneeregen setzte ein. Erik schaltete die Scheibenwischer an und drehte die Rädchen der Belüftung links und rechts des Lenkrads runter. Dann wedelte er sich mit der Hand vor dem Gesicht herum. »Tut mir leid, Schatz, aber mir ist echt zu heiß!«

»Kein Problem«, murmelte Noëlle und zog den Mantel ein wenig enger.

Zehn Minuten später setzte Erik wieder den Blinker, fuhr von der Landstraße ab und folgte dem Schild mit der Aufschrift »Krummenau 2 km«.

Aufregung machte sich in Noëlle breit. Ihre Fingerkuppen waren eisig. Erik hatte schon so viel von Krummenau erzählt … so viel Gutes vor allem! Als sie am Ortsschild vorbeifuhren, lief ihr bei dem Gedanken, was gleich passieren würde, ein Schauder über den Rücken. Sie wusste natürlich, dass ihre Vorstellung (kein Spruchband und auch keine Marschkapelle weit und breit) vollkommen irrational gewesen war. Aber nachdem Erik sein Zuhause mit so vielen überschwenglichen Adjektiven beschrieben hatte, konnte es doch wenigstens aufhören zu schneien, wenn sie ankamen, oder?

Noëlle sah aus dem Fenster. Es sah nicht danach aus, als würde es *jemals* wieder aufhören. Der Himmel war ein einziges Grauweiß, aus dem unentwegt Schneeflocken auf die Erde herabfielen. Widerlich.

Sie fuhren an den ersten Häusern entlang der Hauptstraße vorbei, und Noëlle fand, dass sie ziemlich … normal aussahen. Weder besonders schön noch besonders hässlich. Häuser eben, irgendwann in den Sechzigern oder Siebzigern erbaut, spitze Dächer, Fenster, Türen, Garagen. Gut, die dunklen Fassaden mit den weißen Balken wirkten schon irgendwie witzig, vor allem weil Noëlle das eigentlich nur andersherum kannte: weiße Fassade, dunkle Balken – Fachwerk eben. In Krummenau schien sich dieses Prinzip verkehrt zu haben. Die meisten Häuser, stellte Noëlle fest, je weiter sie fuhren, waren dunkel gestrichen und hatten weiße Türen, Fenster und Zierbalken, manche sogar verzierte Giebel, die aussahen, als hätte ein Bäcker sein Zuckerhandwerk an ihnen verrichtet. Aus den meisten Schornsteinen stieg weißer Rauch, und alles in allem wirkte es, das musste Noëlle zugeben, wirklich zauberhaft.

Als die Hauptstraße, die in den Dorfkern führte, breiter wurde, ging Erik vom Gas und ließ den Wagen ausrollen. Dann zeigte er in Richtung eines Platzes, der sich rechter Hand erstreckte.

»Das ist der Markt von Krummenau. Hier spielt das Leben.«

Noëlle sah sich um. Es war Samstagmittag gegen zwölf und keine Menschenseele unterwegs. Wenn das Krummenaus Zustand war, wenn das Leben spielte, dann wollte sie lieber nicht wissen, wie es hier abends um acht aussah. Da wären die Bürgersteige wohl obligatorisch hochgeklappt.

Sie ließ den Blick über die dunklen Fassaden schweifen, die den kleinen Platz säumten. Über dem größten Gebäude direkt vis-à-vis prangte der Schriftzug »Rathaus«. Links daneben befand sich ein Geschäft, eine Konditorei womöglich, und zwei Häuser rechts vom Rathaus war ein kleiner Buchladen. Noëlle entdeckte außerdem ein süßes kleines Café, eine Bäckerei und einen Metzger. Und die örtliche Sparkasse. Davor wiederum einige Parkbänke. Und darauf – na also! – das besagte Dorfleben.

»Wer sitzt denn bitte schön bei diesem Wetter draußen?«, murmelte Noëlle, doch Erik kicherte nur.

»Schau mal genauer hin«, forderte er sie auf.

Sie kniff die Augen zusammen und versuchte, durch den Schneeregen etwas zu erkennen. Tatsache – das waren keine Menschen. Das waren … Figuren. Braune Figuren mit runden

Köpfen, Knopfaugen und hellbraunen Punkten auf der Brust. Waren das …

»Lebkuchenmänner?!«, rief Noëlle leicht atemlos.

Wieso in aller Welt sollte man Lebkuchenmänner auf dem Marktplatz auf eine Parkbank setzen? Das war ja … total … gaga?!

Erik guckte zum Rathaus hinüber, und Noëlle folgte seinem Blick. Dort stand ein weiterer Lebkuchenmann gleich neben dem Eingang und wies Besuchern mit einer freundlichen Geste den Weg ins Gebäude.

»Aber warum denn … Lebkuchen?!«

Noëlle hatte sich zu Erik umgedreht und sah ihn mit großen Augen an. Weihnachten war das eine, was sie schlimm fand – doch bei dem Geruch von Lebkuchen krampfte sich bei ihr alles zusammen. Vom Geschmack ganz zu schweigen.

»Die Lebkuchis – so heißen diese Figuren – gibt es hier in Krummenau an jeder Ecke. Hast du das Kerlchen direkt an der Ortseinfahrt gar nicht gesehen?«

In stummem Entsetzen schüttelte Noëlle den Kopf. »Und warum ausgerechnet Lebkuchen?«

Erik sah sie ungläubig an. »Sag bloß, du hast noch nie von Krummenauer Lebkuchen gehört.«

Nein. Sie hatte mit etwa sieben Jahren zum letzten Mal in ihrem Leben Lebkuchen gegessen und seither auch keinen freundlichen Gedanken mehr daran verschwendet. Ein bisschen war es bei ihr vielleicht wie bei Obelix, der als Knirps in einen Kessel mit Zaubertrank gefallen war und den das nachhaltig geprägt hatte – nur dass der Zwischenfall in St. Moritz bei Noëlle eine deutlich schlechtere Wendung genommen hatte.

Sie waren in den Osterferien in der Schweiz gewesen – und ziemlich überraschend quasi direkt nach der Ankunft in der Berghütte eingeschneit worden. Noëlles Mutter hatte nichts anderes als Lebkuchen und Spekulatius vom letzten Weihnachtsfest dabeigehabt. Die waren von der Fahrt noch übrig, und eigentlich hätten sie am nächsten Morgen einkaufen gehen wollen. Doch dann hatte Noëlle drei ganze Tage lang Lebkuchen essen müssen. Drei Tage – und danach nie wieder. Seitdem machte Noëlle einen großen Bogen um weihnachtliche Süßigkeiten aller Art, was in ihrer Kindheit nicht ganz leicht gewesen war, weil ab Mitte Oktober nur noch Stollen statt Stullen in der Pausenbrottüte gesteckt hatten und die eigene Mutter an zwölf Monaten im Jahr Spekulatius- und Bratapfel-Duftkerzen im ganzen Haus verteilte.

»Krummenauer Lebkuchen werden, wie der Name schon sagt, nur in Krummenau hergestellt.« Erik sah in den Außenspiegel, dann blinkte er links und fuhr weiter. »Wir haben hier eine riesige Fabrik und beliefern ganz Deutschland und Europa. Ab Oktober gehen die Lebkuchen sogar nach Übersee! Amerika, Asien – die sind total verrückt nach unseren Lebkuchen!«

Sie ließen den Marktplatz hinter sich. Bei der nächsten Kreuzung fuhr Erik links, folgte der Straße bis zum Ende und bog dann noch einmal links ab. Hier sah es aus wie in einem typisch mitteldeutschen Gewerbegebiet. Sie fuhren an einer Autowerkstatt, einem Discounter und einem Altreifenhändler vorbei. Ein paar hundert Meter weiter hielten sie vor einem riesigen, fensterlosen Gebäude, dessen vier Schornsteine in den grauen Dezemberhimmel ragten.

»Da wären wir.« Erik zeigte durch die Frontscheibe auf die Fabrik.

»Original Krummenauer Lebkuchen«, las Noëlle auf der grau geriffelten Metallverkleidung des überdimensionierten Gebäudes mit Flachdach, das so gar nicht in dieses kleine Dorf zu passen schien.

»Der ganze Stolz von Krummenau.«

»Ich dachte, das wärst du«, gab Noëlle trocken zurück.

Erik grinste. »Aber für mich werden keine Figuren im ganzen Dorf aufgestellt.«

»Im ganzen …« Noëlle blieb die Spucke weg. Dann krächzte sie: »Im ganzen Dorf stehen Lebkuchenmänner?«

Erik nickte bloß, wendete und fuhr zurück zum Marktplatz.

Und endlich sah Noëlle, was er meinte. Sie waren wirklich überall. Aus Fiberglas, Holz, Metall, Plastik … An jedem Gartenzaun hingen sie, vor jedem Fenster, an jeder Tür. Erik umrundete einmal mit dem Auto den Marktplatz, und mit einem Mal war Noëlle klar, woran sie die Häuserfassaden die ganze Zeit erinnert hatten: an Lebkuchenhäuser! Die braune Farbe, die weißen Verzierungen … O mein Gott, hier war es wirklich, als wäre man im Märchen von Hänsel und Gretel gelandet. Nur dass keine Brotkrumen, sondern Lebkuchenkrümel auslagen – würg!

»Wohnen deine Eltern auch so?«, fragte sie matt und kämpfte gegen etwas an, was sich in ihrem Magen zusammenbraute. »Ich meine, in so einem Haus wie dem da.« Sie zeigte auf eine der Lebkuchenfassaden.

»Klar, was denkst du denn?«, erwiderte Erik gut gelaunt. »Meine Mutter ist die Geschäftsführerin der Lebkuchenfirma. Ihr haben wir das alles zu verdanken.«

Noëlle schluckte schwer, als sich die Erkenntnis in ihrem Hirn materialisierte: Sie war im Alptraum ihrer Kindheit gelandet.

3

»Da seid ihr ja endlich!«

Die Tür ging auf, und Noëlle sah sich Eriks Großfamilie gegenüber. Das mit den Spalier stehenden Dorfbewohnern hatte zwar nicht sein sollen, aber immerhin hatte Familie Flock sich wie durcheinandergeratene Orgelpfeifen im Hauseingang aufgestellt und offenbar nur darauf gewartet, dass Noëlle und Erik über die Schwelle traten.

Noëlle ließ den Blick über diese fremden Menschen schweifen. Frau Flock, Eriks Mutter, war so klein, dass sich Noëlle ein verblüfftes Kopfschütteln verkneifen musste. Wie konnte so ein Bär von einem Mann von einer so winzigen Frau zur Welt gebracht worden sein? Na ja. Natürlich war ihr klar, dass sogar Erik einmal klein gewesen war. Trotzdem war der Größenunterschied wirklich bemerkenswert. Die blond gelockte, dralle Frau war gerade mal eins sechzig – wenn überhaupt. Sie erinnerte Noëlle an eine rundliche Version des Nürnberger Christkinds. Eine sehr kleine, sehr rundliche Version, zugegeben.

Dafür war ihr Mann ein Riese. Herr Flock hatte in etwa die gleiche Statur wie sein ältester Sohn, allerdings dunkle Haare und keinen Bart. Doch seine Brust war ebenso breit wie die von Erik, und den kleinen Wohlstandsbauch würde Letzterer wohl auch irgendwann bekommen. Man musste sich ja nur die Väter angucken, um zu wissen, wie die Söhne einmal würden. Umgekehrt wurde das zwar auch über Mütter und Töchter gesagt, aber das wies Noëlle in ihrem eigenen Fall weit und kategorisch von sich.

Links von Eriks Vater standen zwei junge Leute: ein Mann Ende zwanzig und eine noch mal mindestens zehn Jahre jüngere Frau. Das konnten nur Lasse, Eriks jüngerer Bruder, und Finya, das Nachzüglerkind sein. Beide waren genauso blond wie Erik, aber weder so groß wie Georg Flock noch so winzig wie seine Frau, sondern genau in der Mitte und etwa gleich groß wie Noëlle.

Und dann waren da noch zwei weitere Personen: ein Mann von vielleicht Ende fünfzig, ebenfalls sehr klein. Das konnte nur Onkel Rudi sein, Junggeselle alter Schule und berühmt-berüchtigt für seine verbalen Stilblüten. Wenn auch nur die Hälfte von dem stimmte, was Erik von seinem Onkel erzählt hatte, würde es noch ziemlich lustig werden. Oder peinlich, je nach Alkoholpegel. Der Onkel hatte schütteres Haar, das er sich über die Halbglatze kämmte, trug eine grob gestrickte graue Strickjacke über einem karierten Hemd mit einem leicht abgestoßenen Kragen und war in Form und Beschaffenheit ganz eindeutig dem mütterlichen Teil der Familie zuzuordnen.

Außerdem gab es noch Oma Lisbeth, die aussah wie die Queen. Na gut, vielleicht war sie nicht ganz so klein wie Elizabeth, aber sie trug ein hellgelbes Bouclé-Kostüm, das in den Sechzigern sicher mal ein Schweinegeld gekostet hatte, mit einer glitzernden Brosche am Revers und einem weißen Blusenkragen mit Paspeln und Spitze. Ihre strammen Waden steckten in fleischfarbenen Strumpfhosen, die so dick waren, dass man die Haut darunter nicht erkennen konnte. An den Füßen hatte sie beigefarbene Halbschuhe mit kleinem Absatz und runder Kappe. Ihre Frisur war einer Regentin absolut würdig: hochtoupierte weiße Wellen, mit Haarspray festbetoniert und per silberner Klammer aus der Stirn gehalten. An ihren Fingern und um den Hals glänzte eine Vielzahl nicht mehr ganz topmoderner Schmuckstücke, die aber vermutlich alle aus Echtgold waren.

»Das ist sie also!«, rief Frau Flock, breitete die Arme aus, trat einen Schritt vor und zog Noëlle in eine Umarmung – etwa auf Höhe von deren Bauchnabel. »Willkommen in unserer Familie und in meinem Herzen!«

Noëlle machte einen kleinen Buckel, um Eriks Mutter entgegenzukommen, auch wenn sie die überschwengliche Begrüßung leicht verwirrte.

Schon im nächsten Moment schob Frau Flock sie von sich weg und musterte sie vom Scheitel bis zur Sohle. »Hübsch ist sie – hast du gar nicht erwähnt!«

»Hab ich wohl!« Erik warf Noëlle einen verlegenen Blick zu.

»Ach, untertrieben hast du, wie immer, du Tiefstapler!«, beschwerte sich die Mutter, allerdings mit einem breiten Lächeln im Gesicht.

»Sie ist auf jeden Fall tausendmal hübscher als Saskia«, meldete sich jetzt auch Finya zu Wort, Eriks kleine Schwester.

Noëlle hüstelte verlegen. Saskia war zwischen ihnen nicht allzu oft Thema gewesen. Sie wusste nur, dass Erik sich nach vielen Jahren von Saskia getrennt hatte, weil sie wohl unterschiedliche Auffassungen in puncto Familienplanung gehabt hatten – auch wenn Erik nie näher darauf eingegangen war, was genau diese Unterschiedlichkeit ausgemacht hatte. Was Noëlle sicher wusste: Die Trennung war für Erik nicht leicht gewesen, weil er in Saskia immer die Frau seines Lebens gesehen hatte, und das hatte Noëlle natürlich gejuckt, zumindest anfangs – denn wenn es nach besagter Frau des Lebens gegangen wäre, dann wären Saskia und Erik heute noch ein Paar.

»Wie geht es Saskia eigentlich?«, fragte Lasse in die Runde.

»Saskia? Ist das Saskia?«, rief Oma Lisbeth und starrte Noëlle durch ihre zentimeterdicken Brillengläser an. »Die sieht ja ganz anders aus als beim letzten Mal!«

»Das ist nicht Saskia«, mischte sich Eriks Vater mit einem brummenden Bass ein. »Das ist Noemi.«

»Noëlle!«, fauchte Frau Flock ihren Mann an und verzog erbost das Gesicht. »Sie heißt Noëlle. Merkt euch das endlich!«

»Mit zwei Pünktchen auf dem E«, sagte Lasse und grinste. »Hab ich nachgeschaut. Ohne die Pünktchen würde sie Nölle heißen.«

In diesem Moment erhob erstmals auch Onkel Rudi die Stimme: »Ave! Die Todgeweihten grüßen dich!«

Noëlle konnte nicht anders, als den Onkel verblüfft anzustarren.

»Hör nicht auf ihn«, wies Frau Flock sie an. »Er liest diese gallischen Comichefte und glaubt, er müsste ständig irgendwelche halbseidenen Römer zitieren.«

»Ah so«, hauchte Noëlle. Dann spürte sie Eriks Arm, der sich beruhigend um ihre Schultern legte.

»Was haltet ihr davon, wenn wir Noëlle jetzt erst mal reinlassen? So, hopp, jetzt macht euch mal dünne, es ist kalt hier draußen«, sagte er.

Finya und Lasse drehten sich um und verschwanden irgendwo in der Tiefe des Hauses, und auch Eriks Vater machte auf dem Absatz kehrt und schlenderte davon. Nur Oma Lisbeth und Onkel Rudi blieben wie Salzsäulen im Eingangsbereich stehen und glotzten Noëlle weiter an: die Oma, weil sie die Aufforderung ihres Enkels vermutlich nicht gehört hatte, und Rudi, weil er offenbar grundsätzlich nie tat wie geheißen. Und wie auf Kommando beugte er sich prompt ein Stückchen vor und raunte in Noëlles Richtung: »Ein Barbar bin ich hier, da ich von keinem verstanden werde.«

»Rudi!«, schimpfte seine Schwester und schlug ihm auf den Unterarm. »Hör sofort auf mit deinen lateinischen Spitzen! Das Mädchen hat noch nicht die Schuhe ausgezogen, und schon fängst du an, sie mit deinen Sprüchen zu nerven.« Sie streckte den Arm nach Noëlle aus. »Komm, meine Liebe.«

Kaum hatte sie Noëlle ins Haus gezogen, nahm sie ihr auch schon die Jacke ab und zeigte ihr, wo sie ihre Schuhe hinstellen konnte. Dann wuselte sie davon und war Sekunden später mit ein paar Hausschuhen wieder da.

»Die gehören eigentlich Finya, aber sie zieht sie nicht an«, erklärte sie und reichte sie Noëlle.

Die Hausschuhe sahen aus wie zwei Elchköpfe, komplett mit Plüschgeweihen links und rechts des Spanns. Noëlle überlegte kurz, ob ihr die kalten Füße nicht doch lieber wären, entschied sich dann aber für das kleinere Übel.

Frau Flock hakte derweil die schwerhörige und halb blinde Oma unter und scheuchte ihren Bruder vor sich her. Sobald Erik und Noëlle allein im Flur waren, setzte er zu einer Entschuldigung an.

»Es tut mir leid, sie sind …«

»Überwältigend!« Noëlle lachte befreit auf. Seine Familie war wirklich genau so, wie er sie beschrieben hatte. Ohne Über- oder Untertreibung. Insofern war Noëlle auch kein bisschen positiv oder negativ überrascht, sondern einfach nur … leicht überfordert. Klar, die Christmanns waren herzlich und auch ein wenig schräg – aber auf ganz andere Art als die Flocks. Außerdem waren sie zu Hause bei Noëlle viel weniger Leute – sofern nicht auch ihr Bruder mitsamt Kinderschar in Himmelsthür einfiel.

Erik zog Noëlle an sich. Sie ließ sich von der Wärme, die von seiner breiten Brust ausging, umfangen und hätte um ein Haar angefangen zu schnurren, als er ihr über den Rücken streichelte. Das hier war besser als Wärmepflaster und Heizkissen zusammen. Erik war wirklich die personifizierte mobile Standheizung, und Noëlle war sich sicher: Könnte man ihn an die Fernwärme anschließen, man würde mit ihm einen Riesenreibach machen.

»Danke, dass du mit hergekommen bist. Das ist mir echt wichtig«, flüsterte er ihrem Scheitel zu. Dann ließ er sie wieder los, nahm sie an der Hand und führte sie durch den Flur ins Wohnzimmer.

Der Raum war riesig, mindestens vierzig Quadratmeter. Rechter Hand befand sich eine weitläufige Sofalandschaft in Brauntönen, in der Mitte des Zimmers ein offener Kamin, und links stand ein gedeckter Esstisch, an dem sich Familie Flock bereits versammelt hatte.

Am Kopfende, stellte Noëlle überrascht fest, saß nicht etwa Georg Flock. Der Platz schien seiner Frau zu gehören, die hinter dem Stuhl stand und die Tafel kritisch beäugte. Links von ihr war ein Stuhl frei geblieben. Daneben saß Finya, dann kam Oma Lisbeth. Auf der gegenüberliegenden Seite hatten Lasse neben seiner Mutter und Vater Georg in der Mitte Platz genommen.

»Du, mein Schatz, sitzt hier«, ordnete Eriks Mutter an und wies ihrem Sohn den Platz zu ihrer Linken. Dann streckte sie den Arm aus und deutete auf den zweiten freien Stuhl am anderen Tischende. »Und du, Noëlle, da – zwischen Georg und Rudi.«

Na toll, dachte sie. Eriks Vater schien zwar nett zu sein, aber wenn ihr erster Eindruck sie nicht täuschte, war er nicht gerade der gesprächigste Tischnachbar. Außerdem hatte er sie als Noemi abgespeichert. Oma Lisbeth verstand wohl gar nichts, kapierte offenbar nicht mal, dass sie nicht Saskia, sondern die neue Freundin war, und mit Onkel Rudi würde es vermutlich zwar ganz lustig werden, aber wer wusste schon, was der Mann an lateinischen Weisheiten noch bereithielt?

Jetzt tätschelte er die Lehne des freien Nachbarstuhls. »Komm, Mädchen, ich beiße nicht.«

Noëlle verkniff sich einen Seufzer, setzte ein hoffentlich einnehmendes Lächeln auf und warf Erik einen flüchtigen Blick zu, aber der war bereits damit beschäftigt, sich von seiner Mutter auf den Platz neben ihr manövrieren zu lassen.

Während Noëlle sich zwischen Rudi und Eriks Vater niederließ, beobachtete sie aus dem Augenwinkel, wie liebevoll Erik und seine Mutter miteinander umgingen. Irgendwie fand sie das niedlich: dass dieser gestandene Mann sich derart von seiner Mutti verhätscheln ließ ... Denn ganz offensichtlich genoss er die Vorzugsbehandlung sehr. Er sah ihr mit einem fast zärtlichen Gesichtsausdruck dabei zu, wie sie ihm ein Glas Wasser einschenkte.

Zum Glück ließ Erik sich von Noëlle nicht bedienen und stellte auch keine diesbezüglichen Ansprüche, ganz im Gegenteil, manchmal kam es Noëlle vor, als würde sie selbst ein bisschen wenig tun für die Beziehung, während Erik mit seiner Spontaneität und seiner übersprudelnden Energie ein weißes Kaninchen nach dem anderen aus dem Hut zauberte. Vielleicht war Noëlle daher eingangs auch so zögerlich gewesen, als die Beziehung zu Erik begonnen hatte: Er war der Turbomotor, sie eher der Zweitakter, der sich lieber langsam auf eine Partnerschaft einließ. Erst Ann-Kristin, ihre allseits schlaue Freundin mit den weisen Ratschlägen (die sie, nebenbei bemerkt, bei sich selbst nie anwandte), hatte Noëlle irgendwann beruhigen können: »Cherie, es gibt Menschen, die lieben, und Menschen, die geliebt werden. Erik gehört zur ersten Sorte, du zur zweiten. Deswegen seid ihr auch so ein perfektes Paar! Lass ihn sprudeln und blubbern – er erwartet doch gar nicht das Gleiche von dir! Womöglich würde er es nicht mal bemerken, wenn du es ihm gleichtätest. Oder es wäre ihm nicht recht. Vor allem aber würde er nicht wollen, dass du dich verbiegst, nur um ihm zu gefallen. Also lehn dich zurück und genieß es.«

Und genau das hatte Noëlle gemacht. Denn natürlich hatte Ann-Kristin recht: Wenn Erik sich erst einmal seiner Sache sicher fühlte und nicht mehr stammelte, rot anlief und vor lauter Nervosität kaum mehr geradeausgehen konnte, liebte er mit allen Mitteln, die ihm zur Verfügung standen, und mit vollem Körpereinsatz. Genau wie er Eishockey spielte. Genau wie er lebte. Im Gegensatz dazu waren Noëlles Bekenntnisse zart wie Libellenflügel und wurden von ihr nur in homöopathischen Dosierungen eingesetzt. Mit zu allen Spielen der Saison zu gehen und sich in der Eishalle Erfrierungen dritten Grades zu holen war eins dieser stillen Bekenntnisse. Noëlle konnte nur hoffen, dass Erik das verstand.

Sie nahm also Platz, nur um sofort wieder aufzustehen und Eriks Mutter panisch anzugucken. »Kann ich eigentlich irgendwie helfen, Frau … Frau Flock?«

O Gott, sie war so unhöflich! In ihrem Kopf hörte sie die Stimme ihrer Mutter, die ihr einbleute: »Sag danke! Biete deine Hilfe an! Nimm dir als Letzte!« Na ja, was Mütter einem halt mit auf den Weg gaben – mit besten Absichten zwar, aber ohne zu wissen, welches Übel sie damit auf Jahre anrichteten.

»Nichts da.« Frau Flock zeigte demonstrativ nach unten, was wohl so viel hieß wie: Hinsetzen! »Du bist Gast, also tust du gar nichts.« Dann sah sie ihre Tochter und ihren jüngeren Sohn an. »Ihr hingegen …«

Finya seufzte, schob ihren Stuhl zurück und stand missmutig auf. Dann schlurfte sie in die Küche, und Lasse folgte ihr, wenn auch weit weniger genervt. Noëlle hätte erwartet, dass auch Erik sofort aufstehen und mithelfen würde. Aber der palaverte gerade ganz entspannt mit seinem Vater, der ihm schräg gegenübersaß, und machte auch sonst keine Anstalten, den anderen in der Küche zur Hand zu gehen.

Sicher hilft er nur nicht mit, weil er hier der Ehrengast ist, dachte Noëlle. Bislang hatte Erik nämlich keinerlei faule Tendenzen erkennen lassen. Klar, sie waren immer noch am Anfang ihrer Beziehung und gaben sich beide alle Mühe, präsentierten sich immer noch von ihren jeweiligen Schokoladenseiten. In Eriks Fall bedeutete das: Er brachte Noëlle Frühstück ans Bett und räumte die Küche auf, wenn sie zusammen gekocht hatten. Aber wer wusste schon, wie es in drei Monaten wäre? Würde Erik sich dann einfach an den Tisch setzen, wenn er Hunger bekäme, oder sich auch da noch an den Herd stellen und für sie ein Abendessen zaubern?

Vielleicht handelte es sich auch einfach nur um irgendein Gesetz, das hier im Hause Flock galt: Wenn der verlorene Sohn zurückkehrte, mussten alle strammstehen, und er durfte es sich gut gehen lassen. Vielleicht hatten sie ja vereinbart, dass er nicht derjenige zu sein brauchte, der noch eine Flasche Wasser oder eine fehlende Gabel holen lief. Noëlle nahm sich vor, sich nicht weiter den Kopf darüber zu zerbrechen.

Plötzlich spürte sie eine Hand auf ihrem Unterarm und drehte sich zur Seite. Onkel Rudi hatte sich zu ihr herübergebeugt. »Wer Ohren hat zum Hören, der höre«, wisperte er, dann zwinkerte er ihr zu und ließ sich wieder gegen die Lehne seines Stuhls fallen.

Noëlle hatte keine Ahnung, was sie darauf erwidern sollte. Onkel Rudi war wirklich ein komischer Kauz.

Zum Glück kamen im selben Augenblick Lasse und Finya aus der Küche. Jeder von ihnen hielt zwei Teller in der Hand. Hinter ihnen trippelte die Mutter her.

»Hab ich extra für dich gekocht, mein Schatz«, verkündete sie und stellte den ersten Teller vor Erik ab. »Möhren-Ingwer-Suppe.« Sie sah ihn liebevoll an. »Die magst du doch so gern.«

»Meine Lieblingssuppe«, schwärmte Erik und schenkte Noëlle über den Tisch hinweg ein Lächeln.

Memo an mich, schoss es ihr durch den Kopf: Möhren-Ingwer-Suppen-Rezept von Eriks Mutter besorgen.

Finya stellte ihr einen Teller vor die Nase. Obenauf in der orangefarbenen Suppe dümpelte ein Kringel Schlagsahne, der mit Kresseblättchen garniert war.

»Hmm, das wird ein Festmahl!«, meinte Erik in diesem Moment, schüttelte seine Stoffserviette aus und stopfte sie sich in den Kragen. Sein Vater und Onkel Rudi taten es ihm gleich – offenbar ein weiterer Brauch in der Familie. Nur Oma Lisbeth verweigerte ihre Serviette, selbst als Finya ihr beim Umbinden helfen wollte.

»Ich bin kein kleines Kind mehr!«, meckerte sie und stieß den Löffel, den sie bereits in der Hand hielt, mit so viel Karacho in die Suppe, dass es in alle Richtungen spritzte – natürlich auch auf das hellgelbe Kostüm. Selbst die Brosche bekam etwas ab.

Frau Flock seufzte theatralisch und hob die Hände. »Womit hab ich das verdient?«, jammerte sie. Dann flitzte sie davon, um die fehlenden zwei Teller Suppe aus der Küche zu holen.

Oma Lisbeth fing bereits an zu löffeln, obwohl noch nicht mal alle einen Teller bekommen hatten, geschweige denn am Tisch saßen. Onkel Rudi kniff die Augen zusammen und zischte: »Die Würfel sind gefallen.« Dann versenkte auch er den Löffel in der Suppe und begann zu essen, während die anderen immerhin den Anstand hatten zu warten, bis Eriks Mutter ebenfalls mit einem dampfenden Teller vor sich am Tisch saß.

Dann sah sie in die Runde und erhob die Stimme: »Ich freue mich über alle Maßen, dass mein lieber Erik wieder da ist und dass er seine neue Freundin mitgebracht hat …«

»So neu ist die doch gar nicht mehr«, meinte Finya trocken.

»Nölle«, warf Lasse ein und kicherte.

»Dass er seine neue Freundin *Noëlle* mitgebracht hat« – Monika Flock sprach den Namen extra betont aus –, »macht die Sache umso schöner. Guten Appetit!«

Sofort senkte sich gefräßige Stille herab. Betriebsam löffelte die Familie Suppe, und auch Noëlle griff zu ihrem Löffel. Dann schnupperte sie. Irgendwas roch da doch merkwürdig – gar nicht so, wie sie Möhren-Ingwer-Suppe kannte … Da war irgendwas Süßes dran, irgendwas … Schokoladiges? Oder war das Zimt?

Sie suchte den Blick von Eriks Mutter. »Frau … Frau Flock«, setzte sie an, wurde aber direkt unterbrochen.

»Ach, sag doch Monika zu mir! Oder Flöckchen – so nennen mich alle in Krummenau.«

»Also gut … Monika«, sagte Noëlle verlegen. Eriks Mutter Flöckchen zu nennen ging ihr dann doch ein wenig zu schnell. Wer wusste schon, welche merkwürdigen Spitznamen die anderen ausgruben, wenn man sich beim Verdauungsschnaps erst einmal näherkam? »Ist da irgendein besonderes Gewürz drin? Die Suppe riecht wirklich lecker, aber ich kann es nicht benennen …«

»Na klar«, rief Monika Flock. »Das ist unsere hiesige Spezialität – Lebkuchengewürz.«

Es dauerte einen Moment, ehe Noëlle die Information verarbeitet hatte. Lebkuchengewürz … Das konnte nicht gut sein. Sie schluckte trocken und griff mit eisigen Fingern nach dem Wasser, das irgendwer ihr eingegossen hatte.

Sie würde diese Suppe essen müssen. Auch wenn sie Lebkuchen verabscheute. Sie konnte doch nicht schon beim ersten Besuch der Familie ihres Freundes und direkt beim ersten Gang den Schwanz einziehen. Ihre eigene Mutter würde so was auch nicht gutheißen – und prompt flüsterte deren Stimme in Noëlles Innenohr: »Iss deinen Teller leer, wenn du bei fremden Leuten bist! Benimm dich! Und sag danke!«

Als sie sich endlich dazu durchrang, den Löffel in die Suppe zu tunken, kratzte Onkel Rudi neben ihr bereits die Reste aus seinem Teller. Ob es irgendjemandem auffiele, wenn sie ihm ihre Portion unterjubelte? Aber wie sollte sie das anstellen? Für einen Moment schloss sie die Augen, und sofort zog nicht etwa ihr Leben, sondern ein alter Sketch von Mr. Bean an ihr vorüber, der darin sein Steak haché so widerlich findet, dass er es vor dem Kellner versteckt … in der Blumenvase auf dem Tisch. Unter dem Salzstreuer. In der Serviette.

Doch als Noëlle die Augen wieder aufschlug, musste sie feststellen, dass auf dem Tisch der Familie Flock definitiv zu wenige Blumenvasen auf dem Tisch standen.

Es half alles nichts … Tapfer löffelte sie drauflos. Ja, der Lebkuchengeschmack war ekelhaft und noch stärker herauszuschmecken als zu riechen, obwohl Karotte und Ingwer ja durchaus auch ordentlich Eigengeschmack hatten. Noëlle aß immer schneller – sie könnte sich ja womöglich die Zunge verbrennen und dann gar nichts mehr schmecken …

Doch leider blieb ihr Wunsch unerfüllt.

»Und, schmeckt's?«, kam es in diesem Augenblick von Monika.

Noëlle, die sich stumpf ins Essen vertieft hatte, um möglichst weder aufzustoßen noch sich zu schütteln, sah wie ertappt auf. Alle Augen waren auf sie gerichtet.

In ihrer Verzweiflung verzog sie den Mund zu einem schiefen Lächeln. Dann nickte sie hektisch. »Sehr gut«, flunkerte sie. Dass ihr die Nase nicht lang wurde!

»Auch Nachschlag?«, wollte Finya wissen, die in diesem Moment aufstand und ihren Teller in die Küche trug.

Entsetzt starrte Noëlle ihr nach. »Nein! Nein, ich … Ich bin keine so gute Esserin …«

»Glaub ihr kein Wort!«, mischte sich Erik ein. »Sie sieht aus wie ein Hering, aber essen kann sie wie ein echter Kerl!«

Finya kam mit dem Suppentopf aus der Küche zurück und schwang die Kelle – bedrohlich, wie Noëlle fand.

»Ein Rest wäre noch da.«

»Ich fürchte die Danaer, auch dann, wenn sie Geschenke bringen«, kommentierte Onkel Rudi und schob seinen Teller ein Stück von sich weg.

Noëlle legte sich die Hand auf den Bauch. »Wirklich, die Suppe ist ganz ausgezeichnet, aber ich bin jetzt schon fast satt.«

Erik brach in Gelächter aus. Dasselbe volle, kernige Lachen, das sie sonst so gern hörte.

»Noëlle ist viel zu höflich! Gib ihr den Rest, los, sonst schleicht sie heute Nacht noch in die Küche und plündert den Kühlschrank!«

Während Finya ihr zwei weitere Kellen Karotten-Ingwer-Suppe auftat, spürte Noëlle, wie ihr die Hitze ins Gesicht stieg, auch wenn ihre Hände mal wieder eisig waren. Erik hatte sie gewiss nur in Schutz nehmen wollen – und klarstellen, dass sie tatsächlich keine schlechte Esserin war. Aber damit hatte er sie doch wohl als voll verfressen dargestellt! Sie feuerte einen verärgerten Blick in seine Richtung, doch Erik war schon wieder ins Gespräch vertieft, diesmal mit seinem Bruder Lasse.

Noëlle schnaubte tonlos. Dann nahm sie den Löffel wieder zur Hand, atmete tief ein und wieder aus und machte sich über die Suppe her. Sie würde hier keinen schlechten Eindruck hinterlassen. Sie sagte nicht nein, wenn man ihr Nachschlag anbot. Sie aß alles auf, was man ihr vorsetzte. Schlimmer als Karotten-Ingwer-Suppe mit Lebkuchengeschmack konnte es schließlich nicht werden.

Eine Gewissheit, die bereits Minuten später ins Wanken geraten sollte. Denn es wurde Hirschbraten aufgetischt – mit Lebkuchenknödeln und Kirsch-Lebkuchensoße. Fassungslos vor Entsetzen sah Noëlle zu, wie Monika Flock ihr drei riesige runde Teigkugeln auf den Teller legte und alles in literweise Soße tränkte.

»An dir ist doch nichts dran, Noëlle! Du kannst einen Knödel mehr vertragen!«

»Wo ist eigentlich Saskia?«, fragte Oma Lisbeth dazwischen. Sie hatte auch diesmal wieder als Erste den Teller vollgehäuft bekommen und einfach angefangen zu essen. Ihr hellgelbes Oberteil ließ mittlerweile deutlich erkennen, was es bereits gegeben hatte, und irgendwie erinnerte Oma Lisbeths Front Noëlle an ein Kunstwerk von Jackson Pollock. Der hatte doch auch immer so rumgespritzt mit seinen Farben.

Während des Hauptgangs, den Noëlle nur hinter sich brachte, indem sie an all die anderen Dinge dachte, die sie gerne aß, gab Rudi mit vollem Mund weitere lateinische Sprüche zum Besten, die jedoch keinen so recht zu interessieren schienen. Manchmal warf ihm seine Schwester einen bösen Blick quer über den Tisch zu, die meiste Zeit brabbelte er aber einfach vor sich hin und sagte Dinge wie: »Sie schwankt, aber sie geht nicht unter.« Oder: »Karthago muss zerstört werden!« Oder:

»Die spinnen, die Römer.« Noëlle stellte sich bildlich vor, wie über den Köpfen rund um den Tisch Sprechblasen erschienen. In Monika Flocks Sprechblase wären sicher Totenköpfe und kleine Bömbchen aufgetaucht …

Oma Lisbeth schien von alledem nichts mitzubekommen. Sie schob sich in einem Affenzahn und mit zittriger Hand einen Happen nach dem anderen in den Mund, ohne vom Rest der Bagage groß Notiz zu nehmen. Manchmal nippte sie auch an ihrem Bier (merkwürdigerweise war sie die Einzige, die Bier trank, alle anderen hatten Saft und Wasser) und sah nach einer halben Stunde bereits aus, als hätte sie seit Tagen aus einem Trog gegessen und nicht am Tisch und mit Messer und Gabel. Einzig die Frisur saß noch genau wie vorgesehen – alles andere glich einem spätrömischen Schlachtfeld.

Erik und seine Geschwister diskutierten gerade hitzig, wie der Trainer seiner Mannschaft im nächsten Spiel die Aufstellung gestalten solle, um die Lücken in der Abwehr besser zu schließen, Georg Flock mampfte glücklich schweigend vor sich hin, und Monika betrachtete ihren Erstgeborenen mit dem Stolz einer Mutter, wie Noëlle ihn nur von Eltern hochbegabter Fünfjähriger kannte, die gerade das schwerste Klavierstück der Welt gespielt und gleichzeitig auf Mandarin ein Interview gegeben hatten. Dann hob sie auch noch allen Ernstes die Hand, legte sie an Eriks Wange und fragte: »Sag mal, hast du Temperatur? Du siehst irgendwie krank aus.«

»Er sieht doch nicht krank aus«, bemerkte Finya und kratzte mit der Gabel ihren Teller sauber.

»Eigentlich geht's mir ganz gut«, meinte Erik und sah seine Mutter verwundert an.

»Wo ist eigentlich Saskia?«, wollte Oma Lisbeth erneut wissen und schwappte einen Schwung Bier auf die Tischdecke. Dann schielte sie neidisch auf Noëlles Teller, auf dem sich immer noch anderthalb Knödel und gefühlte zwei Liter Soße befanden. Wie gern hätte Noëlle ihr den Teller rübergeschoben, aber da hätte sie an Onkel Rudi vorbeigemusst, und der hätte sie hundertprozentig verraten.

»Doch, doch, du bist ganz heiß«, sagte Eriks Mutter wieder und legte ihm die Oberseite ihrer Finger auf die Stirn. »Hast du Halsschmerzen, Schatz?« Sie sah in die Runde. »Früher hatte er oft Halsschmerzen.«

»Nein, eigentlich nicht«, erwiderte Erik und fasste sich unwillkürlich an die Kehle. »Wobei, so ein leichtes Kratzen ...«

Noëlle zog die Augenbrauen zusammen, sagte aber nichts. Erik war putzmunter und stand voll im Saft. Wo sollte der denn auf einmal eine Erkältung herbekommen haben? Das war doch Quatsch!

»Komm, ich mach dir einen Tee, Liebling«, sagte Monika Flock und stand auf. »Nicht dass du mir noch richtig krank wirst!«

Erik machte ein Gesicht, das Noëlle ein wenig an einen Hundewelpen erinnerte. Dann legte er sich selbst prüfend die Hand auf die Wange und hüstelte kurz.

Noëlle wunderte sich ein wenig über sein Verhalten. Sie ließ den Blick am Tisch entlangschweifen. Alle waren fertig – aber die anderen hatten auch viel weniger aufgetan bekommen als sie. Sie horchte in sich hinein, befragte ihr Gewissen, doch das wurde von der nervigen Stimme ihrer Mutter übertönt, die sie in einem fort daran erinnerte, wie unhöflich es sei, bei fremden Leuten nicht aufzuessen.

»Süß und ehrenvoll ist es, fürs Vaterland zu sterben«, murmelte Onkel Rudi im selben Moment und warf einen kritischen Blick auf ihren Teller. Noëlle beschloss, es gut sein zu lassen. Sie schob Messer und Gabel zusammen und legte beides quer über den Teller. Dann lehnte sie sich in ihrem Stuhl zurück und wartete.

Als Monika Flock ein paar Augenblicke später aus der Küche wiederkam, ihrem Sohn eine Tasse mit dampfendem Tee vor die Nase stellte und ihn anwies auszutrinken, fiel ihr Blick auf Noëlle. »Bist du etwa schon satt?«

Sie nickte. »Pappsatt. Ich krieg nichts mehr runter.« Sie zwang sich sogar dazu, sich nicht dafür zu entschuldigen. Sie hatte schon mehr als genug gegessen und ein enormes Opfer gebracht. Wenn sie das später Ann-Kristin erzählte, würde die ihr garantiert den Kopf waschen.

»Wie schade! Hat es dir nicht geschmeckt?«

»Doch!«, sagte Noëlle schnell. »Es war fantastisch.«

»Na, dann bleibt ja noch ein bisschen Platz für den Nachtisch«, meinte Monika ungerührt, trat hinter Noëlle und zog ihr den Teller weg, nur um drei Minuten später eine riesige Schale dort zu plazieren.

»Lebkuchentiramisu. Wie alles am heutigen Tag aus den Original Krummenauer Lebkuchen.«

Noëlle starrte auf das Dessert hinab. Ein bisschen fühlte sie sich wie im Dschungelcamp, wenn die Teilnehmer lebende Mehlwürmer, Kakerlaken und Tiertestikel essen mussten. Dann beobachtete sie Oma Lisbeth dabei, wie sie sich mit Feuereifer und ohne Rücksicht auf Verluste durch ihr Tiramisu futterte. Das war die richtige Einstellung. In diesem Sinne, auf in die Schlacht!

Als sie nach zehn Minuten ehrgeizigen Spachtelns endlich die letzten Lebkuchenkrümel aus ihrer Schale kratzte, schnaufte sie erleichtert durch. Das wäre geschafft. Schlimmer konnte es jetzt *wirklich* nicht mehr kommen.

»Wann wollen wir eigentlich los in die Eishalle?«, fragte Lasse, und Oma Lisbeth erhob erneut ihre Stimme: »Ich würde wirklich gerne wissen, wo eigentlich Saskia ist!«

4

Sie marschierten durch das winterliche Krummenau. Obwohl Noëlle sich ziemlich sicher gewesen war, dass zuvor nur ein zwar unangenehmer, aber nicht weiter zu beachtender Schneeregen gefallen war, der quasi in dem Moment wegschmolz, da er den Boden berührte, waren die Flocken in der Zwischenzeit liegen geblieben und bildeten einen weißen Flaum auf dem grauen Asphalt.

Noëlle schniefte. Das ekelhafte Lebkuchenmenü lag ihr schwer im Magen. Mittlerweile hatte sie erfahren, dass Vater Flock Produktionsleiter in der örtlichen Lebkuchenfabrik war und deswegen unbeschränkten Zugang zu der »kostbaren« Ressource hatte. Noëlle fragte sich, warum in Krummenau keine Gummibärchen hergestellt wurden. Oder Schokolade. Von ihr aus sogar Autoreifen. Sie hätte sich alles in einem Drei-Gänge-Menü vorstellen können, alles – Hauptsache kein Lebkuchen.

Während sie durch das Dorf wanderten, die ganze Familie in Zweierreihen, Oma Lisbeth und Monika Flock vorweg, dann Lasse und Onkel Rudi, Finya und ihr Vater und zuletzt Noëlle nebst Erik, nahm sie wieder diesen unverkennbaren Duft wahr, der hier anscheinend überall in der Luft lag. Lebkuchen. Sie drehte sich in die Richtung, in der sie die Fabrik vermutete, und tatsächlich: Hinter ein paar Häuserreihen entdeckte sie die hohen Schornsteine, die in die graue Winterluft ragten und die Atmosphäre mit weihnachtlichem Aroma verpesteten.

»Riecht das nicht wunderbar?« Erik stieß sie sanft mit dem Ellbogen an – was Noëlle dank seiner Größe und Körperkraft für einen kurzen Augenblick zum Taumeln brachte. Er rettete sie, bevor sie stolpern konnte, indem er einen Arm um ihre Hüfte schlang. »Alles gut, Schatz?«

Noëlle nickte. Sie brachte es einfach nicht übers Herz, ihm zu sagen, dass das eigens für sie beide gezauberte Menü eine große kulinarische Katastrophe gewesen war. Also lächelte sie tapfer, beschloss, die vergangenen zwei Stunden irgendwo in den Tiefen ihrer Erinnerung zu vergraben, ein Schild mit der Aufschrift »Sperrgebiet« davorzustellen und jede Menge Absperrband drumherum auszurollen.

Es war ja nicht so, dass sie in Krummenau den Rest ihres Lebens verbringen musste – oder Tag für Tag so tun, als würde sie Lebkuchen *lieben*. Sie waren auf Stippvisite in der Heimat ihres Freundes, und das würden sie in der Zukunft noch öfter sein, allerdings maximal ein Besuch pro Quartal, beschloss Noëlle. Sie würde die Flocks einfach genauso behandeln wie ihre eigene Familie: Man konnte sie sich nun einmal nicht aussuchen, aber man durfte selbst entscheiden, wie nah man sie kommen ließ, und wenn sie so derartig versessen waren auf Lebkuchen, wäre das dann eben nicht besonders nah. So.

Irgendwann (und nach Möglichkeit schon bald, nahm Noëlle sich vor) würde sie Erik von ihrem Weihnachtstrauma berichten. Er würde sich totlachen, sie würden sich in die Arme fallen und anschließend verdammt guten Sex haben, und danach wäre die Sache geklärt und abgehakt. Nicht mehr als ein vertrauliches Zuzwinkern, wenn sie das nächste Mal nach Krummenau kämen. Ein Geheimnis zwischen ihr und Erik. Etwas, was sie einte, was sie stärker machte.

Noëlle spitzte die Lippen, stellte sich auf die Zehenspitzen und gab Erik einen winterlich-frösteligen Kuss auf den Mund. »Es geht mir ganz wunderbar«, meinte sie und legte ihre Stirn an sein Kinn. Jetzt hob er auch den anderen Arm, zog sie an sich, und Noëlle kuschelte sich in seine Umarmung.

Nach den ersten Dates hatte sie Eriks beste Freunde kennengelernt, Tim und Max. Weder spielten die beiden Eishockey, noch waren sie dem Wikinger, dem Erik glich, sonderlich ähnlich. Es waren einfach seine beiden engsten Bezugspersonen seit der Pubertät. Das erste Aufeinandertreffen war wunderbar gewesen, warmherzig und lustig, und Tim und Max hatten sich die größte Mühe gegeben, Erik nach allen Regeln der Kunst bloßzustellen. Noëlle hatte die Frotzeleien genossen – immerhin war ihr in diesem Moment erst so richtig bewusst geworden, wie tief Amors Pfeil Erik getroffen hatte.

»Und? Was ist das mit euch?«, hatte Tim plötzlich gefragt und Noëlle forsch angefunkelt. »Seid ihr jetzt zusammen oder was?«

Uff. Noëlle suchte nach Worten. Klar, sie und Erik hatten sich seit einigen Wochen mehr oder weniger regelmäßig getroffen, und es hatte auch niemand anderen gegeben – und außerdem hatte sie von Mal zu Mal und Treffen um Treffen mehr Schmetterlinge in ihrem Bauch herumfliegen gespürt. Aber war das schon – »zusammen«? Keiner von beiden hatte bislang die heiligen Worte in den Mund genommen, und die Zeiten von »Willst du mit mir gehen?«-Zetteln waren ja nun auch schon eine Weile her.

Sie sah mit aufsteigender Panik in Eriks Richtung. Der hatte den Blick gesenkt und betrachtete eingehend seine Fingernägel.

»Ich … also …«, setzte Noëlle zu einer Erklärung an. Oder eher: zu einer Ausrede.

»Ich kann das für dich abkürzen«, fiel Tim ihr grinsend ins Wort. »Erik hat mir schon erzählt, dass er mit dir zusammen sein will. Und wenn du das auch willst, erkläre ich euch hiermit zu Freund und Freundin.« Dann hielt er Noëlle die Bierflasche zum Anstoßen hin, stand auf und zog sie in eine Umarmung. »Na, dann lass dich mal drücken!«

Noëlle war gerührt, Erik peinlich verlegen, und er umklammerte ihre Finger so fest, dass sie schon meinte, die Knochen knacken zu hören. Als sie zu ihm rübersah, bemerkte sie, dass er tomatenrot angelaufen war und sie aus großen Augen anschaute. Das war der Moment gewesen, in dem Noëlle gewusst hatte: der und kein anderer. Einen Mann, den sie dermaßen aus der Fassung bringen konnte, musste sie einfach lieben.

»He, ihr Turteltäubchen!«, rief eine Stimme aus einiger Entfernung. Es war Finya, die sich gerade bückte, um aus der nur zentimeterdicken Schneeschicht auf dem Boden einen kleinen, harten Schneeball zu formen.

Noëlle zuckte instinktiv zusammen. Eine Schneeballschlacht war so ziemlich das Letzte, was sie jetzt wollte.

Erik drohte seiner Schwester mit der Faust, Finya ließ den Schneeball fallen, dann zog er Noëlle weiter. Sie schlossen sich wieder der Familie an, die an der Ecke zum Marktplatz bereits auf sie wartete.

»Jetzt will ich Noëlle mal«, verkündete Monika Flock gut gelaunt, ließ die Oma stehen und stapfte auf Noëlle zu. »Erik, geh zur Omi. Die will auch mal was von ihrem Lieblingsenkel haben.«

»Ey!«, rief Lasse, griff sich eine Handvoll Schnee von einem Mäuerchen und schleuderte ihn in ihre Richtung. Doch Monika grinste nur, schüttelte die paar Flocken ab und hakte sich bei Noëlle unter.

»Jungs!«, meinte sie kopfschüttelnd. »Konkurrieren immer um die Herzen der Damen, selbst wenn sie fünfundachtzig Jahre alt sind.«

Noëlle lächelte. Mal abgesehen von ihren Lebensmittelvorlieben war Eriks Familie ja wirklich nett. Vor allem Monika Flock war Noëlle dank der offenen und herzlichen Art gleich sympathisch gewesen. Die kleine Frau war ein Wirbelwind und führte eindeutig das Regiment im Hause Flock. Vater Georg war wesentlich ruhiger, sagte nur etwas, wenn er gefragt wurde – aber er hatte Noëlle in den vergangenen zwei Stunden ein-, zweimal vielsagend zugezwinkert und sie freundlich angelächelt, und das war für einen sonst de facto stummen Mann doch mal ein gutes Zeichen.

Sie überquerten den Marktplatz und liefen auf vier Bänke zu, die mit den Rückseiten zueinandergewandt im Quadrat in der Mitte standen. Jetzt würde Noëlle diese merkwürdigen Lebkuchis, die auf zweien der Bänke saßen, etwas genauer in Augenschein nehmen können.

Sie waren in etwa so groß wie Menschen, schienen aus Fiberglas oder etwas Ähnlichem gefertigt zu sein und waren braun gestrichen, mit weißen Knöpfen auf der Brust und einem debilen Grinsen im Gesicht, das der Zuckerpaste nachempfunden war, eben wie bei echten Lebkuchenmännchen.

»Das sind Adam und Eva«, sagte Erik, der sich wieder neben Noëlle gestellt hatte.

»Wie bitte?«, fragte sie. Es schien ihr doch ein wenig übertrieben, die beiden Lebkuchenfiguren nach den beiden ersten Menschen zu benennen.

»Ja, weil das die ersten Lebkuchis sind, die in Krummenau aufgestellt wurden«, erklärte Erik.

Also doch. Aha.

»Die Original Krummenauer Lebkuchen sind weltweit bekannt«, mischte sich Lasse ein, der neben ihnen aufgetaucht war. »Trotzdem waren die Zahlen eine Zeit lang rückläufig – wegen der Konkurrenz aus Fernost.«

Noëlle versuchte, sich vorzustellen, wie in indonesischen Sweatshops unter desaströsen humanitären Bedingungen Lebkuchen gebacken wurden. Es wollte ihr nicht recht gelingen.

»Ursprünglich, also vor mehr als hundert Jahren, gab es nur einen einzigen Bäcker in Krummenau, der Lebkuchen hergestellt hat – ein Vorfahre der Konditorei Fenchelmann«, fuhr Lasse fort.

Monika Flock seufzte. »Und Fritz wird nicht müde, das immer wieder zu betonen.« Sie verstellte ihre Stimme und seierte in einem hochnäsigen Tonfall: »Florian Fenchelmann, mein Großvater, hat das Lebkuchenhandwerk in Nürnberg erlernt. Nur ihm ist es zu verdanken …« Sie verdrehte die Augen.

Noëlle musste lachen.

»Die Fenchelmanns haben früh erkannt, dass die Lebkuchen aus Nürnberg nicht für jedermann erschwinglich waren, außerdem war der Transport bis hierher teuer. Also bauten sie ihre Bäckerei aus – auf dem Gelände, wo heute die Fabrik steht«, dozierte Lasse weiter. Offensichtlich hielt er seine kleine Rede nicht zum ersten Mal. »Und dann, in den Achtzigerjahren, als es dem Unternehmen und dem Dorf durch die vielen neuen Arbeitsplätze in Produktion, Vertrieb und Verwaltung schon seit Jahrzehnten richtig gut ging, entschied Fritz Fenchelmann, dem Ruf des Geldes zu folgen.« Er seufzte. »Er verkaufte seine Großbäckerei an den spanischen Süßwarenhersteller Mandeliz. Sehr zum Unmut der Krummenauer übrigens.«

Onkel Rudi schüttelte griesgrämig den Kopf. Auch er hatte Lasses Vortrag schweigend gelauscht. »Verfluchter Hunger nach Gold!«, murmelte er.

»Genau.« Lasse nickte. Und auch der Rest der Familie schien ausnahmsweise mit Rudi einer Meinung zu sein. »Mandeliz machte die Bäckerei jedenfalls ziemlich bald dem Erdboden gleich und stellte diese riesige Fabrik auf das Gelände. Aber« – und jetzt zwinkerte er Noëlle zu – »wie immer ist nichts so schlecht, als dass es nicht auch etwas Gutes hätte. Die neue Fabrik verfügte über die modernsten Produktionsstraßen und die besten Maschinen. Das war zwar schlecht für die Krummenauer, weil Stellen eingespart wurden, aber gut für die Gewerbesteuer.« Er rieb Daumen und Zeigefinger aneinander. »So gut wie in dieser Zeit ging es dem Dorf noch nie.«

Noëlle nickte stumm. Das ging ihr jetzt doch etwas zu sehr ins Detail. Lebkuchen und Gewerbesteuer … Wenn sie ehrlich war, gab es nichts, was ihr gleichgültiger gewesen wäre. Aber wie immer galt: Lächeln und freundlich bleiben.

»Tja. Und vor zehn Jahren war dann Schluss …«

Lasses Blick verlor sich im Nichts, und auch die anderen schwiegen und starrten in die Mitte des kleinen Kreises, den sie gebildet hatten, als stünden sie um ein offenes Grab herum und betrauerten das Ableben eines Freundes. Noëlle erwartete beinahe, dass jemand ein Schippchen aus der Jackentasche zaubern und etwas Erde in die Grube werfen würde.

»Mandeliz hat die Produktionsstätte Krummenau geschlossen und die Original Krummenauer Lebkuchen aus dem Sortiment genommen.«

Noëlle seufzte. Tief. Dann sah sie verstohlen von einem Flock zum nächsten. Sie alle schienen von Lasses Worten ergriffen zu sein. Also seufzte sie noch mal, nur um sicherzugehen.

»Von einem Tag auf den anderen war hier nichts mehr zu holen«, fuhr er fort. »Papa wurde arbeitslos.«

Georg Flock nickte traurig.

»Mutti wurde arbeitslos.«

Monika Flock nickte wütend.

»Jeder hier aus Krummenau, der in der Lebkuchenfirma gearbeitet hatte, stand von einem Tag auf den anderen auf der Straße. Bums, aus, vorbei.«

Tja, dachte Noëlle. Lebkuchen. Ein riskantes Geschäft.

»Nur der Fenchelmann – der hat sich ins Fäustchen gelacht«, knurrte Mutter Flock. »Der hatte nämlich seine alte Backstube weiterbetrieben, wenn auch nur im Kleinen. Tja, und das Geld von Mandeliz hatte er ja auch noch.«

Wie auf Kommando verzogen die Flocks angewidert die Gesichter, und Onkel Rudi spuckte (symbolisch, hoffte Noëlle) auf die Erde. Auch sie selbst gab sich alle Mühe, möglichst erzürnt auszusehen. Insgeheim betete sie jedoch, Lasses Geschichte möge nicht mehr allzu lange dauern. Davon abgesehen, dass sie seine Ausführungen ein wenig zu ausschweifend fand und langsam nicht mehr wusste, wie sie darauf reagieren sollte, war ihr – wie hätte es auch anders sein können – saukalt. Sie spürte mittlerweile mit jeder Faser ihres Körpers die Kälte, die trotz dicker, selbst gestrickter Socken von Mama, Strumpfhose und langer Unterhose an ihren Unterschenkeln entlang nach oben wanderte.

Eriks Bruder sah auf. »Zum Glück hatte eine gewisse Person dann die rettende Idee.«

Auch Noëlle hob den Kopf und sah, wie alle Monika Flock anschauten. Die kleine Frau grinste stolz wie Oskar, wirkte mit einem Mal einen Kopf größer, und Onkel Rudi sagte: »Heureka!«

»Ist das nicht Griechisch?«, fragte Noëlle verblüfft, doch keiner reagierte.

»Wir haben die Firma gekauft«, verkündete Monika Flock stolz.

Mit dieser Wendung hatte Noëlle nicht gerechnet. »Ihr habt *was?*«, platzte es aus ihr heraus. Sollte sie jemals in Betracht gezogen haben, in diese Familie einzuheiraten, rückte dieser Wunsch gerade in weite Ferne. Schwiegertochter einer Lebkuchendynastie, und dann auch noch mit dem Namen Noëlle Christmann – wahlweise Noëlle Flock. Oder Flock-Christmann. Das wäre …

Aber weshalb machte sie sich eigentlich ums Einheiraten Gedanken, Herrgott noch mal? Sie war zum ersten Mal in ihrem Leben in Krummenau. Man musste ja den Tag nicht vor dem Abend loben.

»Ja, wir haben die Firma gekauft. Genial, oder?« Erik sah sie erwartungsvoll an.

»Na ja«, setzte Noëlle an. Wenn man es darauf anlegte, Besitzer einer Lebkuchenfabrik zu werden, war das sicher ein gewiefter Schachzug. Ansonsten …

»Dank Muttis Idee konnten am Ende die Konditorei Fenchelmann, die Bäckereien Nelk *und* Inge Wehr überzeugt werden, Mandeliz die Firma zu je fünfundzwanzig Prozent abzukaufen. Die restlichen zehn Prozent hat die Gemeinde übernommen.«

»Und uns gehören die verbleibenden fünfzehn Prozent«, verkündete Monika Flock stolz. »Mandeliz wollte das Gebäude samt Maschinen loswerden, deswegen waren sie einem Verkauf gegenüber auch nicht abgeneigt. Es war also nicht schwer. Viel schwieriger war es, die anderen an einen Tisch zu bekommen.« Eriks Mutter schüttelte den Kopf. »Vor allem Fenchelmann und Nelk. Die reden ja seit Jahren nicht mehr miteinander. Angeblich hat der eine dem anderen das Rezept geklaut, vor über fünfzig Jahren.«

»Und Brommel, der Krummenauer Ortsvorsteher, hat es natürlich auch nicht hinbekommen, die Gemüter zu beruhigen.« Lasse schüttelte wieder den Kopf. »Da musste wieder Mutti ran.« Er legte ihr den Arm um die Schulter und tätschelte selbige.

»Na ja, war ja kein Hexenwerk. Bloß ein bisschen gesunder Menschenverstand.«

»Mutti«, tadelte Erik, »sei nicht immer so bescheiden. Du hast Krummenau und die Lebkuchenfabrik gerettet!«

Und da stimmten ihm alle zu. Selbst Noëlle ertappte sich dabei, wie sie einem Wackeldackel gleich nickte. Dem Himmel sei Dank war Flöckchen zur Stelle, wenn in Krummenau der Haussegen schiefhing.

»Wer von euch arbeitet denn in der Lebkuchenfabrik?«, wollte sie nun doch wissen.

»Na, alle!« Finya sah Noëlle an. »Bis auf Onkel Rudi und Erik natürlich. Papa ist Produktionsleiter, Mutti sitzt in der Geschäftsführung. Lasse leitet das Labor mit den Neuentwicklungen, und ich bin im Marketing.«

O. Mein. Gott. Sämtliche Flocks waren … Lebkuchenmänner. Und -frauen.

»Sogar Oma Lisbeth hat in der Lebkuchenfabrik gearbeitet«, ergänzte Monika Flock.

»Mein Leben lang!«, präzisierte Oma Lisbeth, und Noëlle sah, wie sich der Blick der alten Dame verklärte, als sie an damals dachte.

»Die gute alte Zeit«, murmelte Onkel Rudi, als hätte er Noëlles Gedanken gelesen, und fügte hinzu: »Aus der Gerechtigkeit erwächst der Friede, aus dem Frieden die Freude.«

Monika Flock drehte sich um hundertachtzig Grad und wies in Richtung Rathaus. »Da drin sitzt der Ortsvorsteher,

Brommel. Hat nichts drauf außer Zahnbelag. Aber irgendwer muss ihn wohl gewählt haben.«

»Vermutlich Fenchelmann und Konsorten«, knurrte Lasse. »Fenchelmann ist alles zuzutrauen. Ein Widerling«, raunte er Noëlle zu.

Monika Flock seufzte, dann wandte sie sich ihrem Sohn zu. »Heute Nachmittag findet übrigens eine Bürgerversammlung statt. Ich weiß, du bist hier, weil du uns Noëlle vorstellen wolltest, aber die Sitzung wurde ganz kurzfristig angesetzt, und ich muss da natürlich hin.«

Erik nickte. »Klar, kein Problem, Mutti. Ich weiß doch, wie wichtig das für dich ist.« Er sah Noëlle an. »Wir gehen in der Zwischenzeit ganz einfach Schlittschuh laufen.«

»Ich hatte eigentlich gehofft ...« Eriks Mutter hielt zögerlich inne. »Könntest du nicht vielleicht mitkommen? Auf dich hören sie doch alle.«

»Aber Mutti!«, protestierte Erik. »Ich kann doch Noëlle nicht allein lassen!«

»Öhm, also ...« Noëlle dachte fieberhaft nach. Bürgerversammlung bedeutete: keine Eishalle. Bürgerversammlung bedeutete: im Warmen sitzen – daheim bei Familie Flock, während Erik mal kurz weg war, um das Dorf zu retten. »Wenn es dir wichtig ist, dann bestehe ich nicht aufs Schlittschuhlaufen. Das können wir doch jederzeit nachholen.«

Genau. Im Juli oder so.

»Wirklich?« Erik sah sie mit großen Augen an.

»Na klar.« Noëlle tat generös. »He, ich weiß doch, dass dir Krummenau etwas bedeutet. Da werd ich doch wohl mal zurückstecken.« Sie gab sich bescheiden.

Er nahm sie in den Arm. »Du bist die Beste!«

Noëlle grinste verlegen. »Na ja ...«

»Und so lernst du auch die anderen kennen!«

Sie erstarrte.

»Du meinst, ich soll … *mit?*« Noëlle sah zu ihm auf. »Zur Bürgerversammlung?« Ihre Stimme klang schriller, als sie es beabsichtigt hatte. Und ein wenig ängstlich.

»Aber klar!«, sagte Erik. »Da kann ich dich gleich allen vorstellen.«

Im selben Moment zog Monika Flock Noëlle aus Eriks Umarmung und hakte sich ihrerseits wieder bei ihr unter. »Und vielleicht hast du als Marketingexpertin ja eine gute Idee, wie wir die ganze Sache noch ein bisschen besser vorantreiben könnten. Als Fachfrau ist das ja dein Gebiet.«

Noëlle nickte matt. »Na klar«, sagte sie müde. Sie war sich nicht sicher, ob es ihr an diesem Wochenende überhaupt noch mal gelingen würde, nein zu sagen. Aber ganz bestimmt wusste sie, dass jetzt kein guter Zeitpunkt wäre, um damit anzufangen.

»Gut.« Eriks Mutter wandte sich an die anderen. »Was haltet ihr davon? Ihr dreht noch eine Runde, und Noëlle und ich kehren im Café Zimt ein. Da kann ich sie für die Sitzung briefen, ohne dass ihr mir dauernd dazwischenquatscht. Außerdem muss sie unbedingt Lasses neuste Kreation probieren.« Sie nickte ihrem Sohn zu, der stolz grinste.

»Kreation?«, winselte Noëlle. Sie hatte ein ungutes Gefühl im Bauch.

»Den Original Krummenauer Lebkuchentee!«

5

Monika Flock zog Noëlle hinter sich her über den Marktplatz.

»Es ist so schön, dass wir mal ein bisschen Zeit nur für uns haben!«, schnatterte sie aufgeregt. »Nur wir Mädels! Ich bin schon so gespannt, welche Ideen du zu unserer Initiative beisteuern kannst.«

Noëlle schwieg. Dass sie von der Mutter ihres Freundes gekapert worden war, war eine Sache. Dass sie jetzt aber auch noch Marketingtipps raushauen sollte, die andere. Allerdings würden sie endlich wieder ins Warme kommen …

Doch so schnell wurde nichts aus Noëlles wohltemperierten Träumen. Denn Eriks Mutter blieb bereits nach wenigen Schritten unvermittelt stehen und zeigte auf die rechte Seite des Marktplatzes. »Das ist übrigens die Bäckerei Nelk, daneben die Metzgerei Glatz. Und links neben dem Rathaus, die große Glasscheibe?« Sie zeigte in die entsprechende Richtung. »Das ist die Konditorei Fenchelmann. Und das da hinten« – sie drehte sich um neunzig Grad – »ist Anni's Büdchen. Ein kleiner Tante-Emma-Laden, wo man aber alles kriegt, was man so braucht, wenn man's mal nicht in die Stadt zum Supermarkt schafft.«

Noëlle musste sich zusammenreißen, um angesichts des falschen Apostrophs im Namenszug nicht die Augen zu verdrehen. Es hätte »Annis Büdchen« heißen müssen. Aber das sollte einer mal den Krummenauern erklären, die Lebkuchen zur Religion erklärt hatten.

»Und daneben ist das Café Zimt. Das hieß früher mal Wehr, aber wir haben Ines überreden können, den Namen zu ändern – wegen der Touristen!«

Was an Zimt besser war als an Wehr, erschloss sich Noëlle nicht. Und welche Touristen überhaupt? Andererseits wollte sie es so genau auch gar nicht wissen. Hauptsache, sie kamen endlich ins Warme! Mittlerweile spürte sie schon ihre Knie nicht mehr. Ob sie überhaupt noch würde laufen können, wenn sie sich je wieder in Bewegung setzten? Vielleicht würde sie ja auch hier festfrieren. Bis zum nächsten Frühling. Und die Anwohner von Krummenau würden kommen und sie mit Lebkuchenresten füttern …

Unwillkürlich bekam sie eine Gänsehaut.

»Das Café Zimt gehört inzwischen Ines Wehr, der Tochter von Inge, die eine der beiden Bäckereien hier im Dorf betreibt. Inge beliefert das Café.«

»Aber …« Noëlle dachte kurz nach. »Kannibalisiert sich das nicht? Wenn hier einerseits in Cafés und Konditoreien Lebkuchen verkauft werden und andererseits die große Fabrik am Ort produziert?«

Monika Flock schüttelte den Kopf. »Nein. Wehr, Fenchelmann und Nelk backen ausschließlich nach eigenen alten Rezepten. Die Lebkuchenfabrik verkauft nur an Großkunden. Das ist überhaupt gar kein Problem.«

Endlich ging es weiter. Monika Flock manövrierte Noëlle am Arm auf die rechte Seite des Marktplatzes zu und steuerte dann schnurstracks die Bäckerei Nelk an – sie waren also in die entgegengesetzte Richtung unterwegs, weg vom Café Zimt, das Noëlle mittlerweile wie das lockende Paradies vorkam, am Ende vermutlich noch mit plüschigen Sitzkissen und Oma-Dekor, goldenen Bilderrahmen mit röhrenden Hirschen an den Wänden und Plastikblumen in kitschigen Porzellanvasen auf sämtlichen Tischen. Darunter das obligatorische Häkeldeckchen. Vor allem aber war es eines: beheizt. Na ja, mit etwas Glück wäre es auch in der Bäckerei einigermaßen warm.

Eriks Mutter marschierte die drei Stufen zur Eingangstür der Bäckerei hinauf, und Noëlle folgte ihr. Kaum hatte sich die Glastür hinter ihr geschlossen, atmete sie auf – denn es war wirklich warm. Dann schnupperte sie. Die Gewürzmischung, die in der Luft lag, kam ihr bekannt vor. *Zu* bekannt. Sie beschloss, für die Dauer ihres Aufenthalts in der Bäckerei nur durch den Mund zu atmen.

»Flöckchen! Das ist aber schön, dass du mal wieder vorbeischaust!«, rief eine füllige Frau hinter dem Tresen und beugte sich über selbigen, um der viel kleineren Monika Flock zwei Küsschen hinzuhauchen. »Was verschafft mir die Ehre?«

»Ich möchte dir gern meine Schwiegertochter vorstellen«, antwortete Eriks Mutter, und Noëlle glaubte im ersten Moment, sich verhört zu haben.

Schwiegertochter? Äh … Kamen da nicht noch ein paar Schritte dazwischen?

Monika Flock schien ihr Unbehagen nicht entgangen zu sein. »Na ja, Schwiegertochter … Hoffentlich-mal-Schwiegertochter. Noëlle und Erik sind ja erst seit ein paar Monaten zusammen.« Sie wandte sich wieder der Bäckersfrau zu. »Aber sie sind sehr glücklich!«

»Wie schön.« Die dralle Frau musterte Noëlle von Kopf bis Fuß. »Und was darf es für euch sein? Die Spezialität des Hauses?«

Eriks Mutter nickte eifrig. Ein wenig zu eifrig, wie Noëlle fand. »Ja. Fünfhundert Gramm, bitte.«

Die Bäckerin machte sich an einem großen Blech zu schaffen und schnitt mit einem riesigen Messer ein gewaltiges Stück braunen Kuchen ab. Lebkuchen, wie Noëlle vermutete, was sonst?

Sie ließ den Blick über die Auslage schweifen. In diesem Laden gab es *ausschließlich* Lebkuchen. Die gesamte Theke wurde von der Süßigkeit in Beschlag genommen, und zwar in sämtlichen Formen und Varianten: Häuser, Männchen, Weibchen, Tiere, Brezeln, Tannenbäume, diverse Lebkuchentorten und da hinten, einsam und verlassen, ein Sauerteigbrot mit Lebkuchengewürzkruste! Und wo bitte schön bekamen Krummenauer so was Ordinäres wie ein Croissant? Oder ein Laugenbrötchen? Vielleicht im Café Zimt?

»Das«, meinte die Frau hinter der Theke, während sie das viel zu große Stück Kuchen auf einen Pappteller setzte und das Ganze in zartes Papier einschlug, auf dessen Oberseite zwei Lebkuchenmännchen fröhlich herumsprangen, »ist der *originale* Krummenauer Lebkuchen.« Sie lächelte Noëlle freundlich, aber bestimmt zu. Das »original« hatte sie besonders betont. »Egal was die anderen sagen – das hier ist der echte. Alle anderen sind nur Kopien.«

Ihr Lächeln verrutschte keinen Millimeter, als sie das Päckchen über den Tresen an Monika Flock übergab.

»Danke. Endlich haben wir ihn wieder! Ha, ha, ha«, lachte sie aufgesetzt, und auch die Bäckerin lachte. Noëlle hatte das Gefühl, als wäre ihr gerade irgendetwas entgangen.

Die Bäckerin zeigte auf ein Tellerchen am Rand der Theke. »Sie dürfen gern probieren.«

Noëlle riss die Augen auf. »Ah, danke, aber wir hatten gerade ein wirklich opulentes Mahl …« Sie klopfte sich auf den Bauch. »Da passt wirklich nichts mehr rein.«

»Für ein Stück Lebkuchen ist immer Platz«, meinte die Bäckerin, hob den Teller an und hielt ihn schief, so dass die kleinen Lebkuchenquadrate, die darauf lagen, ins Rutschen gerieten und Noëlle jeden Moment damit rechnete, dass sie über den Tellerrand zu Boden fallen würden. Was sie aber nicht taten. Leider.

»Es ist kein bequemer Weg von der Erde zu den Sternen«, meinte Monika Flock. »Ist von Seneca, glaube ich.« In diesem Augenblick wäre selbst dem begriffsstutzigsten Unbeteiligten die Verwandtschaft zu Rudi, ihrem Bruder, deutlich geworden.

Die beiden Krummenauerinnen starrten sie unverwandt an. Noëlle hatte nicht den Hauch einer Chance. Ohne das Gesicht zu verziehen, streckte sie die Hand aus und suchte sich ein besonders kleines Stückchen aus. Sie klaubte es vom Teller, hielt es sich kurz vor den Mund, dachte an die ach so prominente Prominenz aus dem australischen Dschungel, die den dicken Maden immer erst den Kopf hatten abbeißen müssen, und mit einem beherzten Happs war das Stück Lebkuchen in ihrem Mund. Sie kaute zweimal, doch sobald die Gewürze ihre Zunge berührten und ihr Aroma entfalteten, schluckte sie den Lebkuchenquader eilig hinunter, auch wenn er dafür leicht zu trocken war.

»Lecker«, keuchte sie. Dann sah sie auf.

Monika Flock nickte bestätigend, die Bäckerin zufrieden. Auch diesen Initiationsritus hatte Noëlle also erfolgreich hinter sich gebracht.

Sie verabschiedeten sich mit ein paar weiteren Luftküsschen, Noëlle versprach, bald wieder vorbeizukommen und noch andere Sorten zu probieren, dann ging es wieder hinaus ins Freie, wo das Schneetreiben umso dichter geworden war.

Kaum hatte sich die Glastür hinter ihnen geschlossen, verzog Eriks Mutter das Gesicht. »Du Arme! Der Lebkuchen von Nelk ist wirklich grässlich!«

Noëlle riss die Augen auf. Hatte sie gerade richtig gehört?

»Viel zu trocken! Und von wegen, der einzige originale Krummenauer Lebkuchen, pah! Die kippen Nelkenpulver in den Teig – hast du das nicht rausgeschmeckt? Ein Wunder, dass du diesen Brocken nicht sofort wieder ausgespuckt hast!« Sie schüttelte sich.

Noëlle war verwirrt. Klar hätte sie den Bissen liebend gern wieder ausgespuckt – aber einen besonderen Unterschied hatte sie nun wirklich nicht herausgeschmeckt. Bäh war bäh, und Lebkuchen war Lebkuchen. Aber etwas anderes kam ihr merkwürdig vor.

»Warum haben wir denn dann ein halbes Kilo Lebkuchen vom Blech gekauft?«

Monika Flock seufzte. »Tja, so ist das eben in einem kleinen Dorf. Ich kann hier nicht einfach über den Markt marschieren, ohne in der Bäckerei Nelk zumindest eine Kleinigkeit zu kaufen. Die würden mir sonst bei der nächsten Bürgerversammlung die Hölle heißmachen. So was spricht sich sofort rum.« Sie warf einen Blick auf die Uhr. »In einer Stunde wüsste es das ganze Dorf.«

Ach du lieber Himmel! Noëlle seufzte tief und schickte ein Stoßgebet in die dichten grauen Wolken. In Frankfurt war es ihren Nachbarn vollkommen schnurz, wo sie einkaufen ging. Da konnte man schon froh sein, wenn der von gegenüber das Paket, das er vor Wochen für sie angenommen hatte, irgendwann bei ihr vorbeibrachte und es nicht einfach vergaß. Oder behielt.

»Und was machen wir jetzt mit dem Lebkuchen?«, fragte sie und sah auf die Papierverpackung in Monika Flocks Händen.

»Na, loswerden! Ich kann doch nicht mit fünfhundert Gramm Lebkuchen von der Konkurrenz zu Fenchelmann!«

Fenchelmann? Noëlle verstand mittlerweile nur noch Bahnhof. Hatten sie nicht ins Café Zimt gehen wollen?

Doch als Nächstes schleppte Monika Flock sie in die Metzgerei Glatz, wo sie einen halben Ring Fleischwurst kaufte. Auch hier war das Sortiment von der Spezialität des Dorfes geprägt: Es gab Leberwurst mit Lebkuchengeschmack, Schinken mit Lebkuchenkruste und eine Sülze, in der tatsächlich ganze Lebkuchenstücke schwammen. Noëlle hätte um ein Haar sauer aufstoßen müssen. Und sie war zusehends verwirrt. Erst fünfhundert Gramm Lebkuchen von Nelk, jetzt Fleischwurst aus der Metzgerei Glatz? Sie warf einen Blick aus dem Schaufenster. Auf der Häuserseite, wo sich auch das Rathaus befand, erkannte sie durch den dichten Schneefall rechter Hand den Buchladen und auf der linken Seite die Konditorei Fenchelmann. Zumindest bei Letzterer würden sie bei ihrer »Tour de Dorf« noch einen Zwischenstopp einlegen.

Und tatsächlich: Den Buchladen ließ Monika Flock links liegen. Schade, denn das Schaufenster war trotz der Jahreszeit verhältnismäßig unweihnachtlich geschmückt und sprach Noëlle deswegen sofort an. Hinter der Scheibe entdeckte sie einen großen, samtbezogenen Ohrensessel, der erhöht im Schaufenster stand, umgeben von Bergen von Büchern – aufeinandergestapelt, aufgeklappt und über die Lehne des Sessels gelegt. Auf einem Beistelltisch daneben stand eine Tasse Tee (hoffentlich keiner mit Lebkuchengeschmack!), aus der echter Dampf aufzusteigen schien – aber das musste irgendein Trick eines versierten Schaufensterdekorateurs sein. Trotzdem war die Szenerie, die einen aus der Kälte in den Laden zu locken versuchte, so stimmungsvoll, dass Noëlle langsamer wurde und schließlich stehen blieb.

Durch die Scheibe sah sie, dass die Bücherregale bis zur Decke ragten. Sie waren aus dunklem Holz, wie in einer alten

Bücherei, und bis zum letzten Zentimeter vollgestellt. In der Mitte des schmalen Ladens, der vielleicht gerade mal acht Meter breit war, dafür aber so tief reichte, dass der hintere Bereich im Dunkeln lag, standen riesige Holztische, auf denen sich Bücher um Bücher stapelten. Seitlich an einem schlanken Sekretär saß eine Frau mit kurzem weißen Haar. Sie schien sich in eine Rechnung oder Liste vertieft zu haben. In der einen Hand hielt sie einen Stift, die andere fuhr prüfend über einen Bogen Papier. Die Frau war groß gewachsen und schlank. Sie trug einen wollweißen Strickpullover über einer Jeans und wirkte jung – obwohl sie bestimmt sechzig war.

»Noëlle?«, rief Monika Flock, die inzwischen zwanzig Meter weiter vor dem Rathaus stand.

Noëlle drehte sich zu ihr um. »Wollen wir da nicht rein?«

Eriks Mutter seufzte, dann stampfte sie zurück. »Das ist die Bücherinsel. Sie gehört Lullu Kosniak. Das ist die Frau dort am Schreibtisch.«

Im selben Moment hob Lullu Kosniak den Kopf und sah nach draußen. Noëlle hob intuitiv die Hand und winkte – auch wenn sie sich dabei ein wenig albern vorkam.

»Können wir da mal reinschauen?«, fragte sie.

Monika Flock sah sie irritiert an. »In die Bücherinsel? Aber warum? Wir brauchen doch gar nichts.«

Wieder wanderte Noëlles Blick über die Regale. »Sieht echt schön aus da drinnen, und die ganzen Bücher …«

Noëlle las für ihr Leben gern. Eine Zeit lang hatte sie im Studium sogar mit dem Gedanken gespielt, später mal in der Verlagswelt zu arbeiten, als Lektorin vielleicht. Dann hatte sie sich nach Jobs umgesehen und festgestellt, dass sie ihre Verlagskarriere mindestens seit dem Grundschulalter hätte planen und ihren Berufswunsch mit zahllosen unbezahlten Praktika unter Beweis hätte stellen müssen. Und auch grundsätzlich waren Einsteigerstellen in Verlagen so unterirdisch bezahlt, dass ihr der Job in der Marketingagentur wie ein Sechser im Lotto vorgekommen war.

Monika Flock warf einen Blick auf ihre Armbanduhr. »Wir haben nicht mehr viel Zeit. In anderthalb Stunden beginnt die Bürgerversammlung.« Sie berührte Noëlle am Arm. »Zu Lullu gehen wir beim nächsten Mal, wenn du uns besuchst, in Ordnung?«

»Na gut.« Noëlle wandte sich widerwillig ab. Den Blick der Buchhändlerin spürte sie noch auf sich, als sie bereits weiterliefen. »Und was machen wir als Nächstes?«

»Bei Fenchelmann rein. Aber erst …« Monika Flock bog abrupt nach rechts ab und drückte die Tür zum Rathaus auf. Noëlle folgte ihr. An einem kleinen Tresen im Flur saß eine ältliche Dame und löste Kreuzworträtsel. Mit viel Tamtam überreichte Monika Flock ihr den Lebkuchen aus der Bäckerei Nelk, den sie »eigens für sie« gekauft habe, weil sie ihn doch so gern möge. Die Frau hinterm Tresen strahlte und packte den Kuchen sofort aus. Monika Flock tippte wieder auf ihr Handgelenk, dann zog sie Noëlle unter großen Verabschiedungsgesten nach draußen.

»Puh«, meinte sie, kaum dass sie wieder an der frischen Luft waren und die Tür hinter ihnen ins Schloss gefallen war. »Erna ist die Einzige im Dorf, die mit dem Pfusch von den Nelks wirklich etwas anfangen kann.« Dann wischte sie sich ein paar Schneeflocken aus der Stirn und sagte: »Auf zu Fenchelmann!«

Die Konditorei Fenchelmann sah in etwa so aus, wie sich Noëlle eine feine Patisserie in einem der nobleren Arrondissements in Paris um die Jahrhundertwende vorstellte. Alles war in Weiß und Gold gehalten, jeder Zentimeter des Ladens strahlte und funkelte und drückte eine solche Eleganz aus, dass Noëlle regelrecht Demut empfand.

Dann fiel ihr Blick auf den Verkaufstresen, und mit einem Mal hatte sie das Gefühl, sich in der Bäckerei Nelk wiederzufinden, denn es gab: Lebkuchenpralinen mit Marzipanfüllung. Schwarzwälder Lebkuchentorte. Lebkuchenwelle. Quarkstrudel mit Lebkuchensoße. Und so weiter und so fort. Mit wachsender Fassungslosigkeit starrte Noëlle auf die vielen, vielen Kalorienbomben und Teilchen, die vor ihr im sanft goldenen Licht der Theke lagen. Zugegeben, einige davon sahen wirklich lecker aus. Die Schokoglasur wirkte, als hätte man sie nur Sekunden zuvor aufgetragen. Pistazien leuchteten derart frisch grün, als wären sie gerade erst geknackt worden. Streusel in sämtlichen Farben des Regenbogens ließen ihr das Wasser im Mund zusammenlaufen. Doch sobald Noëlle einen Blick auf die handgeschriebenen Schildchen neben den Leckereien warf, wurde ihr schlagartig speiübel.

»Ich hab euch vorhin schon gesehen«, rief ihnen der Mann hinterm Verkaufstresen entgegen. Er trug eine weiße Konditorenjacke und eine dazu passende Mütze, die ihm keck über die linke Seite der Stirn fiel. »Hab mich schon gefragt, was ihr bei Nelk zu suchen habt.«

Monika Flock winkte ab, auch wenn Noëlle fand, dass sich der Tonfall des Manns durchaus vorwurfsvoll angehört hatte. »Nur eine Portion Lebkuchen kaufen, für Erna.« Sie zwinkerte dem Mann zu und zeigte mit dem Daumen nach draußen.

Er schüttelte verständnislos den Kopf. »Wie die das Zeug noch runterkriegt …« Dann riss er sich zusammen. »Und wen hast du mir da mitgebracht?«, fragte er und musterte Noëlle neugierig.

»Das ist Noëlle«, stellte Eriks Mutter sie vor, »Eriks neue Freundin.«

Der Konditor lächelte sie an. »Und Noëlle will also den *echten* Krummenauer Lebkuchen probieren?«

Noëlle schluckte. Sie war sich ziemlich sicher, dass sie nie wieder auch nur einen Krümel von irgendetwas würde essen können, wenn sie jetzt gezwungen würde, noch mehr Lebkuchen zu essen. Trotzdem nickte sie. »Gerne …«

Er schnitt ihr ein viel zu großes Stück ab. Mindestens fünf auf fünf Zentimeter. Auf einer winzigen Papierserviette reichte er es ihr über den Tresen, und mit einem Mal fühlte sie sich wieder wie damals, als sie mit ihrer Mutter beim Fleischer gewesen war und ein Stück Wurst gegessen hatte. Nur dass sie jetzt viel lieber Wurst gegessen hätte als …

Ohne weiter darüber nachzudenken, biss sie in den Lebkuchen. Tja. Schmeckte exakt wie jeder andere, den sie am heutigen Tag verschlungen hatte. Ekelhaft. Für sie war Lebkuchen gleich Lebkuchen – alles eine Suppe. Egal ob im Knödel, in der Soße, im Tiramisu oder auf die Hand.

Immerhin schien ihr Körper allmählich zu kapitulieren. Er rebellierte nicht mehr annähernd so sehr gegen das süße Horrorgebäck. Wenn man ihr gestern erzählt hätte, was sie heute alles essen würde, sie hätte mit einem spontanen Würgereflex reagiert und Stein und Bein geschworen, dass sie spätestens nach dem dritten Bissen einfach abreisen würde. Adieu, Erik, Liebe meines Lebens – tut mir wirklich leid. Und kein Blick zurück.

Stattdessen stellte Noëlle fest, dass sie anscheinend mittlerweile einen gewissen sportlichen Ehrgeiz darin entwickelte, das Zeug runterzuwürgen. Nachdem sie am heutigen Tag drei Menügänge und zwei Probierhappen überlebt hatte, würde sie ganz sicher nicht mehr so leicht einknicken. Sonst wäre ja alles bislang Gegessene für die Katz gewesen – und das hätte sich Noëlle niemals verziehen.

Sie stopfte sich auch noch den Rest des Lebkuchens in den Mund, nickte mit vollen Backen und schwärmte: »Wunderpfoll!« Dann sah sie zu, wie Monika Flock sich erneut fünfhundert Gramm einpacken ließ. Insgeheim sehnte sie sich nach einem Glas Wasser, um endlich ihren Mund ausspülen zu können.

Als sie wieder vor der Tür standen, meinte Eriks Mutter: »So ein arroganter Fatzke! Denkt allen Ernstes, dass er die besten Lebkuchen im Dorf backt! Dabei sind die aus unserer Fabrik viiiel besser!«

Noëlle war es vollkommen egal, wer die besten Lebkuchen backte. Für sie war Lebkuchen gleich schrecklich – und der sportlichen Herausforderung wahrlich genug für diesen Tag.

An Anni's Lädchen vorbei, in dessen Schaufenster Noëlle wenig überraschend allerlei Devotionalien aus Lebkuchenteig oder im Lebkuchendesign entdeckte, schlenderten sie endlich auf das Café Zimt zu.

Drinnen empfing sie eine schwül-warme Atmosphäre, in der es nach Kaffee, frisch Gebackenem, Lebkuchengewürz und – dem Himmel sei Dank, wie Noëlle in diesem speziellen Fall fand –, penetrant nach nassem Hund roch. Ansonsten sah es ganz gemütlich aus, fast wie Noëlle es sich vorgestellt hatte.

Sie hängten ihre Jacken an der Garderobe auf und suchten sich ein Ecktischchen direkt vor der riesigen, beschlagenen Fensterscheibe, die auf den Markt hinausging, der mittlerweile komplett eingeschneit war. Das Café war nur spärlich besetzt, an einer Handvoll runder Tische saßen vereinzelt Leute, mal allein, mal paarweise.

Noëlle nahm auf der Bank Platz. Monika Flock schob sich neben sie und griff nach der Speisekarte. »Was will ich denn …«, murmelte sie, während sie durch die laminierten Seiten blätterte.

»Bestellen wir an der Theke?«, wollte Noëlle wissen, weil sie nirgends im Gastraum eine Bedienung entdecken konnte.

»Wir warten erst noch auf Klaus.«

In diesem Moment kam ein Hund um die Theke gebogen und hielt auf ihren Tisch zu: ein Mischling mit graubraunem Fell, Schlappohren und buschigem Schwanz. Auf der Crufts-Hundeausstellung in England hätte er wohl nicht den ersten Platz belegt, aber er war eindeutig der Grund, warum man im Café nicht bloß Lebkuchen roch. Das abgerissene Äußere des Hundes täuschte. Er war wirklich freundlich. Ein bisschen erinnerte er Noëlle an einen Pariser Clochard, der an einem Brückenpfeiler in der Sonne saß und ihr zulächelte, während sie ein paar Münzen in seinen Hut fallen ließ.

Als er vor ihrem Tisch stehen blieb, machte er neben Monika Flock Sitz, hob ein Pfötchen und patschte ihr damit auf den Oberschenkel.

»Brav. Hier, für dich!«

Sie holte den halben Ring Fleischwurst aus der Metzgertüte. Endlich verstand Noëlle, warum sie die Wurst überhaupt gekauft hatten. Eriks Mutter legte sie ins offene Maul des Hundes, der daraufhin aufstand und sich glückselig trollte, wobei er eine Spur gierigen Sabbers auf den Holzdielen hinterließ.

»Das war Klaus«, erklärte Eriks Mutter und sah dem Hund hinterher, der es sich vor der Theke gemütlich machte und anfing, den Fleischring abzulecken.

»Ach – Flöckchen!«, rief im nächsten Moment eine junge Frau mit rotblondem Haar, die sich eine niedliche karierte Schürze umgebunden hatte und aus dem hinteren Teil des Cafés eilte.

»Das ist Ines«, zischte Monika Flock Noëlle zu. »Die Tochter von Inge Wehr, der anderen Bäckerei am Ort … du weißt schon!«

Noëlle nickte verwirrt. Sie hatte mittlerweile jeglichen Überblick über Verwandtschaftsverhältnisse, Bäckereizugehörigkeiten und Lebkuchenvariationen verloren. Und was sie hier drinnen zu suchen hatte, wusste sie auch nicht recht. Wie hatte sie gleich wieder den letzten Samstag verbracht? Mit ihren Freundinnen in einem Cupcake-Café in Sachsenhausen? Danach war sie mit Erik Sushi essen gewesen und hatte die Spätvorstellung eines romantischen Liebesfilms besucht. Das alles kam ihr vor, als wäre es Jahre her und Tausende Kilometer entfernt …

»Du musst Noëlle sein!« Ines Wehr hielt ihr die Hand hin, und artig griff Noëlle danach.

»Woher wissen Sie …«

»Du, bitte. Wir sind doch fast gleich alt!« Ines Wehr lächelte breit. »Na, dass unser Goldjunge endlich seine Verlobte mitbringt, spricht sich in einem Dorf wie Krummenau doch sofort rum.«

Verlobte?! Noëlle vergaß vor Schreck, die Hand der anderen Frau loszulassen.

»Wie gefällt es dir denn hier?«, fragte Ines und befreite elegant die Hand aus Noëlles kaltem Griff.

Die war immer noch schockstarr, versuchte sich dann aber an einem Lächeln. »Gut.«

»Und was darf ich euch bringen? Wie wär's mit einem Glühwein?«

Noëlle schluckte panisch. Glühwein schmeckte nach fiesen Gewürzen: Zimt, Kardamom, Ingwer, Anis, Nelken … Brr!

»Für mich einen Cappuccino, wenn das ginge«, sagte sie eilig. »Ganz normal, ohne Aroma oder so. Und ohne Sahne.«

Ines grinste. »Verstehe. Cappuccino ohne alles. Das bekommen wir hin. Und ein Stück Kuchen dazu?«

»Äh … Eigentlich bin ich ziemlich satt …«

»Was habt ihr denn da?«, ging Eriks Mutter dazwischen.

»Frischen Apfelkuchen, außerdem einen Käsekuchen und Linzer Torte. Und kleine Tartelets mit Kirschen und Vanillecreme.«

Hmm, klang ja eigentlich doch ziemlich vielversprechend … Noëlle dachte nach. Ob sie vielleicht doch etwas probieren sollte? Nein. Sie hatte in den vergangenen Stunden gelernt, dass alles hier im Dorf aus Lebkuchen bestand. Die Häuser, die Wurst, das Brot, die Menschen. Wieso sollte es bei Tartelets mit Kirschen anders sein? Aber fragen konnte sie ja mal.

»Die Kirschtörtchen, sind die … mit Lebkuchen?«

Ines Wehr zog die Augenbrauen zusammen. »Aber nein!«

»Und der Käsekuchen?«

Die Cafébesitzerin schüttelte den Kopf. »O Gott, auch nicht!«

»Nicht mal der Boden?«

Wieder erntete Noëlle ein entschiedenes Kopfschütteln.

»Nicht mal eine Prise Lebkuchengewürz?«

Ines lachte. »Nein. Aber ich hab welches da, wenn du darauf bestehst.«

»Nein, nein!«, rief Noëlle hastig. »Ich hätte gern ein ganz normales Stück vom Käsekuchen, bitte.«

»Und ich nehme die Linzer Torte und dazu einen Glühwein.« Monika Flock klappte die Karte zu. Kaum hatte Ines den Tisch verlassen, drehte sie sich zu Noëlle um. »Warum hast du denn so nachgefragt? Magst du Lebkuchen etwa nicht?«

Noëlle hatte das Gefühl, als wäre es urplötzlich mucksmäuschenstill im Café Zimt. Die Gespräche, die nicht mehr als ein Murmeln im Hintergrund gewesen waren, verstummten, selbst Klaus sah von seiner Wurst auf, und die Frau am Nachbartisch hörte auf, in ihrer Zeitschrift zu blättern.

»Äh … was?« In ihrem Kopf überschlugen sich die Gedanken. Was sollte sie denn jetzt sagen? Es wäre natürlich *die* Gelegenheit, ein für alle Mal Schluss zu machen mit Lebkuchen aller Art. Vielleicht wäre es ja, als würde man ein Pflaster abziehen – ein bisschen Überwindung, den Schmerz ertragen, und dann …

Nein. Sie konnte es nicht. Die Vorstellung, ihrer Schwiegermutter in spe (hatte sie das gerade selbst gedacht?!) zu beichten, dass sie das Menü zum Kotzen gefunden hatte – das würde sie nicht überleben. Und ihre bisherigen Mühen wären allesamt umsonst gewesen! Jetzt eine Kehrtwende – das würde Flöckchen ihr niemals verzeihen. Und Noëlle sich selbst ebenso wenig.

Ihr kam wieder in den Sinn, wie es mit ihr und ihrer Unfähigkeit, einfach mal nein zu sagen, so weit hatte kommen können. Früher, als sie noch ein kleines Mädchen gewesen war, hatte sie jahrelang im Krippenspiel die Maria geben müssen. Bis sie dreizehn geworden war. Da war ihr aufgegangen, dass das dicke Kissen unter ihrer Kutte das Jesuskind sein sollte. Und weil sie mitten in der Pubertät steckte, schämte sie sich fast zu Tode, vor allem weil ja dann Kevin Grünholz der Vater ihres ungeborenen Kindes wäre – denn der spielte schließlich den Josef. Ausgerechnet Kevin Grünholz mit dem ekligen Sascha-Schwänzchen, das ihm über die Schulter seines braunen Umhangs hing! Im Jahr darauf bat Noëlle ihre Eltern, nicht mehr im Krippenspiel mitwirken zu müssen.

Natürlich verstanden die Christmanns die Bitte ihrer Tochter völlig falsch. Vermutlich auch, weil Noëlle einfach nicht in der Lage war zu sagen: »Sorry, Leute, ich habe keine Lust mehr auf den Quatsch«, sondern herumdruckste und sich herausredete und rumlavierte. Am Ende wunderte sie sich kein bisschen, dass sie kurz darauf als Heilige Lucia besetzt wurde, denn natürlich pflegten ihre Eltern nicht nur Kontakte zu den benachbarten Gemeinden, sondern auch zur deutsch-schwedischen Gesellschaft in Hannover, die jedes Jahr am 13. Dezember das Lucia-Fest wie eine Tausendjahrfeier beging.

Als Noëlle darum gebeten hatte, nicht länger die Maria mimen zu müssen, hatte sie gehofft, in den Hintergrund treten, raus aus dem Mittelpunkt und ungesehen irgendwo im Off stehen zu dürfen, vielleicht als Esel oder Ochs oder einer der Sternsinger. Sie hatte sich das genaue Gegenteil eingehandelt. Denn im Gegensatz zur hochschwangeren Maria, die sich die Bühne mit einem Dutzend anderer Figuren teilte, war die Heilige Lucia das Highlight einer jeden Lucia-Prozession, und damit man sie auch garantiert sah, trug sie einen Kranz mit echten Kerzen auf dem Kopf. Alle sahen in ihre Richtung, als sie durch die Menschenmasse schritt, ihrem klopfenden Herzen lauschte und ein Stoßgebet nach dem anderen in Richtung Himmel schickte, damit sie sich nicht der Länge nach hinlegte und zum Gespött ganz Niedersachsens machte.

Natürlich geschah nichts dergleichen. Trotzdem kam es Noëlle vor, als hätte sie die Pest gegen die Cholera eingetauscht. Als stumme Maria vor einer Krippe herumzustehen war das eine (selbst wenn man so tun musste, als wäre man mit Kevin Grünholz verheiratet). Im Mittelpunkt einer riesigen Feier die Prozession anzuführen das andere. Seitdem gab sie sich größte Mühe, nirgends mehr aufzufallen, weder angenehm noch unangenehm. Durchsichtig, das war Noëlles allerliebster Aggregatzustand. Sie versuchte stets, Everybody's Darling zu sein, selbst wenn sie wusste, dass sie ihre eigene Unzufriedenheit damit nur befeuerte. Denn je seltener sie nein sagte, umso häufiger wurde sie zu Dingen genötigt, auf die sie eigentlich keine Lust hatte. Sogar beim Psychologen war sie deswegen schon gewesen. Aber der hatte ihr auch nur sagen können, dass sie anfangen müsse zu akzeptieren, dass ihr Umfeld auf ihre Absagen mit Enttäuschung reagieren könnte. Und dieser Gedanke bereitete Noëlle Bauchschmerzen. Sie war eben jemand, der gemocht werden wollte. Und die meiste Zeit funktionierte das ohne große Streuverluste und Schmerzen. Nur manchmal, so wie jetzt gerade, fand sich Noëlle eben in einer Zwickmühle wieder, die ihr die Luft zum Atmen nahm. Sie hatte es mal ihre fiese Spirale des Grauens genannt, und trotzdem hatte sie in all den Jahren nie einen Weg gefunden, den Teufelskreis zu durchbrechen. Und ausgerechnet jetzt, in Krummenau, auf Stippvisite bei ihren potenziellen Schwiegereltern, damit anzufangen kam Noëlle so grundverkehrt wie aussichtslos vor.

Also verzog sie den Mund zu etwas, was hoffentlich als überzeugendes Lächeln durchging, und antwortete: »Auf keinen Fall – ich liiiebe Lebkuchen!« Dann sah sie sich im Café um und hoffte, dass alle sie gehört hatten. »Ich wollte nur sichergehen, dass ich nichts verpasse – wenn ich schon im Café Zimt in Krummenau einkehre!«

Der Erste, der auf ihre dreiste Lüge reagierte, war Klaus, der sich wieder seiner Wurst zuwandte und sie mit Inbrunst weiter ableckte. Eine Sekunde später schlug die Frau am Nebentisch die nächste Seite in ihrer Zeitschrift auf, die Gespräche im Raum setzten wieder ein, und Monika Flock strahlte übers ganze Gesicht.

»Ich bin ja so froh, dass Erik dich endlich mitgebracht hat«, sagte sie und legte die Hand auf Noëlles Arm. »Er ist sehr glücklich mit dir.«

War ich bis heute auch, dachte Noëlle.

Ines kam mit einem Tablett zurück an ihren Tisch und stellte ihnen Glühwein, Cappuccino sowie die beiden Stückchen Kuchen hin. Außerdem einen kleinen Salzstreuer, in dem sich allerdings kein Salz, sondern Lebkuchengewürz befand. »Für die besonderen Gäste.« Sie zwinkerte Noëlle zu.

Peinlich berührt griff sie nach dem Streuer, tat so, als würde sie etwas davon in ihren Cappuccino geben, und rührte hastig um. Wäre ja noch schöner.

»Worum geht es denn gleich bei der Bürgerversammlung?«, fragte sie Eriks Mutter in der Hoffnung, von sich und ihrem Cappuccino abzulenken.

»Um Lebkuchen«, meinte Monika Flock und pustete über die dampfende Oberfläche ihres Glühweins.

Scheiße. Noëlle, die sich gerade ein großes Stück vom Käsekuchen in den Mund gestopft hatte, seufzte.

»Wir haben dir doch erzählt, dass wir vor ein paar Jahren die Firma gekauft haben. Alle wichtigen Familien im Dorf haben Anteile erworben, und die Gemeinde hält ein Zehntel.«

Eriks Mutter griff nach dem Streuer und würzte ihre Linzer Torte. Schon nach kürzester Zeit sah der Kuchen aus, als hätte man ihn komplett mit Kakaopulver gepudert. Noëlle musste husten.

»Die Geschäfte laufen ordentlich, aber wir haben Schwierigkeiten, neue Märkte zu erschließen. Wir können die Gehälter und laufenden Kosten bezahlen, aber im letzten Jahr, als in Spanien die halbe Mandelernte verbrannt ist, da sind wir ziemlich ins Straucheln geraten.«

Noëlle nickte. Sie erinnerte sich noch daran. Bis vor kurzem hatte sie keine Ahnung gehabt, dass der Großteil der europäischen Mandelernte aus Spanien kam. Im Jahr zuvor war es zu schweren Waldbränden auf der iberischen Halbinsel gekommen. Vor allem Mandelbäume waren den Bränden hektarweise zum Opfer gefallen – und in der Folge dann all diejenigen, die gern mit Marzipan und Mandeln backten, vor allem in der für Noëlle so gruseligen Vorweihnachtszeit. Denn von einem Tag auf den anderen waren beide Lebensmittel so dermaßen teuer geworden, dass man sich zweimal überlegte, ob man sie kaufte. Na ja, die Welt hatte sich weitergedreht. Statt Marzipan war Persipan verwendet worden, das aus Aprikosen- und Pfirsichkernen gewonnen wurde, Mandeln wurden durch

Haselnüsse ersetzt. In China war ein Sack Reis umgefallen, und keiner hatte es gemerkt. Außer die Krummenauer vermutlich.

»Im Sommer war Hans Brommel, unser Ortsvorsteher, dann im Urlaub. Im Schwarzwald, um genau zu sein, in Triberg. Kennst du das?«

Noëlle schüttelte den Kopf und spachtelte weiter ihren Käsekuchen. Sie aß auf Vorrat. Sie wollte sich lieber gar nicht ausmalen, wie das Abendessen aussehen würde.

»In Triberg werden Kuckucksuhren gebaut. Seit Jahrhunderten. Das ist dort ein ganz altes Traditionshandwerk. Das ganze Dorf lebt davon: überall Läden, wo man Kuckucksuhren kaufen kann, in jeder Größe und Form. Ganze Häuser sehen dort aus wie Kuckucksuhren. Stell dir vor, aus manchen klappt unter dem Giebel sogar ein Fensterchen auf, und ein Vogel kommt raus, der zur vollen Stunde ruft.«

Noëlle nickte und nahm einen Schluck von ihrem Cappuccino. In Triberg gab es also Kuckuckshäuser. Wie schön. Die hatten doch alle einen Vogel.

»Auf jeden Fall hatte Brommel *die* Idee, als er zurückkam.« Monika Flock machte ein gewichtiges Gesicht. »Eigentlich ist der Mann ja nicht besonders fähig, aber da hat das blinde Huhn doch mal ein Korn gefunden.« Sie sah Noëlle in die Augen und sagte dann stolz: »Wir machen Krummenau zu Triberg – nur eben mit Lebkuchen. Und locken damit die Touristen an.«

Monokultur? Ach nein. Als würden sie hier bislang etwas anderes betreiben. Als hätte Noëlle sich die Lebkuchis nur eingebildet. Beinahe hätte sie laut gelacht. Es wusste doch jedes Kind, dass so was langfristig in die Hose ging.

»Aber Lebkuchen …«, setzte sie an. »Die isst man doch nur rund um Weihnachten. Was macht ihr denn dann von Januar bis September?«

Monika Flock schüttelte den Kopf. »In Seiffen, im Erzgebirge, wird Christbaumschmuck aus Holz hergestellt. Hast du bestimmt schon mal gesehen, diese kleinen Figuren.«

Noëlle nickte. Oh ja, sie war sogar schon dreimal dort gewesen. Ein Wallfahrtsort für Menschen wie ihre Eltern, ein Horrorurlaub für jemanden wie Noëlle.

»Und die können auch davon leben. Das ganze Jahr über. Von Seiffen haben wir uns auch die Sache mit den Lebkuchis abgeguckt.«

Sieh an, sieh an, schoss es ihr durch den Kopf.

»Also, ich weiß nicht«, gab sie zu bedenken. »Was war mit Pirmasens in Rheinland-Pfalz? Die hatten sich doch auch mal nur auf Schuhproduktion spezialisiert, und heute ist da nichts mehr …«

»Papperlapapp.« Mit einer knappen Geste wischte Eriks Mutter den Einwand beiseite. »Lübeck macht es uns doch ebenfalls vor – mit seinem Marzipan. Da fahren die Touristen busseweise hin und kaufen das Zeug ein. Ganze Völkerwanderungen sind das – vor allem aus China.«

Noëlle lehnte sich auf der Sitzbank zurück. Zum einen, weil sie jetzt tatsächlich vollgefressen war. Zum anderen, weil das, was Krummenau samt Monika Flock und Ortsvorsteher Brommel vorzuhaben schienen, mehr als bescheuert klang.

»Schön und gut«, meinte sie schließlich. »Und wie wollt ihr das anstellen? Wie wollt ihr die Welt wissen lassen, dass Krummenau von jetzt ab die Hochburg des Lebkuchens sein soll?«

Sie zuckte mit der Achsel und lächelte. »Keine Ahnung. Deswegen sind wir ja so froh, dass du uns hilfst.«

6

Ruhe, meine Herrschaften! Ruhe!«

Der kleine Mann mit Halbglatze und dickem Bauch, den er irgendwie in ein deutlich zu kleines Hemd gezwängt hatte, hob die Arme und machte eine beschwichtigende Geste – was jedoch keinerlei Auswirkung auf die Anwesenden hatte. Alle quatschen durcheinander: in Einzelgesprächen, in Gruppen, manche einfach mit sich selbst.

Sie waren jetzt seit etwa einer Viertelstunde im Gemeindesaal. An der immer noch mampfenden Erna vorbei, die ihnen vom Empfangstresen freundlich zugelächelt hatte, waren sie als Letzte zur Bürgerversammlung gestoßen, woran maßgeblich Klaus schuld gewesen war. Irgendwie hatte der Köter sich im Café Zimt unter ihren Tisch geschlichen, klammheimlich Noëlles Schal gemopst und ihn anschließend in sein Körbchen hinter den Tresen verschleppt und unter sich begraben – offenbar ein besonderer Liebesbeweis. Leider ein sehr feuchter, wie Noëlle feststellen musste, nachdem sie den angesabberten Schal endlich wiedergefunden hatte.

Sie ließ den Blick durch den Saal schweifen, in dem sich geschätzte einhundert Menschen versammelt hatten. Das entsprach nicht ganz der Einwohnerzahl von Krummenau, eher der Hälfte, was Noëlle Hoffnung machte. Offenbar gab es dort draußen doch noch Leute, denen der Lebkuchen als solcher egal war. Diese Menschen musste Noëlle unbedingt kennenlernen.

Abgesehen davon waren alle hier, die ihr am heutigen Tag bereits begegnet waren: die gesamte Familie Flock, die pausbäckige Verkäuferin aus der Bäckerei Nelk, die Wurstfrau, der arrogante Fenchelmann und sogar Lullu Kosniak, die Buchhändlerin. Selbst Ines Wehr hatte ihr Café Zimt vorübergehend geschlossen und war ins Rathaus geeilt – wo sie jetzt ein wenig abseits neben Erik stand und auf ihn einredete. Die beiden sahen aus, als würden sie sich schon seit einer Ewigkeit kennen. Na ja, nicht unwahrscheinlich, dass es ganz genau so war: Ines und Erik waren etwa im gleichen Alter. Vermutlich waren sie zusammen zur Schule gegangen, waren in langen Sommernächten im Nachbarort ins Freibad eingebrochen und hatten sich abends heimlich getroffen, um verbotenerweise ein paar Zigaretten zu rauchen und vielleicht auch …

Nein, weiter wollte Noëlle gar nicht denken. Sie verspürte einen merkwürdigen Stich in der Brust, als sie Erik und Ines beobachtete, die gerade über irgendetwas lachten. War das Eifersucht? Aber doch nicht auf Ines Wehr! Die war doch … Ja, was war sie? Nett? Nicht unbedingt der beste Grund, um jemanden als potenzielle Bedrohung auszuschließen.

Noëlle ließ die beiden nicht aus den Augen, während sie versuchte, sich über ihre Gefühle klar zu werden. Erik war eine treue Seele. Der würde sie nie betrügen, da war sich Noëlle sicher. So sicher, wie man sich eben nach ein paar Monaten sein konnte … denn abgerechnet wurde nach dem Schlussakt, nicht gleich nach der Ouvertüre.

Im selben Moment hob Erik den Kopf und schaute in Noëlles Richtung. Sein Blick fand ihren, und er lächelte. Jetzt sah auch Ines auf und folgte Eriks Blick. Dann hob sie die Hand und winkte ihr zu. Sie guckte ein bisschen zerknirscht, was ganz sicher mit dem vollgesabberten Schal und nicht mit dem angebaggerten Freund zusammenhing.

Alles Quatsch, beruhigte sich Noëlle. Du siehst Gespenster. Trotzdem nahm sie sich vor, Erik beizeiten zu fragen, wie lang er Ines schon kannte und ob … ob da jemals was gewesen war. Genau das würde sie tun. In einer ruhigen Minute. Die sich an diesem Ort und als Teil dieser Familie vermutlich nie einstellen würde.

»Ruhe!«, rief der dicke Mann vorn am Pult wieder. Das konnte niemand Geringeres sein als Ortsvorsteher Brommel. »Fritz, jetzt setz dich doch mal! Karl, das Gleiche gilt für dich!«

Noëlle sah in die Richtung, in die Brommel geblökt hatte, und ihr Blick fiel auf einen großen, hageren Mann, der von zwei ebenso großen, hageren Männern, die jedoch um einiges jünger waren als er, flankiert wurde und sich nun genau wie die anderen langsam auf einen freien Platz sinken ließ. Alle drei machten lange Gesichter und blickten argwöhnisch drein.

»Das sind Karl Momm und seine Söhne«, zischte ihr Monika Flock ins Ohr. »Die haben die Autowerkstatt im Gewerbegebiet … und alle die gleiche Frisur.« Sie kicherte, und auch Noëlle musste schmunzeln, als sie die drei kahlen Hinterköpfe der Herren Momm betrachtete. Wie drei Eier im Karton.

Auf den Rücken der Overalls, die Momm und seine langen Lulatschsöhne trugen, waren allen Ernstes Lebkuchenmännchen aufgedruckt, die Autoreifen vor sich her rollten. Oder bildete sie sich das ein?

Endlich wurde es still. Die Leute, die gerade noch kreuz und quer im Raum herumgestanden hatten, hatten sich gesetzt, die Gespräche waren verstummt. Ortsvorsteher Brommel, der kurz davor gewesen war, die Geduld zu verlieren, hielt sich verkniffen am Rednerpult fest, das vor den Stuhlreihen auf einer kleinen Bühne aufgebaut worden war, und atmete tief durch.

»Liebe Gemeinde …«

Doch weiter kam er nicht.

»Jetzt quatsch nicht wie ein Pfaffe!«, rief Karl Momm, und ein Murren erhob sich im Saal.

»Genau! Spiel dich nicht so auf, Brommel«, schloss sich Fritz Fenchelmann seinem Vorredner an.

»Lasst ihn doch überhaupt erst mal was sagen!«, meckerte Lasse genervt, und einige der Anwesenden brummten zustimmend.

Brommel sah aus, als stünde er kurz vor einem Nervenzusammenbruch. Er atmete erneut tief durch, dann rief er: »RUHE!«, diesmal allerdings in Großbuchstaben.

Es wurde wieder leiser.

»Danke.« Er ließ den Blick durch den Saal schweifen. »Wir haben uns heute hier versammelt, um den Bericht unseres Sondergesandten anzuhören.«

Im Publikum wurde gekichert, und auch Noëlle musste grinsen. Sondergesandter – das klang irgendwie nach UNO und Generalversammlung … nach wichtigen Dingen, die die Welt bewegten. Nicht nach Krummenau im Hunsrück und seinen Lebkuchendramen.

»Wir werden heute nichts abstimmen und nichts beschließen, ihr könnt euch also wieder abregen.« Brommel schnaufte kurz. »Bei unserer letzten Versammlung vor vier Wochen haben wir einen aus unserer Mitte bestimmt, der unter größter Geheimhaltung nach Dresden fahren und sich in Sachen Dresdner Stollen umtun sollte. Rudolf, komm doch mal nach vorn.«

Der Ortsvorsteher klatschte in die Hände, und ein paar müde Klatscher schlossen sich an. Dann stand zu Noëlles großer Überraschung Onkel Rudi auf und schloss den Knopf seines Sakkos, bevor er gewichtigen Schrittes in Richtung Rednerpult marschierte.

Noëlle beugte sich zu Monika Flock. »Onkel Rudi? Was hat der denn mit der Angelegenheit zu tun?«

Stolz antwortete Eriks Mutter: »Ja, ich war auch ganz überrascht, dass er's sich zugetraut hat! Er ist ja sonst eher zurückhaltend. Aber er wollte unbedingt diese Reise nach Dresden unternehmen.«

Onkel Rudi war mittlerweile am Pult angekommen und reckte den Kopf, damit er über die Kante ins Publikum gucken konnte. Er war wirklich nicht besonders groß. Dann öffnete er den Knopf des Sakkos wieder, zog ein Blatt Papier aus der Innentasche und faltete es auseinander, räusperte sich kurz und begann zu sprechen.

Leider viel zu leise. Das Mikrofon hing so weit über ihm, dass man nur wenige akustische Schnipsel vernehmen konnte – ganz zu schweigen von Sinnzusammenhängen.

Zum Glück war Brommel auf der Bühne stehen geblieben. Er machte sich am Mikrofon zu schaffen, während Onkel Rudi einfach weiter von seinem Zettel ablas. Offenbar hatte er gar nicht bemerkt, dass ihn kein Mensch hören konnte.

Es foppte und umpfte ein paarmal, während Brommel am Mikro nestelte, und dann war plötzlich zu hören: »... eine Stadt mit einer halben Million Einwohnern.«

»Aah!«, machte die eine Hälfte des Plenums, »Ooh!« die andere. Vereinzelt gab es Applaus.

Onkel Rudi blickte verwirrt auf, dann las er weiter ab. »Alle Wege führen zwar nach Rom, aber Dresden als Landeshauptstadt mit dem Zwinger und der Elbe hat natürlich auch einige

Sehenswürdigkeiten zu bieten, und nicht zuletzt seit dem Jahrhunderthochwasser kommen immer wieder sogenannte ›Katastrophentouristen‹« – er malte Gänsefüßchen in die Luft – »in die Stadt. Aber wie sagte schon Zenturio Hohlenus in *Asterix und der Kupferkessel*? ›Beati pauperes spiritu.‹ Selig sind die geistig Armen.« Er hielt einen Moment inne. »Kommen wir also zum Kern meiner Untersuchung: dem Dresdner Stollen.«

»Warum hat die Rosine einen Helm auf?«, fragte in diesem Moment eine Stimme aus dem Publikum und gab sogleich die Antwort: »Sie geht in den Stollen!«

Alle lachten. Sogar Noëlle. Lediglich Onkel Rudi nicht. Offenbar verstand er nur lateinische Witze.

»In Dresden selbst spielt der Stollen eigentlich kaum eine Rolle. Es gibt auch keine speziellen Stollenbäckereien.«

Wie von der Tarantel gestochen sprang Fritz Fenchelmann auf. »Hört, hört!« Dabei drehte er sich nachdrücklich nickend zu allen Seiten um, als hoffte er auf Zuspruch.

Stattdessen erhob sich ein Mann am anderen Ende des Saals und sagte laut in seine Richtung: »Und auch keine spezialisierten Konditoreien, du alter Miesepeter!«

Fenchelmann ballte die Faust. »Sei bloß still, du gemeiner Dieb, sonst …«

»Ja? Sonst was?« Inzwischen hatte der andere Mann ebenfalls die Faust geballt.

Noëlle war verblüfft. Hier ging es ja zu wie im Boxring?! Das hätte sie den beschaulichen Krummenauern gar nicht zugetraut – so viel Temperament und …

Das zweite Wort vergaß sie lieber schnell wieder. Es war nicht nett gewesen, nicht mal in Gedanken.

»Nelk! Fenchelmann!«, mischte sich Brommel in diesem Moment ein und beendete den Hahnenkampf. »Es reicht! Setzt euch auf eure vier Buchstaben und haltet endlich den

Mund.« Und etwas leiser fügte er hinzu: »Ist ja nicht auszuhalten mit euch …«

Onkel Rudi, der immer noch ein wenig deplaziert hinter dem Pult wirkte, räusperte sich und warf den beiden Männern, die sich weiter giftig anfunkelten, einen strengen Blick zu. Erst als sie sich wieder gesetzt hatten, wandte er sich erneut seinen Notizen zu.

»Also, es gibt keine Bäckereien und *auch keine Konditoreien*, die sich auf Dresdner Stollen spezialisiert hätten. Und auch in Supermärkten hab ich nirgends eine irgendwie geartete Ecke gefunden, wo man ausschließlich Stollen hätte kaufen können …« Er machte sich an seiner Hosentasche zu schaffen und zog sein Handy raus. »Ich hab Fotos gemacht. Kann man sich ansehen.«

Eine Frau links neben Monika Flock schnaubte. »Da hätt ich mir den Sortimentwechsel ja sparen können«, maulte sie.

»Nein, Anni, hättest du nicht«, zischte Eriks Mutter. »Wir ziehen alle an einem Strang, schon vergessen?«

»Ach ja?«, meinte die dunkelhaarige, schmale Frau, die in etwa so groß war wie Monika Flock und glatt als weiteres Familienmitglied hätte durchgehen können, wenn sie nicht so dünn gewesen wäre. »Und was ist mit der Kosniak? Die kriegt wie immer eine Extrawurst. Die will ja noch nicht mal einen Aufsteller vor ihrem Laden haben!«

Noëlle sah sich um. Vorhin hatte sie die Buchhändlerin doch noch gesehen … Ah, da hinten. An der Seite, relativ weit im hinteren Bereich, hatte sie die hochgewachsene, weißhaarige Gestalt im hellen Pullover entdeckt. Im Gegensatz zu allen anderen im Raum schien Lullu Kosniak sich nicht besonders für das, was am Rednerpult geschah, zu interessieren. Sie hatte die Arme vor der Brust verschränkt und den Kopf in den Nacken gelegt. Schlief sie? Bei der Lautstärke kaum denkbar.

Auf der Bühne packte Onkel Rudi seinen Zettel wieder ein, umklammerte die Seiten des Pults und verkündete dann im Brustton der Überzeugung: »Wieder einmal bestätigt sich, was Troubadix schon wusste: Der Prophet gilt nichts im eigenen Land!« Er schnaubte. »Mein abschließendes Urteil zu Dresden: Es ist mir ein Rätsel, wie die ihre Stollen verkaufen. Wenn man nicht gezielt danach sucht, findet man sie nicht. Keinen Krumen, keinen Krümel. Nichts. Das können wir besser.« Er reckte die Faust in die Luft und sah auf einmal aus wie ein südamerikanischer Freiheitskämpfer. »Pro Lebkuchen!«, donnerte er ins Mikrofon, das dank Rückkopplung prompt anfing zu fiepen.

Weitere Fäuste schnellten in die Luft, unter anderem die von Monika Flock. »Pro Lebkuchen!«, rief sie im Chor mit den anderen – aber bei weitem nicht mit allen. Noëlle war nicht entgangen, dass einige Anwesende nicht mit eingestimmt hatten. Fenchelmann und Momm samt Söhnen, aber auch Lullu Kosniak hielten sich weiter bedeckt.

»Pro Lebkuchen?« Noëlle drehte den Kopf in Richtung von Eriks Mutter, die begeistert nickte.

»Das ist unsere Initiative – um mehr Touristen nach Krummenau zu locken. Pro Lebkuchen. Das heißt, dass wir alles auf die Spezialität unseres Dorfes ausrichten.«

Noëlle zog die Augenbrauen hoch und sah sich um. Lebkuchenmännchen, die Autoreifen schoben. Lebkuchensülze. Adam und Eva auf dem Marktplatz. Pro Lebkuchen, na klar. Dass Lebkuchenadam und Lebkucheneva auf dem Markt noch keine Pro-Lebkuchen-Banner hochhielten, war unter diesen Umständen schier unbegreiflich.

Was für ein Alptraum.

»Und was ist mit Lullu Kosniak?«, fragte sie, als ihr Blick erneut an der Buchhändlerin hängen blieb.

»Die ist in der Initiative, aber nur, um uns zu überwachen«, flüsterte Anni verschwörerisch und hielt Noëlle die Hand hin. »Ich bin die Anni.«

»Angenehm. Ich bin …«

»Noëlle. Ich weiß. Eriks Verlobte.«

Noëlle kommentierte es nicht weiter, denn gerade war Lullu Kosniak aufgestanden. »Ich würde gerne auch was dazu sagen.«

»Sieh einer an«, höhnte Fritz Fenchelmann, der sich in seinem Stuhl zurückgelehnt hatte und die Arme vor der Brust verschränkte. »Die Frau Doktor meldet sich zu Wort.«

»Nun sei doch mal ruhig!«, mischte sich der Mann ein, mit dem sich Fenchelmann zuvor gekabbelt hatte, offenbar der Inhaber der Bäckerei Nelk. Noëlle wusste noch, dass sich die beiden nicht ausstehen konnten, auch wenn sie vergessen hatte, warum.

Lullu Kosniak ließ sich nicht aus der Ruhe bringen. Sie hielt ein Buch in die Höhe und wartete, bis im Plenum wieder Ruhe eingekehrt war.

»Das, liebe Krummenauer«, sagte sie schließlich, und auch wenn die Atmosphäre immer noch feindselig zu sein schien, war es offenbar niemandem egal, was Lullu Kosniak zu sagen hatte. »Das ist ein Buch.«

»Ach nee!«, feixte Fenchelmann, legte den Kopf in den Nacken und brach in lautes Gelächter aus. »Und ich dachte, es wär ein Gummistiefel!«

Einige kicherten, andere grölten mit. Die Buchhändlerin nahm von dem Einwand nicht einmal Notiz.

»Dieses Buch wurde von Marcel Proust geschrieben – zwischen 1913 und 1927. Ich erwarte nicht, dass irgendjemand von euch weiß, wer der Schriftsteller ist, geschweige denn wie dieses bedeutendste Werk der literarischen Neuzeit heißt.«

Auf der Suche nach der verlorenen Zeit, kommentierte Noëlle in Gedanken. Sie hatte das Buch in Auszügen gelesen, damals im Französisch-Leistungskurs, sogar im Original. Nur erinnern konnte sie sich kaum noch daran – ebenso wenig wie an so vieles andere, was sich vor ihrem zwanzigsten Lebensjahr abgespielt hatte. Viel zu sehr war sie damals damit beschäftigt gewesen, unsichtbar zu sein, während ihre Eltern in schier enervierender Regelmäßigkeit Jahr für Jahr in der Vorweihnachtszeit in der Presse aufgetaucht waren, mitsamt ihrem Haus, das in allen Farben des Regenbogens geleuchtet und geblinkt hatte.

»In diesem Buch schildert Proust durch seinen Protagonisten ein Erlebnis aus seiner eigenen Kindheit. Der auktoriale Erzähler« – Lullu Kosniak schlug das Buch an einer Stelle auf, die sie sich offenbar markiert hatte – »taucht ein französisches Gebäck mit Namen Madeleine in einen Tee und steckt sich das aufgeweichte Stück in den Mund …« Sie suchte im Buch nach der entsprechenden Textzeile.

Fenchelmann nahm die Atempause zum Anlass, um sofort wieder zu meckern: »Ich versteh kein Wort – aufgeweichter Sandkuchen?« Er fasste sich an die Stirn. »Die spinnt doch, die Kosniak!«

»In der Sekunde nun«, hob Lullu Kosniak an, *»da dieser mit den Gebäckkrümeln gemischte Schluck Tee meinen Gaumen berührte, zuckte ich zusammen und war wie gebannt durch etwas Ungewöhnliches, das sich in mir vollzog. Ein unerhörtes Glücksgefühl, das ganz für sich allein bestand und dessen Grund mir unbekannt blieb, hatte mich durchströmt.«*

»Wenn man den Lebkuchen vom Nelk isst«, spottete Fenchelmann, »durchströmt einen auch was – aber ganz sicher kein Glücksgefühl!«

Erneut erklangen Lacher. Noëlle sah, wie Bäcker Nelk puterrot anlief, und auch Erna, die Dame vom Empfangstresen im Rathaus, sah erzürnt aus.

»Es hatte mir mit einem Schlag, wie die Liebe, die Wechselfälle des Lebens gleichgültig werden lassen«, las Lullu Kosniak ungerührt weiter, *»seine Katastrophen ungefährlich, seine Kürze imaginär, und es erfüllte mich mit einer köstlichen Essenz …«*

»Lullu, meine Liebe«, unterbrach nun Ortsvorsteher Brommel den Vortrag der Buchhändlerin mit butterweicher Stimme. »Führt das noch irgendwohin, oder magst du uns das Buch nicht lieber in einer deiner nächsten Leserunden vorstellen?«

»Im Ernst?« Lullu Kosniak sah sich um, musterte die Gesichter der anderen. Sie sah leicht konsterniert aus. »Hat davon noch niemand gehört? Niemand?«

Doch. Noëlle blickte sich um. Das durfte doch nicht wahr sein! Keiner meldete sich! Niemand sah auf, die meisten sogar weg, sobald Lullu Kosniak sie anguckte. Hier waren einhundert Menschen im Raum – und keiner kannte Marcel Proust? Die Madeleine-Episode?

Noëlle fühlte mit der Buchhändlerin, und zwar so sehr, dass sie – entgegen sämtlicher Stimmen in ihrem Kopf, die sie anschrien, sie möge es bleiben lassen – vorsichtig die Hand hob. Es war ein geradezu empathischer Reflex, den sie nicht unterdrücken konnte. Als würde der Arm nicht mehr zu ihr gehören, beobachtete Noëlle, wie er sich langsam in die Höhe bewegte und sich der Zeigefinger streckte. Eine Wortmeldung. War sie jetzt komplett durchgeknallt? Sie konnte doch nicht … Sie wollte doch nicht ernsthaft …

Natürlich bemerkte Lullu Kosniak sie sofort. »Ah, die Neue! Das wundert mich nicht.« Sie machte eine Geste und gab Noëlle damit zu verstehen, dass sie aufstehen solle.

Noëlle hätte sich in den Hintern beißen können. Wenn sie doch nur die Klappe respektive die Hand unten gehalten hätte! Verfluchtes Mitgefühl!

Zögerlich stand sie auf. Alle starrten sie an – und sahen nicht gerade begeistert aus. Na wunderbar. Von null auf unbeliebt in weniger als einer Sekunde. Den Gesichtern um sie herum war anzusehen, dass sie es nicht sonderlich schätzten, dass sich Noëlle ausgerechnet auf die Seite der renitenten Buchhändlerin geschlagen hatte. Auch Monika Flock schaute angemessen fassungslos drein, als Noëlle ihr einen flüchtigen entschuldigenden Blick zuwarf.

»Noëlle, nicht wahr?«, meinte Lullu Kosniak und fügte murmelnd hinzu: »Die Krummenauer Buschtrommel ist schneller als ein Düsenjet.« Dann wandte sie sich wieder zu ihr um. »Wären Sie so freundlich und verrieten diesen Ungläubigen hier, was die *Suche nach der verlorenen Zeit* mit der Schnapsidee zu tun haben könnte, das Dorf in eine einzige Lebkuchenbäckerei zu verwandeln?«

»Ähm, tja …« Noëlles Finger waren eisig kalt. Jeder, ausnahmslos jeder im Raum hing in diesem Moment an ihren Lippen. Es war so peinlich! Und unangenehm!

Fast so schlimm wie damals – Noëlle war gerade auf die weiterführende Schule gekommen –, als wieder mal das Regionalfernsehen vorbeigekommen war und das Haus ihrer Eltern gefilmt hatte. Heiner Christmann hatte stolz die gesamte Beleuchtung inner- und außerhalb des Hauses angeschaltet, und im nächsten Augenblick war in der ganzen Straße der Strom ausgefallen. Es hatte Stunden gedauert, bis man jemanden im Elektrizitätswerk aufgetrieben hatte, der den Schaden hatte beheben können. Stunden, in denen Noëlle die empörten Stimmen der Nachbarn vor der Haustür gehört hatte, während sie sich in ihrem Zimmer verbarrikadiert und ihre Eltern verflucht hatte. Danach war sie zwei Tage lang nicht zur Schule gegangen. Trotzdem hatten sich am Ende alle über sie lustig gemacht.

Und jetzt, in diesem Moment, fühlte es sich ganz genauso an. Nur dass es keine Schule mehr gab, in die sie nicht gehen würde, lediglich ihre Schwiegerfamilie (jetzt dachte sie das »Schwieger« schon wieder mit!), und die würde sie zwangsläufig irgendwann wieder treffen müssen.

»Na ja, ich weiß natürlich nicht, was *genau* Frau Kosniak mit ihrem Vergleich sagen will«, setzte sie zittrig an und überhörte das Schnaufen der Buchhändlerin, »aber diese Textstelle gilt in der Literaturwissenschaft als Paradebeispiel für ein Erweckungserlebnis.«

Sie sah sich um. Keiner maulte oder murrte oder hob irgendwas in die Höhe, um nach ihr zu werfen. So weit, so gut.

»Der Erzähler isst etwas, was ihn an seine Vergangenheit erinnert, und fühlt sich in diese zurückversetzt. Viele Proust-Leser haben sich davon inspiriert gefühlt und wollten den Ort seines Erlebnisses aufsuchen. Daraufhin kam es in den Fünfziger- und Sechzigerjahren des letzten Jahrhunderts zu einer Art Madeleine-Tourismus.«

»Genau«, sagte Lullu Kosniak und nickte Noëlle dankbar zu. »Es kam zu einem regelrechten Run auf das kleine Dörfchen Illiers im Nordwesten von Paris, das Proust in seinem Roman allerdings Combray nennt. Dort wurden ursprünglich gar keine Madeleines gebacken, jedenfalls keine besonderen, aber die Einwohner reagierten blitzschnell und rüsteten komplett um. Seitdem – und zwar bis heute – fallen Heerscharen von Touristen aus aller Welt in das kleine Dorf in der französischen Pampa ein, weil sie hoffen, dass sie ein ähnliches Erweckungserlebnis haben, wenn sie diese blöden Madeleines essen.« Lullu Kosniak fasste sich an den Kopf. »Dabei sind das nicht mal besondere Madeleines, sondern ganz stinknormale, wie man sie in ganz Frankreich kaufen kann.«

»Und in Wahrheit hat Proust Zwieback gegessen«, fiel Noëlle in diesem Moment wieder ein. »Also, als er das Buch schrieb und als ihm der Einfall kam.«

»Eben. Zwieback!« Die Buchhändlerin schüttelte fassungslos den Kopf.

»Aber das klingt doch ganz fantastisch«, mischte sich Brommel in das literarische Duett ein. »Ein Marketingtrick – und doch so wirkungsvoll!« Er sah Noëlle wohlwollend an. »Du arbeitest doch im Marketing, oder? Deine Schwiegermutter hat uns erzählt, dass du uns helfen willst. Und siehe da, du bringst uns auf eine großartige Idee!«

Noëlle warf Lullu Kosniak einen panischen Blick zu, den sie mit weit aufgerissenen Augen erwiderte. Oh, oh, das ging jetzt aber in die falsche Richtung …

»Ähm, nein, also …«, setzte sie an, wurde aber gleich von Monika Flock unterbrochen.

»Noëlles Idee ist einfach sagenhaft! Wir weisen in unserer Dorfbroschüre und auf der Webseite einfach auf die Geschichte mit den Elaines hin.«

»Madeleines«, murmelte Noëlle, doch Monika Flock winkte ab.

»Madeleines, Elaines – ist mir egal, wie diese Mädchen heißen. Hauptsache, sie bringen uns die Touristen.«

»Aber das ist doch Unsinn!«, rief Lullu Kosniak. »Ich wollte damit doch genau das Gegenteil sagen! Die halbe Welt macht sich *lustig* über diese Deppen, die nach Illiers-Combray fahren, um Marcel Prousts Erweckungserlebnis nachzuempfinden – das nicht mal mit den blöden Madeleines, sondern mit ordinärem *Zwieback* einherging! Außerdem ist es doch Prousts Kindheitserinnerung, nicht die der Touristen, die die

Madeleines essen. Was für ein Quatsch! Die haben das Dorf sogar umbenannt deswegen, von Illiers zu Illiers-Combray, um dem Roman zu huldigen.« Sie machte vor ihrem Gesicht den Scheibenwischer. »Das ist doch total bescheuert! Sie hätten es Deppendorf nennen sollen – oder Idiotissen!«

»Also, ich find das genial!«, befand Brommel, und auch andere im Publikum nickten zustimmend. »Wir könnten uns auch umbenennen. In Leberkuchen. Wie Leverkusen. Oder so.«

»Wie bitte?!«, kam es gleichzeitig von Noëlle und Lullu Kosniak.

Doch Brommel war bereits Feuer und Flamme. »Wo liegt dieser Ort, sagst du?«

»Frankreich«, antwortete die Buchhändlerin zögernd.

»Wir brauchen einen Sonderbotschafter«, rief der Ortsvorsteher.

»Ich übernehm das!«, rief Monika Flock und sprang erneut von ihrem Stuhl auf.

»Nein, ich!«, widersprach Anni und stand ebenfalls auf. »Ich wollte schon immer mal nach Frankreich, und als Sonderbotschafterin von Krummenau übernimmt die Gemeinde die Spesen.«

»Hans, das kann doch nicht dein Ernst sein!«, donnerte Lullu Kosniak jetzt ernsthaft erbost. »Die Einwohner von Illiers-Combray haben keine Ruhe mehr! Seit fünfzig Jahren pilgern diese Leute in das Kaff, als wär es Mekka. Das kannst du doch nicht wirklich für uns wollen!«

»Fünfzig Jahre, sagst du? Aber natürlich will ich das!«, sagte Brommel im Brustton der Überzeugung.

»Du hast doch 'nen Knall!« Lullu Kosniak klappte mit Schmackes ihr Buch zu.

»Ich fahre!«, rief Monika Flock.

»Nur über meine Leiche!«, brüllte die Ladenbesitzerin erbost. »Die Flocks werden immer bevorzugt. *Immer!*«

»Darf ich mich wieder setzen?«, meldete sich Noëlle vorsichtig zu Wort, doch keiner nahm mehr von ihr Notiz, denn in diesem Augenblick stand auch Fritz Fenchelmann auf und rief: »Lullu Kosniak, du irre Kuh! Was du denkst, interessiert hier niemanden!«

Und als hätten sie sich abgesprochen, erhob sich nun auch Bäcker Nelk von seinem Platz, drehte sich in Richtung der Buchhändlerin und jaulte: »Du machst uns echt noch alles kaputt, du dumme Nuss!«

Eine Sekunde später brach das Chaos aus.

7

Es war so laut, dass Noëlle in den ersten Sekunden ihre eigenen Gedanken nicht mehr hören konnte. Alle riefen durcheinander. Lullu Kosniak brüllte Ortsvorsteher Brommel an, wurde ihrerseits aber von Bäcker Nelk und Konditor Fenchelmann angeschrien, und zwar in seltener Eintracht und Verbundenheit, weil sie endlich ein gemeinsames Ziel gefunden hatten, auf das sie sich stürzen konnten.

Monika Flock und Anni, die Ladenbesitzerin, standen voreinander und keiften wie die Waschweiber. Als Eriks Vater aufstand, um ihr beruhigend die Hand auf den Arm zu legen, wirbelte seine Frau zu ihm herum und keifte ihn an: »Lass mich!« Georg Flock war schlau genug, der Aufforderung Folge zu leisten. Verlegen sah er zu Noëlle und zuckte mit den Schultern, dann ließ er sich wieder auf seinen Stuhl fallen.

Noëlle war von dem Tohuwabohu um sie herum wie gebannt. Lasse diskutierte mit irgendeinem Mann um die sechzig, den Noëlle nicht kannte. Finya redete auf Erna ein, die sich gerade ein großes Stück des trockenen Nelk-Lebkuchens in den Mund schob, kaute und nickte. Der Ortsvorsteher und Rudi steckten die Köpfe zusammen. Letzterer zeigte dabei auf eine Zeile auf seinem entfalteten Papier, das er wieder aus der

Jackettasche gezogen hatte. So ziemlich jeder im Saal hatte jegliche Contenance, gute Kinderstube und Beherrschung verloren, es wurde gestritten, geschrien und gekreischt.

Am Rand sah Noëlle ein Pärchen stehen – beide sahen sich mit vor der Brust verschränkten Armen und einem breiten Grinsen im Gesicht das Spektakel an. Erik und Ines. Erneut verspürte Noëlle ein Zwicken in der Brust, irgendwo dort, wo sie ihr Herz vermutete. Amüsierten sich die beiden etwa? Und sie selbst saß mittendrin im Kuddelmuddel und Geschrei? Wieso kam Erik nicht, um sie zu retten? Wieso holte er sie nicht hier raus?

Noëlle warf ihm einen langen, vorwurfsvollen Blick zu, den er jedoch nicht bemerkte, weil er zu beschäftigt war mit der Betrachtung des sich streitenden Krummenau. Dann stupste Ines Erik auch noch an und flüsterte ihm etwas ins Ohr. Das Ganze gefiel Noëlle immer weniger. Sie zog die Augenbrauen zusammen. Wie vertraut die beiden miteinander umgingen … Wieder fielen ihr die Schwimmbadnächte ein, die die beiden gemeinsam verbracht hatten, lange Abende in diversen Heuschobern der Gegend und auf verbotenen Partys …

Plötzlich ließ Erik die Arme sinken, schien sich einen Ruck zu geben und machte sich auf den Weg nach vorn. Noëlle sah, wie er sich mit breiter Brust zwischen den wild Diskutierenden hindurchschob, die ihn nicht mal beachteten, egal wie groß und bärtig und imposant er war, und wie er schließlich die Bühne betrat. Er stellte sich ans Pult, legte die Hände in einer ähnlichen Geste wie Onkel Rudi an die Seiten, holte tief Luft und rief dann so laut, wie Noëlle ihn noch nie gehört hatte: »Schnauze, alle miteinander!«

Diesmal gab es keine Rückkopplung im Mikrofon. Stattdessen wurde es schlagartig still – so still, dass es Noëlle schier in den Ohren klingelte. Alle sahen nach vorn, überrascht, erschrocken, ertappt, wie im Dornröschenschloss im Märchen, in dem urplötzlich alles erstarrt und im hundertjährigen Schlaf versinkt. Jeder, aber auch wirklich jeder hielt in seiner Bewegung inne: Lullu Kosniak, die gerade das Buch erhoben hatte, um ihrem Gegenüber den Einband zu zeigen, Fritz Fenchelmann die Faust, die zu ihm zu gehören schien wie sein unfreundlicher Gesichtsausdruck, Onkel Rudi das Papier, mit dem er Brommel vor der Nase herumgewedelt hatte. Von einer Sekunde auf die andere war da nichts mehr, kein einziges Geräusch, keine Regung, nur Erik, der seinen Blick von der kleinen Bühne herab über die Anwesenden schweifen ließ. Er wirkte noch größer, da er über allen stand, wie ein Riese, der auf eine Armee von Zwergen hinabsah. Der Ausdruck in seinem Gesicht war streng, und zum ersten Mal verstand Noëlle, warum er Mannschaftskapitän der Schneefüchse geworden war – obwohl er unter den Giganten seines Teams sogar einer der kleinsten war. Aber er hatte eine natürliche Autorität, und die kam ihm zugute, als er jetzt die Einwohner seines Heimatdorfes von oben herab taxierte.

»Ihr solltet euch mal hören«, donnerte er mit einem knurrenden Unterton in der Stimme. »Wie die Kinder! Nein, schlimmer! Ich dachte, wir kämpfen hier für eine gemeinsame Sache? Oder wollt ihr nicht mehr, dass wir in den *TAG* reinkommen?«

Noëlle vernahm von allen Seiten Murren. Ein paar Leute setzten sich, und auch Monika Flock nahm wieder Platz, allerdings nicht ohne einen letzten bösen Blick in Annis Richtung abzufeuern.

»Was ist denn der *TAG*?«, flüsterte Noëlle leise in ihre Richtung.

Eriks Mutter zögerte einen Moment, dann murmelte sie: »Der *Traditional Artisan Guide*. Eine Art europäischer Spezialitätenführer für Reisegruppen aus Asien.«

Ein asiatischer Reiseführer? Von dem hatte Noëlle ja noch nie gehört – aber sie hatte sich bis jetzt auch nie mit derlei Unsinn beschäftigt und hätte niemals zu träumen gewagt, dass sich das jemals ändern würde.

»Und was steht in diesem ... *TAG* so drin?«, hakte sie nach.

Monika Flock seufzte. »Jedes Jahr werden aus jedem europäischen Land drei Kandidaten für besondere Spezialitäten in der Kategorie ›Genussmittel‹ in den *TAG* aufgenommen. Frankreich zum Beispiel hat seit Jahren den Champagner drin, außerdem Camembert aus der Normandie und natürlich die Bouillabaisse aus Marseille.« Sie zählte die drei Spezialitäten an den Fingern ab. »Mit Italien gibt es immer Diskussionen, weil sie mehr als drei Plätze belegen wollen – typisch Italiener eben. Als würden diese Regeln nicht für alle gelten.« Sie schüttelte den Kopf. »In Deutschland sind die Nürnberger Würstchen und der Dresdner Stollen gesetzt ...«

»Aber hat Onkel Rudi nicht gesagt, dass er gar keine Stollengeschäfte in Dresden gefunden hat?«

Monika Flock nickte. »Stimmt. Offenbar haben die irgendeine Sonderregelung mit dem Verlag, weiß der Teufel, wie viel die bezahlen, um immer wieder in die Printausgabe reinzukommen – obwohl sie längst nicht alle Auflagen erfüllen.« Sie beugte sich zu Noëlle hinüber. »Aber jetzt halt dich fest: Wir haben aus sicherer Quelle erfahren, dass die Aachener Printen aus dem *TAG* rausfliegen sollen. Angeblich weil sie sich ebenfalls nicht an die Auflagen halten.«

»Oooh«, machte Noëlle, als wüsste sie, wovon Eriks Mutter sprach. Dann fragte sie: »Was denn für Auflagen?«

Monika Flock nickte grimmig. »Mindestens zwei reine Spezialitätengeschäfte im Ort, eine Tradition von fünfzig Jahren und mehr, Reiseleiter mit speziellen Zertifizierungen ... Aber das führt zu weit. Jedenfalls scheint Aachen sich nicht mehr richtig ins Zeug zu legen, um im *TAG* zu bleiben, und Krummenau erfüllt nicht nur ein paar Auflagen, sondern *alle*.«

»Und … wenn Aachen rausfliegt?«, wollte Noëlle wissen.

»Dann würde der Platz frei werden – und wir könnten diesen Platz einnehmen. Deswegen fahren wir auch morgen alle nach Aachen, um uns vor Ort umzusehen«, zischte sie.

Noëlle fühlte sich unangenehm an einen Mafioso erinnert, der ihr den Namen seines nächsten Liquidationsopfers zuraunte.

»Gegebenenfalls braucht die Redaktion des *TAG* auch einfach nur einen kleinen Schubs in die richtige Richtung … wenn du verstehst.« Monika Flock wackelte verschwörerisch mit den Augenbrauen.

Das wurde ja von Minute zu Minute absurder. Immer wenn Noëlle der Meinung war, dass es nicht mehr abwegiger und merkwürdiger werden konnte, setzte irgendwer noch einen drauf. Krummenau wollte also in diesen asiatischen Reiseführer reinkommen – *deswegen* das ganze Theater? Das war alles? Das war doch fast … ein bisschen … enttäuschend.

Nur am Rande nahm Noëlle wahr, dass Erik wieder die Stimme erhoben und irgendwas gesagt hatte, aber sie war immer noch zu fassungslos angesichts der Erkenntnisse, als dass sie sich darauf hätte konzentrieren können. Natürlich hatte sie schon mal von Aachener Printen gehört. Und die Nürnberger Rostbratwürste kannte ja nun wirklich jedes Kind. Den Dresdner Stollen sowieso. Aber Noëlle war es komplett neu, dass ausgerechnet diese drei lokalen Spezialitäten in einem Reiseführer genannt wurden und somit dafür sorgten, dass Heerscharen von Reisegruppen in die jeweiligen Städte einfielen. Langsam dämmerte ihr, was hinter Lullu Kosniaks Vorbehalten steckte: Reisebusse voller Touristen, die sich durch den kleinen Ort wälzten? Gott bewahre!

»Und die Asiaten kommen dann, um ...«

Ja, um was zu tun? Würstchen zu essen? Stollen zu mümmeln?

»Japaner vor allem«, wisperte Monika Flock. »Und Koreaner. Die sind verrückt nach allem Europäischen. Es gibt im *TAG* verschiedene Kategorien: Genussmittel, Naturwunder, Handarbeit ... Die Kuckucksuhren aus Triberg sind natürlich auch im *TAG*. Und der Christbaumschmuck aus Seiffen. Und wir wollen da auch rein. Dieses Jahr im Sommer haben wir sogar extra einen großen Parkplatz für Reisebusse vor den Toren Krummenaus anlegen lassen.« Sie nickte Noëlle zu. »Wir sind so was von bereit!«

Das konnte sich Noëlle nur zu gut vorstellen – auch wenn sie eigentlich kein Wort davon glauben konnte. Es kam ihr so weit hergeholt vor ... und sie konnte sich auch gar nicht vorstellen, dass andere Länder oder Städte wirklich Wert darauf legten, in einen solchen Fremdenführer des Grauens aufgenommen zu werden.

»Weiß man denn, in welcher Auflage dieser *TAG* gedruckt wird? Ich weiß wirklich nicht, ob ...«

»Fünf Millionen. Jedes Jahr.« Eriks Mutter schaute gewichtig drein, und Noëlle blieb regelrecht die Spucke weg.

Fünf Millionen?! Das war ... absurd viel!

»Und wie viele von diesen ... Leuten, die das Buch kaufen, kommen daraufhin nach Deutschland? Nach Dresden, Aachen und ... Seiffen beispielsweise?«

Monika Flock sah wieder nach vorn, wo ihr Sohn gerade konzentriert einer Stimme aus dem Publikum zuzuhören schien. Erik sah aus wie ein Politiker bei der Bürgersprechstunde, fand Noëlle.

»Fünfhunderttausend jährlich. Also: in jede dieser Städte. Das hat eine Erhebung aus dem letzten Jahr ergeben.«

Noëlle schluckte trocken. Fünfhunderttausend Besucher. Selbst wenn die Zahlen frisiert wären, würde das eine Menge Lebkuchen für Krummenau bedeuten.

»Ich konnte es am Anfang auch nicht glauben, aber ich hab mit den *TAG*-Beauftragten in Triberg und in Seiffen telefoniert, und die haben mir unabhängig voneinander die Zahlen bestätigt.«

Na gut. Das sorgte zwar nicht eben dafür, dass Noëlle die ganze Angelegenheit weniger irre vorkam, aber jetzt verstand sie zumindest die Beweggründe der Krummenauer.

»Wir wollen Krummenau zum internationalen Zentrum des Lebkuchens und der Völkerverständigung machen«, erklärte Monika Flock und sah allen Ernstes so aus, als würde sie glauben, was sie gerade sagte. »Und wenn du uns auch noch dabei hilfst …«, fuhr sie fort, doch bevor Noëlle widersprechen konnte, stand Eriks Mutter auf.

»Liebe Krummenauer!«, rief sie und breitete die Arme aus. »Ich weiß ja, dass wir uns nicht immer darüber einig sind, wie es für unser schönes Dorf weitergehen soll.« Sie drehte sich in alle Richtungen, damit ihre Worte auch garantiert alle Anwesenden im Saal erreichten. »Einige von euch wünschen sich, dass alles so bleibt, wie es ist.«

»Bloß nicht!«, knurrte Fenchelmann laut genug, dass jeder es hören konnte. »Ich würd auch gern mal wieder etwas anderes backen! Lieber soll alles wieder so werden, wie es einmal *war*.«

Monika Flock wandte sich zu dem Konditor um. »Fritz, wir wissen deine Anregungen sehr zu schätzen. Aber wir von der Initiative Pro Lebkuchen halten uns an unsere Abmachung. Bis zum Ende nächsten Jahres bleibt das Sortiment so bestehen, wie wir es beschlossen haben. Sollten danach keine Touristen nach Krummenau kommen, können alle wieder tun und lassen, was sie wollen.«

»Das ist doch alles sinnlos!«, rief eine Stimme von den billigen Plätzen, doch Eriks Mutter ließ sich davon nicht aus dem Konzept bringen.

»Ganz im Gegenteil! Denn seit heute haben wir prominente Unterstützung bei unserem Vorhaben. Sie hat Erfahrung in den Bereichen Marketing und PR und wird uns mit ihrem Wissen sicher wichtige neue Impulse geben können.«

Noëlle sah sich um. Na, die arme Sau würde sie ja gern mal kennenlernen! Wenn all die schwachsinnigen Maßnahmen nicht griffen und Krummenau am Ende eher wie Schilda dastünde, würde sie ganz sicher kreuz und quer durchs Dorf getrieben werden. Jeder Menge rausgeschmissenes Geld – wer sich freiwillig auf so was einließ ...

»Bitte begrüßt mit einem herzlichen Applaus die neue Marketingreferentin der Initiative Pro Lebkuchen« – sie breitete die Arme aus –, »meine Schwiegertochter, Noëlle Christmann!«

Im ersten Augenblick begriff Noëlle gar nichts. Nicht, warum alle sie ansahen, nicht, warum Monika Flock ihren Namen gerufen hatte, und erst recht verstand sie nicht, warum gerade schon wieder das S-Wort gefallen war. So oft, wie sie in den vergangenen Stunden als Verlobte oder Schwiegertochter vorgestellt oder bezeichnet worden war, fragte sie sich langsam, ob das eine Art verkappter Antrag war, den der gute Erik ihr unterzujubeln suchte. Oder vielleicht ja auch nicht Erik, sondern die Familie Flock – oder am Ende das ganze Dorf?

Unwillkürlich rieselte ihr ein Schauder über den Rücken. Warum hatten sich Erik und Saskia, die Frau *vor* Noëlle, eigentlich getrennt? Hatte er ihr das jemals erzählt? Ach, richtig, jetzt fiel es ihr wieder ein ... Sie hatten »unterschiedliche Ansichten in Sachen Familienplanung« gehabt. So hatte es Erik jedenfalls ausgedrückt. Was alles und nichts bedeuten konnte. Wie »unüberbrückbare Differenzen«. Warum hatte Noëlle da nicht genauer nachgefragt? Unter Garantie war das nicht der einzige Grund für die Trennung gewesen. Ganz bestimmt hatte auch Krummenau damit zu tun gehabt. Oder Saskia hatte eine Lebkuchenallergie oder war so etwas Profanes wie Tierärztin gewesen, weshalb man in Krummenau keine Verwendung für sie gehabt hatte, oder …

Eigentlich war es Noëlle auch völlig schnurz, warum Saskia nicht länger da war. Denn jetzt war sie es, die hier im Gemeindesaal von Krummenau im Hunsrück saß. Und sie wollte nicht die Marketingreferentin für Krummenau im Hunsrück sein. Für nichts und niemanden und ganz besonders nicht für Lebkuchen. Sie hatte einen Job, sogar einen, in dem sie gar nicht schlecht verdiente. Und sie hatte eine eigene Familie. Eine bekloppte zwar, aber he, Blut war dicker als Wasser … und viel, viel dicker als Lebkuchen.

Noëlle spürte eine Hand an ihrem Arm. Dann wurde sie nach oben gezogen. Monika Flock, ihre selbst ernannte Schwiegermutter, strahlte sie bis über beide Ohren an und klatschte in die Hände. »Wir sind so froh, dass du da bist«, hauchte sie. Dann ließ sie Noëlle eine innige Umarmung angedeihen. Alle um sie herum hatten angefangen zu klatschen und spendeten Beifall, einige waren sogar aufgestanden. Es war wie bei der beschissenen Oscar-Verleihung – nur dass Noëlle nicht mal geahnt hatte, dass sie überhaupt nominiert gewesen war!

Sie wusste nicht, wie ihr geschah. Sie wusste nur, dass ihre Hände kalt waren, die Arme, sogar die Schultern. Um die Durchblutung wieder etwas anzuregen und weil sie schließlich irgendwie reagieren musste, hob sie verlegen die Hände und machte eine schlichtende Geste, und tatsächlich verklang der Applaus, der gerade über sie hinweggetost war.

Eriks Mutter drückte sie erneut an sich, dann säuselte sie Noëlle ins Ohr: »Geh nach vorn und sag ein paar Worte, sei so lieb.«

»Ich … Ich kann nicht …«, setzte Noëlle an und verstummte wieder, als Monika Flock erneut begeistert in die Hände klatschte. Sie sah richtig, richtig glücklich aus.

Noëlle warf einen panischen Blick in Richtung Bühne. Erik stand immer noch hinter dem Pult. Auch er klatschte, hatte ein Lächeln im Gesicht, das von einem Ohr zum anderen reichte, und er sah richtiggehend stolz aus. So hatte er sie noch nie angesehen. So hatte Noëlle ihn überhaupt noch nie irgendjemanden oder irgendwas betrachten sehen …

Ohne länger darüber nachzudenken, welche Konsequenzen ihre fehlende Gegenwehr in naher Zukunft haben würde, und trotz schlotternder Knie ließ sie sich von Monika Flock durch die Stuhlreihen und auf die Bühne hochschieben. Als sie die wenigen Stufen zu den Brettern emporstieg, die ihren Untergang bedeuten würden, wurde der Applaus erneut lauter … und mit einem Mal hatte Noëlle das merkwürdige Gefühl, als könnte sie womöglich doch an etwas Gutem teilhaben. Vielleicht würde sich diese spontane Referentenstelle als großer Marketinggag entpuppen. Und überhaupt. Sie würden morgen nach dem Mittagessen (oder besser: Frühstück) wieder heim nach Frankfurt fahren, und dann wäre – hoffentlich! – im Handumdrehen vergessen, was die Initiative Pro Lebkuchen von Noëlle alles erwartete. Oder nicht?

Auf der Bühne trat Erik mit ausgebreiteten Armen auf sie zu und drückte sie an sich.

»Du bist die tollste Frau der Welt«, raunte er ihr ins Ohr, während der Applaus noch einmal lauter wurde.

Na wunderbar. Und wie kam sie aus der Nummer wieder raus?

So oft hatte sie sich von ihren Eltern zu irgendetwas überreden lassen, was sie eigentlich gar nicht gewollt hatte. Jedes. Verdammte. Jahr. Nach der Rolle der Maria und der Lucia hatte Noëlle jeden einzelnen der Heiligen Drei Könige gespielt, danach diverse Weihnachtswichtel, Nikoläusinnen, Rentiere, Elchgespanne, das Mädchen mit den Streichhölzern und so weiter und so fort. Jedes verdammte Jahr hatten Noëlles Eltern sich etwas Neues einfallen lassen – wer, wenn nicht sie, die über ihre Elternrolle hinaus auch Leiter der örtlichen Theatergruppe waren und somit verantwortlich für das alljährliche Weihnachtsstück. Und im Schauspiel des Schreckens gab es unendlich viele Rollen zu besetzen …

Jahrelang hatte Noëlle das alles über sich ergehen lassen, mit einer Engelsgeduld, die das Nürnberger Christkind vor Neid hätte erblassen lassen.

Und jetzt also diese lächerliche Marketingstelle bei dieser popeligen Initiative. Aber war die wirklich so schrecklich? Vermutlich handelte es sich doch nur um einen Pro-forma-Job – um irgendwelchen *TAG*-Auflagen zu genügen. Sie würde sich jetzt nicht das ganze Dorf zum Feind machen, indem sie hier und jetzt an Ort und Stelle verkündete, dass sie weder verlobt noch arbeitslos noch besonders begeistert von Lebkuchen als solchem war, oh nein. Noëlle wusste, wie man gute Miene zum bösen Krippenspiel machte.

Also lächelte sie breit, stellte sich ans Pult und sagte mit fester Stimme, wenn auch mit blaugefrorenen Fingern: »Danke, liebes Krummenau, für diese mehr als warme Begrüßung. Ich freue mich sehr, dass Erik mich mit hergenommen hat.« Und in Gedanken fügte sie hinzu: *Aber noch mehr freue ich mich auf unsere Abfahrt morgen, hurra!* »Ganz besonders ehrt mich, dass Sie mir diese Aufgabe als Marketingreferentin zutrauen. Ich werde alles in meiner Macht Stehende tun, um …«

Sie zögerte. In ihrem Kopf hatte sich ein Satz verselbständigt. *Ich werde alles in meiner Macht Stehende tun, um diese Kackposition so schnell wie möglich wieder loszuwerden.*

Vorsichtshalber setzte sie deshalb neu an: »Ich werde alles in meiner Macht Stehende tun, um Ihrer Sache einen guten Dienst zu erweisen.«

Sie ließ ihren Blick über die Anwesenden schweifen. Die meisten sahen sie wohlwollend an, einige grinsten sogar. Einzig Konditor Fenchelmann schien wieder einmal etwas auszusetzen zu haben (wobei das wohl eine Art Dauerzustand war), und auch die Momms wirkten notorisch unzufrieden.

Dann aber fiel Noëlles Blick auf die Buchhändlerin. Lullu Kosniak stand immer noch vor ihrem Stuhl, hatte die Arme vor der Brust verschränkt und das Gesicht zu einem Ausdruck des Unverständnisses und der Enttäuschung verzogen. Aus irgendeinem Grund war deshalb Noëlle verunsichert, auch wenn sie nicht recht wusste, warum. Sie kannte die Buchhändlerin genauso wenig wie alle anderen, und eigentlich hätte es ihr ganz egal sein müssen, was sie oder der Rest des Dorfes von ihr dachte.

Aber Noëlle war eben Noëlle, und ihr war es nie egal, was andere von ihr dachten. Beinahe reflexhaft blätterte sie ihr Sündenregister hoch und runter, wann immer jemand – selbst ein Fremder – sie dumm von der Seite anquatschte. Ihr kam gar nicht in den Sinn, unberechtigte Kritik ganz einfach an sich abperlen zu lassen wie Fett von einer teflonbeschichteten Pfanne. Irgendwo in ihrer DNS war tief verankert, dass sie von allen gemocht werden wollte. Immer und überall. Selbst von Leuten, die sie eigentlich doof fand. Und genau aus diesem Grund tat sie jetzt etwas, was ihr selbst nicht ganz geheuer war. Sie ballte die Faust, riss den Arm in die Luft und rief: »Pro Lebkuchen!«

Ihr Schlachtruf wurde aus Dutzenden Kehlen erwidert.

8

Eine Stunde später ließ sich Noëlle völlig erschöpft in den großen Ohrensessel sinken, der im Flockschen Wohnzimmer neben der zwar etwas durchgesessenen, aber unfassbar bequemen beigefarbenen Couchgarnitur stand. Sie war am Ende, richtiggehend fertig. Die Bürgerversammlung hatte ihr alles abverlangt. Die Versammlung – und natürlich ihre unfreiwillige neue Position, die sie dank Monika Flock nun in Krummenau innehatte.

Nach ihrem Auftritt hatte Erik, der immer noch stolz wie Oskar auf sie heruntergeguckt hatte, ihr den Arm um die Taille gelegt. Sie hatte ihm seufzend den Schal mit Hundesabber in die Hand gedrückt und ihm seinen eigenen aus dem Arm gezogen. Erik war das egal gewesen. Vermutlich wäre er sogar nackt nach Hause gelaufen. Er strahlte von innen heraus, glühte beinahe, und Noëlle hätte es nicht gewundert, wenn auf dem Heimweg unter seinen Füßen die zentimeterdicke Schneedecke auf dem Bürgersteig geschmolzen wäre. Ihr wäre es nur recht gewesen: Ihr war kalt bis ins Mark.

Sie streckte die Arme in Richtung des Ofens, den Georg Flock vor ein paar Minuten eingeheizt hatte. Nicht dass es irgendwas gebracht hätte. Denn so wie Erik von innen heraus strahlte, schien auch Noëlles Kälte irgendwo in ihrem Inneren zu entspringen. Diese eisige Taubheit war selbst für ihre Verhältnisse ungewöhnlich. Vor ein paar Jahren, als sie erfahren hatte, dass sie am Raynaud-Syndrom erkrankt war, hatte ihr der Arzt gesagt, dass sowohl Kälte und Nässe, aber auch extreme psychische Belastungen oder Stress Auslöser für die plötzlichen Empfindungsstörungen sein könnten. Im Geiste war Noëlle damals vergangene Frostattacken durchgegangen und hatte dem Mediziner recht geben müssen: Ja, vor allem in Prüfungssituationen oder aber dann, wenn sie durch ihre Eltern irgendwie ins Zentrum des allgemeinen Interesses geschubst worden war, hatte Noëlle immer mit schockgefrorenen Gliedmaßen zu kämpfen gehabt. Da sich die ungeliebte Aufmerksamkeit oft in der Vorweihnachtszeit einstellte, hatte Noëlle irgendwann angefangen, das Weihnachtsfest, das sie ohnehin nicht leiden konnte, mit kalten Extremitäten zu verknüpfen, und seitdem glaubte sie an eine Art Übersprungshandlung ihres Körpers, wann immer ihr der Geruch von Zimt, Weihrauch oder Spekulatius in die Nase stieg, sie das Klingeln von kleinen Glöckchen oder das Knirschen von Winterstiefelsohlen auf frisch gefallenem Schnee vernahm.

Sie betrachtete ihre Hände. Was vor ein paar Minuten noch bläulich-weiß geschimmert hatte, nahm allmählich eine rosige Farbe an. Kein Grund zur Freude, wie sie wusste, denn in wenigen Augenblicken würden ihre Hände aussehen, als hätte Noëlle sie *in* und nicht nur *vors* Feuer gehalten. Manchmal musste sie, wenn sich ihre Hände krebsrot verfärbten, an einen Hummer denken, den man ins kochende Wasser geworfen hatte.

Vorsichtig bewegte sie die Finger. Immerhin das schien noch zu funktionieren.

»Puh, das war anstrengend«, meinte Erik und ließ sich auf die breite Couch fallen, auf der sechs Leute Platz gefunden hätten. Er schob sich ein Kissen zurecht und machte es sich auf der Längsseite bequem. »Hoffentlich hat dich das nicht abgeschreckt – in Krummenau geht es nicht immer so zu wie heute Nachmittag.«

»Ach nein?«

Noëlle wollte das nicht so recht glauben. Sie hatte den Eindruck, dass die Konflikte zwischen den verfeindeten Parteien nicht erst seit gestern schwelten, sondern von Generation zu Generation weitergegeben worden waren, und das ungefähr seit Jahrmillionen.

»Nein. Na ja, sieht man von den Nelks und den Fenchelmanns mal ab …«

»Erzähl mir, was dahintersteckt«, forderte Noëlle Erik auf und hielt nach einer Decke Ausschau. Der Ofen sonderte noch nicht die Wärme ab, nach der Noëlle sich verzehrte.

»Die Großmutter von Norbert Nelk ist eine geborene Fenchelmann«, erklärte er. »Fanny, so hieß sie, wollte damals, wie es üblich war, in eine andere Familie aus demselben Stand einheiraten, natürlich in der Hoffnung, die beiden konkurrierenden Bäckereien, die es damals schon gab, unter einem Dach zusammenzuführen. Dann ist aber genau das Gegenteil passiert. Fannys ältere Schwester Frederike Fenchelmann war selbst scharf auf die Hochzeit mit einem Nelk. Als sich der Bäcker aber für Fanny entschied, geriet Frederike mit ihrer Schwester in einen Riesenstreit, brach den Kontakt mit ihr ab und erzählte überall herum, Fanny hätte das Familiengeheimnis an ihren Ehemann verraten.«

»Das Lebkuchenrezept«, schlussfolgerte Noëlle, obwohl sie sich beim besten Willen nicht vorstellen konnte, warum man deswegen so ein Gewese machen konnte. Es war doch nicht die Cola-Rezeptur! Es war sogar *ganz sicher* nicht die Cola-Rezeptur.

»Genau.« Erik nickte. »Damit fing alles an. Die beiden Schwestern, Frederike Fenchelmann und Fanny Nelk, waren sich fortan spinnefeind, lebten aber quasi Haustür an Haustür. Und irgendwie besteht dieser alberne Streit bis heute fort, obwohl die beiden schon seit Jahren tot sind.«

»Das heißt, Fritz Fenchelmann und Norbert Nelk streiten sich bis heute wegen eines geheimen Lebkuchenrezepts?« Noëlle war ein wenig fassungslos, doch Erik nickte. Dann hustete er kurz.

»Wir verstehen es auch nicht ganz, aber es nervt, das kannst du mir glauben. Manchmal fühlen wir uns hier wie Deutschland im Kalten Krieg: links die eine Kriegsmacht, die mit den Muskeln spielt, rechts die andere Kriegsmacht, die mit den Muskeln spielt, und das arme Krummenau dazwischen.« Jetzt schien auch er zu frösteln. Mit vor der Brust verschränkten Armen murmelte er: »Den Ofen hätte Papa ruhig schon ein bisschen früher anmachen können.«

»*Dir* ist kalt?« Überrascht rieb Noëlle die Hände aneinander. »Es geschehen noch Zeichen und Wunder ...«

»Dass du mir ja nicht krank wirst!«, rief in diesem Moment Eriks Mutter, die mit einem Tablett und frisch aufgebrühtem Tee aus der Küche gewatschelt kam. Sie stellte es auf dem Couchtisch ab und sagte an Noëlle gewandt: »Das war früher auch schon so. Wenn Erik kalt wurde, ist er immer krank geworden.«

»Na, wollen wir den Teufel mal nicht an die Wand malen«, meinte Erik, stand auf und nahm sich eine Decke vom anderen Ende des Sofas. Dann legte er sich der Länge nach auf die Couch und deckte sich zu. Die Decke war ein Stück zu kurz für ihn, seine Füße hingen immer noch im Freien.

»Will jemand Tee?«, wollte Monika Flock wissen. »Es ist eine Spezialmischung.«

Ganz sicher nicht, dachte Noëlle. Vorsicht ist besser als Nachsicht.

»Zitronenmelisse, Pfefferminze, Zimtrinde und Ringelblumen«, zählte Monika Flock auf.

Ach … das klang ja gar nicht so schlecht. Selbst die Zimtrinde konnte in dieser Komposition schmecken.

»Ich nehm gern eine Tasse«, sagte Noëlle schnell, bevor sie es sich anders überlegen konnte. Ein bisschen Wärme von innen würde garantiert nicht schaden.

Monika Flock nickte, bevor sie sich wieder in die Küche zurückzog. »Wunderbar. Die Mischung ist von Ines. Ich bin gespannt, wie du sie findest.«

Noëlles Lächeln fiel in sich zusammen wie Blätterteig in der Auslage. Ausgerechnet von Ines. Ja, klar, die Café-Betreiberin war nett und, soweit Noëlle es einschätzen konnte, die einzige Person in Krummenau, die in etwa in ihrem Alter war, wenn man von Lasse und Finya einmal absah. Trotzdem störte es sie, dass Fräulein Wehr – denn allem Anschein nach war sie unverheiratet – mit sämtlichen Flocks so gut klarkam. Was andererseits irgendwie logisch war. Ines Wehr war mit Erik vermutlich befreundet, seitdem er mit ihr im Sandkasten die erste Burg gebaut hatte. Noëlle wusste von ihrem Bruder, wie es war, wenn man mit Kindern auf dem Dorf aufwuchs: Alle gehörten zu einer großen und mehr oder weniger schrulligen Familie. Am Nachmittag, wenn die Kinder aus der Schule kamen, beschäftigten sie sich miteinander. Da gab es keine Hausaufgabenbetreuung, keine Tagesmutter, keine Nanny. Da machte man die Tür zum Garten auf und entließ die Meute nach draußen. Durch Dörfer wie Krummenau zogen regelrechte Kinderbanden, die man in der Stadt nicht antraf. *TKKG*, *Fünf Freunde*, *Die drei ???* – das war für Noëlle Kindheit in der Pampa und so ziemlich das Gegenteil dessen, was sie selbst als Kind erlebt hatte, selbst wenn Himmelsthür bei Hildesheim alles andere als der Nabel der Welt war.

Ach, was soll's, dachte Noëlle. Dampf stieg aus der Teekanne auf, und im Wohnzimmer breitete sich der Duft von Zitronenmelisse und Minze aus und mischte sich mit dem Geruch des Holzfeuers. Ines Wehr war nett, selbst wenn es Noëlle ein bisschen störte, dass sie die Flocks und vor allem Erik so viel besser kannte als sie selbst. Vermutlich würde das auch für immer so bleiben, immerhin hatte Ines schlappe dreißig Jahre Vorsprung. Aber Schwamm drüber. Erik war mit Noëlle zusammen, nicht mit Ines, und nur darauf kam es an. Also schluckte sie ihre Stutenbissigkeit hinunter und wandte sich zu ihrem Freund um.

»Könntest du mir eine Tasse einschenken, bitte?«, fragte er sie, als hätte er nur darauf gewartet, dass sie sich ihm zuwandte.

Noëlle sah ihn verwundert an. Er sah wirklich ein bisschen elend aus. Aber dass es gleich so schlimm war, dass er sich nicht mal mehr selbst einen Tee einschenken konnte … Na ja, Männer halt. Sie seufzte, stand auf, goss Tee in eine Tasse und stellte sie ihm vor die Nase auf den Couchtisch.

»Magst du dich nicht zu mir legen?«, fragte er dann und sah aus großen Augen zu ihr auf.

»Ehrlich gesagt …«, setzte Noëlle an, hielt dann aber inne. War das der richtige Moment, um ihrem Freund in puncto Bürgerversammlung auf den Zahn zu fühlen? Jetzt könnte sie ihm die Meinung sagen, beispielsweise dass sie eigentlich ein bisschen sauer auf ihn war, weil er sie bei seiner Mutter offenbar wie eine Marketingpäpstin angepriesen und es allem Anschein nach auch für eine gute Idee gehalten hatte, Monika Flock in die Hand zu versprechen, dass sich Noëlle für deren Pro-Lebkuchen-Initiative einsetzte. Die hätte er wenigstens vorher mal erwähnen können, dann hätte sich Noëlle nämlich eine gute Ausrede einfallen lassen können. Oder wäre gar nicht erst mitgekommen nach Krummenau. Was, wenn sie es recht bedachte, vermutlich der Grund war, warum Erik keinen Mucks gesagt hatte.

»Ich könnt ein bisschen Wärme brauchen«, meinte Erik und klimperte schwach mit den Lidern.

»Wärme? Ausgerechnet von *mir?*« Noëlle sah Erik an und zog zweifelnd die Brauen in die Höhe.

»Na ja, eher so emotionaler Art«, entgegnete er mit einem verschmitzten Grinsen im Gesicht und lupfte die Decke seitlich an, damit Noëlle darunterkriechen konnte.

Sie zögerte einen Moment – immerhin waren sie im Wohnzimmer seiner Eltern, und die schwirrten irgendwo im Haus herum –, außerdem war die Sache mit der Initiative noch lange nicht vom Tisch. Dann aber dämmerte Noëlle, dass sie sich ja auch an ihm wärmen konnte. Nicht nur umgekehrt.

Mit einem leisen Seufzer legte sie sich zu ihm auf die Couch und kuschelte sich in seine starken Arme.

»Du riechst gut«, murmelte Erik und vergrub seine Nase in ihrem dunklen Haar. Dann gab er ihr einen Kuss in den Nacken. »Nach irgendwas Leckerem …« Er schnupperte. »Hast du ein neues Shampoo?«

Noëlle schüttelte den Kopf. »Nein.«

»Ist das Kokos? Oder Lebkuchen? Irgendwas Weihnachtliches.«

Na super. Jetzt roch sie schon wie das verdammte Dorf.

Er schnupperte wieder. »Ach, egal, was es ist. Du bist einfach zum Anbeißen.« Seine Hand, die eben noch auf ihrer Taille gelegen hatte, wanderte nach unten, bis sie auf Noëlles Hüfte liegen blieb.

Sie spürte, wie er sich eng an sie drückte, und irgendwo tief im Innern meldete sich eine andere Wärme zu Wort – eine

Wärme, die mit der tatsächlichen Zimmertemperatur nicht mehr allzu viel zu tun hatte und Noëlle im Wohnzimmer ihrer (ach ja …) Schwiegereltern mehr als unangenehm war.

»He.« Kichernd rückte sie ein Stückchen von ihm ab. »Doch nicht hier!«

»Hmm«, machte Erik und zog sie wieder an sich. »Ich bin so froh, dass du mit hergekommen bist. Danke!«

Noëlle war gerührt. Vor Erik hatte sie schon andere Beziehungen gehabt, lange Beziehungen, in denen sie durchaus von Liebe gesprochen hatte. Mit Clemens, dem Typen aus ihrer Schule, der ein Jahr vor dem Abi in ihre Stufe gekommen war und Noëlles Pubertätsjahre als Tochter der Attraktion des Ortes dementsprechend nicht miterlebt hatte. Der ihr allerdings auch nach zwei Jahren das Herz gebrochen hatte. Oder Alex, dem sie erst ihre Liebe und dann eine Menge Lehrgeld hinterhergeschmissen hatte, und am Ende hatte es trotzdem nicht geklappt mit ihnen beiden. Worüber Noëlle mittlerweile ziemlich froh war.

Zuletzt war sie mit Bernd zusammen gewesen, einem wirklich netten Mann, der aber nie gefragt hatte, ob Noëlle ihn ehelichen wollte – auch nicht nach acht Jahren gemeinsamer Beziehung. Bernd war nämlich schon mit seinem Beruf verheiratet, deswegen brauchte er gar keine Gattin. Anderthalb Jahre, bevor Noëlle Erik kennengelernt hatte, hatte sie bei Bernd die Reißleine gezogen und ihm (obwohl ihr das eigentlich gar nicht ähnlichsah) die Pistole auf die Brust gesetzt.

»Bald werd ich einunddreißig«, hatte sie ihm an einem Sonntag nach dem *Tatort* eröffnet. »Und selbst wenn ich in Liebesdingen grundsätzlich eher langsam bin: Ich kann nicht mein ganzes Leben in der Warteschleife verbringen. Entweder wir machen jetzt irgendwann mal Nägel mit Köpfen, oder wir lassen die ganze Angelegenheit sein.«

Bernd hatte sich für Tor zwei entschieden. Nur um sechs Monate später eine gewisse Julia vor den Traualtar zu führen, die er bei einem seiner Managerworkshops kennengelernt hatte. Im Odenwald.

Noëlle hatte eine Weile gebraucht, um die Schlappe wegzustecken, doch irgendwann war sie froh gewesen, dass Bernd Julia und nicht sie gefragt hatte. Denn neben seinem langweiligen Namen verfügte Bernd auch über langweilige Eltern, die Noëlle nie so recht hatte leiden können. Klar, sie hatten sich Mühe gegeben, Noëlle in ihrer Familie willkommen zu heißen, aber allen Beteiligten war irgendwie schon von Anfang an klar gewesen, dass Noëlle nicht die Traumschwiegertochter und Uwe und Ursel Schmidtbeck nicht die Traumschwiegereltern sein würden. Nur der arme Bernd hatte zwischen den Stühlen gesessen.

Als sie jetzt an Bernds Eltern dachte, kam sie jedoch ins Grübeln. Vielleicht war das alles doch gar nicht so schlimm – also: der Lebkuchen. Die Initiative. Das Dorfleben. Happy im Hunsrück. Höchstwahrscheinlich war das nur etwas, woran man sich gewöhnen musste – oder womit man irgendwann zu leben lernte, solange es einem in homöopathischen Dosen serviert wurde. Was an diesem Tag, ganz ehrlich, nicht der Fall gewesen war. Es kam Noëlle eher so vor, als wären ihr Krummenau, die Flocks und die besondere Spezialität des Dorfes intravenös verabreicht worden, und zwar aus einem verdammt großen Beutel.

»Mit Ines hast du dich aber gut verstanden, oder?«, fragte Erik gerade, und sofort war Noëlle auf Habacht. War Erik aufgefallen, dass sie der Cafébesitzerin reserviert begegnet war?

»Sie ist nett«, erwiderte sie eilig. »Woher kennst du sie eigentlich?«

Er gluckste. »Sie kommt auch hier aus Krummenau, und hier kennt jeder jeden.«

»Schon klar. Aber in welchem …« Sie zögerte. Sollte sie ihn einfach fragen, ob er und Ines mal was miteinander gehabt hatten? Trotz aller Freundschaft? Oder ob sie wirklich nur eine platonische Sandkastenliebe war? Oder am Ende gar nichts – wirklich nur ein Sich-seit-Jahren-Kennen? Nein, das war ihr zu platt. Also entschied sie sich für ein vages: »In welchem Verhältnis stehst du denn zu ihr?«

»Ich glaube, ich verstehe deine Frage nicht«, entgegnete Erik, und diesmal glaubte Noëlle, echte Irritation in seiner Stimme zu hören.

»Seid ihr des Wahnsinns fette Beute?«

Im nächsten Moment marschierte Monika Flock ins Wohnzimmer und baute sich vor dem Sofa auf.

»Noëlle, steh sofort auf!«

Noëlle war viel zu baff, um etwas zu erwidern. Eigentlich hatte sie Eriks Eltern als ziemlich entspannt und locker erlebt. Sollten sie jetzt allen Ernstes was dagegenhaben, wenn ihr Sohn und seine Freundin auf dem Sofa im Wohnzimmer … kuschelten?

»Ich … äh …«, stammelte sie, aber Monika Flock war schneller.

»Du steckst dich doch bei Erik an! Und zwei Kranke im Haus kann ich nun wirklich nicht gebrauchen!« Sie klatschte in die Hände. »Hopp, hopp, du kannst dich hier auf die andere Seite der Couch legen. Aber kein Körperkontakt, hörst du?«

Verwirrt stand Noëlle auf und ließ sich auf der anderen Seite des Sofas nieder, wo Eriks Mutter ihr eine zweite Decke in die Hand drückte. Dann wandte sie sich wieder ihrem Sohn zu und legte ihm den Handrücken an die Stirn.

»Ach, mein armer Schatz«, säuselte sie. »Ich will nicht, dass du auch noch Fieber kriegst.« Sie drehte sich zu Noëlle um. »Früher hat Erik immer Fieber gekriegt.«

Noëlle sah Erik skeptisch an. Wo sollte er denn auf die Schnelle Fieber herbekommen? Aber tatsächlich wirkte er mit einem Mal noch leidender als noch vor fünf Minuten.

»Mutti, könntest du mir vielleicht eine Wärmflasche machen?«

Noëlle verdrehte innerlich die Augen. Ein bisschen albern fand sie diese Jammerei ja schon. Klar, möglicherweise hatte er sich irgendeinen Virus eingefangen und kränkelte ein bisschen vor sich hin, aber er hatte sich ja nicht mit Lepra infiziert oder so.

Doch in der folgenden halben Stunde vollzog Erik eine Wandlung ohnegleichen und nahm einen Aggregatzustand an, den Noëlle bei ihm noch nie erlebt hatte. Der Erik, den sie kannte, der Erik, der in Frankfurt Kapitän eines gestandenen Eishockeyteams war, der in der Mainmetropole eine Neunzig-Quadratmeter-Wohnung bewohnte, in der man vom Boden essen konnte: Der war auch ganz ohne Putzfrau ein selbständiger Mann, bei dem immer was im Kühlschrank lag, und zwar nicht die vorgekochten Gerichte von Mutti. Er konnte kochen, waschen, bügeln und Fenster putzen, und von allem hatte sich Noëlle schon höchstpersönlich überzeugen dürfen. Er war in der Lage, einen Nagel in die Wand zu hämmern, und bereitete das beste Rührei zu, das Noëlle je gegessen hatte. Er packte sensationelle Picknickkörbe und brachte Unmengen von Medikamenten und selbst gekochte Hühnersuppe vorbei, wenn Noëlle über ein Kratzen im Hals klagte. Er war ein Gentleman, ein Umsorger, ein Kümmerer, einer, der Verantwortung übernahm und die besten Stullen der Welt schmierte.

Der Erik aus Krummenau jedoch, den Noëlle jetzt auf der Couch liegen sah, war ein völlig anderer. Ein Jammerlappen, wie sie allmählich feststellen musste. Sie wollte ihren Augen kaum trauen, aber nach bloß einer halben Stunde ab mütterlicher Diagnose trug er plötzlich eine Leidensmiene zur Schau, die ihm die Goldene Himbeere im schlechtesten Film aller Zeiten eingebracht hätte … sofern es irgendjemanden außer der Mutter interessiert hätte, wie sehr er litt. Denn auch wenn sowohl sein Vater als auch seine Geschwister in besagter halben Stunde mal im Wohnzimmer vorbeischauten, schien sich keiner so recht für die Pein des erstgeborenen Sohnes Flock erwärmen zu können.

Erik verzog indes jedes Mal, wenn er sich an den Hals fasste und schluckte, mit wachsendem Kummer das Gesicht. Seinen Tee konnte er bald nicht mehr trinken, weil ihm der Rachen so sehr weh tat. Erst war ihm so kalt, dass Noëlle ihm auch noch ihre Decke überlassen musste, dann so heiß, dass er alles von sich warf und ihm die Schweißtropfen auf der Stirn standen. Und alle zehn Minuten ließ er sich von seiner Mutter ein Thermometer in den Mund stecken, um zu überprüfen, ob er *jetzt* erhöhte Temperatur hatte.

Kurzum: Noëlle sah Erik an, dass es ihm wirklich nicht gut ging, und sie glaubte ihm auch, dass er litt. Aber dass er so dick auftragen musste … Also … nein. Solange er das tat, musste sie davon ausgehen, dass ihr Freund keineswegs eine Grippe hatte, sondern sich zu einem ganz normalen Weichei zurückentwickelte. Evolution mal anders.

Sie selbst saß mittlerweile auf dem Sessel, hatte die Beine übereinandergeschlagen und hielt eine Zeitschrift in der Hand. Umgekehrt proportional zu Eriks erhöhter Temperatur war ihre Laune regelrecht in den Keller gesunken, auch wenn ihr jetzt zumindest warm war – sogar in den Fingern. Am liebsten hätte sie ja ihre Sachen gepackt und wäre nach Hause gefahren. Damit hätte sie drei Probleme auf einmal gelöst: die Initiative, die Bedrohung durch weitere Lebkuchenköstlichkeiten und die rapide Verschlechterung von Eriks Zustand (der nämlich, wenn man seiner Darstellung Glauben schenkte, nur noch in den sicheren Tod münden konnte). Ihr war absolut klar, dass er sich nur deshalb so gehen ließ, weil er in der Nähe seiner Mutter war, die ihn verhätschelte, dass es nur so krachte. Noëlle selbst hatte ihn mal mit einer Lebensmittelvergiftung erlebt – damals, nachdem sie bei *Angelos* in Bornheim angeblich frischen Oktopus gegessen hatten. Da hatte Erik den Schlag mit den Weichteilen genommen wie ein Mann. Grasgrün war er im Gesicht gewesen, als er Noëlle am Morgen nach besagtem Abendessen im Badezimmer begegnet war. Trotzdem hatte er es mit einem heldenhaften Schulterzucken abgetan. »Was mich nicht tötet, macht mich nur noch härter.« Und schon tags darauf hatte er wieder auf dem Eis gestanden, mit wackligen Beinen zwar, aber genauso motiviert und gut gelaunt wie sonst auch.

Hier aber, in Krummenau, daheim auf Muttis Sofa, galten offenbar andere Regeln. Hier waren die Naturgesetze außer Kraft gesetzt, hier durfte sich ein Wikinger noch an den mütterlichen Rockzipfel hängen. Aber gut. Solange sie morgen von hier wegkämen, wäre ja alles in Ordnung, denn Noëlle war sich sicher, dass Erik spontan genesen würde, kaum dass sie die Ortsgrenze von Krummenau hinter sich ließen.

»Mein Hals tut so weh«, jammerte Erik in diesem Moment wie auf ein Stichwort.

Noëlle schlug genervt die Zeitschrift zu.

»Was?«, fragte Erik mit großen Augen, die – zugegeben – leicht verquollen aussahen.

»Nichts«, meinte Noëlle seufzend.

»Es ist doch was«, meinte Erik. »Ich seh es dir doch an. Du fühlst dich hier nicht wohl. Ist es das?«

Ihr zog es das Herz in der Brust zusammen, als er das sagte. Nein, das ist es nicht, wollte sie rufen, tat es dann aber doch nicht. Denn ein Krümelchen Wahrheit steckte schließlich schon in Eriks Vermutung.

Aber Noëlle war diplomatisch. Immerhin hatte sie sich in den vergangenen Jahren erfolgreich um Einladungen zu den Festtagen bei ihren Eltern gewunden, ohne ihnen jemals ins Gesicht sagen zu müssen: »Ich hasse Weihnachten, denn es hat mir meine gesamte Jugend versaut, schönen Dank dafür.« Stattdessen legte sie die Zeitung weg und sagte: »Ehrlich gesagt … ist schon etwas.«

Erik seufzte. »Ich wusste es.« Dann legte er sich die Hand an die Stirn wie eine alternde Diva.

»Mir ist schon klar«, fuhr Noëlle fort, »dass jeder in seiner Heimat etwas ganz Besonderes sieht. Dass Heimat vor allem ein Gefühl ist, etwas sehr Emotionales, verbunden mit Erinnerungen und so.« Erik putzte sich ausgiebigst die Nase. Als sein Tröten versiegt war, konnte Noëlle weitersprechen: »Aber du hast schon ein bisschen dicker aufgetragen, als nötig gewesen wäre, als du mir Krummenau schmackhaft machen wolltest, oder?«

Erik drehte den Kopf und sah sie überrascht an. »Was?«

»Na ja.« Noëlle lächelte, in der Hoffnung, ihm das Geständnis damit etwas leichter zu machen. »Von wegen, in Krummenau gibt es den blausten Himmel, die klarste Luft, die besten Brötchen …« Sie kicherte. »Soweit ich es bislang beurteilen kann, gibt es hier im Ort nämlich überhaupt keine Brötchen.«

»Was willst du damit sagen?« Erik richtete sich auf – und verzog prompt vor Schmerzen das Gesicht. Er schüttelte den Kopf. »Mir tut echt alles weh …«

Noëlle hörte geflissentlich über sein Jammern hinweg. »Also. Es ist hübsch hier«, log sie, ohne Erik dabei in die Augen zu sehen. »Und ich kann mir wirklich gut vorstellen, dass du eine tolle Kindheit in Krummenau verbracht hast. Aber Hand aufs Herz.« Sie beugte sich vor, um etwas leiser sprechen zu können. »Das hier ist doch ein ganz normales Dorf in der mitteldeutschen Provinz und nicht der Nabel der Welt.«

»Noëlle, ich finde nicht, dass du …« Ein Hustenanfall setzte Eriks Einwand ein vorübergehendes Ende. Diesmal klang es nicht einmal gekünstelt. Erik setzte sich auf und presste sich die Hand auf die Brust. »Ich glaub, ich muss mich echt mal eine Runde aufs Ohr hauen.«

Noëlle unterdrückte ein Seufzen. Anscheinend ging es Erik – allen dramatischen Übertreibungen zum Trotz – wirklich nicht gut.

Und plötzlich sah er sie mit großen Augen an. »Findest du es sehr schlimm hier?«

Es brach ihr fast das Herz. Da saß ihr Freund und bat sie, ja flehte sie beinahe an, dass es ihr in seiner Heimat gefallen möge.

Sie schüttelte den Kopf und konnte nicht anders, als zu sagen: »So schlimm ist es nicht. Es ist … anders, als ich gedacht habe. Anders, als ich es mir vorgestellt habe.«

»Tut mir leid, wenn sie dich mit der Marketingsache so überfahren haben«, meinte er zerknirscht. »Ich glaube, daran bin ich schuld. Ich hab so von dir geschwärmt … Und außerdem hab ich erzählt, was für ein hilfsbereiter, toller Mensch du bist.«

Noëlle rutschte irgendwie peinlich, aber auch ehrlich berührt auf dem Sessel herum und schlug die Augen nieder. »Da übertreibst du wirklich maßlos.«

»Nein. Das meine ich ehrlich. Du bist so toll, Noëlle, und du kannst das echt gut mit dem Marketing. Trotzdem, ich hätte Mutti nicht sagen dürfen, dass du ihr bestimmt hilfst, wenn sie fragt.«

Schwiegermutti, dachte Noëlle – und war erstaunt, dass sie sich im Geiste jetzt schon selbst verbesserte, wenn es um ihren Familienstand ging. Darüber hinaus fiel ihr auf, dass Monika Flock sie auch gar nicht so richtig *gefragt* hatte. Aber das war nur eine Randnotiz.

»Ich weiß halt nicht so richtig, was die von mir erwarten«, gab Noëlle zu bedenken. »Es ist immerhin nicht so, als wär ich dauernd hier, um diese Initiative irgendwie voranzutreiben. Oder als hätte ich neben meiner Arbeit so viel Zeit.«

Was die Untertreibung des Jahrhunderts war. Sie hatte keine Lust auf diesen blöden Krummenauer Job, den ihr am Ende doch auch niemand danken würde. Aber diese Version der Geschichte behielt sie lieber für sich.

Erik winkte ab. »Mach dir keine Sorgen. Das ist doch nur eine Pro-forma-Stelle. Ich bin mir sicher, die werden kein einziges Mal auf dich zukommen.«

»Meinst du?«, fragte sie voller Zweifel – und Hoffnung.

Er hustete erneut, und als er wieder sprechen konnte, meinte er: »Ja. Dafür lege ich meine Hand ins Feuer. Wir fahren morgen eh wieder nach Hause, und danach wirst du nie wieder von der Initiative hören. Versprochen.«

Noëlle nickte glücklich. »Okay«, sagte sie. Und dann fügte sie in ernstem Ton hinzu: »Und jetzt ab mit dir ins Bett. Wenn du brav bist, schleiche ich mich nachher dazu.«

9

»Morgen fahren wir nach Hause, und danach wirst du nie wieder von der Initiative hören. Versprochen.«

Die Worte klangen immer noch in Noëlles Kopf nach. Sie goss sich eine Tasse Kaffee ein und seufzte.

Der Platz neben ihr am Tisch war leer geblieben. Erik war nicht in der Lage gewesen, das Bett zu verlassen. Mal abgesehen davon, dass er die ganze Nacht gehustet und geröchelt hatte wie ein Zweitakter mit Getriebeschaden, hatte er sich viermal in der Stunde dermaßen laut geschneuzt, dass es Noëlle fast aus dem Bett gekegelt hätte. Ihre Nacht war dementsprechend bescheiden gewesen. Mittlerweile fühlte selbst sie sich krank – einfach weil Eriks Leiden so allumfassend war, dass es sie mit vereinnahmte. Und wegen des Schlafentzugs. Der galt ja nicht umsonst als Foltermethode.

Aus dem ersten Stock hörte sie, wie er gerade einen neuerlichen schweren Hustenanfall erlitt. Noëlle hob den Kopf und fing einen Blick von Finya auf, die ihr zuzwinkerte.

»Er leidet wirklich wie kein anderer«, meinte Eriks Schwester und reichte Noëlle den Brotkorb, in dem sich tatsächlich Brötchen befanden. Dunkle, helle, mit Mohn, Sesam und Körnern, und offenbar war kein einziges aus Lebkuchenteig gebacken.

»Nachdem ich die Nacht neben ihm verbracht habe, glaube ich, es geht ihm leider wirklich nicht besonders gut«, gab Noëlle zu bedenken.

»Schon«, meinte Finya. »Aber Junge, Junge, mein Bruder ist ein echter Waschlappen, wenn er erkältet ist. Er kann sich einen offenen Bruch holen oder die Schulter auskugeln, das nimmt er wie ein Mann. Aber bei einer Erkältung …«

Sie verdrehte die Augen und grinste. Noëlle erwiderte die Grimasse mit einem nachsichtigen Lächeln.

»Wo kommen denn die Brötchen her?«, erkundigte sie sich, während sie ihr Sesambrötchen aufschnitt.

»Von ALDI. Zum Aufbacken«, meinte Finya. »Meine Mutter hortet die Dinger im Keller, als stünde die nächste Hungersnot bevor.«

Mit einem Schmunzeln um die Mundwinkel beschmierte Noëlle ihr Brötchen mit Butter.

Eriks Mutter kam gerade mit ein paar feuchten Lappen in der Hand aus dem ersten Stock herunter. »Jetzt hat er doch noch Fieber bekommen, der arme Schatz«, meinte sie und hob die Lappen hoch. »Wadenwickel, haben früher schon Wunder bei ihm gewirkt.«

Lasse kicherte und schenkte Oma Lisbeth Kaffee aus der großen Thermoskanne nach. Die Oma streckte zitternd die Hand aus und griff nach ihrer Tasse. Auf dem Weg zum Mund verschüttete sie ein paar Schluck, was aber niemanden zu stören schien. Immerhin konnte man die Wachstischdecke abwischen.

»Kommt Saskia auch noch?«, wollte sie wissen, als sie die halb leere Tasse mit einem Klirren auf der Untertasse abstellte.

Lasse beugte sich zu ihr hinüber. »Omi, Saskia ist nicht mehr da. Wir haben jetzt Nölle. Äh …« Er warf Noëlle einen peinlich berührten Blick zu. »*Noëlle*«, ergänzte er dann, wobei er sich große Mühe mit der französischen Aussprache gab. »Tut mir leid, wir haben einfach schon so viel von dir gehört, und irgendwie hat sich dieser Name bei uns eingebürgert …«

»Bei *dir*, Lasse«, gab Finya zu bedenken. »Wir anderen wissen, wie sie richtig heißt. Gell, Papa?«

Er nickte. »Noemi.«

Sollten sie sie doch nennen, wie sie wollten. Noëlle hatte in ihrer Jugend viel, viel schlimmere Variationen ihres Vor- und Zunamens zu hören bekommen.

»Hauptsache, wir können heute irgendwann wieder nach Hause fahren«, meinte sie mehr zu sich selbst als zu irgendjemand Bestimmtem.

Monika Flock trat an den Tisch und ließ sich auf ihren Stuhl fallen. »Also, das glaub ich ja nicht.«

»Was … Was meinst du damit?«, fragte Noëlle und bemühte sich nach Kräften, sich die böse Überraschung nicht anmerken zu lassen.

»Ich glaube nicht, dass Erik transportfähig ist. Jedenfalls nicht, wenn sich sein Zustand im Lauf des Tages nicht wesentlich bessert.«

»Mutti, es ist eine *Erkältung*. Er hat kein Bein amputiert bekommen«, warf Finya ein, und Noëlle nickte hastig.

»Das geht doch sicher wieder weg. Morgens fühlt sich so eine Erkältung immer schlimm an. Aber das wird dann wieder besser … meistens.«

Eriks Mutter wiegte den Kopf hin und her. »Bei Erik ist das anders. Der hat auch früher immer richtig, richtig schlimm Grippe gehabt.«

»Grippale Infekte«, korrigierte Lasse sie und verdrehte die Augen. »Die aber in unserer Familie gern zur tödlichen Influenza ausgeweitet werden.«

»Oder zur Spanischen Grippe«, ergänzte Finya lakonisch.

»Oder zur Beulenpest.« Lasse biss in sein Wurstbrötchen und grinste breit.

»Wir müssen einen Arzt rufen.« Als sie das sagte, sah Monika Flock todernst aus.

»Er hat doch nur ein bisschen Husten!«, meinte Finya entrüstet.

Doch es war nur zu klar, dass Eriks Mutter keinen Widerspruch duldete, wenn es um die Gesundheit ihres Lieblingssohnes ging. »Nein, er muss das auskurieren. Wir dürfen kein Risiko eingehen. Wenn er mit einer verschleppten Grippe aufs Eis geht, holt er sich den Tod«, unkte sie.

»So ein Quatsch, Mutti!« Lasse wirkte immer noch amüsiert. »Er ist Eishockeyspieler. Er ist es gewohnt, dass es auch mal härter zugeht.« Er warf Noëlle einen weiteren belustigten Blick zu und schüttelte den Kopf. »Entschuldige bitte, Noëlle. Du musst denken, wir sind alle Hypochonder. Aber das sind nur Mutti und Erik. Alle anderen ticken vollkommen richtig.«

Na wunderbar. Dann waren ja genau die zwei Richtigen zusammengekommen. Noëlle unterdrückte ein Seufzen. Und sie beschloss: Erik und sie würden heute Abend fahren. Koste es, was es wolle. Was in Eriks Fall hieß: tot oder lebendig. Er hatte eine Erkältung, Herrgott noch mal. Kein Grund, gleich Quarantäne auszurufen.

In diesem Moment klingelte es an der Tür.

»Das wird der Bestatter sein«, meinte Finya trocken.

Georg Flock, der links neben Noëlle am Tisch saß, aber außer einem in den nicht vorhandenen Bart gemurmelten »Guten Morgen« und der falschen Version ihres Namens noch keinen Ton von sich gegeben hatte, stand auf und verschwand in Richtung Haustür.

»Ist das Saskia?«, wollte Oma Lisbeth wissen und nahm sich ein weiteres Brötchen aus dem Brotkorb, obwohl sie das, was aufgeschnitten und halb bestrichen vor ihr lag, noch gar nicht angerührt hatte.

Noëlle hörte eine Stimme aus dem Flur, die ihr bekannt vorkam. War das nicht …

»Ah, Hans!«, rief Monika Flock wie auf Kommando und stand ebenfalls auf. »Ich bin gleich so weit.« Hastig schob sie sich den Rest ihres Marmeladenbrötchens in den Mund.

Noëlle drehte sich um. Ortsvorsteher Hans Brommel war im Türrahmen erschienen. Was machte der denn hier? Doch nicht etwa nach Erik sehen? So durchgeknallt, wie es klang – Noëlle schloss mittlerweile nichts mehr aus.

»Flöckchen, guten Morgen. Und einen guten Morgen auch an alle anderen.« Sein Blick blieb an Noëlle hängen. Er nickte ihr zu. »Noëlle …«

Sie wünschte ihm ebenfalls einen guten Morgen und konzentrierte sich dann wieder auf ihr Brötchen. Die Tatsache, dass es stinknormale Wurst, Käse und Marmelade ohne Lebkuchengeschmack gab und sogar die Brötchen einfach nur gewöhnlich schmeckten, sorgte jetzt schon dafür, dass das Frühstück ihre Lieblingsmahlzeit in Krummenau war.

Monika Flock stürzte ihren Kaffee hinunter, griff nach der zweiten Brötchenhälfte auf ihrem Teller, biss hinein und hastete dann mit vollem Mund in Richtung Garderobe. Eine Sekunde später war sie mit dem Mantel über dem Arm zurück. In der anderen Hand hielt sie ihre Handtasche. Erwartungsvoll blieb sie vor dem Esstisch stehen.

Noëlle sah auf, weil sie mit einem Mal Blicke auf sich spürte. »Ist was?«

»Können wir?«, wollte Monika Flock wissen.

»Können wir *was?*«, fragte Noëlle, und innerlich jubilierte sie bereits: *nach Hause, nach Hause, nach Hause!*

»Nach Aachen.« Eriks Mutter sah Noëlle an, als wäre damit

alles gesagt. Dann schlüpfte sie in ihren Mantel, schulterte die Tasche und sagte: »Los geht's.«

Immer noch starrten alle Noëlle an. Sie spürte, wie die Wärme aus ihren Fingern zu sickern begann.

»Ich …«, setzte sie zögernd an. »Ich verstehe immer nur Aachen …«

»Ja, hat Erik dir denn nichts gesagt?« Monika Flock sah aus, wie Noëlle sich fühlte: vollkommen verdattert und orientierungslos. »Aber wir wollen doch … nach Aachen fahren.«

»Wer, wir?« Noëlle sah sich am Tisch um. »Die Familie?« Und wieso war dann keiner angezogen oder machte Anstalten aufzustehen? Und weshalb kam dann Brommel, um sie abzuholen? Das ergab doch alles keinen Sinn.

»Die Initiative«, erwiderte Monika Flock. »Pro Lebkuchen. Wir fahren heute nach Aachen. Haben wir doch gestern auf der Bürgerversammlung gesagt.«

Stimmt, daran erinnerte sie sich. Eriks Mutter hatte ihr zugeraunt, dass man den *TAG*-Verlegern einen kleinen Tipp geben wollte, dass die Printen-Stadt ihrem Namen nicht mehr allzu viel Ehre machte.

Hans Brommel verschränkte die Hände und legte sie auf seinen ausladenden Bauch, für den er wieder kein Hemd in passender Größe gefunden hatte. Dann sagte er: »Liebe Noëlle, als neu gewählte Marketingreferentin der Initiative wäre es für uns natürlich von besonderer Wichtigkeit, wenn du uns nach Aachen begleiten würdest.«

Sie schluckte. Ihre Finger waren eiskalt, und inzwischen fühlten sich auch ihre Füße an, als hätte sich sämtliches Blut aus den Gefäßen verabschiedet.

»Ah ja?«, fragte sie schwach.

»Unbedingt!«, meinte Monika Flock und rückte ihre Tasche auf der Schulter zurecht. »Du bist doch die Expertin auf diesem Gebiet! Was meinst du, wie viel mehr wir durch deine Augen sehen werden!«

Georg Flock sah Noëlle ins Gesicht. Ihr kam es vor, als würde er ganz genau wissen, was sie eigentlich sagen wollte: »Nachdem ich gestern ausschließlich Dinge getan hab, die mir keinen Spaß gemacht haben, würde ich den heutigen Tag gern nach meinem Gusto verbringen, schönen Dank.«

Ohne Noëlle aus den Augen zu lassen, klappte er den Mund auf – offenbar wollte er tatsächlich etwas sagen. Und dann brummte er tatsächlich gelassen: »Das wird bestimmt lustig, Noemi.«

»Also ich ... Ich weiß nicht«, stotterte sie, als sie ein Geräusch aus dem Obergeschoss vernahm. Erik putzte sich die Nase. Gott sei Dank, er war ihre Rettung. »Ich würde ehrlich gesagt lieber bei Erik bleiben, dem geht es immerhin nicht gut. Und wir wollen ja eigentlich auch wieder nach Frankfurt fahren ... heute noch.«

Am liebsten sofort. In der nächsten Minute. Notfalls eben nach dem Mittagessen.

Brommel sah auf die Armbanduhr. »Jetzt ist es halb zehn. Um spätestens zwölf Uhr sind wir in Aachen, da bleiben wir maximal zwei Stunden. Um vier bist du wieder da, versprochen. Da schafft ihr es doch noch locker nach Frankfurt.«

Noëlle ließ ihren Blick über den Tisch wandern. Finya und Lasse sahen sie erwartungsvoll an. Auch Eriks Vater musterte sie gespannt, während Monika Flock sie mit ihrem Blick zu durchbohren schien. Nur Oma Lisbeth war alles egal, die schaufelte weiter Brötchen in sich rein, als bekäme sie es bezahlt.

Sie wollte nein sagen. Sie wollte nein schreien! Aber sie konnte nicht. Vielleicht käme sie mit einer gut plazierten Ausrede weiter?

»Ich hab aber noch so viel zu tun …«, murmelte sie schwach und war sich absolut im Klaren darüber, dass dies ein mehr als dürftiger Versuch war, sich aus der Affäre zu ziehen.

»Kannst du doch im Bus machen. Wir kutschieren dich«, entgegnete Brommel.

»Es ist … wirklich wichtig. Für die Arbeit«, versuchte es Noëlle erneut.

»Kannst du das nicht vielleicht heute Nachmittag erledigen?«, bettelte Monika Flock. »Bitte? Ich würd das nicht sagen, wenn es nicht absolut notwendig wäre.«

»Ich …« Noëlle seufzte. Insgeheim war ihr klar, dass diese Schlacht bereits verloren war. Sie nickte schicksalsergeben. »Also gut. Ich komme mit.«

Alle atmeten auf.

»Großartig!«, rief Monika Flock.

»Dann kann es ja jetzt losgehen«, sagte Ortsvorsteher Brommel.

Im nächsten Moment kam ein dünnes Stimmchen aus dem Obergeschoss: »Mutti?«

Noëlle konnte Monika Flock förmlich ansehen, wie es sie innerlich zerriss.

Eilig nahm sie die Tasche von der Schulter und zog sich den Mantel aus. »Dann kann ich ja hierbleiben.«

»Wie bitte?« Diesmal gab sich Noëlle keine Mühe mehr, ihre Entgeisterung zu verbergen.

»Irgendwer muss sich doch um Erik kümmern«, rief Monika Flock über die Schulter und war schon auf dem Weg in die Küche. »Du kannst mir ja dann erzählen, wie es war.«

Sprachlos folgte Noëlle der auffordernden Geste des Ortsvorstehers, nun bitte endlich aufzustehen, und ließ sich in den Flur führen wie ein Lämmchen zur Schlachtbank. Schweigend zog sie ihren Mantel an und griff nach ihrer Tasche. In ihren

Adern kochte die Wut. Sie fühlte sich ausgebootet und herumgeschubst, genau wie in ihrer Kindheit, wenn sie beim Krippenspiel und bei den Sternsingern und beim Adventsbasteln und dem ganzen anderen Mist hatte antreten müssen. Nein, ihre Eltern hatten sie nie gezwungen. Sie waren schließlich keine Monster. Aber in der Familie Christmann war schlicht und ergreifend nicht gefragt worden, ob Noëlle auf den ganzen Zinnober überhaupt Lust gehabt hatte. Es war einfach vorausgesetzt worden. Wie dieses beknackte Ehrenamt in Krummenau. Und Ehrenamt – das hieß so viel wie: ein Job, den kein anderer machen wollte und für den man nicht bezahlt wird. Toll.

Als Brommel sie zur Haustür hinausgeleitet hatte, schob sich durch all die schlechte Laune ein Gedanke: Warum kamen denn die anderen nicht mit? Lasse, Finya? Eriks Vater? Sie wollte sich gerade umdrehen und ins Esszimmer zurückmarschieren, als die Haustür auch schon mit einem entschiedenen Rums ins Schloss fiel.

Eine Autohupe ertönte. Noëlle drehte sich um. Am Straßenrand parkte ein Minibus mit einem knappen Dutzend Plätzen, die beinahe alle belegt waren.

»Auf geht's«, rief Brommel gut gelaunt, dann stapfte er voraus, zog die Beifahrertür auf und nahm auf dem Sitz Platz.

Noëlle schlich zum Bus und zog die seitliche Schiebetür auf. Als Erstes fiel ihr Blick auf Onkel Rudi, der seine Armbanduhr beäugte.

»Nicht jedem ist es vergönnt, Korinth anzulaufen«, meinte er anklagend. Dann schlug er die Zeitung auf, die auf seinem Schoß gelegen hatte.

Noëlle ließ den Blick durch das Innere des Minibusses schweifen. Bäcker Nelk hinter dem Steuer nickte ihr knapp zu, hob seinen Hintern kurz von seinem Platz und reichte ihr die Hand. »Hallo. Ich bin der Norbert. Nelk. Kannst aber Nobbi zu mir sagen. Hui, kalte Hände hast du, komm lieber schnell ins Warme!«

Okay. Immerhin etwas. Norbert Nelk schien zumindest freundlich zu sein. Kein Wunder, dass er alle naselang im Clinch mit Fritz Fenchelmann lag, dem alten Regengesicht.

Hinter Norbert in der Mitte der Dreierbank saß Lullu Kosniak. Noëlle verspürte so etwas wie einen haarfeinen Anflug von Freude, die Buchhändlerin zu sehen – wenn auch unter den falschen Voraussetzungen, klar. Lullu nickte Noëlle zu. Na gut. Ganz so schlimm konnte es nicht werden. Die vermutlich netteste Person außerhalb der Familie Flock würde bei diesem ungeplanten Tagesausflug dabei sein. Hoffentlich nahm sie Noëlle den Verlauf des gestrigen Zwiegesprächs bei der Gemeindeversammlung nicht krumm, genauso wenig wie den wenig wünschenswerten Ausgang der ganzen Angelegenheit. Aber nein, sie lächelte. Ein gutes Zeichen. Denn Noëlle wusste mittlerweile, wie Lullu Kosniak aussehen konnte, wenn sie jemandem nicht wohlgesinnt war.

Sie kletterte in den Wagen und setzte sich auf den äußeren Platz der ersten Sitzbank. Dahinter befanden sich noch drei weitere Sitze, auf denen zwei Leute saßen, die Noëlle nicht kannte. Und noch jemand, der gerade den Kopf nach unten beugte, um irgendwas aus seiner Tasche zu holen … Noëlle sah rotblonde Haare, die sie (ohne dass sie hätte sagen können, warum) an Zimt erinnerten.

Im nächsten Moment hob Ines Wehr den Kopf und grinste Noëlle an. »Hi!«, sagte sie und winkte ihr kurz zu. Dann zeigte sie auf die Frau neben sich. »Das ist meine Mutter, Inge.«

Noëlle lächelte unsicher. Ein Ausflug mit Onkel Rudi und Eriks bester Sandkastenfreundin samt Mutter. Was gab es Schöneres an einem verschneiten Sonntagvormittag im Dezember? Ach ja: ein Ausflug *nach Aachen* mit Onkel Rudi und Eriks bester Sandkastenfreundin samt Mutter.

Kaum dass sie saß und sich angeschnallt hatte, fuhren sie auch schon los. Während der ersten paar Minuten Fahrt machte niemand einen Mucks. Onkel Rudi blätterte geschäftig in seiner Zeitung, Lullu Kosniak in einem dünnen Buch, das sie aus ihrer Tasche gezogen hatte. Ines Wehr und ihre Mutter unterhielten sich leise, die Frau daneben sagte gar nichts. Ortsvorsteher Brommel spielte am Radiosender herum, was dafür sorgte, dass alle drei Sekunden ein Lied begann und dann nach einigem Knistern und Rauschen wieder abgewürgt wurde. Norbert Nelk konzentrierte sich auf den Verkehr.

Noëlle starrte aus dem Fenster und sah die winterliche Landschaft an sich vorbeiziehen. Schön sah es aus, trotz allem – vor allem aus dem warmen Inneren des Busses. Über Nacht hatte es noch mal ein wenig geschneit. Die Bäume glitzerten und blitzten im Licht der niedrig stehenden Sonne. Der Himmel war wolkenlos und klar, von einem satten Azurblau, wie Noëlle es eigentlich nur von der Küste kannte.

Doch so schön das Panorama war: So hatte sich Noëlle das Wochenende nicht vorgestellt, ganz sicher nicht. Selbstverständlich war ihr klar, dass es in jeder Familie auch mal anstrengend werden konnte, und aus Erfahrung wusste sie, dass es immer irgendeine Kröte gab, die man schlucken musste, wenn man mit jemandem zusammenkam und dessen Verwandtschaft kennenlernte. Sie selbst war ja das beste Beispiel dafür. Ihre Familie würde sie nicht geschenkt haben wollen – ein Grund, warum sie sie ihren Exfreunden in der Vergangenheit auch immer so lange wie nur möglich vorenthalten hatte.

Ein Bimmeln unterbrach die Stille – ihr Handy klingelte. Noëlle zog es aus der Handtasche, die sie auf ihrem Schoß geparkt hatte, und warf einen Blick auf das Display. Erik hatte ihr geschrieben: *Wir sehen uns heute Abend, du Wundermädchen! Danke, dass du nach Aachen fährst. Du bist die Beste!*

Noëlle musste lächeln. Eines der vielen, vielen Dinge, die sie an Erik Flock so sehr liebte, war seine Fähigkeit, all das in Worte zu fassen, was Noëlle selbst oft schwer über die Lippen gingen. Er war niemand, bei dem man herumdeuteln musste, keiner, der das eine tat und das andere meinte. Nein, Erik trug sein Herz auf der Zunge und machte keinen Hehl aus seinen Gefühlen. Noëlle vertraute ihm zu einhundert Prozent. Sie konnte sich nicht vorstellen, dass Erik sie je belügen würde – aus Lügenholz war er nun wirklich nicht gemacht.

Deswegen kam sie sich auch ein klein bisschen mies vor, weil sie ihm immer noch nichts von ihrer Weihnachtsphobie erzählt hatte – und erst recht nicht, wie sehr sie Lebkuchen in Wahrheit hasste.

Sie seufzte. Ein bisschen fühlte sich das alles ja doch wie zu Hause an. In Himmelsthür, bei ihren Eltern, denen sie bis heute nicht verklickert hatte, was sie von deren Fimmel der besonderen Art hielt.

»Warum hast du ihnen denn nicht einfach gesagt, dass du keine Lust hast, auf diese Art Weihnachten zu feiern?«, war sie immer wieder von Leuten gefragt worden, die sie ins Vertrauen zog. Und nie hatte Noëlle eine Antwort darauf gehabt. Bis heute nicht. Vermutlich hätten ein- bis fünfhundert Sitzungen beim Psychologen geholfen, eine Antwort auf die Frage zu finden. Aber war das wirklich notwendig? Noëlle wusste immerhin, dass ihr die Weihnachtsfeierei gestohlen bleiben konnte. War es da tatsächlich noch von Bedeutung, im Nachgang zu erfahren, warum sie sich niemals zur Wehr gesetzt hatte?

Sie konnte die Stimme ihrer Freundin Ann-Kristin regelrecht hören: »Na ja, nachdem du auch heute noch nicht nein sagen kannst, wäre es doch gar keine so schlechte Idee, der Sache mal auf den Grund zu gehen, oder?«

Aber Ann-Kristin hatte leicht reden. Die stand so felsenfest mit beiden Beinen auf dem Boden – die würde niemals irgendwohin gehen, wenn sie nicht wollte.

»Warst du schon mal in der Gegend, Noëlle?«, wollte Norbert Nelk wissen und riss sie damit aus den Gedanken.

Sie schätzte ihn auf etwa fünfzig. Er wirkte sympathisch mit seinen kurzen braunen Haaren und den gleichfarbigen Augen, um die sich mit den Jahren Lachfältchen in die Haut gegraben hatten.

Sie schüttelte den Kopf. »Nicht dass ich mich erinnern könnte.«

Dann fiel ihr wieder ein, dass sie mit ihrer Familie über die Jahre alle möglichen Orte in Deutschland besucht hatte, vor allem in der weihnachtsfreien Zeit von Januar bis September. Familie Christmann war auf ihren Wochenendtrips von den Alpenausläufern bis zur Waterkant gekommen – immer auf der Suche nach Ortschaften, die vom Namen her an das wichtigste Fest im Leben der Eltern erinnerten. Noëlle hatte Sankt Nikolaus in Baden-Württemberg kennengelernt, aber auch Allerheiligen in der Nähe von Düsseldorf, Schnee und Himmelpforten nordwestlich von Hamburg und natürlich die legendären Ortschaften Großkugel und Kleinkugel in Sachsen-Anhalt. Auf einer dieser Reisen war sie auch irgendwo hier in der Region unterwegs gewesen. Engelstadt, wenn sie sich nicht täuschte. Musste irgendwo im Speckgürtel von Mainz liegen.

»Hier fängt auf jeden Fall gleich die Deutsche Vulkanstraße an«, erklärte der Fremdenführer ihres Vertrauens, Norbert Nelk. »Reicht von Gerolstein bis an den Rhein hoch.«

Noëlle nickte vage. »Aha.« Und weil sie das Gefühl hatte, irgendwas Sinnvolleres auf die Auskunft erwidern zu müssen, und ihr in diesem Moment die Karte wieder einfiel, die ihren Eltern als weihnachtliche Reiseroute gedient hatte, fügte sie hinzu: »Diese Ferienstraßen … Wer denkt sich so was eigentlich aus?«

Onkel Rudis Kopf ruckte nach oben. Er schlug die Zeitung zu. »Was soll denn das heißen?«

Auch Lullu Kosniak sah von ihrem Buch auf.

»Äh, also …«, stammelte Noëlle, weil sie plötzlich das Gefühl hatte, etwas Falsches gesagt zu haben. »Ich meine ja bloß … Zieht das denn Touristen an?«

»Was glaubst du denn?«, mischte sich Brommel in das Gespräch mit ein. »Die Deutsche Alleenstraße ist die längste Ferienstraße Deutschlands. Sie reicht vom Bodensee bis an die Ostsee und ist ein richtiger Publikumsmagnet.«

»Ach was.« Noëlle staunte. Niemals hätte sie für möglich gehalten, dass es (außer ihren Eltern) Menschen gab, die ihren Urlaub wirklich aufgrund irgendeiner von Tourismusfuzzis festgelegten Route planten. Andererseits hatte sie bis gestern auch noch nie etwas von einem *Traditional Artisan Guide* gehört. Vielleicht war sie also nicht eben berechtigt, sich über derlei Blüten der Tourismusbranche ein Urteil zu erlauben.

»Aber sicher.« Brommel nickte wichtig, als hätte er die ganze Sache persönlich zu verantworten. »Und die Deutsche Fachwerkstraße erst – sehr beliebt!«

»Gibt es denn noch mehr solcher Straßen?«, hakte Noëlle nun vorsichtig nach.

»Klar. Die Rheinromantikroute«, antwortete Norbert Nelk, und von der Bank hinter ihr kam: »Die Edelsteinstraße.«

»Die Sisi-Straße«, ergänzte Brommel, der die Suche nach einem Radiosender für einen kurzen Moment unterbrach.

»Auf der war ich selbst schon unterwegs.« Er drehte sich zu Noëlle um. »Meine Mutter mag Romy Schneider wahnsinnig gern leiden. Wir waren schon auf dem Abschnitt in Ungarn, zwischen Gödöllö und Budapest, und auf dem Abschnitt in Italien.«

»Und die Deutsche Märchenstraße«, warf Lullu Kosniak ein und klappte ihr Buch zu.

»Aber …« Noëlle zögerte. »Diese Ferienstraßen, das sind doch nur Marketinggags, oder?«

»Nein.« Die Buchhändlerin schüttelte den Kopf. »Ganz und gar nicht. Klar, die Tourismusbüros wissen etwas damit anzufangen, aber bei der Deutschen Märchenstraße steckt tatsächlich etwas dahinter. Sie ist mehr als sechshundert Kilometer lang, verläuft von Hanau bis nach Bremen und verbindet die Lebensstationen der Gebrüder Grimm. Und führt natürlich an Orten und Landschaften vorbei, in denen ihre Märchen spielen.«

»Wie das Dorf von Prousts Madeleines«, murmelte Noëlle.

Lullu Kosniak wiegte den Kopf hin und her. »Nein, nicht ganz wie Illiers-Combray. Die Gebrüder Grimm waren ja wirklich auf der Route unterwegs, die heute Deutsche Märchenstraße heißt. Dort haben sie all die Geschichten und Volksweisen für ihre Märchenbücher zusammengetragen. Es ist also eher eine Würdigung einer großen literarischen Leistung. Proust war zwar in seiner Kindheit in Illiers, aber ich würde behaupten, dass Illiers kein Ort war, der eine biografische Bedeutung für sein Werk hatte – von den verfluchten Madeleines natürlich abgesehen.«

»Verstehe.« Noëlle lehnte sich in ihrem Sitz zurück und sah aus dem Fenster. Wie es auf der Deutschen Märchenstraße wohl aussah? Sie hatte keine Vorstellung. Ob da überall Burgen und Lebkuchenhäuser und verwunschene Türme herumstanden, aus denen lange Zöpfe hingen, an denen man emporklettern konnte? War es wie eine Art riesiges Disneyland? Hatten alle Mädchen, die entlang der Deutschen Märchenstraße geboren wurden, Haar wie Ebenholz und eine Haut wie Schnee?

Noëlle musste lächeln. *Schneewittchen* war immer ihr Lieblingsmärchen gewesen. Vielleicht weil sie sich mit ihrem hellen Teint und dem dunklen Haar immer eher mit der verstoßenen Königstochter hatte identifizieren können denn mit den anderen Damen aus dem Reich der Wunder. Wenn sie an Märchen dachte, spürte sie außerdem, wie die einzige positive Erinnerung an Weihnachten in ihr aufstieg. Denn bei allem Irrsinn, dem Noëlles Eltern rund um das Weihnachtsfest huldigten, hatte es doch immer eine Tradition gegeben, die Noëlle lieb gewonnen hatte: und zwar den Märchen-Adventskalender ihrer Oma Tilda.

Früher, als Noëlle noch klein gewesen war, hatte ihre Mutter ihr und ihrem Bruder jeden Abend im Advent eine Geschichte aus dem großen Märchenbuch von Oma Tilda vorgelesen. Sie hatten es sich vor dem knisternden Kamin gemütlich gemacht, eingewickelt in dicke Decken und mit einer dampfenden Tasse heißem Kakao in den Händen, und dann hatte Noëlles Mutter eine Geschichte vorgelesen. Es war der beste Moment des ganzen Tages gewesen. Noëlle hatte das Gefühl gehabt, ihre Mama nur für sich zu haben – denn Niko war meistens schnell eingeschlafen, weshalb er sich bis heute vermutlich nicht an das »Und wenn sie nicht gestorben sind« erinnern konnte, sondern immer nur an das »Es war einmal«.

Natürlich hatten sie die Sache mit dem Vorlesen irgendwann eingestellt, spätestens als sich Noëlle zu alt für Kakao und Kissen vor dem Kamin gefühlt hatte. Ab dem Tag hatte sie selbst gelesen. Jeden Abend eine Geschichte. Manchmal machte sie das heute noch. Es vermittelte ihr ein Gefühl von Sicherheit, selbst wenn es vielleicht ein wenig altmodisch war.

Warum hatte sie mit ihren Eltern eigentlich nie die Deutsche Märchenstraße besucht? Warum waren sie so verdammt versessen auf Weihnachten? Nicht zum ersten Mal stellte sich Noëlle diese Frage.

»Ah! Endlich«, seufzte Ortsvorsteher Hans Brommel in dieser Sekunde und riss sie aus den Gedanken. »Ich hab den Sender gefunden. Die perfekte Untermalung für unsere Tour.«

Noëlle vernahm ein unheilvolles Glockenläuten aus den Lautsprechern. »Was ist das?«, fragte sie furchtsam.

»Last Christmas FM«, meinte Ines Wehr von hinten. »Brommels Lieblingssender.«

Wie zur Bestätigung warf der Ortsvorsteher einen zustimmenden Blick nach hinten und drehte dann am Lautstärkeknopf. Sein Kopf kippte im Takt von links nach rechts, als Dean Martin noch eine Spur lauter als zuvor »Let It Snow« sang.

10

Eigentlich ist Aachen eine richtig hübsche Stadt, dachte Noëlle, als sie vier Stunden später auf dem Marktplatz vor einer Glühweinbude stand und ihre kleinen weißen Atemwölkchen in den immer noch knallblauen Winterhimmel steigen sah.

Seit zwei Stunden waren sie jetzt bereits in der Domstadt. Nelk hatte den Minibus auf einem großen Parkplatz in der Nähe des Karlsgrabens abgestellt. Dann waren sie in Grüppchen ausgeschwärmt. Noëlle hatte Glück gehabt, ihr war Norbert Nelk zugewiesen worden, und der Bäcker war ein wirklich netter Zeitgenosse, der viele lustige Geschichten und Anekdoten zu erzählen hatte. Außerdem schien er die ganze Angelegenheit nicht ganz so ernst zu nehmen wie zum Beispiel das zweite Team, das aus Brommel, Onkel Rudi und der Frau bestand, die sich Noëlle immer noch nicht vorgestellt hatte, von der sie mittlerweile aber wusste, dass sie Renate Müller hieß und Fritz Fenchelmanns Cousine war. Vermutlich hatte sie deswegen schlechte Laune.

Ines und ihre Mutter waren zu zweit losgezogen und direkt in einem Café am Marktplatz verschwunden, angeblich um die Toiletten aufzusuchen. Doch Noëlle hatte sie nicht wieder herauskommen sehen, und sie konnte sich nur mit Mühe vorstellen, wie die beiden Frauen durchs Hinterfenster getürmt waren. Doch mehr Gedanken hatte sie nicht darauf verschwenden können. Lullu Kosniak hatte sich zu ihr und Norbert gesellt, ihnen kurz zugenickt und gesagt: »Na, dann wollen wir doch mal.«

Sie waren losgeschlendert, immer der Nase nach, ohne Plan.

»Wir verhalten uns wie normale Touristen«, hatte die Buchhändlerin vorgeschlagen. »Die haben ja auch keine Ahnung, wo sie in Aachen Printen finden.«

Die historische Altstadt mit ihren vielen Brunnen und Quellen war wirklich sehenswert. Es gab zahlreiche Plätze, die von schlanken Altbauhäusern gesäumt wurden, deren Fassaden in Pastellfarben leuchteten. Alle Wege in der Stadt führten zum Dom, dessen Kirchenschiff und Turm samt ausladender Kuppel hoch in den Himmel ragten und so von überallher gut zu sehen waren. Und das historische Rathaus – nein, das musste sich nun wirklich nicht hinter dem Frankfurter Römer verstecken. Ganz im Gegenteil.

Trotzdem war die Stadt eine Enttäuschung. Also – in Bezug auf ihr kulinarisches Aushängeschild. Denn obwohl es Noëlle persönlich schnurzegal gewesen war, wie und in welchem Ausmaß die Aachener versuchten, ihre Printen an den Mann zu bekommen, spürte sie im Lauf der zwei Stunden, die sie durch die Altstadt spazierten und nach dem Gebäck Ausschau hielten, einen gewissen sportlichen Ehrgeiz in sich aufkeimen.

Doch die gesamte Stadt war printenlos. Nirgends auch nur ein einziges Spezialitätengeschäft, und auch in den Cafés weit und breit nicht die geringste Spur zu der kulinarischen Besonderheit, sei sie nun verkocht, verbacken oder in flüssiger Form. Es war, als hätte es nie Aachener Printen gegeben. Sie waren einfach weg, vom Erdboden verschluckt. Oder von hungrigen

Mäulern samt und sonders und bis auf den letzten Krümel aufgegessen.

Auf jeden Fall war die Mängelliste lang und länger geworden, als sich Norbert, Lullu und Noëlle nach anderthalb Stunden Fußmarsch auf dem riesigen Weihnachtsmarkt der Stadt vor dem Rathaus eine Bude suchten, aus deren Lautsprechen nicht ganz so grässliche Weihnachtslieder jaulten wie aus all den anderen. Die beiden anderen bestellten sich einen Glühwein, Noëlle eine heiße Schokolade mit einer ordentlichen Sahnehaube obendrauf. Schön unweihnachtlich.

Sie nippte an ihrem Getränk und ließ sich die süße Kakao-Milch-Mischung auf der Zunge zergehen. Dann legte sie die kalten Finger um den Becher und wärmte sich daran.

»Was wir schon mal festhalten können«, meinte Lullu Kosniak und warf einen Blick auf den Block in ihrer Hand, in dem sie alles notiert hatte, was ihnen aufgefallen beziehungsweise *nicht* aufgefallen war. »Es gibt nur ein Spezialitätengeschäft, die Printenbäckerei Groß. Aber die haben wir uns im Vorfeld aus dem Internet rausgesucht. Nicht mal auf Nachfrage konnten uns die Aachener erzählen, wo man die Printen exklusiv kaufen kann.«

Noëlle nickte und erinnerte sich an die leeren Gesichter, die sie in den meisten Fällen als Reaktion geerntet hatten. Nur einer hatte gelacht und gesagt: »Printen? Inne Supermarkt!« Und mit diesen Worten war er weitergegangen.

»Eine Tradition von mehr als fünfzig Jahren ist allerdings gegeben«, meinte Lullu Kosniak weiter und setzte einen Haken hinter den Punkt auf der Liste. »Logisch, sonst wären sie ja gar nicht erst in den *TAG* aufgenommen worden.«

Norbert nickte. »Von speziell ausgebildeten Reiseleitern und Führungen zur Geschichte der Printen hab ich allerdings nichts gefunden, und das Printenmuseum ist bis auf weiteres geschlossen.«

Noëlle seufzte. »Ehrlich gesagt, wenn dieses Kerlchen da oben nicht wäre«, sie zeigte auf einen riesigen Printenmann – Wahrzeichen des Aachener Weihnachtsmarkts –, der hoch über ihnen in der Mitte des Platzes aufragte und mit schiefem Grinsen über sie wachte, »wäre ich nicht auf die Idee gekommen, dass Aachen überhaupt eine Spezialität hat.«

»Und wenn«, gab Norbert zu bedenken, »dann sind es eher belgische Pommes mit jeder Menge Majo.«

Das stimmte. Frittenbuden hatten sie in Aachen an jeder Ecke gesehen. Im Gegensatz zu denen, die Noëlle von diversen Fast-Food-Ketten kannte, waren diese Pommes aber nicht etwa dünn und lang, sondern irre dick und kurz – und sie rochen fantastisch.

Aber ob es Aachen mit Pommes frites in den *Traditional Artisan Guide* schaffen würde? Vor allem nachdem die Kartoffelstumpen ursprünglich aus Belgien kamen?

»Ah, da hinten sind ja Ines und Inge«, rief Lullu Kosniak und hob die Hand, um den beiden zuzuwinken.

Die beiden Damen gesellten sich zu ihnen und orderten ebenfalls zwei Tassen Glühwein. Während sie auf das Getränk warteten, erzählte Ines: »Wir haben das Printendenkmal von Hubert Löneke in der Körbergasse gefunden. Junge, war das gut versteckt!« Sie lachte und rieb die Hände aneinander, dann pustete sie hinein. »Ist euch nicht auch kalt?«

»Mir schon«, sagte Noëlle und nahm einen weiteren Schluck Kakao. »Aber erst, seit wir hier stehen. Vorher ging es eigentlich.«

Was Noëlle als kleine Sensation betrachtete, wenn sie so darüber nachdachte. In Anwesenheit von Norberts guter Laune und Lullu Kosniaks beeindruckendem geschichtlichen Wissen hatte Noëlle allem Anschein nach einfach vergessen zu frieren. Die Buchhändlerin hatte zu fast jedem Bauwerk, an dem sie vorbeigekommen waren, zu jedem spitz zulaufenden gotischen

Fenster oder Giebeldach, zu jedem Platz und jeder Gedenktafel irgendwas beisteuern können. Sie war wirklich eine lebendige Wikipedia auf zwei Beinen. Die kurzweiligen Kommentare von Norbert hatten zusätzlich dafür gesorgt, dass der Aachener Spaziergang nicht langweilig geworden war.

Ines Wehr drehte sich um, nahm die zwei gefüllten Glühweintassen entgegen, die ihr der Mann aus dem Büdchen hinhielt, und schlürfte. »Ah, tut das gut! Also, wo waren wir …« Sie zog einen Zettel aus der Jackentasche und überflog ihre Notizen. »Ach ja. Was wir gefunden haben: Es gibt das vorweihnachtliche Printenschießen der Aachener Schützenvereine. Das findet wohl in ein paar Tagen statt. Außerdem gibt es eine Karnevalsgesellschaft, den Oecher Prente 1988 e. V. – keine Ahnung, wie man das ausspricht. Und einen Kleinkunstpreis, den Aachener Prenteschang. Darüber hinaus haben die Aachener eine Printensage.«

Lullu Kosniak sah von ihrem Block auf. »Eine *Sage?*«

Ines nickte. »Ja. Im Großen und Ganzen geht es da wohl um einen Stadtbrand im siebzehnten Jahrhundert, an den sich eine große Hungersnot anschloss. Ein Bäckerlehrling kam damals auf die Idee, das Lieblingsgebäck Kaiser Karls neu aufzulegen, die Aachener Printen. Blöderweise war das Rezept aber mit dem Kaiser begraben worden.«

»Na, das hätte uns mal bei den Fenchelmann-Schwestern passieren sollen – hätt uns viel Kummer erspart!«, meinte Norbert und lachte.

Auch Noëlle musste schmunzeln. Dass Norbert so locker mit dem Familienzwist umging, sobald sein Großcousin (oder was immer Fritz Fenchelmann für ihn war) nicht anwesend war, fand sie wirklich gut. Das machte die ganze Angelegenheit irgendwie erträglich.

»Auf jeden Fall kam besagter Bäckerlehrling …«, fuhr Ines fort.

»Nennen wir ihn Nobbi«, schlug selbiger mit einem breiten Grinsen im Gesicht vor.

Ines gluckste. »Nennen wir ihn Nobbi. Besagter Nobbi kam also daraufhin auf die grandiose Idee, sich mit dem Teufel einzulassen.«

»Oha«, meinte Lullu Kosniak. »Das ist nie gut. Denken wir nur an den armen Dr. Faustus.«

»Oder an Dorian Gray«, ergänzte Noëlle, was ihr ein anerkennendes Nicken der Buchhändlerin einhandelte.

»Nobbi geht also mit dem Teufel einen Deal ein. Er bringt ihn in die Grabkammer des Kaisers und kriegt dafür den Schlüssel zur städtischen Schatzkammer … Um es kurz zu machen: Nobbi kriegt vom offenbar doch nicht so toten Karl das Rezept und kann seine Stadt retten, weil sie die Printen backen und der Hungersnot ein Ende setzen. Als der Teufel seine Entlohnung, den Schlüssel zur Schatzkammer, haben will, bietet ihm Nobbi frisch gebackene Printen an, was der Teufel samt heißem Backblech hinunterschlingt, sich die Zunge verbrennt und sich daraufhin trollt.«

Norbert lachte laut. »Ja, das passt. Den Mund wieder mal zu voll genommen.«

Lullu Kosniak wirkte mit einem Mal nachdenklich. »Dass diese Sage mir noch nie begegnet ist … Aber wisst ihr, dass einem die Printen hier nicht vor die Füße fallen, und zwar noch nicht mal in der Vorweihnachtszeit, und dass es auch keine speziellen Führungen zur Geschichte der Printen gibt – das spielt eurer Initiative ja schon irgendwie in die Karten. Aber diese Sage …« Sie verstummte.

»Was?«, hakte Ines Wehr nach.

»Na ja …« Die Buchhändlerin zuckte mit der Schulter. »Die scheint mir wirklich was ganz Außergewöhnliches zu sein, womit wir einfach nicht mithalten können. Daran könnte der Antrag zur Aufnahme in den *TAG* scheitern.«

»Meinst du wirklich?«, fragte Inge Wehr. »Vielleicht sollten wir es dann doch lieber mit Nürnberg oder Dresden versuchen.«

Norbert schüttelte den Kopf. »Aussichtslos. Die Nürnberger sind im *TAG* wirklich gut aufgestellt, und auch wenn Rudi gestern in der Versammlung geunkt hat, dass er nicht versteht, wie die Dresdner ihren Stollen vermarkten … Das wäre echt eine Nummer zu groß für uns.«

»Außerdem«, gab Ines zu bedenken, »glaube ich nicht, dass sie gleich zweimal Lebkuchen in den *TAG* reinnehmen.«

»Aber Aachener Printen sind doch keine Lebkuchen!«, entgegnete Norbert entrüstet.

»Genau genommen schon. Nur halt mit einer anderen Gewürzmischung.«

Der Bäcker wirkte wenig überzeugt, sagte aber nichts mehr dazu, sondern bestellte sich noch eine Tasse Kinderpunsch – immerhin musste er noch fahren.

»Hat Krummenau nicht vielleicht auch eine Sage, auf die der Lebkuchen zurückgeht?« Noëlle sah die Buchhändlerin fragend an.

»Nicht dass ich wüsste … Nein, davon hätte ich schon mal gehört.«

»Kannst du nicht einfach eine erfinden?«, schlug Norbert Nelk vor.

»Äh … nein?« Lullu Kosniak sah ihn fassungslos an. »Ich fälsche doch nicht die Ortsgeschichte, nur damit ihr in diesen blöden Reiseführer reinkommt!«

»Wieso denn ›ihr‹? Ich dachte, wir ziehen alle an einem Strang!«

Lullu schnaubte. »Ich bin heute vor allem deswegen dabei, damit ihr keine Dummheiten macht. Wie zum Beispiel eine Geschichte fälschen, die es gar nicht gibt.«

»Was heißt denn hier ›fälschen‹?«Norbert lachte entwaffnend. »Eher … ausschmücken.«

»Pah!« Lullu Kosniak schnaubte. »Ich bin als neutrale Beobachterin hier. Da lass ich mich doch nicht vor euren Karren spannen.«

»Frau … Frau Kosniak … Warum sind Sie gleich wieder dabei?« Noëlle ärgerte sich, weil sie diese Frage nicht schon viel früher gestellt hatte. Jetzt hatte sie das Gefühl, sich selbst und die Buchhändlerin vor all den anderen in eine blöde Lage zu bringen, doch Lullu seufzte einfach nur und antwortete ganz ehrlich: »Ich habe mich bereit erklärt, bei dieser Exkursion mitzufahren, weil ich der Meinung bin, dass nicht nur die Unterstützer der Initiative über das Wohl und Wehe unseres Dorfes entscheiden sollten.«

»Also sind Sie keine Unterstützerin?«

»Richtig … und falsch.« Lullu Kosniak seufzte erneut. »Ich verstehe ja, warum die anderen nichts unversucht lassen wollen, um Touristen nach Krummenau zu holen. Aber die Maßnahmen, die im Raum stehen, halte ich für falsch. Ich halte fünfhunderttausend Besucher jährlich für eine Katastrophe. Es ist verkehrt, alles auf eine Karte zu setzen – damit hat auf Dauer doch noch nie jemand Erfolg gehabt. Vor allen Dingen aber halte ich es für unsinnig und auch für unmoralisch, für diese Sache auch noch Geschichtsklitterung zu betreiben.« Sie funkelte den Bäcker finster an.

»Okay, schon verstanden.« Er hob beschwichtigend die Hand. »Botschaft angekommen.«

Noëlle dachte kurz darüber nach, was die Buchhändlerin gesagt hatte. Lullu Kosniak hatte in allen Punkten recht. Es war tatsächlich wenig ratsam, sich komplett und ausschließlich auf Lebkuchen auszurichten – oder gar auf die Aufnahme in den *TAG*. Denn was würde passieren, wenn all die Maßnahmen nicht fruchteten? Wenn die Touristenströme ausblieben? Wenn die Parkplätze verwaisten, die Lebkuchen vertrockneten, die beiden Figuren auf dem Marktplatz ungeschützt der Witterung ausgesetzt, vergessen und ignoriert würden? Und was – mal abgesehen von allem anderen – passierte eigentlich, wenn zufällig mal nicht gerade Vorweihnachtszeit war? Wer kam im März, Mai und August nach Krummenau, wenn es keinen Menschen interessierte, wie Lebkuchen schmeckten? Wenn der Hunsrück zur Abwechslung mal nicht romantisch eingeschneit war und die Lebkuchenhäuser im grellen Sonnenlicht ihre Leuchtkraft einbüßten?

Gab es wirklich nicht noch etwas anderes, worauf man sich spezialisieren konnte? Zu dumm, dass Krummenau keine Sage oder Legende hatte. Die Geschichte der beiden verfeindeten Fenchelmann-Schwestern taugte jedenfalls nicht zur Mythenbildung ... zumindest nicht im positiven Sinn.

Noëlle hing ihren Gedanken nach. Irgendwo in ihren Hirnwindungen muckte etwas auf. Etwas, was ihr schon am Vortag aufgefallen war. Doch es wollte ihr einfach nicht einfallen. Was war es gleich wieder gewesen? Womit hatte es zu tun gehabt? Mit Adam und Eva, den zwei Figuren auf dem Dorfplatz? Nein. Irgendetwas mit der Lebkuchenrezeptur? Auch nicht. Sie nahm einen weiteren Schluck Kakao, doch der Geistesblitz wollte sich nicht einstellen.

Und überhaupt. Wieso zerbrach sie sich den Kopf wegen etwas, was sie nicht die Bohne interessierte? Eigentlich konnte es ihr doch vollkommen egal sein, was mit Krummenau und seinen beknackten Lebkuchen passierte. Sie war ja nicht mal freiwillig hier. Man hatte sie überredet, genötigt und zwangsverfrachtet, so sah das aus! Und das würde Noëlle auch nicht so bald vergessen, oh nein.

Doch dann sah sie wieder in die Runde. Wie sie alle beisammenstanden, Lullu Kosniak, Ines und ihre Mutter und Norbert, der mittlerweile von der Kälte schon ganz rote Bäckchen hatte … Wider Erwarten fand sie es in diesem Kreis wirklich nett. Und auf eine merkwürdige Art und Weise hatte Noëlle das Gefühl, an etwas Großem teilzuhaben. Ja, das Große war bescheuert. Aber ganz im Ernst: Marketing für eine Eishockeymannschaft zu machen, die sich Schneefüchse nannte, war es auch.

Die Turmuhr schlug zwei Mal, und Noëlle sah zum Zifferblatt empor. Sie würden sich bald auf den Weg machen müssen, sonst konnte sie sich den ruhigen Abend in ihrer Frankfurter Altbauwohnung abschminken. Und allen neu entdeckten Verbundenheitsgefühlen zum Trotz war es jetzt genau das, was sie wollte: mit Erik nach Hause fahren, eine ganz und gar lebkuchenfreie Kleinigkeit essen und sich dann ein heißes Bad einlaufen lassen, in dem sie liegen würde, bis die Haut an ihren Fingern wie Duplos aussahen.

Zum Glück kam soeben das dritte Aachen-Expeditionsteam um die Ecke gebogen. Onkel Rudi schien bestens gelaunt zu sein – offenbar war das nicht sein erster Glühwein, den er da in der Hand hielt. Und auch der Ortsvorsteher machte ein glückliches Gesicht.

»Printen haben wir keine gefunden«, verkündete Brommel und hielt eine rot-weiß gestreifte Papiertüte in die Höhe, die nach frisch Frittiertem roch. »Aber die machen echt gute Pommes hier!«

11

»Also dann. Danke für die nette Reisebegleitung und kommt gut nach Hause«, rief Noëlle und sprang aus dem Minibus.

»Sind ja nur noch ein paar Meter«, meinte Norbert Nelk und hob die Hand. »Bis bald, Noëlle!«

Sie schob die Tür zu und drehte sich um. Dann lief sie durch den kleinen Vorgarten auf das Haus der Familie Flock zu. Im Hintergrund wurde der Bus wieder angelassen, und Nobbi gab Gas.

Es war ein überraschend schöner Tag geworden. Sogar die Rückfahrt hatte Noëlle erträglich gefunden. Sie und Lullu Kosniak hatten sich angeregt über die letzten Bücher unterhalten, die sie gelesen hatten. Ines Wehr hatte lustige Anekdoten aus Krummenau erzählt, und Brommel hatte sogar die Finger von seinem Weihnachtssender gelassen. Nur Onkel Rudis Schnarchen hatte die Harmonie getrübt.

Trotzdem: Mal abgesehen davon, dass sie morgen um neun in der Agentur erwartet wurde, hatte sie jetzt genug vom Landleben. Natürlich, Krummenau war kein klassisches Kuhdorf, wie sie es vielleicht im Allgäu oder irgendwo in Schleswig-Holstein erwartet hätte. Es roch nicht mal nach Misthaufen. Es roch nach … gar nichts. Nichts mit einer Prise Lebkuchen. Und natürlich war dieses Nichts besser und sicher auch deutlich gesünder als die versmogte Frankfurter Luft. Dort wehte selbst im Park immer von irgendwoher eine Brise, die je nach Tageszeit den Geruch von altem Bier, Abgasen oder frisch Erbrochenem herantrug. Und doch vermisste Noëlle die Stadt. Sie sehnte sich nach der andauernden Geräuschkulisse. Dem Verkehr. Dem Fluss. Der Skyline. Und dem Cupcake-Café in Sachsenhausen.

An der Haustür drückte sie auf die Klingel und hörte die Glocke drinnen anschlagen. Kurz darauf wurde die Tür aufgezogen, und Monika Flock erschien auf der Schwelle.

»Ah, da bist du ja! Na, wie war's?«

Noëlle nickte matt. »Gut.« Dann warf sie einen Blick auf die Uhr, die hinter Eriks Mutter an der Wand hing. Nach fünf. Sie sollten wirklich in die Pötte kommen. Hoffentlich hatte Erik nicht den ganzen Tag lang auf der faulen Haut gelegen, sondern schon mal ihre Sachen zusammengepackt.

»Wo ist denn Erik?«

Sie trat in den Flur und zog den Mantel aus, streifte Mütze und Schal ab und überlegte dann, ob es überhaupt Sinn hatte, die Stiefel für die paar Minuten bis zu ihrer Abreise auszuziehen.

»Der hat sich noch mal hingelegt«, antwortete Monika Flock und schloss die Eingangstür.

Noëlles gute Laune fiel in sich zusammen. »Oh.«

Er hatte doch den ganzen Tag lang Zeit gehabt zu schlafen! Warum denn ausgerechnet jetzt hinlegen, Himmel noch eins?

»Ja. Heute Mittag sah es kurz so aus, als würde es ihm wieder besser gehen, aber vor zwei Stunden hat er dann erneut Fieber gekriegt …«

Vermutlich eh nur leicht erhöhte Temperatur, grollte Noëlle im Stillen. Wenn überhaupt. Wahrscheinlich war ihm einfach nur ein bisschen warm. Langsam, aber sicher hatte sie die Faxen dicke. Sie waren schon viel länger hier, als sie ursprünglich vereinbart hatten. Und sie wollte heim. War das denn wirklich ein so wahnwitziger Wunsch, dass er ihr einfach nicht erfüllt wurde?

»… und da hab ich ihm gesagt, er soll sich noch mal ausruhen. Du hast sicher Verständnis. Wir haben vereinbart, dass ich ihn um sechs wecke.«

Noëlle seufzte und zog den Reißverschluss ihrer Stiefel auf. Ade, schöner entspannter Wochenendausklang in der City, ade, Badewanne, ade, ruhiger Pärchenabend.

Mit der Handtasche über der Schulter marschierte sie ins Wohnzimmer und ließ sich aufs Sofa fallen. »Wo sind denn die anderen?«

»Georg ist in der Garage. Der bosselt an irgendwas für Weihnachten herum. Finya ist drüben bei Oma Lisbeth, und Lasse ist nach Hause gefahren.«

Noëlle nickte vage. Richtig, Eriks Bruder wohnte gar nicht mehr in seinem Elternhaus, er hatte eine Doppelhaushälfte in fußläufiger Entfernung angemietet. Bei ihrem gestrigen Spaziergang waren sie daran vorbeigekommen, und Lasse hatte von seinen vier Zimmern und der großen Wohnküche und den zwei Bädern erzählt. Ganz schön viel Platz für einen allein, hatte sich Noëlle gedacht, aber nichts gesagt. Na gut, Krummenau war ein Pupsdorf im Hunsrück. Hier bekam man Immobilien vermutlich hinterhergeschmissen. Da war sie aus Mainhattan anderes gewohnt. Deswegen hatten sie und Erik auch schon mal übers Zusammenziehen gesprochen, selbst wenn sie erst seit fünf Monaten ein Paar waren. Aber bei den höchsten Mietpreissteigerungen in Europa musste man pragmatisch denken. Und für das Geld, das sie gerade doppelt ausgaben, würden sie sich sogar eine richtig tolle Wohnung leisten können.

Andererseits: Wenn es nicht klappte zwischen Noëlle und Erik, wäre sie ihre schnuckelige Zweizimmerwohnung in Sachsenhausen los. Am Anfang hatte sie das sogenannte Frankfurter Bad verflucht: eine Badewanne mitten im Schlafzimmer, eingelassen in eine Art Einbauschrank in der Wand. Etwas Bescheuerteres gab es doch wohl kaum, hatte sie damals gedacht. Doch mittlerweile wollte sie dieses Zeugnis der Vergangenheit nicht mehr missen. Früher waren viele Wohnungen in der Mainmetropole mit einem Frankfurter Bad ausgestattet gewesen. Inzwischen waren die meisten gegen moderne Sanitärbereiche ersetzt worden. Irgendwann hatte Noëlle Gefallen daran gefunden, in einem zeitgeschichtlichen Relikt zu leben. Das Frankfurter Bad, so merkwürdig es auf den ersten Blick auch scheinen mochte, war liebenswert, schrullig und auch wirklich nur ein kleines bisschen unpraktisch. Also wie die meisten Sachen, die man ins Herz geschlossen hatte. Sie würde es vermissen, wenn sie eines Tages zu Erik zöge, der in einer viel größeren Wohnung lebte. Deswegen wäre es auch Quatsch, wenn er zu ihr nach Sachsenhausen käme …

Doch der Gedanke, ihre wunderbare kleine Wohnung zu verlassen, ihr weihnachts- und lebkuchenfreies Refugium, in dem sie entschied, wo es langging, bereitete ihr Bauchschmerzen.

»Magst du noch was essen?«, wollte Monika Flock von ihr wissen.

Noëlle graute vor weiteren Lebkuchenattacken auf ihren Magen-Darm-Trakt. Darüber hinaus hatte sie auf dem Aachener Weihnachtsmarkt eine extragroße Portion belgische Pommes verdrückt, mit mehr Majo, als sie normalerweise in einem Jahr aß. Sie schüttelte hastig den Kopf.

Eriks Mutter setzte sich ihr gegenüber in den Sessel und sah sie an. »Erzähl doch mal. Wie war es denn in Aachen?«

Noëlle gab die Kurzversion dessen wieder, was die Arbeitsgemeinschaft auf dem Weihnachtsmarkt zusammengetragen hatte. Eriks Mutter hörte ihr aufmerksam zu, fragte manchmal nach und hakte ein, doch als Noëlle die Sage erwähnte, merkte sie sichtlich auf.

»Und Lullu hat gesagt, dass es ganz sicher keine Sage gibt, in der Krummenau eine Rolle spielt?« Sie stand auf.

»Nein, sie kennt keine. Und mal abgesehen von der Printensage schätze ich Frau Kosniak so ein, dass sie so ziemlich alles weiß.«

Monika Flock blieb vor dem Buchregal stehen und fuhr mit dem Zeigefinger über die Buchrücken. »Ich hatte doch mal … Ah, hier!« Sie zog ein Buch heraus. »Das sind Sagen und Märchen aus dem Hunsrück. Ein schrecklich langweiliges Buch, aber vielleicht findet sich ja trotzdem ein Hinweis? Hinten gibt es auf jeden Fall ein Ortsregister.«

Sie setzte sich neben Noëlle aufs Sofa, und gemeinsam blätterten sie in dem schmalen Büchlein. Aber Krummenau, die Lebkuchenmetropole, war noch nicht mal aufgeführt. Frustriert klappte Eriks Mutter das Buch wieder zu.

»Ich geh morgen noch mal zu Lullu in den Laden. Sie hat ja nicht nur aktuelle Bücher da, sondern auch ein kleines Antiquariat. Vielleicht findet sich ja doch irgendwo eine Geschichte aus dem Ort, die wir verwenden könnten.«

Noëlle nickte. Dann fiel ihr Blick auf die große Standuhr neben der Terrassentür. Halb sechs erst. Oh Mann. Ob sie hochgehen und Erik wecken sollte?

Seine Mutter schien mit telepathischen Fähigkeiten ausgestattet zu sein. »Ich weiß selbst«, sagte sie jetzt, »dass ich ein bisschen übertreibe, wenn es um Eriks Gesundheitszustand geht …«

Das ließ Noëlle wohl besser unkommentiert, ehe sie etwas Falsches sagte. Oder etwas Unhöfliches.

»… aber seine Fitness ist nun mal sein Kapital«, fuhr Monika Flock fort. »Und man hat ja schon so oft davon gehört, dass Sportler ihre Gesundheit aufs Spiel setzen.«

Mhm. Also, Noëlle hatte ehrlich gesagt viel häufiger davon gehört, dass Eishockeyspieler mal eins aufs Maul kriegten. Klar, es war schon mal der eine oder andere Spieler auf dem Eis verstorben, aber doch nicht wegen einer Lappalie wie einem Schnupfen.

»Erik tut immer so unbesiegbar«, sprach seine Mutter weiter, und beinahe kam es Noëlle so vor, als würde Monika Flock sie gar nicht mehr wahrnehmen, sondern ein Selbstgespräch führen. »Aber in Wahrheit ist er der Empfindlichste von allen. Keines meiner Kinder ist so zart besaitet wie er.«

Noëlle unterdrückte ein Schnaufen. Ja, klar, Erik war empathisch. Er war in der Lage zu verstehen und nachzuvollziehen, warum Noëlle sich manchmal etwas merkwürdig verhielt – und er war so gut erzogen, dass er nicht nachfragte, wenn er es allzu seltsam fand. Als sie vor ein paar Wochen im Supermarkt die ersten Schokoweihnachtsmänner entdeckt hatten, war Noëlle zum Beispiel kreidebleich geworden und hatte einfach wortlos den Wagen weitergeschoben. Erik hatte sie gefragt, was in sie gefahren sei, aber sie hatte nicht einmal mehr antworten können, sondern nur den Kopf geschüttelt.

Kurz darauf hatte er sie gefragt, ob sie sich einen Adventskalender basteln sollten. Sie hatte sich mit fadenscheinigen Gründen herausgeredet, und Erik hatte es gemerkt, war aber so sensibel und verständnisvoll gewesen, dass er nicht nachgehakt hatte, auch wenn er es garantiert komisch gefunden hatte.

Aber zart besaitet?

»Ich weiß, dass Erik uns, also seiner Familie gegenüber ein schlechtes Gewissen hat«, ließ Monika Flock die Bombe endlich platzen.

»Ein schlechtes Gewissen? Weswegen denn?« Noëlle war ehrlich erstaunt. Dass ihr Liebster sich mit Schuldgefühlen plagte, war ihr neu. »Weil er Karriere als Profisportler macht und seine Geschwister …«

… in Krummenau die Krumen zählen?, hätte sie am liebsten sagen wollen. Zum Glück tat sie es nicht.

»Nein. Weil er in Frankfurt lebt …«

Äh … Noëlle war verdutzt. Was war an Frankfurt denn so schlimm? War das moralisch fragwürdig? Politisch inkorrekt?

»… und uns in Krummenau so selten besucht.«

Ah, daher wehte der Wind! Endlich begriff Noëlle, worauf Eriks Mutter hinauswollte. Und es stimmte: Seitdem sie zusammengekommen waren, hatte Erik seine alte Heimat erst zweimal besucht, obwohl es eigentlich nicht einmal weit war. Beide Male war Noëlle nicht mitgekommen, denn beim ersten Besuch waren sie gerade erst ein paar Wochen zusammen gewesen und beim zweiten, im Oktober, hatte Noëlle wegen der Buchmesse nicht mitfahren können, weil sie und ihr Chef dort einige potenzielle Auftraggeber aus der Verlagswelt getroffen hatten. Außerdem waren beide Krummenau-Exkursionen unter der Woche gewesen, weil Erik an den meisten Wochenenden ja spielen musste. Und extra freinehmen, damit Noëlle seine Eltern kennenlernen konnte – also, das wäre doch zu weit gegangen.

»Na ja, sooo selten ist es ja auch nicht«, entgegnete Noëlle, die ihrerseits einmal im Jahr nach Hildesheim fuhr. Und zwar im Sommer. »Und du könntest Erik doch auch in Frankfurt besuchen.«

Monika Flock nickte. »Und dich natürlich. Ich freue mich jedenfalls, dass du jetzt Teil unserer Familie bist.«

»Ähm, ja.« Noëlle war ein bisschen peinlich berührt. Für ihre Verhältnisse ging ihr das alles ein klein bisschen zu schnell.

Bislang hatte Erik sie in puncto Zukunfts- und (oh Schreck!) Familienplanung in Ruhe gelassen. Ein einziges Mal hatte er erwähnt, dass er unbedingt Kinder haben wollte – damals, als er kurz von seiner Trennung von Saskia erzählt hatte. Und er hatte erwähnt, dass er sich durchaus vorstellen konnte, irgendwann wieder aus der City rauszuziehen. Noëlle hatte genickt und dabei an Rödel- oder Bornheim gedacht. Da ließ es sich natürlich auch aushalten. Man sah die Skyline zwar nicht mehr aus jedem Fenster, aber immerhin war es dort viel, viel grüner als in der Frankfurter Innenstadt und selbstverständlich ruhiger.

»Und wenn wir uns dann erst mal öfter sehen …«

Gerade als Noëlle den Kopf hob, um Eriks Mutter zu fragen, was sie damit meinte, schlurfte ein sterbenskranker Patient ins Wohnzimmer. Eriks Nase war geschwollen, die Augen gerötet. Um den Hals hatte er sich (oder seine Mutter ihm) einen dicken Schal gewickelt. Vielleicht sah er deswegen so schlimm aus – denn Noëlle musste zugeben, dass Erik eine wirklich Furcht einflößende Erscheinung abgab.

»Hallo, Schatz«, krächzte er, und im ersten Moment war sich Noëlle nicht einmal sicher, ob er sie oder seine Mutter meinte.

Monika sprang sofort auf und fing an zu schimpfen. »Du solltest doch im Bett bleiben, hab ich gesagt!«, meckerte sie.

Aha. Von wegen, Erik hätte sich hinlegen wollen … Ihm war die Bettruhe zwangsverordnet worden.

Er ließ sich neben Noëlle auf die Couch fallen. Die rückte instinktiv ein Stückchen von ihm ab. Seine scheußliche Erkältung durfte er gern für sich behalten, da erhob sie keinen Anspruch drauf.

»Es tut mir leid«, krächzte er gesenkten Kopfes. Dann schlug er die Augen auf und sah Noëlle entschuldigend an. »Meinst du, wir könnten … Also, denkst du, es wäre möglich, dass du morgen ausnahmsweise mal … von hier aus arbeitest?«

Noëlle verdrehte innerlich die Augen. Sie hatte sich bereits am Nachmittag gefragt, was sie im Worst Case wohl tun würde, wenn Eriks Zustand sich nicht besserte – oder seine Mutti so lang an ihm rumdokterte, bis er endgültig hinüber wäre. Aber sie hatte sich nicht ernsthaft vorstellen wollen, dass der Fall der Fälle wirklich eintreten würde.

Obwohl sie wusste, dass sie mehr als bloß halbwegs schlechte Karten hatte (denn was bitte sagte man zu einem derart Kranken, wenn man kein totaler Arsch oder zwischenmenschlicher Dünnbrettbohrer war?), gab sie sich erst mal reserviert.

»Das ist mir ehrlich gesagt nicht wahnsinnig recht«, hob sie in der aberwitzig winzigen Hoffnung an, dass sie Erik doch noch würde überzeugen können, vielleicht noch heute Abend zu fahren. Oder zumindest morgen früh? »Wir haben montagmittags doch immer unseren Jour fixe. Mein Chef dreht durch, wenn ich da nicht dabei bin.«

»Ich könnte ihn ja anrufen und es ihm erklären«, schlug Erik vor. Dann kramte er ein Taschentuch aus seiner Hosentasche, das seinen Zenit definitiv überschritten hatte, und schneuzte sich lautstark. »Wir haben einen guten Draht, dein Chef und ich.«

Klar, dachte Noëlle grimmig. Wer hatte keinen guten Draht zu Erik? Er war der Sonnenschein auf zwei Beinen. Sofern er nicht gerade das Leiden Christi spielte. Sie seufzte. Die Vorstellung, auch noch den morgigen Tag in Krummenau zu verbringen, im Haus von Eriks Eltern, war nicht gerade berauschend. Natürlich, Monika und Georg Flock würden arbeiten gehen, und sie wäre tagsüber mit Erik allein. Aber wo sollte sie denn arbeiten? An Eriks altem Kinderschreibtisch? Oder hier unten im Esszimmer?

»Und meinen Laptop hab ich auch nicht dabei«, platzte es in einem weiteren hoffnungslosen Anflug von Widerstand aus ihr heraus.

»Kein Problem, du nimmst ganz einfach meinen«, ging Monika dazwischen. »Ich bring ihn dir gleich runter.« Und schon wuselte sie davon.

»Aber ich …« Noëlle verstummte. Was sollte sie denn noch sagen? Welche Einwände würden Eriks hundsmiserablen Gesundheitszustand ausstechen? »Aber woran soll ich denn bitte arbeiten? Ich hab doch gar keine Dateien dabei …«

Erik runzelte die Stirn. »Bitte doch deine Kollegen, dir die betreffenden Dateien zu schicken.«

»Ich hab aber meine Zugangsdaten für den Web-Hoster nicht parat«, wimmerte Noëlle theatralisch. »So kann ich meine geschäftlichen Mails nicht abrufen.«

»Dann sollen sie sie dir halt an deine private Adresse schicken. Du kriegst das schon irgendwie hin«, sagte er besänftigend, und dann hustete er wieder, putzte sich geräuschvoll die Nase und hielt sich demonstrativ die Hand an die Stirn.

Noëlle zwang sich, tief durchzuatmen.

In diesem Moment kam Monika Flock wieder ins Wohnzimmer. Sie trug einen Laptop aus der Kreidezeit vor sich her, den sie mit einem satten Rums auf dem Couchtisch abstellte.

»Und wenn wir morgen einfach ganz, ganz früh losfahren?«, winselte Noëlle. »Dann hast du noch eine Nacht hier und kannst früh ins Bett, und ich komme morgen trotzdem zur Arbeit?«

Erik sah sie aus blutunterlaufenen Augen an. Er schniefte. »Können wir natürlich versuchen …«

O Gott. Noëlle fühlte sich wie ein Monster. Es ging ihm offenbar tatsächlich schlecht, und sie zickte hier rum. Eine tolle Freundin war sie!

Erik musste erneut husten. Es klang wie ein rasselnder Säbel.

Noëlle seufzte wieder, diesmal noch tiefer als zuvor. »Also gut. Wir bleiben morgen so lange, bis du dich fit genug fühlst, um zurückzufahren.«

Eriks Gesicht hellte sich auf. »Du bist die Beste!«

»Wunderbar!«, rief Monika und klatschte in die Hände. »Dann koch ich uns jetzt mal was richtig Leckeres, ihr Lieben. Erik kriegt sein Leibgericht: Arme Ritter. Und für uns anderen, Noëlle, mache ich Fisch. Was hältst du davon?«

Fisch klang super. Fisch klang großartig! Fisch klang nicht nach Lebkuchen, und deswegen verzog Noëlle ihren Mund zu einem Lächeln. »Das wäre wunderbar.«

»Ich hab da ein ganz fantastisches Rezept im Chefkoch-Heft gesehen. Zanderrücken mit Spekulatiuskruste in Gewürzsoße. Hmm, das wird ein Festessen!« Sie rieb sich die Hände. »Ach, wie herrlich, dass ihr noch eine Nacht bleibt! Und morgen früh mach ich uns Waffeln. Mit Zimtsahne!«

Für den Bruchteil einer Sekunde verrutschte Noëlles Lächeln.

12

Sie klappte den Laptopdeckel auf und starrte auf die graue Tastatur hinab. Und seufzte. Sie war sich sicher, dass sie in diesem Moment den ältesten Knochen in Händen hielt, den IBM je produziert hatte. Ein Stück aus dem Museum, ein Relikt aus einem anderen Zeitalter, in dem *Zurück in die Zukunft* als Utopie gegolten hatte. Der Laptop war minimum fünfzehn Jahre alt. Warum hatte Monika ihr nicht gleich eine Schreibmaschine hingestellt?

Sie ließ den Blick über die Tasten gleiten. Im rechten oberen Eck fand sie einen kleinen Knopf mit einem vielversprechenden Zeichen. Kaum hatte sie den Knopf gedrückt, begann der Laptop zu brummen und zu stöhnen, als würde eine alte Lokomotive langsam vom Bahnsteig rollen und dann nur unter enormer Kraftanstrengung Fahrt aufnehmen.

Mehrere Minuten vergingen. Noëlle blickte auf den schwarzen Bildschirm und lauschte dem Röcheln, das der Laptop von sich gab. Dann, nach weiteren Minuten, als Noëlle sich schon gefragt hatte, ob sie sich vielleicht noch einen weiteren Kaffee machen sollte, erschien ein blaues Bild mit einer weißen Zeile. »Passwort eingeben«. Hm. Ein Passwort hatte Monika gar nicht erwähnt.

Noëlle sah sich um. Es war niemand mehr im Haus, mal abgesehen von ihrem sterbenskranken Freund, der ein Stockwerk höher im Bett lag. Ob sie ihn wecken sollte? Sicher würde er mit einem gequälten Gesichtsausdruck und einem weiteren Hustenanfall reagieren, und das konnte Noëlle gerade wirklich nicht gebrauchen.

Sie griff zum Handy und checkte die Uhr. Es war jetzt kurz vor neun. Ihr Chef wusste noch nicht, dass sie heute nicht im Büro erscheinen würde. Denn natürlich war es so gewesen, dass Erik zwar *gesagt* hatte, er werde Noëlles Vorgesetzten gleich am Montagmorgen anrufen, doch daraus war dann leider nichts geworden, weil ihm der Hals immer noch furchtbar weh tat und weil seine Stimme mittlerweile nicht mehr als ein Krächzen war.

Eins nach dem anderen, dachte Noëlle. Sie nahm ihr Handy zur Hand und suchte die Nummer der Agentur heraus.

»Fräuleinwunder, Sonja am Telefon. Was kann ich für Sie tun?«

Noëlle räusperte sich. »Hallo, Sonja, ich bin's, Noëlle. Könntest du mich kurz mit Michael verbinden?«

»Der kommt heute erst gegen elf«, erklärte Sonja mit ihrer mädchenhaften Stimme und sagte dann: »Kann ich ihm was ausrichten?«

Noëlle seufzte. »Ja. Ich sitz im Hunsrück fest, weil Erik krank geworden ist. Wir sind mit seinem Auto da, das ich nicht fahren darf, deshalb kann ich heute leider nicht ins Büro kommen und muss Homeoffice machen … also, Fremd-Homeoffice, sosagen … bei seinen Eltern, meinen Schwiegereltern, also …« Sie verstummte.

Sonja kicherte. »Schwiegereltern?«

Na prima. Ausgerechnet vor Sonja hatte Noëlle das S-Wort ausgesprochen. Sonja war so etwas wie der betriebsinterne

Kurznachrichtendienst. Wenn die etwas aufschnappte, wussten es die anderen binnen kürzester Zeit. Das war natürlich suboptimal – nachdem es Noëlle ohnehin ein wenig peinlich war, dass sie mit einem Kunden zusammen war. Auch wenn Erik natürlich nicht wirklich Kunde war, sondern nur in einem Verein spielte, der die Agentur beauftragt hatte … Egal. Das Kind war in den Brunnen gefallen.

»Wärst du so nett, mal eben schnell an meinen Rechner zu gehen und mir die Dateien von *Rinnthal Solutions* und *ProvocShock* zu schicken? Bitte auf meine Privatadresse …«

Sie hörte, wie Sonja sich etwas aufschrieb. »Mhm …«, murmelte sie. »Noch was?«

»Sag Michael einfach, dass er sich gleich bei mir melden soll. Ja? Danke.«

Noëlle legte auf. Das war schon mal erledigt. Nun würde sie sich dem etwas größeren Problem zuwenden, dem unbekannten Passwort. Wofür würde eine Frau wie Monika sich wohl entscheiden? LEBKUCHEN, tippte Noëlle in die leere Zeile und drückte auf Enter. Leider falsch. Sie grübelte weiter. Dann gab sie ERIK ein. Wieder nichts. Auch die anderen Familienmitglieder brachten kein Ergebnis.

Im selben Moment fiel Noëlle wieder ein, was ihre Eltern immer als Passwort benutzt hatten: beim Handy, beim Laptop, beim Computer oder für die Freigabe der Satellitenbox. Sie drückte viermal die Null und dann auf Enter.

»Willkommen«, erschien auf dem Bildschirm. Das war ja klar. Warum kompliziert, wenn es auch einfach ging?

Es dauerte eine Weile, bis sich der Desktop und diverse Programm-Icons auf dem Bildschirm materialisiert hatten. Eins nach dem anderen ploppte auf, in einer Geschwindigkeit, die sie an einen Spaziergang mit Bewohnern eines Seniorenheims erinnerte. Noëlle rief den Internet-Browser auf. Natürlich geschah erst einmal gar nichts. Sie stöhnte genervt auf. Vermutlich würde sie erst zur Mittagszeit an ihren E-Mail-Account gelangt sein. Das Fenster ging auf – und lud. Lud sehr, sehr lange. Nach einer gefühlten Ewigkeit erschien die Google-Startseite. Gerade als Noëlle die Hände hob, um den nächsten Befehl einzugeben, klingelte es an der Tür.

Sie sah auf. Dann lauschte sie. Von oben – kein Geräusch. Ob sie aufmachen sollte? Es war ja niemand außer ihr im Haus. Was, wenn es wichtig war? Aber was war wichtig in einem Dorf wie Krummenau? Der Briefträger würde die Post doch sicher einfach auf die Türschwelle legen, wenn sie nicht in den Briefkasten passte. Und wenn es ein Einschreiben war?

Natürlich könnte sie einfach so tun, als hätte sie das Klingeln nicht gehört. Aber das würde sich bestimmt herumsprechen. Denn wenn Noëlle eins mittlerweile sicher wusste, dann dass man sich in einem Dorf wie Krummenau zumindest öffentlich nichts zuschulden kommen lassen durfte. Nicht mal in den eigenen vier Wänden. Was man dachte, sagte, meinte, aß, trank oder tat (und vor allem mit wem), bekamen alle anderen mit. Immer.

Sie stand auf und lief zur Tür. Während es zum zweiten Mal klingelte, zog sie die Tür auf – und sah sich Brommel gegenüberstehen.

»Ah, Noëlle. Schön, dass du noch da bist.« Er lächelte sie an, und ohne eine Reaktion abzuwarten, quasselte er einfach weiter: »Monika hat mir erzählt, dass ihr noch einen Tag drangehängt habt. Kurzurlaub auf dem Land, hm?«

Statt etwas zu sagen, starrte Noëlle den Ortsvorsteher mit eingefrorener Miene an. Kurzurlaub? Von wegen! Dann dieses vertrauliche Du – das hatte sie schon während ihres Aachen-Ausflugs irritiert. Aber dass er längst darüber Bescheid wusste, dass sie ihren Zwangsaufenthalt verlängert hatte, setzte dem Ganzen die Krone auf. Nun ja. Wenn man das Wort »Buschtrommel« um den Mittelteil verkürzte, kam der Name Brommel dabei raus. Sicherlich kein Zufall. Und vermutlich hatte Monika sich noch vor dem Morgengrauen auf den Marktplatz gestellt und die frohe Kunde öffentlich gemacht. Vielleicht hatten sie ja auch eine Whatsapp-Gruppe oder so was in der Art.

»Ich will dich auch nicht lange stören.« Brommel hielt ein Papier hoch. »Ich hab hier einen Pressetext, den will ich im Amtsblatt veröffentlichen. Meine Sekretärin, die Erna, ist wirklich tüchtig, aber mit der Rechtschreibung hat sie es nicht so, und da dacht ich mir … Na ja, ich dachte …« Der Ortsvorsteher wand sich sichtlich. »Also, ich hab mich gefragt, ob du vielleicht einen ganz kurzen Blick auf den Text werfen könntest. Wär doch schade, wenn ich ihn mit Fehlern veröffentlichen müsste, die ein Profi wie du auf den ersten Blick erkannt hätte.« Ungebeten trat er über die Schwelle und zog die Haustür hinter sich zu. »Und wenn ich schon mal da bin, hätt ich gegen ein Tässchen Kaffee auch nichts einzuwenden.«

Noëlle ließ den Ortsvorsteher an sich vorbeigehen und starrte einen Moment länger auf die Tür, als nötig gewesen wäre. Dann folgte sie ihm in die Küche, wo Brommel vor einem Hängeschrank stand und eine Tasse herausholte. Die stellte er unter die Kaffeemaschine. Auf Knopfdruck fing die Maschine an, lautstark Bohnen zu zermalmen. Der Ortsvorsteher drehte sich wieder zu Noëlle um.

»Ich bin so oft hier, dass ich schon eine eigene Einstellung hab.« Er zeigte auf das Display der Maschine. Da stand: Hans, 50 ml Espresso, 150 ml Milch.

Sie lächelte gequält. Dann nahm sie Brommel das Papier aus der Hand, zögerte dann aber, was ihm nicht entging.

»Ich finde mich zurecht. Kannst ruhig schon mal anfangen mit deinen Korrekturen«, sagte er und zog die Besteckschublade auf.

Mit dem Papier in der Hand ging Noëlle zurück ins Esszimmer und setzte sich über den Pressetext. Und sie verstand nur Bahnhof. Und zwar nicht nur, weil sie nicht richtig bei der Sache war. Sie begriff einfach nicht, an wen sich der Text richtete. War der für Journalisten? Reiseveranstalter? Das Einzige, was sie aus dem Kuddelmuddel herausfiltern konnte, war die überproportional häufige Erwähnung von – klar – Lebkuchen. Und das war nun nicht unbedingt das, was Noëlle in so einem Text lesen wollte.

»Und? Wie findest du ihn?« Mit seiner dampfenden Kaffeetasse in der Hand baute sich Brommel neben ihr auf und sah Noëlle neugierig an.

Noëlle starrte wieder auf das Blatt. Was sollte sie denn sagen? Dass sie den Inhalt nicht kapierte? Dann würde Brommel garantiert darauf bestehen, dass sie ihn umformulierte. Ihr Blick fiel auf das Handy neben dem Laptop. Michael, ihr Chef, hatte zwar noch nicht zurückgerufen, aber irgendwann würde er es tun, und dann wäre Noëlle gut bedient, wenn sie zumindest schon mal angefangen hätte zu arbeiten. Im Homeoffice. Bei ihren Schwiegereltern.

»Na jaaa«, sagte sie gedehnt. »Er ist … nicht schlecht. Ich glaube bloß, dass ich nicht richtig weiß, wer …« Sie zögerte. Allein dass sie sich mit diesem Quatsch beschäftigen musste, ging ihr auf die Nerven. »Also.« Sie atmete tief durch. »Wollen wir uns nicht setzen?«

Brommel tat wie geheißen, und ein bisschen hatte Noëlle den Eindruck, als würde er sich genau dorthin setzen, wo er sonst immer saß. Wie jedes Mitglied einer Familie seinen angestammten Platz am Tisch hatte.

»Bei einem Text ist das Wichtigste, dass man weiß, wer der Adressat ist«, begann Noëlle mit ihrem kleinen Referat. »Sollen mit der Veröffentlichung im Amtsblatt die Krummenauer angesprochen werden? Dann muss der Text anders formuliert werden. Sollen potenzielle Touristen angelockt werden? Oder soll das Schreiben an die *TAG*-Redaktion gehen?«

»Hm.« Der Ortsvorsteher sah sie an. »Darüber hab ich mir ehrlich gesagt überhaupt keine Gedanken gemacht.«

Noëlle seufzte. »Das merkt man leider.« Dann holte sie erneut tief Luft und erklärte ihm, was ein Pressetext leisten musste, welche Inhalte und welche Form erforderlich waren und wie man welchen Adressaten auf bestmögliche Art ansprach.

Als sie fertig war, sah Brommel sie beeindruckt an. »Ich wusste doch, dass du uns helfen kannst! Monika hat so von dir geschwärmt, aber dass es wirklich so gut werden würde … Danke!«

Noëlle spürte, wie ihr die Röte in die Wangen schoss. Selbst wenn sie eigentlich nicht die geringste Lust verspürte, sich mit Texten jedweder Art über Krummenau oder Lebkuchen oder sonst irgendwas zu beschäftigen, fühlte sie sich geschmeichelt. Sie rang sich ein »Gern geschehen« ab.

Der Ortsvorsteher hob seine Tasse hoch, die er während ihres Vortrags leer getrunken hatte. »Möchtest du auch einen?«

Noëlle schüttelte den Kopf. »Nein. Ich müsste dann ehrlich gesagt auch mal wieder weiterarbeiten …«

Brommel sprang auf. »Na klar, verstehe ich. Du hast mir sehr geholfen.« Dann sagte er: »Ich hol den Text dann einfach heute Abend ab. Wär das okay?«

Das war nun nicht gerade, was sie sich erhofft hatte. Sie hatte Brommel den ganzen Kladderadatsch in Bezug auf Pressetexte ja nicht erzählt, damit sie ihn am Ende selbst schrieb.

Aber wie immer bereitete ihr allein schon der Gedanke, jemandem einen Gefallen zu verweigern, so große Bauchschmerzen, dass sie stattdessen sagte: »Sicher doch. Ich kümmere mich darum.«

Als der Ortsvorsteher gegangen war, setzte sich Noëlle wieder an den Esszimmertisch. Immerhin war das Browser-Fenster mittlerweile offen, und die Google-Suchleiste blinkte sie erwartungsfroh an. Das war doch schon mal was. Sie rief GMX auf und gab ihre Zugangsdaten ein. Sieben neue E-Mails, zwei davon von Sonja. Die Anhänge, um die Noëlle gebeten hatte.

Sie lud die Dateien herunter, was drei geschlagene Minuten in Anspruch nahm. Noëlle knirschte so laut mit den Zähnen, dass sie unwillkürlich an ihren nächsten Zahnarztbesuch dachte. Dann wühlte sie sich durch den Download-Ordner und zog die Dokumente auf den Desktop. Unten rechts zeigte der Rechner ihr die Uhrzeit an. 9:32 Uhr. So langsam musste sie echt aus dem Quark …

Es klingelte. Schon wieder! Noëlle sah genervt auf, aber da die Datei ohnehin noch nicht offen war, konnte sie die Post – denn diesmal konnte es ja nur der Briefträger sein – auch schnell entgegennehmen.

Noëlle öffnete die Tür – und von draußen strahlte Inge Wehr sie an.

»Hallöchen!«

»Äh …« Noëlle blinzelte verwundert. »Monika ist nicht da.«

»Weiß ich doch.« Und dann schob sich auch Inge Wehr, ohne dass sie darum gebeten worden wäre, an Noëlle vorbei. Das schien in Krummenau zum guten Ton zu gehören. »Ich wollte zu dir.«

»Aha?«

Inge Wehr setzte sich an den Esszimmertisch, als wäre es das Normalste der Welt. »Ich hab mir nämlich überlegt, wie wir noch mehr Lebkuchenbegeisterte nach Krummenau locken könnten, und wollte deine Meinung hören.« Sie zog einen schmalen Hefter aus ihrer Jutetasche. Dann sah sie irritiert auf. »Magst du dich nicht setzen?«

Noëlle, die immer noch neben dem Tisch stand und nur Bahnhof verstand, sagte: »Äh, ja, klar«, und nahm Platz.

Inge Wehr schlug den Schnellhefter auf. »Also. Was würdest du von speziellen Lebkuchenbackkursen halten?«

Noëlle holte tief Luft – sagte aber nichts. Die Wahrheit hätten gewisse Anwesende nicht verkraftet.

»Ich stell mir das so vor, dass wir einmal im Monat in der Backstube hinter dem Café Zimt einen Kurs anbieten – nur für Lebkuchen! Es ist ja alles da an Equipment, und so was gibt es bisher hier in Krummenau noch nicht. In Hochscheid bieten sie so einen Männerkochkurs an, weiß ich zufällig von Nobbi. Und der ist immer total überlaufen. Gut, vielleicht weil der Kurs ›Meat and Beer‹ heißt und sie sich eigentlich nur besaufen, wenn sie sich dienstags treffen. Aber wie dem auch sei. Ich glaube, dass so ein Lebkuchenbackkurs für Krummenau genau das Richtige …«

Noëlle schaltete auf Durchzug. Immerhin konnte sie sich zu einem freundlichen Nicken durchringen, außerdem murmelte sie von Zeit zu Zeit »Aha« und »So, so« oder »Interessant«. Nach zwanzig Minuten war Inge Wehr, die am heutigen Tag schon mehr Worte von sich gegeben hatte als gestern auf der gesamten Fahrt nach Aachen und zurück, fertig und schlug den Schnellhefter zu.

»Du hast wirklich tolle Ideen, Noëlle«, meinte sie. Dabei hatte Noëlle gar nichts zu dem Monolog beigetragen.

Egal, Hauptsache, die Frau verschwand endlich. Schon fast zehn Uhr. Immerhin hatte Michael noch nicht angerufen.

Sie begleitete Inge Wehr zur Haustür und gab ein paar freundliche Worte von sich, wie man das eben so machte. Dann schoss ihr durch den Kopf, dass sie Inge Wehr ja gar nichts angeboten hatte, nichts zu trinken, nichts zu essen. Aber das hätte zum einen die Dauer ihres Besuchs unnötig verlängert, zum anderen war es ja gar nicht ihr Haus, und die Vorstellung, hier Gäste zu verköstigen, kam ihr am Ende doch zu seltsam vor. Und überhaupt. Noëlle wollte jetzt endlich anfangen zu arbeiten!

An der Haustür drückte sie die Klinke nach unten. »Danke für deinen Besuch, und freut mich, dass ich helfen konnte.«

Dann zog sie die Tür auf.

»Mama!«, rief eine erstaunte Stimme.

Noëlle sah auf und direkt in das lächelnde Gesicht von Ines Wehr, der Besitzerin des Café Zimt. Hund Klaus machte neben ihr brav Sitz und hechelte.

»Ich wusste gar nicht, dass du auch zu Noëlle wolltest?«

Auch? Noëlle wurde kurz schwindelig, und ihre Fingerspitzen kribbelten. Was war denn hier bitte schön los? Warum ließ man sie nicht endlich in Ruhe?

»Ach, ich war gerade in der Gegend, und da dachte ich, ich erzähl Noëlle von meiner Idee mit den Lebkuchenbackkursen.«

Ines strahlte bis über beide Ohren. »Und, was denkst du, Noëlle? Toll, oder?«

Noëlle nickte matt. »Ja, ganz fabelhaft.« Dann schob sie die Schultern zurück und fragte: »Und was kann ich für *dich* tun?«

»Für mich?« Ines Wehr guckte sich kurz verwirrt um. »Ach, ich wollt eigentlich nur vorbeischauen und quatschen. Aber du musst wahrscheinlich arbeiten.«

»Ja«, sagte Noëlle schnell.

»Davon will ich dich natürlich nicht abhalten«, meinte Ines – machte aber keine Anstalten umzudrehen und zu verschwinden. Stattdessen sah sie Noëlle an. Abwartend.

»Ich … habe wirklich … viel zu tun«, stammelte Noëlle, der die Situation unendlich unangenehm war. Bleib hart, sagte sie sich. Sag jetzt nicht Ja – du musst arbeiten, du musst …

Ines lächelte noch ein bisschen breiter. Im selben Moment fing Klaus an zu fiepen.

Noëlles Widerstand fiel in sich zusammen wie ein Kartenhaus. »Na ja, für einen Kaffee ist sicher noch Zeit«, meinte sie müde und zog die Tür noch ein Stückchen weiter auf.

»Klasse!« Ines trat ein, während ihre Mutter sich endlich verabschiedete.

»Äh, darf der Hund überhaupt mit rein?«, wollte Noëlle wissen, nachdem sie Inge Wehr aus dem Haus geschoben hatte und ihrer Tochter ins Wohnzimmer gefolgt war.

»Klaus? Na klar, der ist hier sozusagen groß geworden«, erklärte Ines. »Ich mach uns mal einen Kaffee, ja?« Sie zog ihre Jacke aus und hängte sie über einen Stuhl. Dann leinte sie Klaus ab, der sich in einer stillen Ecke auf dem Boden zusammenrollte, und marschierte in die Küche. »Milch? Zucker?«, rief sie von dort, und Noëlle hatte nun endgültig das Gefühl, dass ihre Rollen vertauscht waren.

Sie trank den dritten Kaffee am heutigen Morgen, und mittlerweile meinte sie bereits, ein nervöses Grummeln im Bauch zu verspüren. Das konnte aber auch daran liegen, dass der Anruf ihres Vorgesetzten nicht mehr lange auf sich warten lassen würde – auch wenn sie noch nicht einmal *angefangen* hatte mit der Arbeit. Außerdem war sie einfach so ins Homeoffice verschwunden, ohne es im Vorfeld mit ihm abzusprechen. O Gott, wenn sie so darüber nachdachte, fragte sie sich, was sie geritten hatte, als sie auf Eriks Vorschlag eingegangen war, noch einen Tag länger zu bleiben. Sie würde ihren Job verlieren. Ihre Karriere wäre am Ende. Und das alles nur, weil sie am Arsch der Heide festsaß und mit Leuten, die sie nicht mal kannte, Kaffee trinken musste!

»Alles okay?« Ines Wehr sah sie mit zusammengezogenen Augenbrauen an. »Du siehst aus, als würdest du jeden Moment in die Luft gehen. Komm ich dir wirklich nicht ungelegen?«

»Nein, nein«, sagte Noëlle mit zitternder Stimme und eisigen Händen. »Ist nur der viele Kaffee.« Bestätigend hob sie die Tasse hoch. »Normalerweise bin ich eher Teetrinker.«

Das war glatt gelogen. Doch Noëlles Sündenregister war in Bezug auf Unwahrheiten schon so voll, dass es auf die eine verbogene Wahrheit auch nicht mehr ankam.

»Und? Wie gefällt es dir in Krummenau?«, wollte Ines nun wissen.

»Ähm …« Noëlle wusste, dass es nur eine Antwort auf diese Frage gab, Sündenregister hin oder her. »Super. Ich mag die frische Luft.« Fieberhaft dachte sie nach. Was konnte sie sonst noch mögen? Aus dem Obergeschoss drang ein rasselndes Husten. Ah, Erik war aufgewacht. »Und die Ruhe«, legte sie schnell nach. Ihr Blick blieb an Brommels Pressetext hängen. »Und dass hier alle so zusammenhalten.«

Für Lebkuchen.

»Na ja, in letzter Zeit hab ich eher das gegenteilige Gefühl«, entgegnete Ines und seufzte. »Nobbi ist ja eigentlich echt nett, aber wenn Fenchelmann den Raum betritt, brennt bei dem sofort die Sicherung durch. Und Fenchelmann selbst … Na ja, du hast ihn ja erlebt. Kein Sympathieträger. Und Lullu Kosniak ist auch ein ganz spezieller Fall.« Sie nahm einen Schluck Kaffee. Dann sah sie Noëlle an. »Ich find es super, dass Erik dich nach Krummenau mitgebracht hat. Endlich mal jemand in unserem Alter.«

Hm. Ja.

Ihr war aufgefallen, wie selbstverständlich Ines Wehr sich hier im Haus bewegte. Gut, das hatte Ortsvorsteher Brommel auch getan, und da hatte es Noëlle nicht gestört. Bei Ines indes schon. Noëlle missfiel die Vorstellung, dass sie – egal wie lange sie mit Erik zusammenbleiben würde – ihn niemals so gut kennen würde wie Ines, die Sandkastenfreundin.

»Wie lang kennst du die Flocks eigentlich schon?«, fragte sie deshalb und machte ein Gesicht wie die Unschuld vom Lande.

»Mein ganzes Leben lang.« Ines nickte geistesabwesend. »Flöckchen ist wie eine zweite Mutter für mich.«

»Ach.« Na, das hörte Noëlle ja gern. Was kam denn bitte als Nächstes?

»Sogar jetzt noch, obwohl ich nicht mehr mit Lasse zusammen bin.«

Äh … was? Noëlle musste sich zusammenreißen, um nicht die Kaffeetasse fallen zu lassen. Oder ihre Gesichtszüge. Ines war mit Lasse zusammen gewesen? Wann bitte schön war das denn gewesen, und wieso hatte ihr niemand davon erzählt? Aber immerhin: Lasse. Nicht Erik. Das war doch schon mal was. Dennoch …

Noëlles Befürchtung, dass Ines Wehr den Flocks viel enger verbunden sein könnte, als sie selbst es je sein würde, hatte neues Futter bekommen.

»Weißt du«, fuhr Ines fort, »wenn man als Paar entscheidet, dass man keine gemeinsame Zukunft hat, ist es gar nicht so leicht, wenn man sich trotzdem jeden Tag sieht.«

Das konnte Noëlle sich vorstellen. Sie hatte zu keinem ihrer Exfreunde mehr Kontakt – Gott bewahre! Das wäre auch das ganz falsche Signal an sie selbst und die Welt gewesen …

»… aber ich bin doch froh, dass der Kontakt zu Flöckchen und den anderen so eng geblieben ist. Wir …« Sie zögerte.

»Lasse und ich haben ja wirklich lange Zeit gedacht, dass es noch funktionieren würde. Aber als dann klar war, dass wir auch keine Kinder zusammen kriegen würden …«

Noëlle riss vor Schreck die Augen auf. Okay, das war ihr definitiv zu intim. Viel zu intim. Sie kannte Ines doch gar nicht! Und Lasse schon mal gar nicht!

Ines schien zu bemerken, dass sie zu weit gegangen war. Sie sah peinlich berührt aus und starrte in ihre Tasse. Dann trank sie hastig ihren Becher leer. »So, ich werd dann mal wieder. War nett, mit dir zu plaudern.«

Noëlle grunzte zustimmend, allerdings war sie in Gedanken schon wieder ganz woanders. Sobald Ines weg wäre, würde sie nach oben zu Erik gehen und ihm mal ein paar Takte flüstern. Auch wenn sie die Konfliktvermeiderin vor dem Herrn war: Jetzt war das Maß voll. Erik hatte ihr lieber von den wunderbaren Krummenauer Brötchen (die es in Wahrheit gar nicht gab) und der reinen Landluft vorgeschwärmt (die bestialisch nach Lebkuchen stank), statt die Tatsache zu erwähnen, dass Lasse und Ines mal ein Paar gewesen waren. Also, so was.

Gedankenverloren trabte sie hinter Ines her auf den Flur.

»Ach, weshalb ich eigentlich vorbeigekommen bin …«

Oh no, dachte Noëlle. Bitte nicht noch ein Lebkuchenprojekt!

»Hättest du vielleicht Lust, mit joggen zu gehen? Ich kenn hier eine schöne Strecke, aber allein ist Joggen ja nur halb so lustig.«

Noëlle hielt erschrocken inne. Nein, wollte sie brüllen, nein, nein und noch mal nein! Ich will nicht joggen gehen! Ich will jetzt endlich an die Arbeit und dann nach Hause!

Stattdessen lächelte sie verkniffen. »Grundsätzlich total gern, aber ich muss noch einiges erledigen, und dann fahren wir ja heute Nachmittag auch wieder.« Sie warf einen Blick auf die Uhr. »Vielleicht sogar schon eher. Ich muss gleich mal nach Erik sehen, der ist inzwischen sicher wieder auf dem Damm. Beim nächsten Mal dann.«

»Okay«, meinte Ines Wehr und sah tatsächlich ein bisschen geknickt aus. »Kein Problem. Dann beim nächsten Mal.« Sie beugte sich vor, um Noëlle an sich zu drücken. »Und gute Besserung an Erik. Grüß ihn von mir!« Dann hielt sie noch mal inne. »Hast du eigentlich ja gesagt?«

Noëlle hatte keine Ahnung, was Ines meinte. »Ja wozu?«

»Ich dachte, er wollte … dir einen Antrag machen?«

»Wer?«

Noëlle musste derart verdattert dreingeschaut haben, dass Ines lachen musste. »Na, Erik! Er hat mich gerade erst vor ein paar Tagen angerufen und mich nach meiner Meinung gefragt.« Sie kicherte und schlug sich die Hand vor den Mund. »Sorry, wenn ich jetzt was ausgeplaudert hab! Ich dachte, er hätte längst gefragt! Weil dich doch alle immer als Schwiegertochter und so vorstellen …«

»Einen … Antrag?« Noëlle keuchte. »Erik will mich … heiraten?« Und mit einem Schlag, wie bei einem plötzlich aufziehenden Gewitter, wenn sich in Windeseile dicke schwarze Wolken über den klaren Sommerhimmel schoben, verfinsterte sich ihre Laune. Alles, was recht war … Nicht nur, dass sie die ganze Zeit auch so schon wie »verlobt« behandelt worden war, nein, jetzt erfuhr sie auch noch von seiner Sandkastenfreundin, dass er …

»Nein. Hat er nicht.«

Ines grinste. »Und? Sagst du ja, wenn er's macht?«

Noëlle schnaubte. »Das werden wir dann sehen. Wird womöglich eine Überraschung.«

»Toll.« Ines strahlte übers ganze Gesicht. »Erik liebt Überraschungen!«

Hm, sicher, grollte Noëlle in Gedanken. Aber bestimmt nicht dieser Natur.

»Ich fänd es spitze, wenn du ja sagst. Dann wären wir so was wie Schwägerinnen und würden uns in Zukunft öfter sehen.«

»Hm«, machte Noëlle in Ermangelung einer besseren Antwort.

Als die Tür hinter Ines ins Schloss fiel, atmete Noëlle einmal tief ein und wieder aus. Dann machte sie auf dem Absatz kehrt und marschierte durchs Wohnzimmer in Richtung Treppe und auf direktem Weg ins Obergeschoss. Na warte, Freundchen. Dem würde sie was erzählen! Sie war auf hundertachtzig. Zweieinhalb Tage Krummenau mit Lebkuchen, Zimt, Printen – und jetzt das! Zweieinhalb Tage lang hatte sie alles in sich reingestopft und runtergeschluckt. Jetzt hatte sie vollends das Gefühl, gleich platzen zu müssen. Und dann – ein Antrag? Ganz im Ernst – nach fünf Monaten?! Keine Andeutung, nichts – aber mit Ines Wehr beratschlagen?!

Im Geiste legte sie sich schon die Sätze zurecht, die sie Erik gleich an den Kopf werfen würde. So hätte er sie noch nicht erlebt, so nicht! Es wurde endlich Zeit, dass sie, Noëlle Christmann, diesem Hanswurst zeigte, wo der Hammer …

Sie war schon halb die Treppe rauf, als auf dem Esstisch im Wohnzimmer ihr Handy zu klingeln begann. Sie raste zurück und warf einen hastigen Blick aufs Display. Michael! Ausgerechnet jetzt! Da musste sie jetzt rangehen, sonst würde er doch sofort denken, dass sie blaumachte, statt zu arbeiten.

Sie versuchte, ihre Wut wegzuatmen, dachte an ein paar Yogaübungen, die angeblich locker machten, und nahm dann das Gespräch entgegen.

»Hallo, Michael«, sagte sie atemlos und fuhr direkt fort: »Tut mir echt leid, dass ich heute nicht ins Büro kommen kann. Erik ist krank geworden, und wir sitzen hier mitten in der Pampa fest. Aber ich hab hier einen Laptop und arbeite auch schon konzentriert …«

Weiter kam sie gar nicht, weil ihr Vorgesetzter sie unterbrach: »Aber das ist doch gar kein Problem, meine Liebe!«

Noëlle konnte sich bildlich vorstellen, wie er in seinem weiß eingerichteten Büro stand, die eine Hand in die Hüfte gestemmt, die andere am Telefon, und über die Frankfurter Skyline blickte. »Du nimmst dir den Tag heute frei!«

»Ich … äh …«, stammelte Noëlle. »Also, wenn du willst, dass ich einen Urlaubstag einreiche, dann mach ich das natürlich. Du hast recht, ja klar, war blöd von mir … Aber ich hab wirklich einen Rechner da und kann arbeiten, wenn du …«

»Arbeiten? Bist du verrückt?«, rief Michael amüsiert. »Du wirst an diesem großen Tag doch nicht arbeiten! Du nimmst dir frei, und zwar bezahlt, hörst du?«

Noëlle wusste nicht, wovon er sprach. »Großer Tag? Wieso denn großer Tag?«

»Na hör mal, Schätzchen, ist doch klar, dass ich dir nach so einem wichtigen Ereignis freigebe! Und wenn du morgen auch noch daheim bleiben willst – gar kein Problem! Alles, alles Gute zur Verlobung!«

13

»Wir reisen ab. Auf der Stelle.«

Noëlle stand in Eriks holzvertäfeltem Kinderzimmer vor dem eins vierzig breiten Bett, das viel zu klein für einen Koloss wie ihn zu sein schien. Irgendwie hing aus jeder Ecke ein Stück Erik heraus: oben ein Büschel Haare, seitlich die Arme, unten die Füße.

»Erik! Wach auf! Wir reisen ab!«

»Hm? Was ist denn los?« Er hob den Kopf, der unter der Decke begraben gewesen war. »Wieso? Ist was passiert?«

Sie beugte sich ein Stück vor und zog die Decke zurück. Erik blinzelte wie ein Maulwurf, den man aus seinem Hügel gezogen hatte, ins Tageslicht.

»Was ist los, Schatz?«, fragte er noch einmal und fasste sich gleich darauf an die Kehle: »Oh Mann, mein Halsweh ist immer noch nicht besser …«

»Wir müssen sofort nach Frankfurt«, sagte Noëlle ungeduldig. Das dauerte alles schon viel zu lange. Am liebsten hätte sie bereits im Auto gesessen und wäre direkt in die Agentur gefahren, um ihrem Chef Michael noch mal in aller Deutlichkeit zu sagen, dass hier gar niemand verlobt war. Nicht verlobt, nicht verheiratet, und wie lange das mit dem Verliebtsein noch anhalten würde, hätte sie im Moment auch nicht sagen können.

Nach dem ersten Moment der Sprachlosigkeit hatte Noëlle das Telefon mit eisig kalten Fingern fest umfasst und dann mit zittriger Stimme gesagt: »Michael. Ich bin nicht verlobt.«

Aber dem war das natürlich vollkommen egal gewesen. »Na, aber sicher bist du das! Wir warten schon so lange darauf, dass Erik dich endlich fragt.«

So lange? Sie waren doch gerade mal seit fünf Monaten zusammen? Wie konnte Michael da schon »lange« darauf warten, dass Erik Noëlle einen Antrag machte?

»Nein, im Ernst.« Noëlle räusperte sich und wiederholte dann ganz ruhig: »Ich bin nicht verlobt. Und Erik und ich heiraten auch nicht.«

Nach diesem Wochenende ganz bestimmt nicht. Jedenfalls nicht so schnell. Und sicher nicht in Krummenau!

»Ach, Schätzchen, du bist immer so genant!« Michael kicherte wie eine wild gewordene Hyäne. »Wahrscheinlich willst du nur davon ablenken, weil du guter Hoffnung bist. Verrücktes Huhn!«

»Bitte *wie?*«, spie Noëlle aus und spürte förmlich, wie ihre Hände blau wurden.

»Wir haben uns schon gefragt, warum du in der letzten Zeit immer diese schlabbrigen Pullover trägst. Früher hast du dich doch auch nicht in so weit geschnittenen Klamotten versteckt. Du hast da doch was zu verbergen! Bei deiner Figur würde man ein Drei-Monats-Bäuchlein ja auch sofort sehen. Wie bei Amal Clooney.« Und dann lachte er wieder sein Hyänenlachen.

Noëlle wusste nicht, was sie sagen sollte. »Michael …«, setzte sie an und brach dann wieder ab. Sie war nicht schwanger! Und dass im Büro getuschelt wurde, nur weil sie sich *einmal* einen etwas weiteren Pullover zugelegt hatte, der zufälligerweise zu ihrer Lieblingsklamotte avanciert war, grenzte doch wohl an Ungeheuerlichkeit. »Ich bin nicht schwanger, ich hab einfach nur ein bisschen zugenommen. Im November ist man statistisch gesehen am dicksten, also im Jahresdurchschnitt. Das hat was mit der Jahreszeit zu tun.«

»Aber sicher doch, Schätzchen«, flötete ihr Vorgesetzter noch und wünschte ihr dann einen schönen Tag. »Ruh dich aus, Süße. Als werdende Mutter wirst du die Kraft in den nächsten Monaten brauchen.«

Einen Augenblick lang hatte Noëlle das Handy in ihrer Hand angestarrt. Dann hatte sie es auf den Esstisch gepfeffert und war schnurstracks ins Obergeschoss marschiert, wo Erik immer noch seinen Schönheitsschlaf hielt – Erik, den sie nicht heiraten wollte und der so bald auch nicht der Vater ihrer Kinder würde. Sie nahm ja auch die Pille. Und hatte erst letzte Woche ihre Tage gehabt.

Natürlich kannte Noëlle Geschichten von Trotz-Pille-Kindern. Oder von Frauen, die angeblich bis zum Platzen der Fruchtblase nicht gemerkt hatten, dass sie schwanger waren. Einige noch nicht mal dann. Aber das traf doch nicht auf sie zu! Und nur weil die aus der Agentur, die sich auch sonst über alles Mögliche das Maul zerrissen, sich sie als nächstes Opfer ausgesucht hatten …

War doch so … oder?

Noëlle spürte, wie sich Zweifel und Panik in ihr breitmachten. Es *musste* so sein. Ging doch gar nicht anders! Und sie war auch nicht schwanger. Oder? Also, verlobt war sie ganz sicher nicht. Jedenfalls nicht offiziell, sie war ja nicht einmal gefragt worden, zumindest nicht von Erik. Es war ihr eher … unterschwellig angetragen worden, dass sie bereits verlobt sein könnte. Aber gefragt hatte sie niemand. Ob das hieß, dass sie auch verlobt *war*, wusste sie natürlich nicht.

Aber schwanger? Sie lauschte in sich hinein. Da, wo sie einen Eierstock vermutete, zwickte es in diesem Moment leicht. Das konnte natürlich auch der Zwölffingerdarm sein, der sich gerade an Noëlles Frühstück gütlich tat. Oder sie hatte einen entzündeten Blinddarm. Alles war möglich, alles – und selbst einen Blasenstein hätte sie gerade freudiger willkommen geheißen als ein Kind.

»Michael hat angerufen«, setzte Noëlle zu einer Erklärung an. »Er denkt, dass wir … und dass ich … Im Büro reden sie schon. Das kann ich nicht so stehen lassen!«

Erik seufzte, dann klopfte er neben sich auf die Matratze. »Komm mal her«, meinte er sanft.

Noëlle verschränkte die Arme vor der Brust und schüttelte den Kopf, auch wenn sie wusste, dass sie wie eine Fünfjährige aussah, die sich weigerte, die Gummistiefel anzuziehen, obwohl es draußen sintflutartig regnete.

»Noëlle.« Diesmal legte Erik mehr Autorität in seine Stimme. »Setz dich!«

Nach kurzem Zögern tat sie, worum er sie gebeten hatte, wenn auch ganz weit von ihm weg, am anderen Ende der Matratze. Er streckte einen seiner langen Arme aus und zog sie an sich.

»Komm mal her, du Krawallnudel.«

Obwohl sie wirklich immer noch sehr, sehr böse war, musste sie lächeln. So war es immer. Noëlle schmollte, und Erik brach das Eis, indem er ihr lustige Namen verlieh. Schmollbraten. Motztröte. Meckermarie. Es war zum Wahnsinnigwerden. Meistens fand Noëlle es schön, dass Erik den ersten Schritt auf sie zumachte. Manchmal wäre sie gern noch ein bisschen länger beleidigt geblieben, was aber diesmal nicht ging, weil ihr Freund sie da bereits in eine Umarmung zog und ihr sein Kinn auf die Schulter legte.

»Und jetzt noch mal von vorn. Was ist denn das Problem?«

Sie seufzte. »Die in der Agentur denken komische Sachen über mich, und ich muss das richtigstellen. Mich nimmt da doch keiner mehr ernst.« Sie verstummte.

»Dich nimmt keiner mehr ernst, wenn du mal einen Tag aus dem Homeoffice arbeitest?«, hakte Erik zweifelnd nach. »Findest du nicht, dass du da ein bisschen übertreibst?«

Noëlle seufzte innerlich. Sie hatte ehrlich gesagt gar keine Lust mehr, Erik zu erzählen, worum es in ihrem Gespräch mit Michael gegangen war. Am Ende würde er entweder den Eindruck haben, dass Noëlle die Vorstellung fürchterlich fand, ihn irgendwann einmal zu heiraten oder ein Kind mit ihm zu kriegen. Oder dieses ganze bescheuerte Missverständnis würde ihn auf die dumme Idee bringen, ihr sofort und offiziell einen Antrag zu machen.

»Ich will einfach nach Hause fahren«, meinte sie leise.

Erik drückte sie an sich und gab ihr einen Kuss auf den Hals. »Okay. Ich glaub, das wird schon gehen. Wir fahren, sobald ich unter der Dusche war, in Ordnung?«

Noëlle spürte, wie sich Erleichterung in ihr breitmachte. Sie nickte dankbar, dann sagte sie: »Und was ist mit deinen Eltern? Sollten wir uns nicht … verabschieden?«

Erik wollte gerade etwas sagen, da klingelte es schon wieder an der Haustür. Er seufzte. »Heute Morgen geht es hier aber mal zu wie im Taubenschlag! Hat es nicht vorhin schon ein paarmal geklingelt?«

In zwei Sätzen erzählte sie, was Ortsvorsteher Brommel und Inge Wehr von ihr gewollt hatten. Ines erwähnte sie mit keiner Silbe. Mittlerweile kam sie sich mit ihrer anfänglichen Eifersucht doch reichlich albern vor, und sie wollte Erik nicht verraten, dass Ines sich beim Heiratsantrag verplappert hatte.

Es klingelte schon wieder, und Noëlle stand auf. »Ich mach mal auf. Ist sicher eh für mich.«

Erik warf ihr eine Kusshand zu und ließ sich wieder zurück in die Kissen sinken.

Noëlle hüpfte die Treppe hinunter. Sie würden nach Hause fahren! Adieu, pupsiges Krummenau! Wer auch immer da vor der Tür stand und ihren Typ verlangte – sie würde ihn so schnell wie möglich abfrühstücken. Und in der Zwischenzeit würde Erik duschen, sie würden schnurstracks nach Frankfurt und in die Agentur fahren, und Noëlle könnte das Missverständnis aus der Welt räumen. So.

Mit Schwung riss sie die Tür auf und ließ ihren Blick über einen groß gewachsenen Mann mit einer zerknitterten Ledertasche in der Hand wandern. Den hatte sie hier ja noch nie gesehen! Weder in Krummenau auf der Straße noch bei der Bürgerversammlung.

»Guten Tag.« Der Mann lupfte den Hut, den er auf dem Kopf trug wie ein Staubsaugervertreter aus den Sechzigern. »Mein Name ist Dr. Jess.«

Noëlle starrte ihn unverwandt an. »Hallo …«

Dann sagte erst mal niemand etwas, und sie standen einander leicht betreten gegenüber.

»Darf ich reinkommen?«, fragte Dr. Jess schließlich.

»Äh …« Nicht dass in den vergangenen Stunden nicht schon ziemlich viele Leute einfach ins Haus spaziert wären. Aber die hatte Noëlle immerhin gekannt. »Worum geht es denn?«

»Um den Patienten.«

»Um welchen Patienten?«

Dr. Jess kramte einen Zettel aus der Tasche. »Erik Flock. Seine Mutter hat mich angerufen und darum gebeten, dass ich ihn mir mal kurz ansehe.«

Noëlle schluckte trocken und spürte, wie ihre gerade noch aufgekeimte gute Laune soeben einen Dämpfer verliehen bekam. Leicht überrumpelt öffnete sie die Tür noch etwas weiter und ließ den Arzt eintreten.

»Erik!«, rief sie die Treppe hoch, während sie vor Dr. Jess her die Stufen hochging. »Deine Mutter hat einen Arzt bestellt.«

Nicht dass Erik gerade nackig vor der Dusche herumsprang. Noëlles Freund war aber gar nicht erst aufgestanden, sondern hatte sich mit allen verfügbaren Daunendecken zugedeckt. Nur sein Kopf war zu sehen, als sie den Arzt in Eriks Kinderzimmer führte.

»Ah, Herr Dr. Jess«, begrüßte er den Mann und setzte sich umständlich auf. Es sah wesentlich mühsamer und gequälter aus als noch vor ein paar Minuten, als er Noëlle versprochen hatte, dass sie gleich fahren würden.

»Na, was fehlt uns denn?«, wollte Dr. Jess wissen, nahm den Hut vom Kopf, zog den Mantel aus und legte Noëlle beides in die Arme. Sie kam sich vor wie ein stummer Diener. Und es fehlten ihr tatsächlich zusehends die Worte, als Erik in den nun folgenden Minuten seine ordinäre Erkältung zu einer Erkrankung epischen Ausmaßes ausschmückte. Aus dem Kratzen im Hals wurde ein übler Husten, der ihn bis ins Rippenfell quälte, aus den Halsschmerzen ein brennender Rachen und kaum zu ertragende Schluckbeschwerden, außerdem machte sein Kreislauf andauernd schlapp – und das hatte ganz bestimmt rein gar nichts damit zu tun, dass Erik seit nunmehr zwölf Stunden im Bett lag und sich nicht mehr bewegt hatte.

Dr. Jess hörte ihm Brust und Lunge ab, guckte ihm mit einem Gerät ins Ohr und mit Hilfe eines Spatels in den Hals und tastete seine Lymphknoten ab. Dem Gesichtsausdruck des Arztes war rein gar nichts zu entnehmen.

Ihre Laune sank mit jeder Minute. Klar, Erik war *wirklich* erkältet – keine Frage, es ging ihm nicht gut. Aber herrje! Wie Männer leiden konnten!

Schließlich beendete der Doktor seine Untersuchung, packte sein Stethoskop zusammen und stellte fest: »Da haben wir es mit einer Angina tonsillaris zu tun.«

Erik machte große Augen. »Ja?« Es klang fast, als wäre er froh darüber.

Noëlle kannte den Begriff. Ihr Bruder hatte früher oft das Gleiche gehabt – bis man ihm die Mandeln entfernt hatte. Die Angina tonsillaris war nämlich nicht mehr als eine stinknormale Mandelentzündung. Kein Grund zur Aufregung.

»Das behandeln wir mit einem Antibiotikum«, meinte Dr. Jess und zog einen Rezeptblock aus der Tasche. »Das Präparat bitte morgens und abends mit ausreichend Wasser einnehmen. Dazu verschreibe ich Ihnen absolute Bettruhe, Herr Flock. Mindestens noch vierundzwanzig Stunden. Morgen sollten wir uns dann schon deutlich besser fühlen. Aber bis dahin bitte noch schonen.«

Während er sprach, kritzelte Dr. Jess irgendwas auf das Rezept, was nur er entziffern konnte – und mit ein bisschen Glück der Apotheker. Noëlle indes hatte schwer damit zu tun, die Enttäuschung und die Wut niederzuknüppeln, die in ihr aufwallten. Absolute Bettruhe, schonen … All diese Begriffe wirbelten wütend in ihrem Inneren herum. Sie würden also noch einen Tag hierbleiben müssen. Einen zweiten Tag, den Michael ihr sicher freigeben würde, weil sie schließlich frisch verlobt war und er seiner ebenso frisch schwangeren Mitarbeiterin bei all der jüngsten Aufregung und dem ja ach so anstrengenden Agenturalltag ein bisschen Schonung angedeihen lassen wollte. Und sie würde es nicht einmal richtigstellen können, verdammt, verdammt, *verdammt!* In der Agentur hatten die vermeintlichen Neuigkeiten natürlich schon die Runde gemacht. Außerdem hatte sie hier nichts weiter zu tun – wenn man von der Pflege ihres kranken Freundes einmal absah. Klar, sie würde sich an die *ProvocShock*-Texte setzen oder die Präsentation für *Rinnthal Solutions* überarbeiten können. Aber sie bezweifelte, dass auf Monika Flocks Rechner PowerPoint installiert war. Und wenn doch, dann bestimmt nicht in einer Version, die mit der Datei kompatibel war, die Sonja ihr geschickt hatte. Also hätte sie vermutlich den ganzen Nachmittag lang Zeit, sich um den beknackten Brommel-Text zu kümmern.

Dr. Jess riss das oberste Blatt vom Block und hielt es Noëlle hin. »In Hochscheid ist die nächste Apotheke. Die haben das auch vorrätig.«

Konsterniert nahm sie das Rezept entgegen. Also gut. Erst Kurierdienst, dann Lebkuchenpressetext. Am besten, sie brachte beides so schnell wie möglich hinter sich. Die ganze Zeit nur mit dem Schicksal zu hadern brachte sie ja auch nicht weiter. Sie würde ohnehin nicht darum herumkommen. Weder um einen weiteren Tag in Krummenau noch um den unfreiwilligen Urlaub.

Tatsächlich spürte Noëlle, sobald ihr Widerwille gebrochen war, dass ihr die unangenehmen Aufgaben wirklich etwas leichter von der Hand gingen. Nachdem sie den Arzt verabschiedet, Erik eine Kanne Kräutertee aufgebrüht und ihm versichert hatte, dass sie auch sicher keinen Unfall bauen würde – denn hochoffiziell dürfte sie seinen Wagen gar nicht fahren –, setzte sie sich hinters Steuer, gab die Adresse der Apotheke ins Navi ein, die sie eben noch schnell nachgeschlagen hatte, und fuhr nach Hochscheid. Dort war das Medikament, das Dr. Jess Erik verschrieben hatte, tatsächlich vorrätig, und nur zwanzig Minuten, nachdem Noëlle in Krummenau losgefahren war, bog sie wieder in die Einfahrt des Flockschen Anwesens und stellte den Wagen ab.

Sie lief in die Küche, drückte eine Tablette aus dem Blister und füllte Leitungswasser in ein Glas, dann schälte sie noch eine Orange, schnitt eine Banane in mundgerechte Häppchen und arrangierte alles auf einem kleinen Tellerchen, bevor sie wieder ins Obergeschoss marschierte und Erik während seines kleinen Frühstücks in Form von Vitaminen und Antibiotikum Gesellschaft leistete.

Als er fertig war, bedankte er sich tausendfach bei ihr. Noëlle konnte sehen, dass ihm vor Müdigkeit schon wieder die Augen zufielen. Insgeheim hatte sie ein schlechtes Gewissen, weil sie nicht wirklich daran geglaubt hatte, dass Erik ernsthaft krank war. Aber jetzt wurde er ja behandelt, und morgen würden sie endlich nach Hause zurückfahren.

Während Erik ein weiteres Nickerchen machte, setzte sich Noëlle an den Text, den Brommel ihr dagelassen hatte. Sie überflog den Ausdruck zweimal, dann sah sie einen Moment aus dem Fenster, bis ihr einfiel, wie sie den Text beginnen lassen konnte. So war das immer bei ihr: Erst hatte sie keinen blassen Schimmer, dann plötzlich schien alles an seinen Platz zu fallen, und die Lösung strömte fast wie von allein aus ihren kühlen Fingern. Sie begann zu tippen, und nach nur einer Stunde hatte sie drei Pressetexte fertig – und zwar für sämtliche potenziellen Adressaten –, und weil es gerade so gut lief und sie das Gefühl hatte, im Flow zu sein, setzte sie gleich auch noch das Bewerbungsschreiben für den *TAG* auf. Das würde sie ja ohnehin irgendwann schreiben müssen, also konnte sie auch gleich damit beginnen.

Im Internet – erstaunlicherweise baute sich die Website des *Tradition Artisan Guide* sehr viel schneller auf, als Noëlle erwartet hatte – schlug sie die Aufnahmebedingungen für den Spezialitätenführer nach. Eine aussagekräftige Bewerbung setzte eine schriftliche Vorstellung und eine Kurzpräsentation des Produkts voraus. Noëlle war sich sicher, dass Monika Flock als Erste Vorsitzende der Initiative Pro Lebkuchen über

Informationen verfügte, die Noëlle dienlich sein könnten, und tatsächlich: Direkt auf dem Desktop fand sie einen Ordner mit Namen »Pro Lebkuchen«.

Sie zögerte. Sollte sie wirklich in den digitalen Ordnern anderer Leute herumschnüffeln? Dann musste sie wieder an all die Übergriffe denken, die Fremdbestimmtheit, der sie in den vergangenen Tagen in diesem Dorf und in dieser Familie ausgesetzt gewesen war, und klickte den Ordner an.

Sie hatte richtig vermutet: Dutzende von Dateien, die zwar wie Kraut und Rüben beschriftet und mehr oder weniger fragmentarisch waren, aber damit hatte sie nun mehr als genug Material, um sich in die Arbeit zu stürzen.

Nach ein paar Stunden konzentrierten Schreibens, Zusammenfügens, Formatierens, Ergänzens und Layoutens tat Noëlle der Nacken weh. Sie war es nicht gewohnt, an einem Laptop zu arbeiten. In der Agentur hatte sie einen riesigen Monitor auf Augenhöhe, und zu Hause arbeitete sie ohnehin nur selten an beruflichen Dingen. Sie drehte den Kopf von links nach rechts und dehnte die Nackenmuskulatur.

Dennoch war sie zufrieden. Sie hatte jetzt einen Pressetext für Journalisten, für Reiseveranstalter und für Reisende aus aller Welt geschrieben. Darin stellte sie jeweils Krummenau als Dorf mit einer langen Lebkuchentradition vor und zählte zielgruppengerecht die Attraktionen auf, wobei sie sogar Inge Wehrs geplante Lebkuchenbackkurse erwähnte, auch wenn die noch gar nicht richtig angeboten wurden. Egal. Außerdem wies sie auf die Bewerbung im *TAG* hin. Denn die war jetzt so gut wie fertig. Sämtliche Formulare waren ausgefüllt, alle Anschreiben formuliert. Und trotzdem hatte sie das Gefühl, das noch etwas fehlte – etwas, was nicht nur beschrieb und zeigte, was sein *könnte*, sondern einen echten Wendepunkt markierte. Aus Erfahrung wusste sie, dass es in jedem Projekt einen sogenannten Kick-off geben musste – irgendetwas, ein Treffen, ein Meeting, eine Aktion –, um die Leute zu mobilisieren. Sie musste den Journalisten einen Grund liefern, über Krummenau zu schreiben, den Reiseveranstaltern eine Motivation, das kleine Dorf in ihr Programm aufzunehmen, und den Hunsrückurlaubern einen Anlass herzukommen.

Noëlle überlegte, dachte an Aachen. Was hatte sie dort gesehen und als besonders, als anders wahrgenommen? Den Weihnachtsmarkt? Nein, den gab es in so gut wie jeder Stadt. Aber irgendetwas am Weihnachtsmarkt in Aachen war anders gewesen – und zwar nicht die belgischen Pommes. Sie schloss die Augen, ließ die Eindrücke des Nachmittags noch mal an sich vorüberziehen.

Und plötzlich wusste sie es. Sie sah das riesige Printenmännchen vor sich, das wie eine Statue über den Aachener Marktplatz wachte: einen Koloss aus Fiberglas und Farbe. Ein Wahrzeichen. Etwas Besonderes. Dann dachte sie an die Lebkuchis, diese merkwürdigen Figuren, die auf dem Marktplatz von Krummenau und im ganzen Dorf verteilt waren. Noëlle lächelte. Endlich wusste sie, was sie brauchte, um Krummenau über die Dorfgrenzen hinaus bekannt zu machen: Sie würden einen Weltrekord aufstellen. Und dafür würden sie sehr, sehr viel Lebkuchen brauchen.

14

Ein Weltrekord?«

Überraschenderweise war es Georg Flock, der als Erster die Sprache wiederfand. Sie saßen am Frühstückstisch, Noëlle, Monika, Eriks Vater und Ortsvorsteher Brommel. Sogar Erik hatte sich aufgerafft und aus dem Bett geschält, und nun hockte er da wie ein Schluck Wasser in der Kurve und nippte an seinem Kräutertee.

»Das ist …« Brommel fehlten sichtlich die Worte. Er starrte das hässliche Blumenmuster der Tischdecke an.

Noëlle hatte ihn am vergangenen Abend, als er die Pressetexte abgeholt hatte, eingeladen, am Morgen erneut im Hause Flock vorbeizukommen. Überrascht war er gewesen – überrascht, aber nicht unglücklich. Den Abend über hatte Noëlle an der Präsentation gesessen. Weil PowerPoint auf Monikas Rechner wirklich nur in einer Uraltversion installiert gewesen war, hatte sich Noëlle auf ihre alten Talente besinnt und nach Schere, Klebestift, Papier und Stiften verlangt. Dann hatte sie angefangen zu basteln – mit wachsender Begeisterung, wie sie in den Minuten des Innehaltens immer wieder verwundert festgestellt hatte.

Anfangs hatte sie noch angenommen, dass ihre Euphorie sicher nur mit der üblichen Begeisterung zu tun hatte, die sie zu

Beginn eines jeden Projekts verspürte. Dann hatte sie sich eingeredet, dass es nur Mittel zum Zweck sei, um möglichst bald wieder nach Frankfurt zu kommen. Doch mittlerweile hatte sie festgestellt, dass sie eine gewisse Zuneigung für ihre Idee entwickelt hatte – eine Idee, auf die in Krummenau niemand gekommen war, obwohl sie seit Jahr und Tag um den Lebkuchenbrei herumredeten.

»Genial!« Monika sah ernsthaft begeistert aus. »Das ist schlichtweg genial! Noëlle, du bist … Du bist fantastisch!«

Noëlle spürte, wie ihr die Hitze in die Wangen schoss. »Danke«, murmelte sie verlegen. Dann zeigte sie erneut auf die Zeichnung, die sie am Vorabend angefertigt und bis tief in die Nacht vervollständigt hatte. »Ich stelle mir das so vor: Die beiden Lebkuchis vom Marktplatz setzen wir an die beiden Ortseingänge. Damit ist die Mitte des Ortes frei für das Lebkuchenhaus.«

»Das größte Lebkuchenhaus der Welt«, meinte Brommel, der seine Worte offenbar wiedergefunden hatte. »Noëlle, das ist *die* Idee!«

Sie spürte, wie Erik seine Hand dankbar auf ihren Oberschenkel schob und einmal zärtlich zudrückte. Er sah sie an. Seine Augen, das musste sie zugeben, waren noch zugeschwollener als gestern. Offenbar wirkte dieses blöde Antibiotikum nicht. Hoffentlich ging es ihm am Abend wieder besser. Sie würde morgen wirklich in der Agentur erscheinen müssen – noch einen Tag würde Michael ihr nämlich nicht einfach so schenken, höchstens wenn sie ihm versprach, dass sie ihr ungeborenes Kind nach ihm benannte. Was aus unterschiedlichen Gründen nicht in Frage kam.

»Ich werde eine Sondersitzung der Pro-Lebkuchen-Initiative einberufen«, verkündete Brommel in diesem Augenblick und zückte sein Handy.

»Gute Idee!«

Noëlle meinte, in Monikas Augen wilden Tatendrang zu erkennen. Sie warf einen Blick auf ihre Armbanduhr. »Ich bin heute den ganzen Tag in Sitzungen, aber gegen fünf kann ich mich dort losmachen. Wollen wir uns um sechs Uhr treffen?«

Brommel nickte, Georg Flock ebenfalls. Erik hustete anstelle einer Antwort, und Noëlle seufzte ein wenig genervt.

»Früher geht nicht?«

Wenn sie sich erst um sechs träfen, würden sie und Erik nicht vor acht in Krummenau loskommen. Und das bedeutete, dass es echt spät würde, bis sie in Frankfurt ankämen … Aber sie wollte nicht meckern. Hauptsache, sie könnte sich irgendwann in diesem Leben noch mal von hier loseisen und wäre morgen wieder an ihrem Arbeitsplatz. An ihrem richtigen. Dem, für den man sie bezahlte.

Eriks Mutter schüttelte den Kopf. »Leider nein. Aber ich bin mir sicher, die Sitzung wird nicht lange dauern. Die anderen werden genauso begeistert sein wie wir.«

»Allerdings« – der Ortsvorsteher suchte Monikas Blick – »müssen wir *sie* auch einladen.«

Monika Flock verdrehte die Augen. »Ach, Hans, jetzt sei mal nicht so ein verdammter Miesepeter. Sie hat wirklich gute Einfälle, auf den Kopf gefallen ist sie nicht. In Aachen war sie euch doch eine echte Hilfe.«

»Sie?« Noëlle sah vom einen zum anderen.

»Wir könnten sie …« Brommel hob vielsagend die Augenbrauen.

»Das kannst du nicht machen«, erwiderte Monika Flock. »Ich finde sie auch nicht immer einfach, aber wir können sie nicht einfach *nicht* einladen.«

»Sie?«, wollte Noëlle erneut wissen. »Welche sie denn?«

»Was heißt denn hier ›nicht einladen‹? Ich könnte sie … ganz einfach nicht erreicht haben?«, schlug Brommel vor.

»Wen denn, Herrgott noch mal?«, platzte es aus Noëlle heraus.

»Lullu Kosniak.« Eriks Mutter stöhnte. »Und sie wird garantiert etwas dagegen haben, in Krummenau das größte Lebkuchenhaus der Welt zu bauen. Irgendein Gegenargument fällt ihr doch immer ein. Weil dann kein Sonnenlicht mehr in ihren Laden kommt oder so. Dabei ist das eh so ein dunkles Loch.«

»Sie blockiert sämtliche Ideen«, murmelte Brommel, »einfach weil sie es kann.«

Noëlle konnte sich nicht vorstellen, dass Lullu derart wehrhaft sein sollte. Klar, die Buchhändlerin schien ihren eigenen Kopf zu haben und obendrein mächtig belesen zu sein. Aber sie hatte doch bislang so gewirkt, als könnte man mit ihr reden. Gut, auf der Bürgerversammlung hatte Noëlle schon ein wenig Respekt vor ihr bekommen. Doch mittlerweile war ihr klar, dass Lullu nicht grundsätzlich allen Maßnahmen abgeneigt war, die die Initiative Pro Lebkuchen vorantrieb, sondern vor allem den allzu ausufernden Wildwuchs eindämmen wollte. Fünfhunderttausend Besucher pro Jahr – war doch nur verständlich, dass man die in einem beschaulichen Zweihundert-Seelen-Dorf nicht dringend herbeisehnte. Für sie persönlich klang das nicht nach Blockade, sondern nach reiner Vernunft.

»Müsst ihr denn einstimmig entscheiden?«, wollte Noëlle wissen.

»Ja. Leider.« Der Ortsvorsteher seufzte. »Ich versuche heute Vormittag mein Glück bei ihr.«

Noëlle nippte an ihrem Kaffee. Seitdem sie Monika hatte versichern können, dass er ihr ohne Lebkuchenaroma noch besser schmeckte als mit, war das Gebräu sogar trinkbar.

Es klingelte an der Tür. Keine Überraschung mehr für Noëlle. Hier klingelte es andauernd an der Tür. Auch wenn halb neun Uhr am Dienstagmorgen eine ziemlich ungewöhnliche Zeit für Anstandsbesuche war.

Georg Flock stand auf. Zehn Sekunden später rief er: »Noemi, für dich!«

Wer war das denn jetzt schon wieder?

Noëlle roch den Hund, noch ehe sie ihn sah. Hinter Klaus kam Ines Wehr in Sportklamotten herein. »Hallo zusammen!«, rief sie und hob die Hand zum Gruß.

»Ah, Ines«, meinte Monika und hob eine leere Tasse hoch, die in der Mitte des Tisches stand – allzeit bereit, falls Besuch bei den Flocks hereinschneite. »Käffchen?«

»Nein, ich will gleich joggen gehen.« Ines sah Noëlle an. »Magst du mitkommen?«

»Äh …« Noëlle wunderte sich. Woher in aller Welt hatte Ines gewusst, dass sie noch eine Nacht … Dann klatschte sie sich innerlich die Hand an die Stirn. Blöde Frage! Krummenau eben. »Aber ich hab doch gar keine Sportsachen dabei …« Sie zuckte entschuldigend mit den Schultern. Und Lust auf Joggen hatte sie eigentlich auch nicht.

»Kein Problem.« Monika war sofort aufgesprungen. »Finya hat deine Kleidergröße und sicher nichts dagegen, wenn du dir ihre Klamotten leihst.« Damit wuselte sie davon, ohne dass Noëlle auch nur die Chance gehabt hätte zu widersprechen.

Wenn sie ganz ehrlich war: Der Nacken tat ihr immer noch weh: von der Abendschicht, die sie zur Vorbereitung der Präsentation des Weltrekordprojekts genutzt hatte, noch viel mehr als zuvor am Nachmittag. Bewegung würde ihr tatsächlich guttun. Und auf Joggen hatte sie im ersten Moment immer erst mal keine Lust, danach war sie aber umso froher, wenn sie sich doch aufgerafft hatte. Warum also nicht? So würde sie auch diese Sache mit dem Antrag klarstellen können – und womöglich das eine oder andere in Erfahrung bringen, was Erik ihr darüber hinaus vorenthalten hatte.

Fünfzehn Minuten später fand sich Noëlle mitten im Wald in einer schneeweißen Winterwunderwelt wieder, die selbst ihr Herz für einen Moment erwärmte – trotz frostiger Temperaturen. Die Sonne spiegelte sich hundertfach in den Eiszapfen und Schneekristallen, die an den dick verschneiten Zweigen hingen, und alles sah einfach nur zauberhaft und unberührt aus, fast wie auf einer Postkarte. Fehlte nur noch der kitschige Spruch.

Der Weg vor ihnen war nicht breit, aber mindestens zwanzig Zentimeter hoch mit Schnee bedeckt. Finyas Thermolaufklamotten passten ihr wie angegossen und machten ihrem Namen alle Ehre. Außerdem hatte Ines ein ordentliches Tempo drauf, weswegen die Kälte gar keine Chance hatte, Noëlle in die Knochen zu kriechen.

Sie joggten nebeneinander her durch den Schnee, schweigend, wofür Noëlle dankbar war. Bis sie ihren Rhythmus gefunden hatte, war es gut, sich erst mal nur auf sich selbst zu konzentrieren. Klaus, Ines' Hund, trabte vor ihnen her und blieb immer wieder an einem Baum stehen, um zu schnüffeln und zu markieren.

Über ihrem Kopf ragten die Baumwipfel in den wolkenlosen blauen Himmel. Noëlle kniff die Augen zusammen, weil die Sonne sie blendete. Das Wäldchen, das sie gerade durchquerten, hatte direkt hinter dem Grundstück der Flocks begonnen, sie waren einfach aus dem Haus hinausgetreten, die Straße hinabgegangen und dann in einen kleinen Feldweg eingebogen, der sie hergebracht hatte. Von einer solchen Nähe zur Natur konnte Noëlle in Frankfurt natürlich nur träumen. Und so sehr sie den Schaumainkai, den Palmengarten und die Frankfurter Wallanlagen liebte, die die Stadt wie einen riesigen grünen Halbkreis durchzogen: Es war schon etwas anderes, direkt aus der Haustür und quasi in den Wald zu fallen, als in Joggingklamotten erst in die U-Bahn steigen oder durchs Wohngebiet joggen zu müssen, wo man aufpassen musste, nicht in Hundehaufen zu treten oder über leere Bierflaschen zu stolpern.

Trotzdem. In Krummenau wohnen? Oder überhaupt am Allerwertesten der Welt? Niemals. Keine Joggingstrecke der Welt war es Noëlle wert, am Samstagabend nicht bis Mitternacht im Rewe um die Ecke einkaufen gehen oder zu Fuß zum Kino laufen zu können. Und zwar kein Kino, in dem nur ein Film lief, sondern Dutzende mit Spielzeiten von zehn Uhr morgens bis spät in die Nacht. Klar war es nicht so, als würde sie jederzeit sämtliche Möglichkeiten nutzen, die ihr die Großstadt bot. Sie ging nicht annähernd so häufig ins Theater, wie sie es sich vor Jahren vorgenommen hatte, als sie ganz frisch nach Frankfurt gezogen war. Nicht mal halb so häufig, wie sie es sich wünschen würde, besuchte sie Kunstausstellungen oder neue Restaurants oder Bars oder andere neue Geschäfte, wie zum Beispiel diesen kleinen Lebensmittelladen ohne Verpackungen, den es seit ein paar Monaten im Nordend gab. Aber, und das war das Entscheidende: Noëlle hatte eben *theoretisch* die Möglichkeit, all diese Dinge zu tun, die sie sich vornahm und dann doch nicht umsetzte.

Nach ein paar hundert Metern lichtete sich der Wald, und vor ihnen erstreckte sich freies Feld. Hier blies ein frischer Wind über die sanften Hügel, die im Sommer sicher hoch mit Mais oder Weizen oder irgendetwas anderem bewachsen waren. Jetzt waren sie kahl und zugeschneit, weshalb Noëlle den Blick über die Landschaft schweifen lassen konnte und nun endlich auch erkannte, dass der kleine Waldabschnitt beinahe genauso lang war wie Krummenau selbst, das sich vor ihr in einer kleinen Senke ausbreitete. Es war wirklich ein winziges Dorf. Sie zählte gerade einmal fünfzig Häuser. Ganz hinten, dort, wo sie hergekommen waren, musste das Haus der Flocks stehen. Auf der gegenüberliegenden Seite ragte die große Lebkuchenfabrik wie ein grauer Kasten auf. Dazwischen machte Noëlle den Marktplatz mit dem Rathaus aus.

Ines streckte die Hand aus und zeigte auf einen Abschnitt direkt vor ihnen. »Hier kommt das Neubaugebiet hin.«

»Das Neubaugebiet? Wieso braucht Krummenau denn ein Neubaugebiet?«

Ines grinste und lief ein bisschen langsamer, damit sie sprechen konnte. »In den letzten Jahren ziehen junge Familien vermehrt wieder aufs Land. Die Initiative hofft natürlich, dass in Krummenau durch die Touristen auch mehr Jobs entstehen. Spätestens dann werden wir uns nicht mehr retten können vor Neu-Krummenauern.«

Noëlle runzelte die Stirn. Glaubten die das wirklich? Klang das nicht ein bisschen sehr weit hergeholt?

»In Hochscheid hat sich der Quadratmeterpreis für Baugrundstücke in den letzten zehn Jahren verdoppelt«, erklärte Ines weiter, während sie nunmehr neben Noëlle her trabte. Der machte es gar nichts aus, dass sie jetzt etwas langsamer liefen. Junge, war sie schlecht in Form! Es wurde Zeit, dass sie ihre ruhende Mitgliedschaft im Fitnessstudio mal wieder aktivierte. Oder zumindest häufiger joggen ging. Blöd, dass man solche Einfälle immer nur dann hatte, wenn der Winter einbrach – nicht etwa im Frühsommer. Da war man dann meist beschäftigt mit Abenden in Biergärten und Straßencafés, oder man saß auf einer Decke am Main und sah dem Fluss beim Fließen nach. Also – Noëlle jedenfalls.

»Als Brommel das gehört hat, kannst du dir ja vorstellen, was passiert ist.« Ines bog rechts in einen anderen Weg ein, der ein Stück vom Dorf wegführte. »Er hat in null Komma nichts die Grundstücke, die der Gemeinde gehörten, zu Bauland gemacht und angefangen, sie zu verhökern.«

Noëlle schüttelte den Kopf. »Und hat er schon welche verkaufen können?« Sie konnte sich wirklich nicht vorstellen, wer freiwillig nach Krummenau ziehen wollte. Ja, klar, wenn alle Maßnahmen griffen und der kleine Ort tatsächlich ein Touristenmagnet geworden wäre, würde es hier auch attraktivere Jobs geben. Aber bis es so weit wäre, bliebe Krummenau nicht mehr als ein Winzkaff am Rande der Bedeutungslosigkeit irgendwo im Hunsrück – nur eben mit Lebkuchentradition.

»Bis auf zwei Grundstücke sind alle weg.«

»Was?« Noëlle stolperte vor Schreck. »Und wer hat die Grundstücke gekauft?«

Ines musterte sie. »Na ja, ich zum Beispiel.«

»Oh.« Jetzt war es Noëlle peinlich, dass sie sich ihr Entsetzen so deutlich hatte anmerken lassen.

»Es ist eine ganz bunte Truppe. Die meisten kommen hier aus Krummenau oder kehren bald wieder zurück. Junge Familien hauptsächlich, Paare, die sich niederlassen wollen …«

Noëlle sah weg. Das war ihr jetzt doch etwas unangenehm, denn ganz offenkundig sprach Ines gerade von Leuten wie Erik und Noëlle – und ein bisschen kam es ihr so vor, als hätte sie einen gewissen Unterton aus Ines' Stimme heraushören können. Oder wurde sie langsam paranoid?

»Könntest du dir vorstellen, in Krummenau zu leben?«, wollte Ines eine Sekunde später wissen.

»Na ja …«, druckste sie herum. War das jetzt eine Fangfrage? Denn wenn sie ihr die Wahrheit sagte und ein entschiedenes »Nein!« in den Wintermorgen donnerte, würde sie Ines doch sicher damit auf den Schlips treten. Aber lügen? Oder nein sagen? Einfach mal nein sagen. Weil es die Wahrheit war. Sie holte tief Luft und meinte: »Njoah.«

Ines sah sie verwundert von der Seite an. »Was hast du gesagt?«

Noëlle lief noch langsamer. Mist, sie hatte sich veratmet, und jetzt hatte sie Seitenstechen. »Ich muss mal kurz ’ne Pause machen …«

»Kein Problem.« Auch Ines wurde langsamer. Klaus trottete immer noch mit der Nase unentwegt am Boden einige Meter vor ihnen her. Als gäbe es unter der geschlossenen Schneedecke irgendwas Interessantes zu erkunden außer Mistkäfern im Winterschlaf und vertrockneten Maiskolben. »Weiß Erik das schon?«

»Was denn?«, fragte Noëlle, während sie nun in strammem Walking-Schritt neben der immer noch joggenden Ines herlief. Sie kamen an eine weitere Abbiegung, bogen wieder rechts ab und liefen erneut auf Krummenau zu.

»Dass du nicht aus Frankfurt wegwillst.«

»Also, ehrlich gesagt haben wir darüber nie gesprochen«, erwiderte Noëlle. »Aber …« Sie hielt inne.

Ines grinste. »Ich kann mir das schon vorstellen. In die Walachei ziehen, wenn man aus der Großstadt kommt … Nicht gerade leicht.«

Noëlle sagte nichts, auch wenn Ines ihr natürlich gerade eine Steilvorlage geboten hatte.

»Und dann ist hier auch noch alles aus Lebkuchen«, fuhr Ines fort.

Noëlle blieb vor Schreck stehen. »Was hast du gesagt?«

Auch Ines hielt an, legte den Kopf in den Nacken und lachte laut. »Ach, Noëlle! Dieses Dorf ist doch vollkommen verrückt nach diesen bescheuerten Lebkuchen! Alles schmeckt danach, alles riecht danach! Selbst die Leute, die hier wohnen.«

»Das … Das ist mir auch schon aufgefallen«, erwiderte Noëlle vorsichtig. Hatte sie richtig gehört? War Ines Wehr, die sie bis dato nicht richtig hatte einordnen können, etwa allen Ernstes auf ihrer Seite? »Und du … magst Lebkuchen nicht?«, fragte sie vorsichtig.

»Es geht. Ist ganz okay.« Ines zuckte mit den Schultern. »Aber was meinst du, warum im Café Zimt Lebkuchengewürz nur im Streuer verteilt wird?« Sie fasste sich an die Stirn. »Ich hab doch keine Lust darauf, dass jeder Käsekuchen nach Lebkuchen schmeckt! Und dass meine Mutter jetzt auch noch Backkurse anbieten will …« Sie seufzte. »Na, Hauptsache, sie versucht nicht, mich zu einem anderen Sortiment zu überreden.«

»Aber … Aber dann stehst du ja gar nicht hinter der Initiative«, meinte Noëlle nachdenklich. Sie würden wieder schneller laufen müssen, weil ihr allmählich kalt wurde. »Genau wie Lullu Kosniak.«

Ines wiegte den Kopf hin und her. »Na ja, auch Lullu ist nicht grundsätzlich dagegen. Sie will nur, dass wir mit Bedacht vorgehen, und für ihre Überzeugungen ist sie bereit, sich in die eine oder andere Schlacht zu werfen. Ich schwimme mit dem Strom, aber zu meinen Bedingungen. Das heißt, ich profitiere von der Initiative, aber du glaubst doch nicht im Ernst, dass ich mir von Hans Brommel die Zutaten für meine Kuchen vorgeben lasse?«

Sie grinste Noëlle verschmitzt an, die nun auch lächeln musste. Endlich hatte sie das Gefühl, nicht mehr auf verlorenem Posten zu stehen. Vermutlich war das auch der Grund, warum sie schließlich sagte: »Ich mag Lebkuchen eigentlich gar nicht.«

Ines starrte sie an. Dann verzog sich ihr Mund, ein Grinsen breitete sich auf ihrem Gesicht aus, und sie begann zu kichern.

Das Kichern wurde lauter, entwickelte sich zu Gelächter, und am Ende musste Ines sich den Bauch halten vor Lachen.

Auch Noëlle konnte sich nicht länger wehren. Die vergangenen Tage und all die vielen, vielen Hindernisse, die sie überwunden (oder eher: durch die sie sich hindurchgefressen) hatte, kamen ihr wieder in den Sinn. Das Lebkuchenmenü des Grauens. Pressetexte, die sie schrieb, Bewerbungsunterlagen, die sie ausfüllte. Und dann auch noch ihre glorreiche Idee, in Krummenau das größte Lebkuchenhaus der Welt zu bauen. Das war doch, als wollte ein Veganer ein Schlachtfest ausrichten.

Ines wischte sich die Lachtränen aus den Augen, und als sie wieder einigermaßen atmen konnte, japste sie: »Und ausgerechnet *du* landest bei den Flocks! Das sind doch die Verrücktesten von allen!«

Noëlle nickte. »Zwischendurch hab ich echt an meinem Verstand gezweifelt.«

»Also, dann lass dir eins sagen«, keuchte Ines und legte eine Hand auf Noëlles Arm. »Bei mir wird in keinem einzigen Kuchen Lebkuchengewürz verbacken. Niemals!«

»Gut zu wissen.« Noëlle war erleichtert. »Du bist dann also so was wie der sichere Hafen. Die neutrale Zone.«

»Die Schweiz des Lebkuchens«, kicherte Ines. »Und noch was: Nelk macht zwar angeblich den schlechtesten Lebkuchen in Krummenau, dafür verkaufen sie unter der Ladentheke Hefekranz.«

Noëlle riss die Augen auf. »Nicht dein Ernst!«

Ines nickte. »Aber ja.«

»Und wer weiß davon?«

Ines kicherte wieder. »Alle! Es kaufen ihn ja auch alle. Heimlich, klar!«

Erneut brachen sie in wildes Gelächter aus. Als sie sich nach einigen Augenblicken wieder so weit beruhigt hatten, dass sie nicht mehr wie verrückt nach Luft schnappten oder sich die Tränen von den Wangen wischen mussten, sah Ines Noëlle an.

»Also, ich hätte nichts dagegen, wenn du nach Krummenau kämst.«

Noëlle fühlte sich geschmeichelt. Trotzdem dachte sie insgeheim: in hunderttausend Jahren nicht. Egal was alles auf dem dorfeigenen Schwarzmarkt vertickt wurde.

Ines rieb sich die Oberarme. »Brr, mir wird kalt. Wollen wir zurücklaufen?«

Noëlle stimmte zu, und erneut joggten sie nebeneinanderher über den Feldweg und langsam auf das Dorf zu, das sich vor ihnen in der Senke ausbreitete. Die Sonne stand inzwischen noch höher am Himmel und tauchte die Landschaft in gleißendes Licht. Die Luft war zwar immer noch kalt, belebte Noëlle aber mit jedem Atemzug, und in diesem Moment, während sie langsam auf Krummenau zuliefen, war sie mit sich und der Welt einfach nur zufrieden. Sie musste nicht hierherziehen. Aber sie durfte es hier mögen. Ihre Schwiegereltern. Die Landschaft. Die Dorfgemeinschaft und vielleicht sogar den Hefezopf, den sie bei Gelegenheit mal ausprobieren musste. Heimlich, klar.

15

Den Vormittag vertrödelte Noëlle komplett, wie sich das für einen freien Tag gehörte. Nachdem sie eine Viertelstunde nach ihrem letzten Zwischenstopp wieder vor dem Haus der Flocks angekommen waren, hatte sich Noëlle von Ines verabschiedet und versprochen, sich zu melden, wenn Erik und sie das nächste Mal nach Krummenau kämen – eine Vorstellung, die sie mittlerweile nicht mehr ganz so gruselte wie noch vor ein paar Tagen, und zwar nicht nur, seitdem sie von dem Hefezopf erfahren hatte. Dann hatte sie die Haustür aufgeschoben, die Laufschuhe abgestreift und sich im Badezimmer unterm Dach eine dampfend heiße Wanne eingelassen.

Zufrieden war sie zwischen die riesigen Schaumberge gesunken. Ihre Muskulatur kribbelte, wie immer, wenn sie aus der Kälte ins Warme kam. Im Haus war es mucksmäuschenstill. Eriks Eltern waren bei der Arbeit, Erik selbst wieder im Bett verschwunden. Vor Noëlle lag ein kompletter freier Tag, den sie mit alledem verbringen konnte, wofür sie normalerweise keine Zeit fand. Sport hatte sie schon gemacht, den Punkt konnte sie abhaken. Eigentlich würde sie sich an einem freien Tag unter der Woche mit einer Freundin zum Mittagessen verabreden und danach eine kleine Shoppingtour über die Zeil unternehmen. Aber sie hatte in Krummenau keine Freundin (auch wenn sie Ines mittlerweile richtig nett fand – sie gleich wieder zum Mittagessen zu treffen wäre vielleicht ein bisschen viel des Guten), und einkaufen konnte man vor Ort nur Dinge, die Noëlle nicht mal geschenkt bekommen wollte. Ob sie mit Eriks Auto eine kleine Spritztour unternehmen sollte? In eine nahegelegene Stadt? Was war denn in der Gegend? Idar-Oberstein? Bernkastel-Kues? Hm. Trier und Koblenz waren fast eine Stunde weg.

Sie seufzte und beschloss, das Beste aus ihrer Lage zu machen. Nach einem ausgiebigen Bad inklusive Beinrasur und Gesichtsmaske, die sie schon seit Monaten im Kulturbeutel mit sich herumschleppte, föhnte sie sich eine halbe Stunde lang die Haare. Danach schaute sie bei Erik vorbei, der immer noch tief und fest schlummerte, und ging dann in der Küche auf Nahrungssuche. Im Kühlschrank fand sie ein paar Karotten, Knollensellerie und Lauch, im Tiefkühlfach ein ganzes Hähnchen. Wann hatte sie eigentlich zuletzt eine richtige, echte Hühnersuppe gekocht? Normalerweise war ihr das immer zu mühselig, weil das Vieh ewig im Wasser vor sich hinblubbern musste, ehe sich das Fleisch von den Knochen löste.

Noëlle sah auf die Uhr. Gerade mal halb elf. Mehr als genug Zeit, um das Projekt Hühnersuppe in Angriff zu nehmen.

Sie krempelte die Ärmel hoch und schnippelte zwei große Zwiebeln, den Sellerie und die Karotten klein. Währenddessen ließ sie das Hinkel in lauem Wasser seine Bahnen ziehen, damit es auftaute. In einem der Unterschränke fand sie einen Dampfkochtopf, genau das Richtige, wenn es darum ging, dem Federvieh Feuer unter dem Bürzel zu machen. Noëlle dünstete das Gemüse, löschte alles mit Brühe ab und versenkte schließlich das angetaute Hühnchen im Wasser. Dann schloss sie den Deckel, stellte den Wecker auf anderthalb Stunden und verzog sich mit einem Buch, das sie aus dem Regal gezogen hatte, auf die Couch.

Um halb eins war die Suppe fertig, und das Fleisch fiel wie von allein ganz einfach von den Gebeinen. Ganz so einfach ließ sich Erik leider nicht aus dem Bett treiben, aber sowie Noëlle ihm ein Schüsselchen mit Hühnerbrühe unter die Nase hielt, konnte selbst er nicht mehr nein sagen. Er warf sich einen Bademantel über, der ihm vielleicht noch vor zehn Jahren gepasst hatte, und setzte sich neben Noëlle an den Tisch. Dann begann er, seine Suppe zu löffeln und Noëlle mit Komplimenten zu überhäufen.

»Hmm, ist die lecker, Schatz! Fast noch besser als die von meiner Mutti.«

Noëlle lächelte verschmitzt und aß weiter. Erik nahm sich drei Portionen von der Suppe, entweder weil er sich bei ihr einschleimen wollte oder weil sein Appetit langsam zurückkehrte, und beides deutete Noëlle als gutes Zeichen.

Sie waren gerade fertig mit dem Essen, als es wieder einmal an der Haustür klingelte.

»Ist bestimmt für dich«, meinte Erik mit einem Grinsen im Gesicht. »Du hast in den letzten Tagen mehr Besuch bekommen als ich im ganzen vergangenen Jahr.«

Sie lächelte verschmitzt, stand auf und öffnete die Tür. Ortsvorsteher Brommel. Was wollte der denn hier? Hatte der Typ keine eigene Familie?

»Ach«, meinte Noëlle lahm.

»Noëlle … Hallo. Ich bin's wieder.«

Das war schwer zu übersehen.

»Ich hab einen Anschlag auf dich vor.«

Noëlle zog die Augenbrauen hoch. »Was ist es denn diesmal?«, fragte sie mit leicht spöttischem Unterton.

»Na ja …« Brommel zögerte. »Es ist mir ein bisschen unangenehm, dass ich dich schon wieder mit meinen Problemen belästige. Aber ich glaube, dass du den richtigen Ton anschlagen kannst, und wenn ich eine andere Lösung hätte, als dich zu fragen, dann würd ich ganz …«

»Hans«, fiel sie ihm ins Wort, »haben wir das nicht längst hinter uns? Was gibt's?«

Er lächelte unsicher und trat ein. Als Noëlle die Tür geschlossen hatte, meinte er: »Ich wollte doch mit Lullu Kosniak reden, bevor wir ihr heute Abend von dem Weltrekord erzählen …«

»Ja?«

»Und da wollt ich fragen …« Wieder verstummte er und knetete die Hände. Es schien ihm wirklich unangenehm zu sein. »Weil es doch deine Idee war … und weil es mir am Sonntag in Aachen so vorkam, als hättet ihr einen guten Draht zueinander …«

Noëlle ahnte, worauf er hinauswollte. Und sie ahnte auch, dass sie nicht nein sagen würde. Nicht mal bei Brommel, nicht mal, obwohl sie sich fest vorgenommen hatte, heute nur Dinge zu tun, zu denen sie sonst nicht kam. Aber allzu leicht würde sie es ihm nicht machen. Es wunderte sie ohnehin, dass er sie erst jetzt darauf ansprach, wo er doch sicher schon am Morgen darüber nachgedacht hatte, Noëlle als fleischgewordene Knautschzone mit zu seinem Gespräch mit der widerspenstigen Buchhändlerin zu nehmen.

»Ja?«, fragte sie scheinheilig und verschränkte die Arme vor der Brust.

»Ich würde nicht fragen, wenn ich nicht befürchten müsste, dass sie sofort nein sagt, wenn ich ihr den Vorschlag unterbreite. Lullu ist … Sie ist … ein bisschen … und wir haben eine besondere Geschichte, sie und ich … daher …«

»Jetzt mal Butter bei die Fische, worum geht's?«

Aus dem Esszimmer drang Eriks Stimme: »Er will wissen, ob du mit ihm zu Lullu gehst.«

Noëlle seufzte. Schade. Sie hätte den Ortsvorsteher gern noch länger zappeln lassen. Ein bisschen enttäuscht war sie schon, weil Erik ihr die Tour vermasselt hatte.

Brommel indes schien unendlich erleichtert. »Genau. Das wollt ich fragen.«

Aber so leicht würde sie ihn nicht vom Haken lassen. »Dann mach doch.«

Er glotzte sie kuhäugig an. »Was?«

»Mich fragen. Bislang sprichst du nur darüber, dass du es gern tun *würdest*, aber gefragt hast du mich immer noch nicht.«

Er seufzte tief und betrachtete seine ineinander verknoteten Finger. Dann blickte er auf. »Liebe Noëlle, wärst du so freundlich, mir bei dem Gespräch mit Lullu Kosniak zu helfen? Ohne dich habe ich keine Chance bei ihr.«

Na also. Ging doch.

Noëlle machte ein Gesicht, mit dem sie all das ausdrückte, was sie nicht zu sagen wagte. Dann lief sie ins Esszimmer, um sich von Erik zu verabschieden.

»Ich mach es mir in der Zwischenzeit ein bisschen vor dem Fernseher gemütlich«, meinte er. »Du bist ja nicht lang weg, oder? So überzeugend, wie du bist!«

Er grinste sie an, und Noëlle meinte, etwas leicht Frivoles in seinem Blick zu erkennen. Er war definitiv auf dem Weg der Besserung. Aber so was von!

Dann schnappte sie sich Jacke, Handschuhe, Schal und Mütze, zog sich die Schuhe an und verließ das Haus. Was so ein morgendlicher kleiner Lauf doch bewirken konnte, wunderte sie sich. Ihr war tatsächlich viel weniger kalt als in den vergangenen Tagen. Vielleicht sollte sie wirklich öfter joggen gehen, vor allem am Morgen, denn ganz offensichtlich trieb das ihre Kerntemperatur auch für den restlichen Tag nach oben. Okay, die Hühnersuppe hatte sicher auch ihren Beitrag geleistet. Trotzdem nahm Noëlle sich vor, zukünftig vor der Arbeit häufiger eine Runde zu drehen. Allerdings in Frankfurt. Nicht in Krummenau.

Sie liefen die knapp hundert Meter zum Marktplatz, und während des kleinen Spaziergangs faselte Brommel ununterbrochen und erzählte Noëlle, wie er sich das bevorstehende Gespräch mit der Buchhändlerin vorstellte: »Eigentlich ist vor allem deine beruhigende Präsenz vonnöten. Ich möchte gar nicht, dass du das Gespräch führst, das kann ich wirklich nicht von dir verlangen. Als Erstes werd ich noch mal darauf hinweisen, dass wir ja alle für ein gemeinsames Ziel kämpfen. Dann erzähl ich Lullu, welche Bedeutung deine Arbeit für uns schon zu diesem Zeitpunkt hat. Weil sie dich mag, wird sie sich scheuen, die Idee mit dem Weltrekord sofort vom Tisch zu wischen. Aber wir müssen vorsichtig vorgehen, vorsichtig und diplomatisch. Wir … Also, ich. Du sagst erst mal nichts. Fürs Vermitteln bin ich ja der Fachmann. Du bist eher die gute Fee, die wir brauchen …«

Noëlle sagte die ganze Zeit über nichts, sondern marschierte strammen Schrittes neben dem Ortsvorsteher her. Sie sollte nichts sagen – nur gut aussehen und lächeln? Wenn Brommel das gleich gesagt hätte, hätte sie ihn nicht so lange bitten lassen.

Am Marktplatz angekommen fiel Noëlle sofort auf, dass der Ortsvorsteher offenbar nicht in der Pflicht stand, in sämtlichen Läden erst mal einen Anstandsbesuch zu machen. Er ließ die Bäckerei Nelk, Anni's Büdchen sowie Fenchelmann links liegen und stiefelte direkt auf die Buchhandlung zu.

Lullu Kosniak saß an ihrem schmalen Schreibtisch und blickte auf, als Brommel die Tür aufstieß, ein Glöckchen über seinem Kopf bimmelte und er das Geschäft betrat. Noëlle folgte ihm und hielt sich wie gewünscht im Hintergrund. Sie war ja selbst nicht scharf darauf, das Gespräch mit der Buchhändlerin zu führen, weil sie keine Ahnung hatte, wie die auf ihren Vorschlag reagieren würde.

Stattdessen ließ sie ihren Blick schweifen. Während im vorderen Ladenraum alles genauso aussah, wie man es von einer Buchhandlung erwartete – deckenhohe Regale, in denen ordentlich sortiert nach Genres Bücher über Bücher standen, Tische in der Mitte, auf denen sich die neuesten Publikationen stapelten –, schien es eine unsichtbare Schwelle zu geben, gleich hinter einer kleinen Treppe. Denn dahinter herrschte Chaos. Nicht dass es ausgesehen hätte wie bei Hempels unterm Sofa – eher so, wie Noëlle es aus Antiquariaten kannte. Dort war eben nicht alles sauber und ordentlich sortiert wie in einer Buchhandlung. Dort war es irgendwie … verwunschener. Ledergebundene Bücher lagen aufgeschlagen auf schmalen Sideboards, stapelten sich übereinander, standen mehrreihig im Regal. Noëlle meinte, das alte Papier und die Umschläge regelrecht riechen zu können.

»Na, sieh einer an«, meinte Lullu Kosniak lakonisch, ohne sich von ihrem Stuhl zu erheben. »Welch hoher Besuch in meiner bescheidenen Hütte.« Sie sah von Brommel zu Noëlle. »Ich geh nicht davon aus, dass ihr einen Hunsrück-Reiseführer kaufen wollt.«

Der Ortsvorsteher nahm Haltung an, wie Noëlle bemerkte. Er drückte die Schultern nach hinten, hob das Kinn – und sah es nicht auch ein wenig so aus, als hätte er den Bauch eingezogen? Dann holte er tief Luft, wartete ein paar Sekunden und sagte: »Lullu.«

Die Angesprochene zuckte nicht mit der Wimper. »Hans.«

Er sammelte sich erneut, während er auf seine Hände starrte.

Herrje, dachte Noëlle und konnte sich nur mühsam beherrschen, um nicht die Augen zu verdrehen. Was sollte denn diese Herumdruckserei? War doch eigentlich ganz einfach, was Brommel Lullu zu sagen hatte.

Der hatte endlich wieder seine Fassung wiedererlangt und warf Noëlle einen flüchtigen Blick zu. Sie lächelte ihn aufmunternd an. Dann hörte sie: »Lullu ... Noëlle möchte dir etwas mitteilen.«

Noëlle starrte den Ortsvorsteher an. Der trat einen Schritt nach hinten, womit automatisch Noëlle der Buchhändlerin am Nächsten stand. Die sah zu ihr hoch, durchbohrte sie fast mit dem Blick. Noëlle fehlten die Worte, so schockiert war sie von Brommels hinterlistigem Manöver. Was bitte war denn aus »Du sollst dieses Gespräch nicht führen« geworden? Aus der beruhigenden Präsenz? Der guten Fee?

»Ja? Was möchte mir Noëlle denn sagen?«

»Also, ich ...«

Noëlle dachte fieberhaft nach. Jetzt die Beine in die Hand zu nehmen würde nicht viel bringen. Also würde sie es mit der alten Devise versuchen: Angriff ist die beste Verteidigung. Aber ein Angriff mit eiskalten Händen?!

»Sie wissen ja, dass ich mich ein wenig für die Initiative engagiere ...«

»Sie ist jetzt unsere Marketingbeauftragte«, mischte Brommel sich ein, der offenbar die Sprache wiedergefunden hatte. »Und unsere PR-Referentin.«

»Ich weiß, Hans«, erwiderte Lullu, die immer noch mit vor der Brust verschränkten Armen dasaß und sich nicht aus der Reserve locken ließ. »Ich war dabei, als man ihr das Amt aufgedrängt hat.« Ihr Blick wanderte wieder zu Noëlle.

»Und jetzt bin ich wirklich sehr gespannt, was sie mir zu sagen hat.«

»Na ja, ich hab mir ein paar Gedanken gemacht, wie man die Initiative voranbringen könnte«, sagte Noëlle. Sie musste Boden gutmachen, das war klar. Momentan war Lullu so abweisend, dass sie Noëlle vermutlich noch nicht einmal ein Lesezeichen verkaufen würde.

»Die Initiative, die uns Heerscharen von Touristen nach Krummenau bringen wird? Reisegruppen, die hier durch den Ort pilgern, ihren Müll überall liegen lassen und so das Ortsbild verschandeln?«

»Äh …« Hm. Guter Punkt. »Ja. Nein. Also, nicht genau …« Noëlle hörte selbst, dass sie anfing zu stammeln. Das war nicht gut, das war nie gut! Das wusste sie von Präsentationen. Nur nie stammeln oder sich anmerken lassen, wie unsicher man war. Da hatte man bereits verloren. »Unabhängig davon, ob wir in den *TAG* reinkommen …«

Lullu Kosniak unterbrach sie schon wieder. »Der uns genau diese brandschatzenden Touristenbusse bringen wird!«

O Gott, das lief ja total aus dem Ruder. Noëlle warf Brommel einen hilfesuchenden Blick zu, aber der war mittlerweile in den Klappentext eines Buches vertieft, das er sich gerade von einem der Stapel genommen hatte. Hallo? Okay, von seiner Seite war keine Hilfe zu erwarten. Toll. Und danke schön!

Sie sah wieder nach vorn und atmete tief durch. »Unabhängig vom *TAG* wäre es für die Presseaktivitäten wichtig, in Krummenau ein besonderes Event zu planen. Etwas, was es nur hier gibt und was den Ort und seine Spezialität mit einem Schlag über die Grenzen des Hunsrücks hinaus bekannt macht.«

»Aha.« Lullu sah alles andere als beeindruckt aus. »Und was bitte sollte das für ein Event sein? Wie erreichen wir dieses ach so wichtige Ziel Ihrer Meinung nach?«

Erneut drehte sich Noëlle nach hinten um. Inzwischen hatte Brommel das Buch aufgeschlagen und las. Der Kerl hatte ja echt die Ruhe weg! Sie hierherzuschleppen, sie in eine mehr als unangenehme Situation zu bugsieren, noch dazu ohne jegliche Vorbereitung, das war ja wohl mehr als unfair!

»Möchtest du«, setzte sie an, »vielleicht auch mal was zu dieser Sache sagen, *Hans?*«

Er schürzte die Lippen und bedachte Noëlle mit einem flüchtigen Blick. Dann schüttelte er kaum merklich den Kopf, sah zu Lullu und fragte scheinheilig: »Kannst du das empfehlen?« Dabei hielt er das Buch in die Höhe, in dem er geblättert hatte.

Noëlle schnappte nach Luft und wandte sich wieder der Buchhändlerin zu. Selbst die wirkte ein wenig fassungslos ob der Kaltschnäuzigkeit des Ortsvorstehers.

»Wir bauen das größte Lebkuchenhaus der Welt«, platzte es aus Noëlle heraus.

Lullu Kosniak starrte sie an.

»Auf dem Marktplatz.«

Die Augen der Buchhändlerin wurden groß wie Untertassen, als Noëlles Vorschlag in ihren Verstand einsickerte. Dann verzog sie den Mund zu etwas, was wie ein Lächeln aussah – allerdings keins der netten Sorte.

»Unfassbar. Sie haben es innerhalb von wenigen Tagen geschafft, aus Ihnen eine von ihnen zu machen. Dabei hatte ich das Gefühl, dass Sie anders wären.« Lullu Kosniak sah Noëlle abschätzig an. »Ich hab wirklich gedacht, mit Ihnen könnte man reden.«

Noëlle spürte, wie ihr die Schamesröte ins Gesicht stieg. Sie fühlte sich, als würde sie wieder vor ihrer Schulklasse stehen und in den Senkel gestellt, weil sie irgendwas verbockt hatte. Richtig verbockt, nicht nur falsch gemacht, obwohl sie eigentlich gar nichts dafür konnte. Irgendwo hinter sich hörte sie ein leises Bimmeln, nahm es aber nur am Rande wahr. Es gelang ihr einfach nicht, dem Blick der Buchhändlerin auszuweichen.

»Dass Ihre Schwiegerfamilie nicht mehr ganz knusper ist, ist kein Geheimnis. Aber von Ihnen hätte ich mehr erwartet. Der *TAG* bedeutet für Krummenau eine Invasion. Das schaffen wir nicht! Warum begreift das eigentlich niemand? Und jetzt auch noch ein Weltrekord!« Sie schüttelte den Kopf und wandte den Blick ab. »Das ist so … enttäuschend.«

Noëlle schluckte schwer. Sie drehte sich in der Hoffnung um, wenigstens jetzt von Brommel irgendeine Unterstützung zu erhalten. Wenn sie sich schon für eine Sache, die gar nicht ihre war, vor seinen Karren spannen ließ, konnte sie doch zumindest erwarten …

Sie sah sich suchend um. Der Platz hinter ihr war leer. Brommel war verschwunden. Der Ortsvorsteher, der ihr diesen ganzen Lebkuchenmist eingebrockt hatte, war einfach gegangen und hatte sie hier stehen lassen.

16

Lullu Kosniak erhob sich von ihrem Stuhl. »Ja, so ist das. Erst setzen sie Himmel und Hölle in Bewegung, um einen ins Boot zu holen, und dann lassen sie einen eiskalt im Regen stehen.« Mit der Hand zeigte sie auf die leere Stelle, wo gerade noch der Ortsvorsteher gestanden hatte. »So was ist ganz normal bei ihm, liebe Noëlle. Das macht er immer. Er kneift, sobald es ernst wird.«

Noëlle konnte kaum noch ihre kalten Hände spüren, obwohl ihr von der Wut, die in ihr loderte wie eine Stichflamme, eigentlich brandheiß hätte sein müssen. Er hatte sie einfach so alleingelassen. Ließ sie hier stehen, einfach so. Zornig drehte sie sich wieder zu der Buchhändlerin um. Sie war stinksauer, auf Erik, auf die Flocks, auf Hans Brommel, weil sie ihretwegen jetzt wie ein Volldepp dastand. Aber am allermeisten, und das schmerzte sie sehr, war sie stinksauer auf sich selbst.

Wie konnte sie sich nur immer wieder in derart bescheuerte Situationen manövrieren? Und warum wusste sie nie, wie sie da wieder rauskam? Es war doch eigentlich ganz einfach. Sich herausreden. Schlicht behaupten, keine Zeit zu haben. Am liebsten hätte sie Lullu Kosniak angebrüllt: »Verdammt, du hast ja recht, du renitente alte Kuh! Ich finde dieses ganze Lebkuchengequatsche ja auch so was von überflüssig!«

Aber so hätte sie zugeben müssen, dass sie nicht nein sagen konnte, und das wollte sie nicht. Da würde dann nämlich herauskommen, wie sehr sie Weihnachten im Allgemeinen und Lebkuchen im Besonderen hasste, und das würde in Krummenau binnen Sekundenbruchteilen die Runde machen, die Familie Flock würde es erfahren – und dann hätte sie ein richtiges Problem.

Doch nicht allein das veranlasste Noëlle dazu, den Ortsvorsteher und die Initiative weiter zu verteidigen, obwohl sie eigentlich auf Lullu Kosniaks Seite stand. Wenn sie ehrlich war, fand sie die Idee mit dem Weltrekord nämlich zumindest aus professioneller Sicht verflixt gut und war tatsächlich stolz darauf. Außerdem kratzte es an ihrem Ego, dass sich die Buchhändlerin Noëlles Vorschlag noch nicht mal anhören wollte, sondern rundheraus ablehnte, ohne auch nur ein einziges Argument zu kennen.

»Ehrlich gesagt«, setzte Noëlle nun an und lehnte sich sicherheitshalber an das nächstbeste Regal, »ist mir schnuppe, welche Kleinkriege Sie hier miteinander ausfechten. Ich bin einzig und allein der Initiative verpflichtet.«

Lullu Kosniak schnaubte. »Mein lieber Scholli, die Gehirnwäsche hat sich aber gelohnt! Sie sind ja komplett umgekrempelt!«

»Nein, bin ich nicht«, widersprach Noëlle. »Ich kann aber zugeben, wenn ich mich getäuscht habe.« Sie hielt kurz inne, dann fügte sie spitz hinzu: »Das kann hier offenbar nicht jeder.«

Die Buchhändlerin kniff die Augen zusammen. »Sie sind seit gerade mal drei Tagen hier und meinen, schon über mich urteilen zu können? Was wissen Sie denn von mir? Was wissen Sie denn von den anderen? Was denken Sie wohl, warum ich den Ideen dieser bescheuerten Initiative so kritisch gegenüberstehe?«

Noëlle zuckte mit den Schultern. »Weil Sie verbohrt sind und es Ihnen an jeglicher Vorstellungskraft mangelt?« Dann erschrak sie. Hatte sie das gerade wirklich gesagt?

Auch Lullu Kosniak wirkte erstaunt. »Sieh an, sieh an. Sie sind ja wehrhafter, als ich dachte.«

Nun wurde sie aber wirklich wütend! Sich von der alten Nebelkrähe auch noch beleidigen lassen zu müssen …

»Also, was sind denn Ihre ach so hehren Gründe?«, fragte Noëlle schnippisch. So langsam kam sie echt in Fahrt. Und sie war definitiv nicht bereit, sich vor der Frau die Blöße zu geben und einzuknicken – selbst wenn sie fand, dass Lullu Kosniak mit jedem Wort die Wahrheit sagte. »Und kommen Sie mir jetzt nicht wieder mit Touristenbussen und mit Müll, das sind nämlich alles Probleme, die man regeln und lösen kann.«

Die Buchhändlerin sah Noëlle lange an. Dann sagte sie: »Mir gefällt nicht, was dieser ganze Unsinn aus unserem Dorf macht.«

»Was meinen Sie? Die Männchen auf dem Marktplatz und im ganzen Ort? Mehr Arbeitsplätze für Krummenau?« Noëlle zeigte nach draußen. »Ist ja nicht so, als würde hier der Bär steppen und als könnten Sie sich gerade vor Kunden nicht retten.«

Lullu Kosniak seufzte tief. Mit einem Mal wirkte sie müde. »Das meine ich auch nicht. Oder … nicht nur. Ja, mir missfällt die Vorstellung, dass hier massenhaft Touristen einfallen könnten. Aber das ist noch lang nicht alles. Ich fürchte mich vor dem, was mit der Gemeinschaft passiert. Wir streiten uns nur noch. Angeblich ziehen hier alle an einem Strang, aber genau das Gegenteil ist doch der Fall! Der Lebkuchen spaltet Krummenau – seit Jahren schon.«

»Aber doch nur, weil Sie sämtliche Maßnahmen blockieren!«, brauste Noëlle auf und fügte dann eisig hinzu: »Ich kann außerdem nicht behaupten, dass hier nicht alle an einem Strang ziehen würden. Denn wenn es gegen Sie geht, sind sich die Krummenauer plötzlich ziemlich einig.«

So. Das hatte gesessen. Noëlle sah, dass ihre Aussage die Buchhändlerin erwischt hatte. Es war ein Tiefschlag gewesen, unter die Gürtellinie, das war ihr klar, aber Noëlle hatte so unendlich viel Wut in sich, so viele Gefühle, die sie in den letzten Tagen hinuntergeschluckt hatte. Wenn sie ein paar davon hier in der Bücherinsel lassen könnte, bevor sie wieder heim zu Erik und dann nach Frankfurt zurückkehren würde, wäre es ihr gerade recht.

»Das stimmt«, erwiderte Lullu Kosniak leise. »Wenn es um mich geht, halten sie alle zusammen.«

»Und das ist Ihnen natürlich vollkommen egal«, sagte Noëlle.

»Nein, ist es nicht. Aber wenn es dazu beiträgt, die Streitigkeiten untereinander beizulegen …«

»Ach, jetzt tun Sie doch nicht so scheinheilig! Als würden Sie absichtlich in diese Rolle schlüpfen, um das Dorf zu vereinen.« Noëlle schüttelte den Kopf. »Das glauben Sie doch wohl selbst nicht.«

Lullu Kosniak starrte sie einen Moment lang an. Dann sagte sie: »Ich glaube, dass ich mehr als jeder andere ein Interesse daran habe, dass dieser blöde Streit endlich beigelegt wird.«

»Ach ja? Und warum?«

Erneut zögerte die Buchhändlerin. »Ich bin …« Sie atmete einmal tief durch und schloss für einen Moment die Augen. »Es gibt nur sehr wenige Menschen, die wissen, was ich Ihnen jetzt erzählen werde. Kann ich es Ihnen anvertrauen, ohne dass Sie gleich das ganze Dorf darüber informieren?«

Noëlle war überrascht. Wieso sollte Lullu Kosniak ihr, ausgerechnet ihr, die sie gerade noch beleidigt hatte, irgendetwas anvertrauen? Was noch dazu nicht viele wussten, wenn man der Buchhändlerin Glauben schenken wollte? War das irgendein taktisches Manöver? Um Noëlle einzulullen? Doch die Frau sah nicht so aus, als wollte sie Noëlle in die Pfanne hauen. Andererseits hatte sie das von Brommel auch nicht gedacht. Sie nickte zögerlich.

»Lullu ist nur mein Spitzname«, hob die Buchhändlerin an. »Eigentlich …« Sie hielt inne, dann schien sie sich einen Ruck zu geben. »Eigentlich heiße ich Fulberta.«

Noëlle schwieg. Ihr ganzes Leben lang war sie der Ansicht gewesen, dass sie den bescheuertsten Namen der Welt hatte. Gut, ihr Bruder hieß Nikolaus Christmann. Auch kein Grund zur Freude. Aber Fulberta? Das klang wie eine Figur aus einem Asterix-Heft und war schlimmer als Ortwin, Brunhilde und Siegfried aus der Nibelungen-Sage.

»Das tut mir leid«, meinte sie peinlich berührt.

»Nein, Sie verstehen mich nicht – nicht nur, dass Lullu eine Abkürzung ist … Kosniak ist auch bloß der Name meiner Zieheltern. Ich bin noch am Tag meiner Geburt zu ihnen gekommen.«

Jetzt begriff Noëlle überhaupt nichts mehr. Was hatte das denn mit den Lebkuchen von Krummenau zu tun? Und mit Fulberta?

»Meine Mutter hieß Frederike Fenchelmann. Ich bin die uneheliche Tochter von ihr und Hubert Nelk.«

Es dauerte einen Moment, bis dieser letzte Satz in Noëlles Gehirn eintrudelte und zu einer Information verarbeitet wurde. Sie glaubte, ihren Ohren nicht zu trauen. In den vergangenen Tagen hatte sie jetzt diverse Geschichten, Anekdoten und Skurrilitäten aus Krummenau gehört, aber das hier war wirklich der Hammer.

Wie war es gleich wieder gewesen? Es hatte vor mehr als einem halben Jahrhundert zwei Schwestern gegeben, Frederike und Fanny, Töchter des berühmten Florian Fenchelmann, des Lebkuchenbäckers, der in Nürnberg gelernt und das Rezept in den Hunsrück gebracht hatte. Die jüngere, Fanny, hatte den Nelk-Stammhalter geheiratet, auf den die ältere, Frederike, scharf gewesen war? Und daraus war dann jener Streit entbrannt, in dem das originale Lebkuchenrezept der Fenchelmanns eine tragende Rolle gespielt hatte? Richtig. Und hatte nicht Frederike ihrer Schwester vorgeworfen, das Rezept verraten zu haben?

Aber von einem unehelichen Kind, einem illegitimen Spross der beiden Lebkuchendynastien, hatte ihr niemand etwas erzählt. Trotzdem passte alles: Lullu Kosniak war um die sechzig, die Legende des Streits zwischen den beiden Fenchelmann-Schwestern ungefähr genauso alt. Fritz Fenchelmann, Frederike Fenchelmanns Sohn, war um die fünfzig. Wenn Frederike also nach ihrer ersten Schwangerschaft später wieder schwanger geworden wäre ...

»Moment, Moment. Das müssen Sie mir erklären.« Noëlle hob die Hände, um zu signalisieren, dass sie es immer noch nicht ganz durchschaut hatte.

»Meine Mutter hatte in den Fünfzigern eine Affäre mit Hubert Nelk. Sie war sich sicher, dass sie heiraten würden, und passte nicht auf, wurde schwanger, und zwar in einer Zeit, da es für Frauen eine Schande war, ein uneheliches Kind zu bekommen. Sie hätte Hubert natürlich sofort geheiratet und er sie womöglich auch – aber die Familien waren sich längst einig, dass er Fanny heiraten sollte, und am Ende wehrte er sich nicht. Nur deswegen hat meine Mutter ihre Schwangerschaft verheimlicht und im Stillen eine Familie für ihr Kind gesucht.« Lullu Kosniak seufzte und fuhr sich mit der Hand durchs kurze weiße Haar. »Die Kosniaks hier am Ort konnten selbst keine Kinder bekommen. Meine leibliche Mutter Frederike und meine Ziehmutter Anna haben die Sache dann so inszeniert, dass alle dachten, Anna wäre schwanger, nicht Frederike. Die hat einfach nur so getan, als würde sie eben dicker werden – aus Kummer darüber, dass Hubert Nelk sich für ihre Schwester entschieden hatte. In den letzten Monaten hat sie eine Krankheit simuliert und mich dann, als es so weit war, an die Kosniaks gegeben, die sich wirklich wunderbar um mich gekümmert haben.« Sie seufzte. »Vor allem indem sie mir diesen fürchterlichen Vornamen ersparten.« Ein Lächeln huschte über ihr Gesicht, dann wurde sie schlagartig wieder ernst. »Ich bin unter den Augen meiner leiblichen Mutter aufgewachsen, ohne etwas zu ahnen.«

»Dann sind also Norbert Nelk und Fritz Fenchelmann … Ihre Brüder?«

»Halbbrüder, ja. Mit Fritz teile ich die Mutter, mit Norbert den Vater.«

Noëlle schnaubte fast schon hysterisch. »Fritz Fenchelmann kann Sie nicht einmal leiden …«

Lullu Kosniak grinste schief. »Allerdings, das ist richtig. Und ich finde auch, dass er ein Ekel ist. Aber …«

Noëlle hielt den Atem an. »Er weiß nichts davon.«

Die Buchhändlerin schüttelte den Kopf. »Nein. Niemand weiß etwas.«

»Warum erzählen Sie es mir dann, um Himmels willen?« Noëlle hatte ja nun wirklich nicht darum gebeten, in dieses Familiengeheimnis eingeweiht zu werden – oder sollte sie Dorfgeheimnis sagen?

Lullu Kosniak zuckte mit den Schultern. »Ich weiß es nicht. Ich spiele schon länger mit dem Gedanken, jemanden ins Vertrauen zu ziehen. Oder einfach mal zu Fritz rüberzugehen und es ihm zu sagen … Aber es war einfach nie der richtige Moment. Außerdem weiß ich nicht, ob es überhaupt eine so gute Idee ist.« Nachdenklich fuhr sie mit dem Finger über einen Buchrücken, der vor ihr auf einem Stapel lag. »Am Ende glaubt er mir nicht …«

»Und wieso haben Sie dann ausgerechnet *mich* zur Mitwisserin gemacht?«, fragte Noëlle matt.

Die Buchhändlerin sah sie an. »Ich mag Sie. Das war vom ersten Moment an so. Und Sie sind mit niemandem hier am Ort verbandelt … oder zumindest fast nicht.« Wieder zuckte sie mit den Schultern. »Jetzt können Sie es sich sowieso nicht mehr aussuchen.«

Noëlle stöhnte. Und es gab da noch etwas, was sie nicht verstand. »Warum hat Frederike Fenchelmann eigentlich nicht den Namen ihres späteren Ehemannes angenommen? Also, den von Fritz' Vater?«

Lullu Kosniak verzog gequält das Gesicht. »Weil Frederike Fenchelmann niemals geheiratet hat. Fritz' Vater ist gestorben, da muss Frederike gerade schwanger geworden sein – die Hochzeit stand schon kurz bevor.«

»Wie in aller Welt haben Sie das herausgefunden?«

»Kurz bevor meine leibliche Mutter gestorben ist, hat sie es mir erzählt. Sie wollte das Geheimnis nicht mit ins Grab nehmen. Sie hat mir sogar Briefe hinterlassen – Briefe von Hubert an Frederike. Da wusste ich, dass die Geschichte meiner Mutter wahr war.«

»Aber …« Noëlle zögerte. »Weiß das noch jemand?«

Lullu Kosniak schloss die Augen und atmete tief durch. »Heute ist wirklich der Tag der großen Verkündungen, was?«, meinte sie mehr zu sich selbst als zu Noëlle. Dann sagte sie: »Hans weiß es.«

»Welcher Hans?«

»Hans Brommel? Der Ortsvorsteher?«

Vor lauter Verblüffung blieb Noëlle der Mund offen stehen. »Brommel?! Warum denn gerade der?« Ausgerechnet Brommel! In dessen Namen sich die Buschtrommel versteckte!

Jetzt sah die Buchhändlerin doch etwas verlegen aus. »Wir … Wir standen uns mal näher …«

Oh, dachte Noëlle. *Oh.* Dieses Dorf war ja wirklich schlimmer als die Lindenstraße.

»Und wann war das?«, hakte sie nach.

»Ach …« Lullu Kosniak winkte ab. »Das geht schon seit Jahrzehnten so. Wir können nicht mit, aber eben auch nicht ohne einander. Momentan probieren wir es mal wieder ohne.«

»Wissen das die anderen?«

Die Buchhändlerin schüttelte den Kopf. »Nein. Als Hans und ich … uns zum ersten Mal näherkamen, war er schon … und irgendwie … Ach, solange es keiner weiß, komme ich damit klar.«

Wahnsinn. Von wegen, auf dem Dorf wussten alle alles voneinander!

»Wie dem auch sei«, fuhr Lullu Kosniak fort. »Ich bin der lebende Beweis dafür, wie unsinnig diese ganzen Streitereien sind. Diese alberne Fehde zwischen Fenchelmann und Nelk um ein Rezept, angeblich das einzig wahre …« Sie schüttelte den Kopf. »Ich gehe jede Wette ein, dass meine Mutter das Gerücht nur in die Welt gesetzt hat, um Fanny und Hubert Nelk eins auszuwischen. Nichts anderes steckt dahinter – eine bescheuerte Schmutzkampagne, mehr nicht. Vielleicht kann ich deswegen so wenig mit Marketing anfangen.« Sie grinste entschuldigend.

Noëlle stutzte. »Warum klären Sie das Ganze dann nicht auf? Sie könnten doch einfach sagen, wie es damals wirklich war …«

»Ach ja?« Die Buchhändlerin sah sie zweifelnd an. »Und Sie glauben, dass das einen Unterschied ausmachen würde?

Am Ende legen sie mir das doch auch negativ aus! Die drehen alles so hin, wie es ihnen passt.« Sie faltete die Hände. »Es muss auch anders gehen. Ich möchte, dass endlich wieder Frieden in Krummenau herrscht. Dass keiner dem anderen den Erfolg neidet. Seitdem wir uns vor mehr als achtzig Jahren auf Lebkuchen spezialisiert haben, geht es bergab mit unserem Dorf. Und ich finde, dass es nicht noch schlimmer werden darf.«

Noëlle stand ein wenig ratlos da und wusste nicht, was sie noch sagen sollte. Natürlich konnte sie die Beweggründe von Lullu Kosniak nachvollziehen. (Fulberta! Noëlle war immer noch fassungslos.) Und sogar mehr als das: Sie fand sie gut und richtig. Und ausgerechnet dieser Frau sollte sie jetzt in den Rücken fallen? Sie überreden, an etwas teilzunehmen, was sie selbst nur halbherzig unterstützte? Lullu meinte es doch nur gut. Ja, Monika Flock auch, aber war die Methode Kopf-durch-die-Wand in diesem Fall denn wirklich zielführend?

Für einen kurzen Moment dachte sie darüber nach, der Buchhändlerin von ihrer Lebkuchenaversion zu erzählen. Von ihrem Hass auf Weihnachten. Quid pro quo. Aber was hätte Lullu davon? Welchen Mehrwert hätte dieses Wissen?

Dann überlegte Noëlle, dass es sich mitunter einfach gut anfühlte, einen Verbündeten zu haben. Jemanden, der wusste, dass man nicht die Wahrheit sagte. Und der einen darin bestärkte, sich in einem Gestrüpp aus Halbwahrheiten und Lügen nicht zu verlieren.

»Ich …«, setzte Noëlle an, atmete einmal tief ein und wieder aus und verkündete schließlich beinahe feierlich: »Ich *hasse* Lebkuchen.« Ihre Stimme zitterte ganz leicht.

Überrascht sah Lullu Kosniak auf.

»Ich hasse Lebkuchen mit jeder Faser meines Herzens. Der Geruch, der Geschmack … O Gott, ich hasse Lebkuchen so sehr!« Noëlle fröstelte. »Er erinnert mich an Weihnachten. Das ist die einzige Sache, die ich noch mehr hasse als Lebkuchen – Weihnachten.«

Die Buchhändlerin musterte sie erstaunt. »Aber jeder liebt doch Weihnachten!«

Noëlle schüttelte den Kopf. »Meine Eltern haben es, solange ich denken kann, mit Weihnachten auf die Spitze getrieben. Ab August ging der Wahnsinn los. Das ganze Haus war dekoriert – das *ganze* Haus, nicht nur Teile davon. Alles war immer taghell erleuchtet. Das Regionalfernsehen kam vorbei, und die Nachbarkinder ...« Sie unterbrach sich, weil sie bei der Erinnerung daran erschauderte. »Jeden Tag standen sie vor unserem Haus und haben gegafft. Es war fürchterlich.«

Lullu Kosniak lächelte mitfühlend. »Und dann auch noch Ihr Name ... Da kann man sich schon fragen, ob Ihre Eltern ein bisschen plemplem oder einfach nur komisch drauf waren. Nicht dass es mich besser getroffen hätte ... *Fulberta!* Aber wenigstens können Sie einmal den Namen Ihres Zukünftigen annehmen.«

»Noëlle Flock?!« Sie lachte auf. »Das ist ja wirklich viel, viel besser als Noëlle Christmann! Wir sind übrigens nicht verlobt. Zumindest hat mir niemand je einen Antrag gemacht. Weder Erik noch Monika.«

»Wissen Ihr Freund und die Flocks von Ihrer ... Abneigung?«

Noëlle schüttelte den Kopf. »Nein, und es wäre mir wirklich recht, wenn ...«

Weiter musste sie nicht sprechen. Lullu Kosniak kam auf sie zu und legte ihr die Hände auf die Schultern. »Keine Sorge, ich verrate es niemandem.« Dann flüsterte sie: »Sie wissen, dass man bei Nelks unter der Ladentheke ...«

»… Hefezopf kriegt. Ja.« Noëlle grinste. Sie war froh, Lullu ins Vertrauen gezogen zu haben. Immerhin eine Verbündete im Kampf gegen die Lebkuchenbedrohung.

Nur was wurde jetzt aus ihrem Weltrekord?

Gerade als sie Lullu auf die Problematik ansprechen wollte, meinte die: »Natürlich werden Sie sich langfristig überlegen müssen, wie Sie in einem Dorf wie Krummenau leben können, wenn Sie keine Lebkuchen mögen.«

Noëlle meinte, sich verhört zu haben. »Wieso denn *leben*?«

»Na, Sie ziehen doch hierher?« Lullu schien aufrichtig verwundert zu sein.

»Wer?«

»Sie und Erik?«

Äh – was? Noëlle verschluckte sich an ihrem eigenen Atem und musste husten. »Sagt wer?«, keuchte sie.

»Sagt wer? *Wissen alle«*, entgegnete die Buchhändlerin ruhig, ohne dass ihr Lächeln auch nur einen Millimeter verrutscht wäre.

»Das ist doch Quatsch!«, rief Noëlle mit zitternder Stimme. »Da verwechseln Sie was …«

»Das glaub ich aber nicht. Erik hat im Sommer ein riesiges Grundstück im Neubaugebiet gekauft. Für sich und seine Familie, hat er damals erzählt. Er will im nächsten Jahr anfangen zu bauen und in spätestens drei Jahren herziehen, sobald er seine aktive Karriere beendet hat.«

Noëlle schnappte regelrecht nach Luft. Mit rasendem Herzen und schockgefrosteten Händen starrte sie Lullu Kosniak an und betete insgeheim darum, dass die Buchhändlerin jeden Moment loslachen und »Versteckte Kamera!« rufen würde. Aber nichts dergleichen geschah. Lullu blieb stumm, und Noëlles Knie verwandelten sich in Wackelpudding.

»Hat er … Hat er denn nie etwas gesagt?«, fragte Lullu leise.

Stumm schüttelte Noëlle den Kopf.

Erik wollte ernsthaft nach Krummenau ziehen? Er hatte hier sogar schon Baugrund gekauft? Im Sommer? Im Sommer waren sie doch gerade zusammengekommen? Er wollte sich im *Hunsrück* niederlassen, ein *Haus* bauen, mit seiner *Familie?* Mit *Frau* und *Lebkuchenkindern?* Das konnte er doch nicht vergessen haben, Noëlle gegenüber zu erwähnen?!

Sie schnaubte, und dann stiegen ihr die Tränen in die Augen. Ihr Puls raste, und sie hatte das Gefühl, den Boden unter den eiskalten Füßen zu verlieren.

»Es tut mir fürchterlich leid, dass Sie es von mir erfahren«, sagte Lullu leise.

»Sie … haben da … irgendwas falsch verstanden«, stammelte Noëlle in einem letzten verzweifelten Versuch, sich gegen etwas aufzubäumen, was aber die Wahrheit war.

Die Buchhändlerin schüttelte vorsichtig den Kopf. »Ich bin mir sicher, dass ich es richtig verstanden habe. Immerhin hat Erik das Grundstück mit Ines zusammen gekauft – Ines Wehr, die kennen Sie doch?«

17

Noëlle konnte sich im Nachhinein nicht mehr daran erinnern, wie sie zurück zum Haus der Flocks gekommen war. Erst als sie vor der Haustür stand und wild auf die Tür einhämmerte, stellte sie fest, dass sie keine Handschuhe mehr trug. Die musste sie – wie ihre Mütze, fiel ihr auf – in der Buchhandlung vergessen haben.

Nach einer Minute, vielleicht auch zwei – Noëlle hatte jedes Zeitgefühl verloren – ging die Tür auf, und ein komplett zerknautschter Erik stand im Rahmen.

»Hallo, Schatz, da bist du ja endlich wied…«, setzte er an, doch Noëlle unterbrach ihn rüde, indem sie die Arme nach vorn ausstreckte und Erik mit beiden Händen grob nach hinten schubste. Was in etwa so sinnvoll war, wie wenn man versuchte, gegen einen Baumstamm zu rennen, um ihn umzustoßen. Entsprechend blieb Erik an Ort und Stelle stehen, ohne auch nur einen Ausfallschritt nach hinten machen zu müssen. Er riss allerdings die Augen auf und sah Noëlle verwundert an. »He! Was ist denn mit dir los?«

»Du bist so ein Arschloch!«, schrie sie wie von Sinnen, dann stürmte sie an ihm vorbei ins Haus. Ohne sich die Schuhe oder die Jacke auszuziehen, raste sie die Treppe in den ersten Stock hinauf und zog dabei eine Spur aus Schneematsch und Dreck hinter sich her, aber das war ihr egal. In Eriks Zimmer schnappte sie sich ihre Tasche und fing an, ihre Sachen einzusammeln. Wütend stopfte sie ein Teil nach dem anderen in ihre Reisetasche.

»Kannst du mir mal erklären, was in dich gefahren ist?«, wollte Erik mit ruhiger Stimme wissen. Er war hinter ihr her nach oben gekommen und stand nun in der Tür.

Noëlle schlüpfte an ihm vorbei ins Badezimmer, wo noch ihre Zahnbürste und das Shampoo standen. »Tu nicht so scheinheilig«, knurrte sie.

Erik wandte sich in Zeitlupe zu ihr um und guckte ihr nach. Dann breitete er in einer hilflosen Geste die Arme aus. »Ich habe nicht einmal den Hauch einer Ahnung, wovon du sprichst.«

Noëlle stürmte wieder aus dem Bad, baute sich direkt vor ihm auf und schwenkte bedrohlich mit Zahnbürste und Shampooflasche. »Dann will ich deinem Gedächtnis mal ein bisschen auf die Sprünge helfen«, zischte sie. »Und wag es nicht, mich anzulügen!«

»Ich hab dich doch ...«

»Was ist mit dem Baugrundstück? Im Neubaugebiet? Das du mit Ines zusammen gekauft hast? Wann wolltest du mir davon erzählen, hm?«

Noëlle ließ Erik nicht aus den Augen, während er sofort den Blick senkte. Im selben Moment wusste sie, dass es stimmte. Dass er in Krummenau ein Haus bauen wollte. Dass er sich zusammen mit Ines Wehr ein Grundstück gekauft hatte.

Sie schüttelte den Kopf. »Das ist so ... so ... enttäuschend«, sagte sie und wollte gerade Zahnbürste und Shampooflasche in die Tasche stopfen, dann besann sie sich eines Besseren, wirbelte herum und stampfte mit der Zahnbürste im Anschlag direkt auf Erik zu. »Wieso hast du mir das nie gesagt? Kannst du mir das mal erklären?«

Er sah unendlich schuldbewusst aus, als er die Schultern hochzog und wieder nach unten sacken ließ und dann die Hände in die Taschen seiner Jogginghose vergrub. »Ich wusste echt nicht, wie …«, murmelte er.

»Du wusstest nicht, *wie?*« Jetzt schrie Noëlle wieder. »Wie wär's mit: ›He, Schatz, ich tu zwar so, als würd ich mir gerade mit dir eine Zukunft in Frankfurt aufbauen, aber in Wahrheit bau ich mir ein Eigenheim in der Pampa.‹«

Erik schluckte verlegen. »Das war echt blödes Timing … Wir hatten uns gerade kennengelernt – da war hier daheim just alles in trockenen Tüchern. Erinnerst du dich noch daran, dass ich an einem der ersten Wochenenden, kurz nachdem wir zusammengekommen sind, nach Hause fahren musste zu meinen Eltern? Da war der Notartermin.«

»Und das hast du mir nicht *gesagt?*« Noëlle stand immer noch vor Erik und starrte ihn an. Betroffen. Erschöpft. Zutiefst verletzt.

»Ich hatte Angst, dass dich das überfordern könnte.«

Noëlle wollte schon laut losschreien. Dann hielt sie abrupt inne. Das war ihr ja noch nie passiert. Dass sie einfach so einen Brüller in die Welt entließ, aus lauter Zorn und weil sie nicht wusste, was sie noch sagen sollte. Aber es fühlte sich gut an. Richtig und befreiend.

»Was bitte schön hätte mich daran überfordern sollen? Dass du mich anlügst? Mir etwas vorspielst? Ein Haus baust in einer Gegend, in die ich nicht mal ziehen würde, wenn man mir eine Million dafür gäbe?«

Autsch. Das hatte gesessen. Erik zog merklich den Kopf ein. »Noëlle …«

»Oder denkst du, es hätte mich überfordert, wenn du mir gesagt hättest, dass du dieses Haus zusammen mit *Ines* baust? Wäre es das gewesen, was mich deiner Meinung nach verstört hätte?«

Jetzt blickte Erik auf – und wirkte verwirrt, fast schon orientierungslos. »Wovon redest du?«

»Von *Ines.*« Sie spie den Namen geradezu aus. Alles, was sie am Morgen noch über Ines gedacht hatte, fühlte sich inzwischen an wie blanker Hohn. Noëlle war drauf und dran gewesen, sie als Freundin zu betrachten. Alles für die Katz.

»Was hat denn Ines mit der Sache zu tun?«

Pah! Das wurde ja immer besser!

»Du hast das Grundstück *mit ihr zusammen* gekauft!«

»Natürlich, aber …«

»Also stimmt es!« Noëlle tobte vor Wut.

»Es stimmt, na sicher stimmt es – aber doch wohl aus gutem Grund!« Erik hatte die Hände aus den Hosentaschen genommen und versuchte, Noëlle an den Schultern zu packen.

Sie wand sich aus seinem Griff. »Der Grund interessiert mich nicht.«

Wieder spürte sie, dass ihr die Tränen in die Augen stiegen. Sie wischte sie mit einer verärgerten Geste weg. Sie hasste das Leben. Und die Liebe! Und am allermeisten sich selbst, weil sie so ein Trottel war und wirklich gehofft hatte, dass sich der Einsatz diesmal lohnen würde.

Erik packte Noëlle bei den Schultern. »Ich bin mit Ines *aufgewachsen*. Sie ist wie eine Schwester für mich.«

»Aber … aber …«, stammelte Noëlle, »wieso baust du dann ein *Haus* mit ihr?« Heiß brannten sich die Tränen einen Weg über ihre Wangen. Sie wischte sie erneut mit dem Handrücken weg. Sie wollte sich keine Blöße geben. Nicht vor Erik. Nicht, wenn er … »Liebst du sie?«

So. Jetzt war es raus. Noëlles Puls raste, während sie Erik aus verquollenen Augen ansah.

»Sie ist die Ex von meinem Bruder, Herrgott!«, donnerte er. »Ich *liebe* sie doch nicht!«

Noëlle schniefte und sah ihn unverwandt an. »Aber warum willst du dann ein Haus mit ihr bauen?«

»Mannmannmann!« Erik ließ Noëlles Schultern los und drehte sich weg. Aufgebracht lief er im Zimmer auf und ab. Dann wirbelte er wieder zu ihr herum. »Mein lieber Herr Bruder und Ines waren fast zwanzig Jahre lang ein Paar. Sie sind mit vierzehn zusammengekommen. Die erste große Liebe, okay? Sie haben gemeinsam Abitur gemacht, mein Bruder ist für den Zivildienst nach Koblenz, Ines ist mitgegangen und hat dort ihre Lehre gemacht. Dann hat Lasse angefangen zu studieren, und als er fertig war mit seinem Studium, sind sie wieder nach Krummenau gekommen und in ein Haus gezogen. Zur Miete. In dem Haus wohnt Lasse heute noch. Erinnerst du dich?«

Tat sie. Sie waren beim Spaziergang vor der Bürgerversammlung daran vorbeigelaufen. Noëlle hatte sich noch gewundert, warum Eriks Bruder allein in einem so großen Haus lebte.

»Ines hat das Café ihrer Mutter übernommen, Lasse hat in der Fabrik angefangen.« Erik seufzte. »Sie … Sie haben versucht, ein Kind zu bekommen – acht verdammte Jahre lang. Die beiden haben wirklich nichts unversucht gelassen: Kinderwunschzentrum, künstliche Befruchtung, Pflegeelternschaft. Es gab nichts, womit sie sich nicht auseinandergesetzt hätten. Lasse hat Ines schon vor Jahren einen Antrag gemacht, sie wollten heiraten … aber irgendwie rückte das immer weiter in den Hintergrund, als sich ihr Kinderwunsch nicht erfüllt hat.«

Erik ließ sich auf die Bettkante sinken. Noëlle sah ihm an, wie schwer das Unglück seines Bruders und seiner Fast-Schwägerin auch ihn belastete. Warum hatte er ihr nie davon erzählt?

»Und dann kam die Nachricht vom Neubaugebiet. Ines und Lasse wollten bauen, haben sich dann aber immer häufiger gestritten. Wegen der Kinderzimmer vor allem, die Lasse unbedingt einbauen wollte, weil er immer noch daran festhielt, dass es irgendeines Tages vielleicht klappen könnte. Einfach so, auf natürlichem Weg, wenn schon keiner mehr damit gerechnet hätte. Ines ... hatte sich von dieser Vorstellung verabschiedet. Sie wollte keine Behandlungen mehr. Kein Adoptionsverfahren. Sie wollte glücklich werden, und nachdem es nicht hatte sein sollen, dann eben ohne Kinder. Und dann ...«

Er zögerte. Sah Noëlle an, von unten, aus diesen schönen blauen Augen, die sie von Anfang an in ihren Bann gezogen hatten.

»Dann war eines Tages einfach Schluss. Die Liebe war weg. Aber da hatten sie das Grundstück schon gekauft – und den Architekten beauftragt, den Bauantrag gestellt und so weiter und so fort. Aber Lasse wollte all das nicht mehr haben. Allerdings hätten sie eine Menge Geld verloren – Geld, das ich zufällig hatte, also ...«

Er schlug die Augen nieder und betrachtete seine Hände.

»Du hast recht. Ich hätte es dir sagen müssen. Ich hab den Grundstücksanteil meines Bruders übernommen und baue mit Ines das Haus.«

Noëlle schnappte nach Luft. Sie fühlte sich wie eine komplette Idiotin. Wie der einzige Blinde inmitten von Sehenden. Wie hatte sie das alles so dermaßen falsch verstehen können? All die Andeutungen von Ines, von Lullu? Aber noch viel wichtiger: Warum hatte sie *zufällig* von dieser ganzen Sache erfahren müssen? Warum hatte Erik ihr das nicht erzählt? Es wäre doch gar nicht schlimm gewesen ... Sie korrigierte sich in Gedanken. Es wäre nicht gerade toll gewesen. Aber irgendwie hätte Noëlle die Kröte schon geschluckt. Darin war sie ja weiß Gott Profi.

»Und bevor du jetzt gleich wieder in die Luft gehst«, fuhr Erik schnell fort, »es wird kein klassisches Einfamilienhaus, so wie du dir das jetzt vielleicht vorstellst. Es sind zwei Doppelhaushälften. Die eine gehört mir, die andere gehört Ines. Und sie zieht dort alleine ein – mit Klaus.«

»Und deine Hälfte?«, wollte Noëlle wissen und schluckte. Ines' und Lasses Geschichte war nicht leicht zu verdauen. Eriks Bruder und seine Exfreundin taten ihr aufrichtig leid. Etwas so lange zu wollen, so lange auf etwas zu hoffen und am Ende dann zu merken, dass es keinen Kleber gab, der die Scherben würde zusammenhalten können … Und trotzdem …

»Meine Hälfte vermiete ich«, antwortete er. »Bis …«

»Bis was?«

»Kannst du dir wirklich nicht vorstellen, je nach Krummenau zu ziehen?«

Noëlle klappte die Kinnlade runter. Wollte Erik sie verarschen? »Ich? Nach *Krummenau?*«, entfuhr es ihr. Dann kam ihr ein schrecklicher Gedanke. »Hast du deswegen immer so von der Gegend geschwärmt? Von den leckersten Brötchen und der frischesten Luft? Dass es nirgends so schön wie im Hunsrück wäre?«

Er blickte beschämt zu Boden. »Also, nicht so absichtlich, wie du das jetzt darstellst«, murmelte er. »Aber wenn du es irgendwann in Betracht ziehen könntest … irgendwann mal …«

Erneut loderte Wut in Noëlle hoch – in einem Maße, dass sie sich selbst wunderte. Erik hatte die ganze Zeit Schleichwerbung gemacht – für sein beschissenes Kuhdorf am Ende der Welt. Und sie, Noëlle Christmann, Marketingspezialistin und Fachfrau für PR in allen Bereichen, hatte es nicht gemerkt. Sie war seinem untergejubelten Product Placement auf den Leim gegangen, und zwar auf eine Art und Weise, dass sie sich beinahe schämte.

»Was soll ich denn bitte hier in Krummenau?«, fragte sie atemlos und wieder lauter, als sie es eigentlich beabsichtigt hatte. »Ich *hasse* Lebkuchen!«

Erik sah sie erschrocken an. Aber davon nahm Noëlle keine Notiz mehr. Sie hatte soeben bemerkt, dass noch jemand anderes im Türrahmen erschienen war und jetzt nach Luft schnappte.

Sie drehte sich im selben Moment um, da Erik von der Bettkante aufstand.

»Mutti«, sagte er matt, aber Monika Flock hatte nur Augen für Noëlle.

»Du *hasst* Lebkuchen?« Ihre Stimme zitterte.

Noëlle wusste nicht mehr, was sie sagen sollte. Sie kam sich vor wie eine Hochstaplerin, wie eine Blenderin, die sich unter Vorspiegelung falscher Tatsachen in eine fremde Familie eingeschlichen hatte. Beim Lügen erwischt werden, das war nie schön. Aber Noëlle hatte ein derart falsches Bild von sich selbst inszeniert, dass sie inzwischen selbst nicht mehr wusste, was wahr war und was falsch.

»Es tut mir leid«, flüsterte sie.

»Und hierherziehen willst du auch nicht?« Monikas Blick wanderte zu Erik. »Aber du kommst doch wieder heim, oder, Schatz? Wir freuen uns doch alle so auf dich!«

»Ich … äh …« Erik knetete sich mit sichtlichem Unbehagen die Hände und warf Noëlle verzweifelte Blicke zu.

Die konnte sich schon denken, was in ihm vorging. Einerseits wollte er es sich mit seiner Mutter nicht verscherzen. Also würde er ihr jetzt wohl kaum sagen können: Nee, Mutti, ich bleib in Frankfurt, wenn Noëlle das will. Andererseits versprach er besagter Mutti vermutlich nicht zum ersten Mal, dass er wieder in den Hunsrück kommen würde – und der Hausbau hatte Monika Flocks Hoffnungen natürlich Flügel verliehen.

Was würde Erik jetzt tun? Sich auf die Seite seiner Mutter oder auf die von Noëlle schlagen? Nach allem, was er sich geleistet hatte, brauchte sie jetzt ein klares Signal von ihm. Kein Wischiwaschi mehr, kein Larifari, sondern ein eindeutiges und unmissverständliches Zeichen, dass er sich zu Noëlle und zu niemandem sonst bekannte, vor allem nicht zu Muttis Rockzipfel.

Erik sah Noëlle an, und für einen kurzen Moment kam es ihr so vor, als wollte er sich bei ihr entschuldigen. Dann meinte er: »Mutti, da ist doch noch gar nichts entschieden. Und wenn Noëlle sich das noch mal in Ruhe überlegt …«

Irgendwo in Noëlles Kopf schepperte es. Als würde ein gewaltiger Turm aus Porzellan und Glas, den irgendjemand behutsam aufgeschichtet hatte, aus dem Gleichgewicht geraten. Die filigranen Tassen, die zarten Gläser, die fein bemalten Schüsselchen, alles kam ins Wanken, schwankte von links nach rechts, und dann krachte der gesamte Turm mit einem gewaltigen Rums in sich zusammen, und übrig blieben nur mehr Scherben.

»Hallo?«, rief in diesem Moment eine Stimme aus dem Erdgeschoss. »Wir sind da!«

Erik sah verwundert auf. »Was macht Papa denn schon hier?«

»Erik? Nölle?«

Das war Lasses Stimme.

»Und wieso bist du überhaupt schon hier?«, wollte Erik jetzt von seiner Mutter wissen. »Ich dachte, du hättest den ganzen Tag Sitzungen.«

»Ein Gutes muss es schließlich haben, wenn man in der Geschäftsführung sitzt«, erwiderte Monika. »Ich hab uns allen spontan den Nachmittag freigegeben, damit wir an der Weltrekordidee weiterarbeiten können.« Sie bedachte Noëlle mit einem abschätzigen Blick. »Ich kann nicht fassen, dass du uns nicht erzählt hast, dass du gar keinen Lebkuchen magst.«

Noëlle musste schlucken, und das Schlucken fiel ihr fast genauso schwer wie am Samstagmittag bei dem furchtbaren Menü, das Monika für sie gekocht hatte.

»Das … bedaure ich sehr«, wisperte sie und sehnte sich in diesem Moment ein Erdloch herbei, in dem sie versinken konnte.

Monika Flock seufzte. »Es wäre gelogen, wenn ich behaupten würde, dass ich nicht enttäuscht wäre. Aber wie dem auch sei … Wir haben Wichtigeres zu besprechen.« Sie nickte in Richtung Treppenhaus. »Kommt ihr?« Dann drehte sie sich um und marschierte aus dem Zimmer.

Noëlle starrte auf die Tasche, die immer noch mit geöffnetem Schlund auf Eriks Bett stand. Die Shampooflasche ragte heraus, die Zahnbürste lag daneben auf der Matratze, wo Erik sie hingeworfen hatte. Noëlle versuchte zu begreifen, was im Moment in ihr vorging. Es war eine Art tiefe, kohlrabenschwarze Verzweiflung, ein dunkles Nichts, in dem sämtliche Farben verblassten. Es war das Gefühl, dass gerade etwas zu Ende gegangen war. Etwas, woran sie geglaubt, wofür sie sich überwunden hatte. Und nun lag es da, wie ein angefahrenes Tier auf der Straße, und alle Wiederbelebungsversuche kamen zu spät. Zu viel war für sie passiert. Die kalten Nachmittage in der Eishalle. Das Dorf aus Lebkuchen. Eriks Geheimnis. Und nicht zuletzt: ihre Scham über die eigene Lüge.

Sie wollte nur noch weg. Deswegen lief sie auf die Tasche zu, warf die Zahnbürste hinein und zog den Reißverschluss zu.

»Was machst du denn?«, fragte Erik fassungslos.

»Ich packe.«
»Und warum?«
»Weil ich gehe.«
»Aber warum?!« Inzwischen klang er panisch.

Sie drehte sich zu ihm um. »Das ergibt doch alles keinen Sinn. Du hast mich angelogen.«

»Aber du mich doch auch! Du magst keine Lebkuchen.« Erik sah ernsthaft verzweifelt aus.

»Tja.« Noëlle lächelte freudlos. »Dann passen wir wohl doch besser zusammen, als ich gedacht hätte.« Sie schulterte die Tasche. »Tut mir echt leid, Erik, aber ich brauch jetzt erst mal frische Luft.« Dann machte sie auf dem Absatz kehrt und hastete die Stufen hinunter. Um nicht hinzufallen und sich bei ihrem überhasteten Ausbruch auch noch das Genick zu brechen, richtete sie den Blick auf die Treppe. Als sie unten ankam und aufsah, stand Familie Flock aufgereiht im offenen Esszimmer und starrte ihr entgegen: Monika Flock, daneben Onkel Rudi. Lasse und Finya mit Oma Lisbeth in der Mitte. Und ganz rechts Georg Flock.

»Noemi«, sagte er, »willst du schon gehen?«

»Du kannst uns doch jetzt nicht verlassen«, frotzelte Finya. »Wir sind aufgeschmissen ohne dich.«

»Soll ich uns mal eine Kanne Kaffee aufsetzen?«, schlug Lasse vor.

»Wo ist eigentlich Saskia?«, krähte die Oma dazwischen.

»Tut mir leid«, murmelte Noëlle, sah vom einen zum anderen und spürte fast so was wie Abschiedsschmerz in ihrer Brust. Sie mochte diesen verrückten Haufen – irgendwie und obwohl sie alle nach Lebkuchen rochen. »Ich hab das nicht gewollt, ich …« Sie verstummte.

»Was ist denn los?«, wollte Lasse wissen und guckte seine Mutter fragend an.

Jetzt kam auch Erik die Treppe hinuntergeschlichen. Er blieb neben Noëlle stehen und sah sie aus traurigen Augen an.

»Noëlle«, stieß Monika Flock hervor, und alle guckten sie alarmiert an. »Noëlle … mag keine Lebkuchen.«

Georg, Finya, Lasse und Rudi schnappten unisono nach Luft. Nur Oma Lisbeth schien mal wieder gar nichts verstanden zu haben. Die Blicke der anderen wanderten zu Noëlle, die sich fühlte, als würde man sie mit Hunderttausenden von Zahnstochern durchbohren. Zahnstocher, die in Säure getränkt und wie überdimensionierte Voodoonadeln mit chirurgischer Präzision in genau die Stellen ihres Körpers gedrillt wurden, an denen es am meisten schmerzte. Es war eine jener Situationen, vor denen sich Noëlle ihr Leben lang gefürchtet hatte: dass nämlich alles, was sie jahrelang zu verbergen versucht hatte, auf einen Schlag ans Licht kam. All die Mühen, die Qualen, die Momente, in denen sie sich woandershin gewünscht hatte, überallhin, nur nicht in den Stall von Bethlehem, wo sie neben Kevin Grünholz hatte stehen müssen, diesem pickligen, frühpubertären Widerling, der sie als Josef so anzüglich angeguckt hatte, dass sie ihm am liebsten »Unbefleckte Empfängnis, du Vollsparren!« ins Gesicht geschleudert hätte. Stattdessen hatte sie jungfernhaft gelächelt und sich geschworen, alles irgendwann ganz anders zu machen.

Jetzt war der Moment gekommen. Neunzehn Jahre Weihnachtsterror ihrer Eltern und drei Tage Lebkuchendiktatur forderten ihren Tribut.

»Nicht nur das«, meinte sie mit wackliger Stimme. »Ich hasse auch Weihnachten.«

Ein synchrones Aufkeuchen von Seiten der Flocks – diesmal auch von Erik, und sogar Oma Lisbeth drehte jetzt ihr Hörgerät auf Empfang.

»Aber das ist doch Quatsch«, entgegnete Finya ungläubig. »Du heißt Noëlle Christmann. Wie kannst du Weihnachten hassen?«

»Genau deswegen.« Noëlle erwiderte ihren Blick. »Ich hasse Weihnachten aus tiefster Seele. Meine Eltern sind total weihnachtsverrückt. Sie feiern dieses schreckliche Fest über mehrere Monate im Jahr – ab August gibt's bei uns nur Stollen zu essen, laufen nur noch Weihnachtslieder, ist alles voll von fürchterlichem Kunstschnee ... Ich *hasse* Weihnachten! Es gibt nichts, was ich mehr verabscheuen würde. Na ja ... vielleicht ... Lebkuchen.«

»Saskia?«, rief Oma Lisbeth wie vom Donner gerührt.

»Aber Noemi!«, rief Georg Flock, und Lasse seufzte: »Ach, Nölle!«

»Der Abgrund«, murmelte Onkel Rudi, »ruft nach dem Abgrund.«

Noëlle drehte sich zu Erik um, der immer noch neben ihr stand wie ein Schluck Wasser in der Kurve. »Es tut mir wirklich, wirklich leid.« Dann drehte sie sich um und ging mit langen Schritten auf die Haustür zu.

»Wo will sie denn hin?«, wollte Monika wissen, und Finya drehte sich zu ihrem Bruder um: »Geh ihr nach!«

»Quo vadis?«, rief Lasse, und Onkel Rudi beschwerte sich prompt: »Das ist mein Spruch!«

Gerade als sie aus der offenen Haustür treten wollte, stellte Noëlle entsetzt fest, dass es schon wieder schneite. Natürlich, wie hätte es auch anders sein können?

»Zum Glück ist Saskia nicht mehr gekommen. Die konnt ich nie leiden«, murmelte Oma Lisbeth in diesem Moment. »Aber wo geht Noëlle denn hin? Die war sehr nett ...«

Es war das Letzte, was Noëlle hörte, ehe sie die Tür hinter sich zuzog.

18

Sie stapfte durch den Schnee. Von Minute zu Minute fielen die Flocken dichter vom Himmel. Es kam Noëlle vor wie der blanke Hohn. Da verließ sie das Haus der Flocks, und der Himmel weinte keine Regentropfen, sondern dicke weiße Eiskristalle – wie in einem beschissenen Märchen oder in einem kitschigen amerikanischen Hollywoodstreifen. Sie kam sich vor, als wäre sie in einer dieser Schneekugeln gefangen, aus der es kein Entkommen gab. Zu allem Übel wusste sie nicht, wo sie hinwollte. Nach Frankfurt, ja. Nach Hause. Aber es war Dienstagnachmittag in Krummenau. Wie viele Wege führten von hier aus in die Mainmetropole?

Noëlle fröstelte. Zuallererst einmal würde sie ihre Handschuhe und ihre Mütze holen, die sie in der Buchhandlung vergessen hatte. Vielleicht würde Lullu Kosniak ihr sagen können, wie sie von hier wieder wegkäme. Die Vorstellung, sich bei diesem Wetter an den Ortsausgang zu stellen und den Daumen rauszuhalten, in der Hoffnung, dass irgendwer sie mitnähme, war alles andere als verlockend.

Sie warf einen Blick gen Himmel. Oben, unten, von vorn, hinten und von der Seite – alles weiß. Sie hatte mal vom Whiteout gelesen, einem meteorologischen Phänomen, das besonders in den Polargebieten oder im Hochgebirge vorkam. Wenn das Sonnenlicht durch dichte Wolken oder Nebel gedämpft wurde und der Untergrund schneebedeckt war, kam es quasi zur Auflösung des Horizonts: Boden und Himmel, alles ging nahtlos ineinander über und wurde eins. Als Mensch hatte man dann das Gefühl, sich in einem leeren Raum zu befinden, der sich bis zur Unendlichkeit ausdehnte.

So orientierungslos fühlte sich nun auch Noëlle, als sie durch die leer gefegten Straßen von Krummenau marschierte, über der Schulter die Tasche, die Meter um Meter schwerer wurde, mit eiskalten Händen und gebrochenem Herzen. Sie wusste nicht mehr, was sie fühlen sollte. Es war ihr alles viel zu viel geworden. Natürlich war ihr bewusst, dass nicht nur Erik Fehler gemacht hatte, indem er ihr nicht reinen Wein eingeschenkt hatte, und das von Anfang an. Dass er irgendwann wieder in die Heimat zurückwollte, davon hatte sie heute zum ersten Mal gehört. Und dass er dann auch gleich ein Haus bauen musste … mit Ines Wehr. Okay, die Gründe konnte sie nachvollziehen. Trotzdem …

Sie war immer noch so verdammt wütend – am allermeisten aber auf sich selbst. Sie hätte von Anfang an die Wahrheit sagen müssen. Dass sie weder Weihnachten feierte noch Lebkuchen aß. Punkt. Immer dieses beknackte »Ich mach es allen recht« – wie bescheuert das war! Es brachte doch nichts, weder kurz- noch mittel- und erst recht nicht langfristig. Klar, im ersten Augenblick fühlte es sich super an, wenn man das Gefühl hatte, andere Leute zufriedengestellt zu haben, bloß weil man etwas Bestimmtes getan oder gesagt hatte. Aber die eigene Unzufriedenheit, die durch das andauernde Verbiegen entstand … Nein, die war den Aufwand nicht wert.

In Zukunft, nahm Noëlle sich fest vor, während sie endlich auf den Marktplatz einbog, der mittlerweile von einer dicken

Schneeschicht bedeckt war, in Zukunft würde sie das alles anders machen. Oder zumindest ein bisschen … zumindest öfter mal nein sagen. Zum Beispiel wenn die doofe Sonja fragte, ob Noëlle mit ihr mittagessen gehen wolle. Noëlle konnte Sonja doch noch nicht mal leiden. Weil man bei ihr immer so aufpassen musste, was man erzählte. Selbst ein zufriedenes Seufzen, weil die Büronachbarin gerade für ein paar Tage im Urlaub war und man die Ruhe genoss, sorgte dafür, dass Sonja daraus eine Meldung machte. Das hatte Noëlle in der Vergangenheit mehr als ein Mal in eine blöde Situation gebracht.

Oder ihre Eltern, die immer fragten, wann sie denn mal wieder vorbeikommen wolle. Vielleicht war es an der Zeit, ihnen zu verklickern, warum sie sich zwischen August und Januar in Hildesheim nicht mehr blicken ließ und was die Christmannsche Weihnachtseuphorie bei Noëlle ausgelöst hatte. Dabei ging es nicht einmal um Schuldzuweisungen, sondern rein ums Verständnis. Oder auch einfach nur darum, es mal gesagt zu haben.

Sie lief quer über den Marktplatz, vorbei an Adam und Eva mit ihren lustigen Kappen aus Schnee auf den Köpfen, die Noëlle an russische Fellmützen erinnerten. Missmutig spähte sie hinüber zum Café Zimt. Nein, Ines Wehr konnte nichts für all das Kuddelmuddel, das Erik und Noëlle einander eingebrockt hatten. Aber wirklich unbefleckt war diese Freundschaft nun ebenfalls nicht mehr. Selbst wenn es Noëlle furchtbar leidtat, was Ines und Lasse durchgemacht hatten. Die Sache mit dem unerfüllten Kinderwunsch … Mann, manche Menschen traf es wirklich hart. Dabei konnte sich Noëlle sogar gut vorstellen, dass Ines und Lasse ein super Paar gewesen waren und bestimmt auch tolle Eltern geworden wären. Nur leider war es der Natur völlig egal, was Noëlle Christmann über die Elternqualitäten anderer Leute dachte.

Sie lief weiter. Als ihr Blick auf das Rathaus fiel, dachte sie für einen kurzen Moment darüber nach, in Hans Brommels Büro zu stürmen und ihm mal so richtig die Meinung zu geigen. Dann besann sie sich eines Besseren. Was hätte sie davon? Nur einen Konflikt mehr, einen Streit zusätzlich, den sie würde ausfechten müssen. Ja, sie wollte künftig Sachen anders machen. Aber sie musste ja nicht gleich zur Kampfhenne werden. Außerdem: In Kürze wäre sie aus Krummenau verschwunden, und dass sie alsbald wiederkäme, glaubte sie nicht. Es wäre also kaum den Aufwand wert.

Das Licht hinter der Schaufensterscheibe der Bücherinsel war an, allerdings gedimmt. Die kleine Stehlampe neben dem Ohrensessel im Schaufenster tauchte die ganze Szenerie in einen goldenen, heimeligen Schein. Als Noëlle die Ladentür aufschob, bimmelte das Glöckchen über ihrem Kopf. Immerhin klang es nicht weihnachtlich, und in der Tat war das für Noëlle ein kleiner Trost.

Lullu Kosniak kam aus dem hinteren Bereich des Ladens. »Ah, Sie sind das«, rief sie, als sie Noëlle erkannte. »Sie kommen bestimmt, um Ihre Mütze und Ihre Handschuhe zu holen.« Lullu trat an einen kleinen Tisch, auf dem eine altmodische Registrierkasse stand. Sie nahm das kleine Bündel daneben zur Hand, drehte sich zu Noëlle um – und erstarrte, als sie ihr ins Gesicht sah. »Was ist denn passiert?«

Und in diesem Moment konnte Noëlle nicht mehr anders, als ihren Tränen freien Lauf zu lassen. Sie ließ die Tasche auf den Boden fallen und schlug sich die eiskalten Hände vors Gesicht. Ein tiefes Schluchzen drang aus ihrer Kehle, und dann spürte sie, wie ihr ganzer Körper zu zittern begann. Sie hatte keine Ahnung, ob es die Kälte, die Enttäuschung oder beides zusammen war.

Lullu eilte auf sie zu, drückte sie fest an sich und strich ihr über den Rücken. »Na, na, Kleines«, murmelte sie beruhigend auf sie ein – was allerdings nur dazu führte, dass Noëlle noch lauter aufschluchzte. Die Tränen wollten gar nicht mehr aufhören zu fließen. Sie zog die Nase hoch und schniefte. Erst nach einer ganzen Weile, als die heftigsten Beben abgeklungen waren, sah sie auf.

»O Gott, tut mir leid«, wimmerte sie, als sie die verschmierte Wimperntusche auf der Bluse der Buchhändlerin entdeckte. Sofort wurden ihre Augen wieder glasig. »Das wollt ich nicht …«

Lullu folgte verwirrt Noëlles Blick und winkte dann entschieden ab. »Was ist denn überhaupt los? Wollen Sie es mir erzählen?«

Sie führte Noëlle zu einer kleinen Sitzgruppe, die verborgen hinter einem der Warentische stand, und manövrierte Noëlle in den bequemen, mit rotem Samt bezogenen Sessel. Dann lief sie zur Kasse zurück, zog eine Schublade darunter auf und zauberte eine Packung Taschentücher hervor, die sie Noëlle hinhielt. Die putzte sich erst mal ausgiebig die Nase und tupfte sich die Tränen vom Gesicht. Als sie auf das zusammengeknüllte Papier in ihrer Hand blickte, war es schwarz. Vermutlich sah sie gerade aus wie ein depressiver Pandabär. Auch schon egal.

»Ich … Ich hab Erik auf das Grundstück angesprochen und auf das Haus, das er zusammen mit … mit Ines baut.«

Lullu seufzte tief. »Es tut mir wirklich leid, dass ich das ausgeplaudert habe. Wirklich! Das wollte ich nicht! Dass ausgerechnet ich mal etwas weitertratsche, die ich das Gerede hier in Krummenau doch am allerwenigsten leiden kann …«

Noëlle winkte ab. »Ist schon okay. Wär doch sowieso irgendwann rausgekommen. Außerdem sind Sie doch nur der Übermittler der Nachricht. Sie kann ich dafür doch nicht verantwortlich machen.«

»Du«, meinte Lullu. »Es wird Zeit, dass wir uns endlich duzen. Ich bin die Lullu.«

Noëlle nickte. »Noëlle.« Intuitiv streckte sie die Hand aus, die die Buchhändlerin ergriff – dann aber nicht mehr losließ, sondern zwischen ihren warmen Fingern festhielt.

»Also. Jetzt mal der Reihe nach. Was ist passiert?«

Noëlle berichtete Lullu, was zwischen ihr und Erik vorgefallen war. Immer wieder schüttelte die Buchhändlerin den Kopf und entschuldigte sich, weil sie den Auslöser für ihren Streit geliefert hatte. Aber davon wollte Noëlle nichts wissen.

»Meinst du nicht, du solltest noch einmal mit Erik reden? Er hat es sicherlich nicht so gemeint …«

Noëlle zog bockig die Schultern hoch. »Ist mir egal, wie er es gemeint hat. Er hat's mir nicht erzählt, und das hätte er tun müssen.«

Lullu nickte. »Und jetzt?«

Noëlle putzte sich noch mal die Nase. »Ich will nach Frankfurt. So schnell wie möglich. Fährt hier vielleicht ein Bus?«

Lullu schürzte die Lippen und zog die Augenbrauen hoch.

»Hat Krummenau einen Bahnhof?« Noëlles Verzweiflung wuchs mit jeder Sekunde.

»Ich könnte dich nach Idar-Oberstein fahren.« Die Buchhändlerin stand auf. »Ich wollte eigentlich nach Morbach …«

»Aber der Laden …« Noëlle sah sich um.

»Du hast doch neulich selbst gesagt, dass mir die Kundschaft nicht die Bude einrennt.« Lullu grinste. »Müssen sie sich halt mal einen Tag gedulden, wenn sie ein Buch kaufen wollen. Geht ja zum Glück nicht um Leben und Tod.«

»Aber …«, setzte Noëlle erneut an, doch Lullu unterbrach sie.

»Keine Widerrede. Ich hab dir diese Suppe miteingebrockt, da ist es wohl das Mindeste, dass ich dir auch beim Auslöffeln helfe.«

Sie stand auf, ging zur Tür und drehte das Metallschild an der Tür um, so dass von außen nun »Geschlossen« zu lesen war. Dann angelte sie einen Schlüssel aus der Tasche und schloss ab, löschte sämtliche Lichter bis auf die kleine Lampe im Schaufenster, nahm ihren Mantel vom Haken hinter der Tür und schnappte sich ein Bündel Papiere, die auf dem schmalen Tisch neben der Registrierkasse gelegen hatten.

Noëlle folgte Lullu durch den hinteren Teil des Ladens in den Hof hinter dem Haus. Wie sie jetzt erst feststellte, führte von dort eine Wendeltreppe aus Metall in eine Wohnung darüber. Dort lebe sie seit Jahrzehnten, erzählte Lullu. Sie habe das Haus von den Kosniaks geerbt. Die seien auch Buchhändler gewesen. Sie selbst habe in den frühen Siebzigern eine Ausbildung zur Buchhändlerin gemacht und das Geschäft dann später übernommen.

»Und du wolltest nie heiraten? Kinder?«, fragte Noëlle, als sie ihre Tasche in den Kofferraum des kleinen Fiat Panda stellte und die Heckklappe zudrückte.

»Hm«, meinte Lullu nachdenklich. »Ich weiß nicht. Es war nicht so, dass ich nie welche gewollt hätte, aber irgendwie … hat es sich nicht ergeben.«

»Es hat sich nicht ergeben?« Noëlle zog die Augenbrauen hoch, nahm auf dem Beifahrersitz Platz und schnallte sich an. »Wie *ergeben* sich denn Kinder?«

Lullu ließ den Wagen an und fuhr vom Hof. »Weißt du, das war nicht so ganz leicht … Ich hab mich nie zwischen meinem Bauch und meinem Kopf entscheiden können.«

Noëlle sah sie fragend an und wartete darauf, dass Lullu weitersprach.

Sie zuckte mit der Schulter. »Das mit Hans geht ja schon seit Jahren so. Mit zwanzig hab ich noch gedacht, er wäre der Mann meiner Träume. Aber damals wollte er sich noch nicht festlegen. Er wollte noch nicht mal, dass unser Verhältnis öffentlich würde. Und ich hab immer gedacht, ich könnte ihn ändern, würde ihn schon irgendwann davon überzeugen, dass … Na ja. Ich hab ihn nicht überzeugt. Stattdessen kam ich irgendwann mit einem anderen Mann zusammen. Auch aus Trotz, das geb ich zu.«

Noëlle schluckte. Oh Mann. Das klang alles so bescheuert – und so sehr nach ihr selbst! Sie war ganz genauso konfliktscheu und traute sich selbst locker zu, dass sie lieber mit einem anderen eine Beziehung einging, statt ihrer großen Liebe das Herz auf einem Silbertablett zu servieren.

»Hans hat irgendwann geheiratet. Ein paar Jahre später hat sich seine Frau von ihm getrennt, die Ehe war kinderlos geblieben. Zehn Jahre, nachdem wir es schon mal miteinander probiert hatten, ging es also wieder von vorn los. Diesmal war ich diejenige, die nicht wollte, dass es publik würde, weil …« Sie warf Noëlle einen entschuldigenden Blick zu. »… weil ich mit dem anderen Mann ja immer noch zusammen war.«

»Oh.« Gut, das war wirklich nichts, was man gern erzählte. Vor allem nicht in Krummenau.

»Hans und ich hatten uns getrennt, kamen wieder zusammen, trennten uns, kamen wieder zusammen …« Sie schüttelte den Kopf, während sie auf die Hauptstraße einbog und in Richtung Süden fuhr. »Na ja, die alte Leier eben. Lese ich selbst hundertmal am Tag in Büchern.« Sie lachte trocken auf. »Wie dem auch sei. Wir können uns bis heute nicht füreinander entscheiden, jedenfalls nicht richtig. Für Kinder hat es da eben nie gereicht.«

Noëlle nickte. Das war eine traurige Geschichte. Von zweien, die nicht voneinander lassen konnten, aber miteinander klappte es ebenso wenig.

»Und warum funktioniert es nicht richtig zwischen Hans und dir?«

Lullu zuckte mit den Schultern. »Früher waren wir vermutlich einfach zu unterschiedlich. Aber heute? Heute wollen wir keine Kompromisse mehr eingehen.« Sie warf Noëlle einen Seitenblick zu. »Das ist das Los, wenn man zu lang allein war. Man kann und mag sich auf niemanden mehr einlassen.«

Noëlle schluckte betreten. Das klang natürlich nicht so toll. Und es war ja auch nicht so, stellte sie für sich fest, als hätte sie das Singledasein so fabelhaft gefunden, als dass sie unbedingt wieder allein sein wollte. Teil einer Beziehung zu sein, das gefiel ihr ja durchaus. Die Nähe, die gemeinsam verbrachte Zeit, die Tatsache, dass man sich als Teil eines Ganzen fühlte. Und klar, sie hatte ein paar Kompromisse eingehen müssen. Den Samstag in der Eishalle zu verbringen beispielsweise, das gehörte nun wirklich nicht gerade zu ihren Lieblingsbeschäftigungen. Aber mit den Lebkuchen war sie zu weit gegangen. Das war ein Kompromiss zu viel gewesen. Oder eher: tausend Krümel zu viel.

»Man darf sich auch nicht komplett verbiegen«, meinte Noëlle leise.

»Nein. Weder das eine noch das andere. Denn immer auf seiner Meinung zu beharren macht letztendlich auch einsam. Glaub mir, ich weiß, wovon ich spreche.«

Noëlle sah Lullu an. Neben ihr saß eine Frau in den Sechzigern, die zwar topfit und vital war, die aber den größten Teil ihres Lebens bereits hinter sich hatte. Lullu war eine Person, die für ihre Überzeugungen alles tat, die sogar allein geblieben war, obwohl der Mann ihres Lebens nur ein paar Häuser weiter gewohnt hatte. Die sich lieber vom halben Dorf hatte hassen lassen, auch wenn ihr das am Ende keiner danken würde. Würde sie ihre Geschichte erzählen – wer ihre Eltern wirklich gewesen waren und welch unsinniger Streit über die Jahre geschwelt hatte –, vielleicht würde sich in Krummenau ja etwas verändern.

Nun ja. Vielleicht. Vielleicht aber auch nicht.

Trotzdem war Lullu eine Idealistin, eine, die für das, wofür sie einstand, sogar das eigene Unglück in Kauf nahm. Noëlle war ein bisschen neidisch auf sie. Sie selbst versuchte ständig, sich irgendwo durchzulavieren, sich immer irgendwie zu arrangieren, damit sie nicht aneckte. Eine Prise Lullu, dachte sie mit einem Seufzer, würde mir vermutlich ziemlich guttun.

»Liebst du Erik denn?«, wollte die Buchhändlerin in diesem Augenblick wissen.

Noëlle antwortete nicht gleich. Intuitiv hätte sie »Ja!« rufen wollen, dann aber waren sofort Zweifel aufgekommen. Die Gedanken an die letzten Tage, die Enttäuschung angesichts seines Geheimnisses ... und auch, das musste sie sich eingestehen, dass sie selbst ihn so bedenkenlos in Sachen Weihnachtstrauma angelogen hatte. All diese Lebkuchen gefuttert hatte, egal wie oft sie ihr fast wieder hochgekommen wären ... Sie war keine Paartherapeutin, aber dass sie Erik nicht ins Vertrauen gezogen hatte, war bestimmt kein gutes Zeichen.

Dass es jetzt so enden sollte, schmerzte sie trotzdem. Sicher würden sie und Erik sich in Frankfurt noch mal treffen, zum Reden. Aber was würden sie sich sagen? Sie hatten einander gleichermaßen enttäuscht. Und wenn Noëlle ganz ehrlich zu sich war, dann hatte sie sich von den Flocks auch viel zu vereinnahmt gefühlt. Klar, es war toll, wenn einen die Familie des Partners mit offenen Armen empfing. Aber Noëlle war sich teilweise vorgekommen wie die verlorene Tochter – mit allen Rechten und Pflichten. Sie würde diese Mischpoke tatsächlich ein bisschen vermissen, weil sie wirklich alle sehr herzlich waren. Aber lieber ein Ende mit Schrecken als Familie ohne Ende.

Sie atmete tief durch. Dann antwortete sie: »Manchmal reicht Liebe allein nicht aus.«

Lullu sah sie nachdenklich an. »Irgendwann wirst du einsehen, dass du den perfekten Mann mit der perfekten Familie niemals finden wirst, das ist dir klar, oder?«

»Eine Familie ohne Lebkuchenleidenschaft wär mir schon genug«, meinte Noëlle trocken.

»Ich glaube, dass es immer schwieriger wird, einen Partner zu finden, je älter man wird. Weil man sich ja immer mehr in seiner kleinen Welt einrichtet und nicht länger bereit ist, auch nur drei Zentimeter von seinen Ansichten und Gewohnheiten abzurücken.« Sie umfasste das Lenkrad mit beiden Händen. »Glaub mir, ich spreche da aus Erfahrung.«

Noëlle antwortete nicht. Durchaus möglich, dass Lullu Kosniak recht hatte. Dass Noëlle ihren ganz persönlichen Mr. Perfect nicht mal dann erkannte, wenn er ihr auf den Bauch gebunden wurde. Weil sie immer noch darauf hoffe, eines Tages mit einem Traumprinzen ein komplett konfliktfreies Leben ohne Verbiegungen und Verrenkungen zu führen. Was irgendwie Quatsch und ziemlich unrealistisch war, das wusste sie selbst. Aber was suchte man denn, wenn nicht einen Mr. Perfect – oder Mr. *Almost* Perfect? Das geringere Übel? Denjenigen, der sie nur ein bisschen weniger nervte als der Rest der Menschheit? Das konnte doch nicht Lullus Ernst sein.

Sie waren schon seit einigen Minuten auf der Landstraße unterwegs, hatten Horbruch und Hochscheid hinter sich gelassen und fuhren in Richtung Südwesten. Zu beiden Seiten ragten dunkle Tannenwälder auf, deren Baumwipfel weiß gepudert waren und deren Zweige unter der Last des Schnees ächzten. Kaum jemand war draußen unterwegs. Ein paar vereinzelte Autos kamen ihnen mit eingeschalteten Scheinwerfern entgegen. Die Dämmerung setzte gerade ein. Noëlle warf einen Blick auf die Uhr. Es war schon nach vier.

Auch Lullu schien nicht entgangen zu sein, wie spät es bereits war. Sie schnaufte. »Ich weiß, du willst so schnell wie möglich nach Hause. Aber das Archiv in Morbach hat nur bis fünf auf. Wenn ich dich nach Idar-Oberstein bringe und dann wieder zurückfahre …«

»Kein Problem«, sagte Noëlle schnell. Ihr war es ohnehin unangenehm, dass Lullu sie chauffierte – wo sie doch sicher Besseres zu tun hatte. »Ich kann doch einfach mit ins Archiv kommen. Vielleicht kann ich dir helfen?«

Lullu nickte lächelnd. »Das wäre toll.«

»Was suchst du dort überhaupt?«

»Ach …« Sie zeigte mit dem Daumen auf die Rückbank, wo der Stapel alter Papiere lag, den Lullu zuvor eingepackt und mitgenommen hatte. »Ich hab schon vor einiger Zeit einen alten Briefwechsel auf meinem Dachboden gefunden. Einer meiner Vorfahren – das heißt, ein Vorfahre meiner Adoptivmutter Anna Kosniak – war anscheinend freundschaftlich mit Bettina von Arnim verbunden. Sie haben einander alles Mögliche geschrieben, vor allem ging es aber um die Arbeit, also das literarische Schaffen … und es gab da eine Information, die ich gern noch mal überprüfen wollte, bevor ich damit vor die Versammlung trete …«

Noëlle verstand nur Bahnhof. »Ach«, machte sie, und dann sagte für eine Weile niemand von ihnen mehr was, bis sie in Morbach angekommen waren und Lullu den Wagen vor einem historisch anmutenden Häuschen im Ortskern parkte.

In dem Häuschen trug Lullu sie beide in ein Besucherregister ein. Dann erklärte die Buchhändlerin einem jungen Mann mit randloser Brille, der hinterm Tresen saß und das Archiv offenbar wie seine Westentasche kannte, wonach sie suchte. Noëlle hörte nur mit einem Ohr hin. Stattdessen sah sie sich die Bilder an, die an den Wänden hingen: gerahmte Siebdrucke und alte Kupferstiche vom Hunsrück, Stadtansichten, Landschaftsbilder, Hügel, Wälder, kleine Flüsschen … Meine Güte, wie viel Arbeit sich da jemand mal gemacht hatte! Die Striche waren nadelfein. Wenn sich Noëlle richtig erinnerte, musste man für einen Kupferstich das, was später aufs Papier sollte, aus einer Trägerplatte herausarbeiten – eine Schweinearbeit, und falsch machen durfte man auch nichts, weil es sich nicht mehr korrigieren ließ. Sie schluckte trocken. Ein bisschen wie in einer Beziehung: Da konnte man sich zwar entschuldigen und Besserung geloben, aber mal eben schnell was ausradieren konnte man nicht. Es blieb immer etwas übrig, was an den Fehler erinnerte. Oder man musste wieder ganz von vorn anfangen. Wie merkwürdig in einer Zeit, in der das Löschen ganz alltäglich geworden war. Da geisterten gewisse Bilder tagelang durchs Netz – und dann auf einmal waren sie wieder weg. Als hätte es sie nie gegeben. Nirgends Durchschläge, nirgends Negative und auch keine verblichenen Stellen im Album, die an das, was dort einmal gewesen war, erinnerten.

Manchmal in der Agentur, wenn Noëlle so richtig unter Strom stand und viele Texte schreiben musste, ertappte sie sich dabei, wie sie Tastenkombinationen auf ihr reales Leben übertrug. Dann stand sie im Supermarkt vor der Käsetheke, und ihr fiel wieder ein, dass sie vergessen hatte, ganz vorne am Eingang Avocados einzupacken. Anstatt einfach zurück in die Gemüseabteilung zu marschieren, schoss ihr als Erstes durch den Kopf: Strg + Z – Aktion rückgängig machen. Als könnte sie ihr Leben per Tastendruck steuern. Total bescheuert. Trotzdem verspürte sie, als sie an Erik und die Lebkuchen dachte, den dringenden Wunsch, genau diese Tasten jetzt zu drücken. Und zwar gleich mehrfach. Einfach zurückspulen, es noch mal machen, es noch mal besser machen.

»Ich bin so weit«, riss Lullu sie aus den Gedanken.

Noëlle drehte sich um und folgte dem bebrillten Mann und der Buchhändlerin in einen Nebenraum, wo Regale bis auf den letzten Zentimeter mit dicken Lederbänden vollgestellt waren und bis zur Decke ragten. Der Archivar zog eins der Bücher heraus und ächzte unter dem Gewicht. Dann trug er es zu einem Tisch, der in der Nähe stand, legte es vorsichtig darauf ab und schlug es auf. »Hier …« Er blätterte durch die Seiten – behutsam, beinahe zärtlich, wie Noëlle fand.

Lullu schob ihn sanft beiseite, holte den Papierstapel aus ihrer Tasche und legte ihn neben das Buch. »Ab hier schaffen wir es allein, vielen Dank«, meinte sie und komplementierte den jungen Mann hinaus. Dann zog sie einen Briefumschlag aus dem Papierstapel und holte ein gefaltetes Blatt Papier heraus: einen eng beschriebenen Brief, wie Noëlle erkannte. Die Schwünge waren winzig, als hätte sich der Verfasser nicht den Platz genommen, den er eigentlich gebraucht hätte. Nun ja, in einer Welt, in der ein Brief ein kleines Vermögen gekostet hatte – das Papier selbst, der Umschlag, der Versand –, hatte man vermutlich kein Wort zu viel geschrieben, sondern sich aufs Wesentliche konzentriert und das auch noch so gedrungen wie nur möglich aufgeschrieben. Noëlle musste an früher denken, als sie selbst noch auf Film fotografiert hatte. Sechsunddreißig Bilder, sechsunddreißig Motive, die wohlgewählt werden wollten. Heute kam sie von einem Kurztrip übers Wochenende mit dreihundertsechzig Handybildern zurück – dutzendfach das immer gleiche Motiv, weil vielleicht der eine Versuch noch ein klitzekleines bisschen besser war als der vorherige. Waren so Beziehungen heutzutage? Dreihundertsechzig fast schon beliebige Versuche, und am Ende sah man den Wald vor lauter Bäumen, das Bild vor lauter Fotos nicht mehr?

Lullu fuhr mit dem Finger die Zeilen des Briefes entlang. »Da steht es: ›*Wilhelm schrieb mir aus einem kleinen Orte na-*

mens Krummenau, dass ihm hier eine Geschichte zugetragen worden war, die sich aufzuschreiben lohnte …›« Dann wanderte ihr Finger zum Datum hoch. 16. Mai 1817.

Wow. Der Brief war mehr als zwei Jahrhunderte alt! Dabei sah er aus, als wäre er eben erst verschickt worden. Verrückt.

Doch Noëlle hatte keine Zeit, sich damit aufzuhalten, denn Lullu wandte sich gerade dem Buch zu und blätterte ein paar Seiten nach vorn. Dabei murmelte sie unentwegt in sich hinein und suchte die in Frakturschrift bedruckten Seiten nach etwas Bestimmtem ab.

»Hmm … nein … Ah, da! Oder …« Ihr Finger flog über die Zeilen, dann plötzlich blieb er über einer Stelle schweben. »Hier! Da ist es!« Sie sah Noëlle an und wirkte aufgeregt. »Ich wusste es!«

»Was denn?« Noëlle beugte sich nach vorn, um es sich anzusehen.

Lullu tippte auf die Seite. »Lies mal, was da steht!«

Noëlle lehnte sich noch ein Stück weiter vor und las laut vor: »*›Am dritten April 1817 besuchten die ehrenwerten Gebrüder G., Verfasser der beryhmten Hausmärchen, die Lande rund um Hochscheyd, Morbach und Simmern.‹*«

Sie sah auf. »Die Gebrüder Grimm?«, fragte sie atemlos. Irgendwo in ihrem Gehirn machte sich ein Gedanke daran, sich entlang der Nervenbahnen auf den Weg zu machen. Er war noch zu weit weg, als dass sie ihn hätte greifen können, aber sie spürte, dass da etwas war – eine Ahnung. Mehr als das. Ein Gefühl, das sich ihrer bemächtigte. Wieder starrte sie auf das offen vor ihr liegende Buch und den Brief daneben: »*›Wilhelm schrieb mir aus einem kleinen Orte namens Krummenau …‹*«

»Nachdem wir in Aachen waren und von der Printensage die Rede war, hab ich mir den Kopf darüber zerbrochen, ob wir so etwas nicht doch für Krummenau finden könnten«, meinte Lullu. »Gestern Abend hab ich mir daraufhin noch mal die alten Briefe und Aufzeichnungen der Kosniaks angesehen, von denen ich ja wusste, dass sie zum Teil von Literaten der damaligen Zeit stammten. Eine Legende oder Sage hab ich nicht gefunden, aber dieser Brief und der Eintrag im Archiv beweisen doch, dass …«

»… dass die Gebrüder Grimm in Krummenau gewesen sind«, vervollständigte Noëlle den Satz. »Aber … was machen wir daraus? Aus der Information, meine ich?«

Lullus Lächeln verblasste ein wenig. »Ich weiß es noch nicht recht … Ich hab zwar das Gefühl, wir werden das noch brauchen, aber …« Sie betrachtete nachdenklich das Buch. Den Brief. Dann Noëlle. Und mit einem Mal wirkte die Buchhändlerin unendlich müde. »Nein, ich weiß es nicht. Ich weiß nicht, was wir mit diesem Wissen anstellen können.« Sie klappte das Buch zu. »Wieder eine Sackgasse.« Dann seufzte sie und rieb sich die Augen. »Komm. Ich fahr dich zum Bahnhof.«

19

Es schneite schon wieder. Es wurde immer heftiger. Noëlle starrte durch die Windschutzscheibe und ließ sich vom Rhythmus der Scheibenwischer einlullen, die im immer gleichen Takt hin- und herwischten. Das Geräusch, die Schneeflocken, die auf die Scheibe zurasten, nur um dann auf ihr abzuschlagen und vom Scheibenwischerblatt beiseitegefegt zu werden, machten sie dösig.

Dabei nagte immer noch ein vager Gedanke an ihr. Irgendwo in ihrem Hirn geisterte ein Einfall herum. Sie kniff die Augen zusammen und versuchte, sich an ein ganz bestimmtes Detail aus den vergangenen Tagen zu erinnern. Sie hatte so vieles gehört und gesehen, gefühlt und erlebt, dass sie es nicht richtig sortiert bekam. Also der Reihe nach. Sie und Erik waren nach Krummenau gekommen. Noëlle hatte von der Lebkuchentradition des Dorfes gehört. Vom Streit zwischen Fenchelmann und Nelk um das einzig wahre Rezept. Lullu hatte von Marcel Prousts Madeleines erzählt, und Noëlle hatte vom *Traditional Artisan Guide* erfahren. Sie waren nach Aachen gefahren, hatten das Printenmännchen über dem Marktplatz gesehen, die Printensage gehört. Ihr fielen all die Orte in Deutschland wieder ein, deren Namen an Weihnachten erinnerten, all die Städte und Dörfer, die sie mit ihren Eltern besucht hatte. Erik und Ines, die Gebrüder Grimm …

Irgendwo in den Tiefen ihrer Handtasche vernahm Noëlle ein Klingeln. Ihr Handy – sie hatte eine Nachricht bekommen. Sie zog die Tasche aus dem Fußraum und wühlte darin herum, bis sie das Handy zu fassen bekam. Als sie das Display entsperrte, hielt sie den Atem an, und als sie sah, dass es ein verpasster Anruf von Erik war, schlug ihr Herz augenblicklich schneller – schneller, als es Noëlle lieb gewesen wäre.

So ist das also, dachte sie. Du kannst dir im Kopf alles gerade so zurechtlegen, wie du es willst, aber dein elendes Herz entscheidet trotzdem für sich allein. Kopf und Herz und der fette Widerspruch der beiden – und endlich verstand sie auch, was Lullu zuvor gemeint hatte. Sie ahnte, dass auch sie Gefahr lief, sich mit dem Kopf für Dinge zu entscheiden, die ihr Herz nicht wollte.

Sie rief die Nachricht auf. Er hatte ihr auf die Mailbox gesprochen. Mit zittrigen Fingern drückte sie die Kurzwahltaste und hielt sich dann das Handy ans Ohr.

»Noëlle, ich …« Er klang atemlos. Und genauso furchtbar nervös und aufgeregt wie in dem Moment, als er sie gefragt hatte, ob sie mit ihm ausgehen wolle. Dann hörte sie sein Seufzen. »O du mein liebster Schmollbraten, du wunderbare, liebenswerte und großherzige Frau. Ich habe einen fürchterlichen Fehler gemacht. Ich hätte dir viel früher von dem Haus erzählen müssen. Und statt Werbung für Krummenau zu machen, hätte ich dich fragen müssen, was *du* eigentlich willst.« Er wurde leiser. »Insgeheim hab ich mir vorstellen können, was du geantwortet hättest. Und deshalb hab ich mich ganz einfach nicht getraut zu fragen, ob du mit mir irgendwann nach Krummenau gehen wollen würdest … und erst recht hab ich mich nicht getraut, dir von dem Haus zu erzählen.«

Noëlle schluckte. Wie konnte sie ihm das auch nur für eine Sekunde zum Vorwurf machen? Sie war ja keinen Deut besser!

»Ich … Ich liebe dich, Noëlle. Wie nichts anderes auf der Welt. Ich bin verrückt nach dir, nach deinen kalten Händen und deinem großen, warmen Herzen. Nach dem wunderbaren Geräusch, wenn du aus voller Kehle lachst. Nach deinem leisen Schnarchen, weil … Ja, du schnarchst, verdammt, auch wenn du es immer abstreitest! Ich liebe dich, du bist mein Lieblingsmensch, der liebste Mensch von allen! Komm zurück zu mir! Gib mir noch eine Chance! Ich …« Erneut zögerte er. »Ich versprech dir auch, du wirst dein Leben lang keinen Lebkuchen mehr essen müssen. Und Weihnachten feiern wir auch nicht. Nicht mal Ostern … und Pfingsten sowieso nicht. Wir feiern gar nichts mehr, wenn du es nicht willst. Hauptsache, du gibst mir noch eine Chance, ja?« Ein letztes Mal wurde er leiser. »Bitte? Melde dich!«

Noëlle hörte die Nachricht wieder und wieder ab. Ihr Herz hatte allem Anschein nach jeglichen Bezug zur Realität verloren, denn es puckerte wie verrückt in ihrer Brust und kriegte sich überhaupt nicht mehr ein. Noëlle wurde flau im Magen. Ihr wurde doch nicht etwa schlecht vom Autofahren? Nein. Die Strecke führte zwar über ein paar kurvige Straßen durch Wälder hindurch, aber eigentlich hatte sie einen eher robusten Magen – wie sie erst am Samstag unter Beweis gestellt hatte.

Vielleicht war es aber auch so, dass ihr Herz mit seinem andauernden Gepoche ihr irgendwas sagen wollte. Etwas, was ihr Kopf noch nicht verstand, noch nicht begreifen wollte, weil er immer noch viel zu sehr damit beschäftigt war, ihre Enttäuschung zu verarbeiten. Warum in drei Teufels Namen war ihr Herz dann so viel weiter? Wie hatte es Erik verzeihen können – wenn doch Noëlles Hirn noch nicht mal ansatzweise begriffen hatte, was das alles für sie beide bedeutete? Für ihre Beziehung, für …

Was, wenn ich gerade einen riesigen Fehler mache?, fragte sich Noëlle. Wenn Erik der Richtige ist – derjenige, der mich glücklich machen kann, derjenige, den ich glücklich mache? Vielleicht nicht bis der Tod uns scheidet, aber zumindest länger als die Mindesthaltbarkeitsfrist eines ordinären Supermarktlebkuchens? Sie war ihm nicht umsonst in vielen Dingen so weit entgegengekommen, sondern weil er ihr wichtig war. Weil sie ihn liebte, auch wenn sie das zu diesem frühen Zeitpunkt niemals nicht über die Lippen brächte. Trotzdem war das doch nicht *nichts*. Und die Sache mit Ines und dem Haus – herrje, ein blödes Missverständnis. Oder? Ihr Herz sagte ihr doch, was richtig war. Oder? Und sie hatte sich vorgenommen, die Sachen anders zu machen. Also warum jetzt kapitulieren? Warum alles hinwerfen, wo es doch gerade erst anfing, echt zu werden?

Noëlle wollte sich verändern. Sie wollte Konflikte eingehen. Haltung annehmen. Und sie nahm keine Haltung an, indem sie davonrannte. Sie konnte niemandem Widerworte geben, indem sie sich allein in ihr Frankfurter Bad legte und der Gummiente beim Absaufen zusah.

Lullu ging vom Gas und fuhr auf eine Abzweigung zu. Links ging es in Richtung Idar-Oberstein, rechts nach Thalfang und zur Autobahn. Unter den beiden gelben Pfeilschildern war ein breites rotbraunes Schild mit einer weißen Aufschrift und einem stilisierten Diamanten angebracht. *Deutsche Edelsteinstraße.*

Edelsteinstraße …

Lullu beäugte die Fahrzeuge, die sich von links und rechts näherten, und wartete auf eine Möglichkeit, links abzubiegen.

In Noëlles Kopf drehten sich die Rädchen immer schneller. Sie hielt den Atem an, als sie bemerkte, dass sie ganz nah dran an etwas war. Ihr Herz schlug wieder heftiger, doch diesmal war sich Noëlle sicher, dass es nichts mit Erik zu tun hatte. Sie hatte eiskalte Finger, als sie die Erinnerungen an die vergangenen Tage erneut Revue passieren ließ. All das, was ihr widerfahren war, Proust, die Ferienstraßen … ihre Kindheit in den Weihnachtsorten …

»Ich hab's!«, rief sie. »Ich hab's!« Sie drehte sich zu Lullu um, die sie entgeistert anstarrte.

»*Was* hast du?«

»Ich hab die Lösung! Ich weiß jetzt, was wir machen!«

Die Buchhändlerin sah sie immer noch entgeistert an. »Wir fahren zum Bahnhof …«

»Nein!«, rief Noëlle. »Dreh um!«

»Was?!«

Hinter ihnen hupte ein Auto. Die Straße vor ihnen war frei. Doch Lullu zuckte nicht mal mit der Wimper.

»Dreh um!«, rief Noëlle ungeduldig. »Wenn wir uns beeilen, schaffen wir es noch rechtzeitig zur Pro-Lebkuchen-Sondersitzung.«

Lullu musterte sie mit einem Blick, in dem so viel Skepsis und Widerwillen lagen, wie Noëlle es noch bei niemandem erlebt hatte. »Hat es was mit Erik zu tun? Du weißt, ich wünsche mir sehr, dass ihr ein Paar bleibt, weil ich glaube …«

»Nein, nichts mit Erik …« Noëlle schüttelte den Kopf. Dann dämmerte ihr, dass ihr Schütteln allmählich zu einem abwägenden Hin und Her wurde. »Also, nicht primär …«

»Aber du wärst bereit, es dir noch mal zu überlegen?«

»Keine Ahnung. Dreh um!«

»Und du bist dir sicher, dass du …«

»Ja!« Noëlle klatschte in die Hände. Es war so offensichtlich – sie hatte es die ganze Zeit direkt vor ihrer Nase gehabt, aber es nicht gesehen!

»Na gut«, meinte Lullu, seufzte und bog links ab, setzte direkt wieder den Blinker, wendete und fuhr die Straße zurück, die sie eben erst verlassen hatten. »Dann also zurück nach Krummenau.«

Zwanzig Minuten später bog Lullu auf den Hof hinter der Buchhandlung ein. Noëlle stieß die Tür auf und fiel beinahe aus dem Fiat Panda, fing sich gerade noch rechtzeitig und schmetterte die Tür zu. Dann rannte sie los und rief über die Schulter: »Los, Lullu! Beeil dich!«

Es war kurz nach sechs. Die Sitzung hatte bestimmt schon angefangen. Noëlle hoffte, dass Erik da wäre. Und Monika und Georg – ja sogar Onkel Rudi.

Als sie um die Ecke auf den Marktplatz bog, wäre sie beinahe ausgerutscht. Verdammt, war das eisig! Ein bisschen Wedeln mit den Armen, und sie rannte weiter auf das Rathaus zu und riss die Eingangstür auf. Lullu sprang keuchend hinter ihr über die Schwelle.

»Hallo, Erna«, rief Noëlle der mampfenden Frau hinterm Empfangstresen zu, die wie ein Erdmännchen den Kopf hob, aber nichts sagte – weil sie den Mund voll hatte.

Noëlle und Lullu hasteten die Treppe ins Obergeschoss hoch, wo auch schon die Sitzung am Samstag stattgefunden hatte. Bereits aus einiger Entfernung konnte sie die Stimme des Ortsvorstehers hören. Hans Brommel, Lullus Herzbube! Noëlle war für einen kurzen Moment abgelenkt. Dass die Buchhändlerin und der Ortsvorsteher … sie eine Frau von Welt, modern, anders, er ein Gewächs des Hunsrücks mit Halbglatze und Kugelbauch … Na, wo die Liebe eben hinfiel. Manchmal an die komischsten Orte. Sie selbst und Erik waren doch das beste Beispiel: Denn dass eine Frostbeule wie Noëlle und der Eishockeyprofi Erik ein Paar geworden waren, das war doch wirklich …

Die Tür stand offen, und Noëlle stürmte in den Saal. Als Hans Brommel hinter dem Pult sie erblickte, verstummte er. Alle drehten sich zu Noëlle um, auch die erste Reihe. Sämtliche Flocks.

»Noemi!«, rief Georg Flock und sprang auf.

»Ich hab's dir doch gesagt«, brummte Lasse, den Noëlle allerdings nicht sehen, sondern nur hören konnte.

»Noëlle!« Erik stand auf – und hätte selbst dann alle überragt, wenn der gesamte Saal gestanden hätte. »Du bist wieder da!«

Er wollte sich schon auf den Weg zu ihr machen, als Noëlle ihm mit einer Geste Einhalt gebot. Dann lief sie an den Stuhlreihen vorbei nach vorn, erklomm die kleine Bühne und stellte sich neben das Pult. Brommel machte sofort Platz, allerdings nicht, ohne erst einen langen Blick mit Lullu zu wechseln, die an der Tür zum Saal stehen geblieben war und wartete.

»Ich …« Noëlle räusperte sich, dann hob sie die eiskalten Hände und hielt sich am Stehpult vor sich fest. Sofort hatte sie das Gefühl, nicht mehr zu schwanken wie eine Birke im Wind. »Ich bin euch eine Erklärung schuldig.«

Gemurmel machte sich im Raum breit. Noëlle sah, wie einige Krummenauer die Köpfe zusammensteckten.

»Ich bin mir sicher, der eine oder andere von euch hat es bereits gehört. Ich …«

Sie hielt erneut inne. Es fiel ihr immer noch nicht leicht, die Wahrheit zu sagen – aber das war ja bei allen neuen Gewohnheiten so. Sie fühlten sich an wie ein Schuh, der noch nicht eingelaufen war und an allen Ecken und Enden drückte. Vermutlich würde sie ja Blasen bekommen und Druckstellen, wenn sie die ersten Kilometer darin lief, und es würde sich ganz gewiss alles andere als angenehm anfühlen. Aber am Ende würde der Schuh dann wie angegossen passen.

»Ich hab einige Menschen, die ich sehr mag, glauben lassen, dass ich voll und ganz hinter der Lebkucheninitiative stehen würde … aber das tue ich nicht. Ich halte sie für grundverkehrt.«

Ein Raunen ging durchs Publikum. Monika Flock schlug die Hand vor den Mund, und Vater Georg verschränkte die Arme vor der Brust. Restlos allen, die sich eben noch gefreut hatten, sie wiederzusehen, war schlagartig die Skepsis in die Gesichter geschrieben. Nur Erik schien das alles vollkommen egal zu sein. Er stand immer noch in der ersten Reihe – so groß, dass die Leute, die hinter ihm saßen, sich nach links und rechts beugen mussten, um Noëlle auf der Bühne zu sehen.

»Ich habe meine Gründe, warum das so ist. Zum einen liegt es daran, dass … ich ein ganz persönliches Problem mit Weihnachten hab«, fuhr Noëlle fort. »Diese Voreingenommenheit macht mich für euch natürlich nicht zur besten Beraterin – und dann doch wieder. Denn de facto hat sie dazu geführt, dass ich gerade eine noch viel bessere Idee für Krummenau hatte.«

»Na, da sind wir aber mal gespannt!«, fauchte eine Stimme aus dem Off, die Noëlle sofort als die von Fritz Fenchelmann erkannte.

Sie lächelte. »Ich kann euer Misstrauen verstehen. Deswegen lasst es mich erklären: Es ist nicht ganz unproblematisch, sich thematisch so auf Weihnachten einzuschießen. Zum einen ist Weihnachten für die meisten Bundesbürger nur für ein paar Wochen im Jahr von Interesse. In diesen Wochen werden sie euch hier vermutlich wirklich überrennen, genau wie Lullu Kosniak befürchtet. Aber was ist in der restlichen Zeit? Glaubt ihr wirklich, dass es Touristen gibt, die im März Lebkuchen essen wollen? Und was passiert, wenn ihr kurzfristig in den *TAG* reinkommt, aber nicht drinbleibt? Dann fallen die Reisegruppen weg, und ihr guckt in die Röhre.«

Einige der Anwesenden nickten Noëlle zu, andere schüttelten irritiert den Kopf, und sofort fingen einige Sitznachbarn wieder an zu tuscheln, so dass Noëlle die Stimme erheben musste, um wieder die volle Aufmerksamkeit auf sich zu wissen.

»Außerdem ist Krummenau als Lebkuchenort nur einer von ganz vielen. Nürnberg haben wir ja schon erwähnt – und das ist viel bekannter.«

»Aber auch für die Würstchen!«, rief jemand aus dem Publikum, und Noëlle nickte.

»Die Nürnberger Lebkuchen sind mindestens genauso bekannt wie das Lübecker Marzipan oder die Aachener Printen. Damit in Konkurrenz zu treten könnte schwierig werden.«

»Und was sollen wir deiner Meinung nach stattdessen tun?«, wollte Fritz Fenchelmann mit vor Spott triefender Stimme wissen. »Wir können ja schlecht anfangen, die Produktion auf Esspapier umzustellen, nur weil es noch keine Stadt gibt, die dafür bekannt wäre.«

Alle lachten. Selbst Noëlle musste schmunzeln, weil sie die Vorstellung fast ein wenig amüsant fand. Dann fiel ihr Blick auf Erik, der sie immer noch unverwandt anstarrte und sie wieder daran erinnerte, was sie eigentlich hatte sagen wollen. Ihr Herz machte einen kleinen Sprung und gab die Aufregung an ihren Magen weiter, der sich mit einem Mal anfühlte, als würde sie durch eine Reihe von Luftlöchern fliegen.

»Hört euch meinen Vorschlag an«, sagte sie laut, »danach könnt ihr entscheiden, ob ihr mich mit Schimpf und Schande aus eurem Dorf jagt oder nicht.« Sie atmete tief durch. »Ich schlage vor, dass ihr Abschied von den Lebkuchen nehmt.«

»Niemals!«, rief Monika Flock und sprang erbost von ihrem Stuhl auf.

»Blasphemie!«, brüllte Onkel Rudi und ballte die Hand zur Faust. Auch einige andere wurden lauter.

Noëlle hob die Hände und machte eine beschwichtigende Geste. »Ich bin noch nicht fertig. Was ich sagen will, ist: Nehmt Abschied vom Lebkuchen und begrüßt den Pfefferkuchen!«

Keiner sagte etwas. Es war mucksmäuschenstill. Man hätte die berühmte Stecknadel fallen hören können. Das einzige Geräusch, was die Stille durchbrach, war Monikas Stuhl, der quietschte, als sie sich wieder darauffallen ließ. Rudi verschränkte die Arme vor der Brust und sah Noëlle herausfordernd an, und die verstand seinen Blick als Einladung weiterzusprechen.

»Als Marketingexpertin rate ich euch, dass ihr einen sogenannten USP entwickelt, einen Unique Selling Point. Etwas, was nur ihr habt. Lebkuchen gibt es auch noch in anderen Orten von Deutschland. Weihnachtsbezüge auch – nehmen wir doch nur Seiffen im Erzgebirge! Was Krummenau aber wirklich von allen anderen Dörfern unterscheidet, ist der Originale Grimmsche Pfefferkuchen!«

So. Jetzt war es raus. Noëlle ließ den Blick durch den Saal schweifen und musterte die Gesichter vor ihr im Publikum. Allerdings sah sie nicht viel außer totaler Ratlosigkeit. Okay. Sie musste weiter ausholen.

»Lullu Kosniak hat herausgefunden, dass die Gebrüder Grimm vor mehr als zweihundert Jahren hier in Krummenau Station gemacht haben. Wie einige von euch vielleicht wissen, haben sie auf ihren Reisen durch Mitteldeutschland klassische deutsche Sagen, Geschichten und Erzählungen aufgeschrieben. So sind die Grimmschen Hausmärchen entstanden und außerdem« – Noëlle hob den Finger – »die Deutsche Märchenstraße, eine der bekanntesten Ferienstraßen in ganz Deutschland mit mehr Touristen als auf allen anderen Ferienstraßen! Die Märchenstraße führt an Orten vorbei, in denen die Gebrüder Grimm gelebt, durch die sie gereist sind oder in denen ihre Märchen angesiedelt sind. Lullu hat nun durch einen alten Briefwechsel herausgefunden, dass die Grimms tatsächlich auch in Krummenau haltgemacht haben. Und ich vermute mal, dass sie hier ebenfalls einige Geschichten aufgeschnappt haben.«

»Und was soll das bringen?«, wollte der ewige Nörgler Fenchelmann wissen.

»Na ja … wenn wir belegen könnten, dass die Gebrüder Grimm in Krummenau für ein Märchen inspiriert worden wären oder es hier gehört hätten, wäre das doch ein Kriterium, um an die Deutsche Märchenstraße angeschlossen zu werden.«

Wieder ging ein Raunen durch den Saal, doch diesmal klang es beeindruckt.

»Und was hat das mit Pfefferkuchen zu tun?«, wollte jemand wissen.

»Kennt ihr nicht das Märchen von Hänsel und Gretel?«, gab Noëlle die Frage zurück. »›*Sie kamen an ein Häuschen von Pfefferkuchen fein …*‹«

»Spielt Hänsel und Gretel in Krummenau?« Monika war wieder aufgestanden und wirkte mit einem Mal ganz aufgeregt.

»Keine Ahnung«, antwortete Noëlle ehrlich. »Soweit ich es sehe, könnte es überall spielen.«

»Aber wie kann uns das da helfen?«, wollte Lasse wissen. »Wenn wir nicht beweisen können, dass Hänsel und Gretel aus Krummenau stammen? Warum ist es dann wichtig, dass die Gebrüder Grimm hier mal Zwischenstopp gemacht haben?«

Noëlle lächelte. »Das sind zwei Paar Schuhe, Lasse. Dank der Gebrüder Grimm kann Krummenau sich an die Märchenstraße anschließen«, erklärte sie. »Und die Sache mit Hänsel und Gretel – tja. Das ist reines Marketing.«

»Das musst du uns erklären«, forderte Fritz Fenchelmann, und zum ersten Mal, seit Noëlle ihn kennengelernt hatte, wirkte er weder verärgert noch streitlustig, sondern ernsthaft interessiert.

»Kennt einer von euch die Geschichte von der Piemont-Kirsche?«, wollte Noëlle wissen und sah in fragende Gesichter.

»Die von *Mon Chéri*?« Finya grinste breit und fuhr dann fort: »Na klar! Die ganze Welt glaubt, dass in den Pralinen Kirschen aus dem Piemont stecken würden. Dabei wachsen in dieser Region Italiens gar keine Kirschen.«

Auch Noëlle musste lächeln. Es war ein alter Hut unter Marketingspezialisten, fast ein geflügeltes Wort. Die Piemont-Kirsche war der beste Beweis dafür, dass man mit Marketing so ziemlich alles erreichen konnte, sogar einem Wüstenbewohner Sand verkaufen.

»Genau. Die Piemont-Kirsche – das Versprechen auf Exklusivität und Besonderheit – gibt es überhaupt nicht. Sie ist ein Werbeversprechen. Mehr nicht.«

»Und das willst du für uns auch?«, fragte Monika atemlos.

»Sagen wir es mal so: Solange es keinen hieb- und stichfesten Beweis gibt, dass das Märchen von Hänsel und Gretel *nicht* in Krummenau spielt, kann uns niemand davon abhalten, hier in Krummenau den Originalen Grimmschen Pfefferkuchen anzubieten. Grimm ist kein geschützter Name – und außerdem lügen wir ja nicht. Die Gebrüder Grimm *waren* hier. Dass sie sich keine Pfefferkuchenrezepte ausgedacht und Hänsel und Gretel vielleicht ganz woanders aufgeschnappt haben – geschenkt.«

Wieder sah sie sich im Saal um. Mittlerweile hatte sie den Eindruck, dass die Stimmung gekippt war. Sie sah mehr Kopfnicken als Kopfschütteln. Die meisten waren im Flüsterton damit beschäftigt, sich mit ihren Sitznachbarn zu beraten. Noëlle sah in die erste Reihe. Ines Wehr grinste sie breit an, dann hob sie den Daumen und gab Noëlle zu verstehen, wie begeistert sie war. Auch Lasse und Finya waren mittlerweile in ein Zweiergespräch vertieft. Vermutlich besprachen sie bereits, wie sie die Krummenauer Pfefferkuchen vermarkten konnten.

»Ich will damit also sagen«, ergriff Noëlle wieder das Wort, und sofort wurde es still im Publikum, »Märchen statt Weihnachten. Pfefferkuchen statt Lebkuchen.« Dann holte sie tief Luft und zog ihr letztes Ass aus dem Ärmel. »Erinnert ihr euch noch an die Anekdote von Marcel Proust, die Lullu erzählt hat?«

»War das der mit den Eclairs?«, wollte Monika wissen.

»Madeleines. Genau.« Noëlle nickte. »Ihr wisst auch noch, dass sich das Dorf irgendwann umbenannt hat? In Illiers-Combray – vorn der richtige Name, hinten der von Proust? Wenn ihr es wirklich durchziehen wollt …« Sie lächelte auffordernd, dann sah sie hinüber zu Lullu Kosniak. »… dann verzichtet ihr auf ein M im Namen. Dann heißt ihr ab jetzt nicht mehr Krummenau. Sondern Krumenau. Wie Brotkrumen.«

Und mit einem Mal war die Stille im Saal eine komplett andere. Eine fast andächtige. Was, schienen alle zu überlegen, wenn jener Ort, in dem sie seit Jahr und Tag lebten, mit einem Mal anders hieße …

»Und falls ihr denkt, das wäre etwas ganz und gar Außergewöhnliches«, fügte Noëlle hinzu, »das ist es nicht. Im neunzehnten Jahrhundert hat sich zum Beispiel Aachen umbenannt, das sich zuvor nur mit einem A geschrieben hatte. Die Kur- und Tourismusmanager der Stadt – die damals wie gesagt noch anders hieß – hatten sich durchsetzen können mit ihrer Idee und konnten Aachen damit zuoberst auf jede alphabetische Liste bringen.«

»Hab ich's nicht von Anfang an gesagt?«, rief Hans Brommel und riss die Hände hoch. »Leberkusen wie Leverkusen. Aber auf mich hört ja mal wieder keiner …«

»Im Ernst jetzt?« Auch Norbert Nelk wirkte aufrichtig fassungslos. »Aachen wurde ursprünglich nur mit einem A geschrieben? Ist ja ein Ding!«

Noëlle nickte. »Natürlich kann ich all diejenigen verstehen, die Angst davor haben, dass das Dorf überrannt werden könnte«, fuhr Noëlle mit einem Blick auf Lullu fort. »Aber zum einen wird das nicht im selben Ausmaß passieren, wie wenn Krummenau in den *TAG* reinkäme. Zum anderen schlage ich vor, dass sich Krummenau in diesem Punkt vom Land Baden-Württemberg beraten lässt. Das hat nämlich einen Leitfaden zum sogenannten ›sanften Tourismus‹ erstellt, der das Gegenteil vom Massentourismus ist und sich folgende Ziele gesetzt hat: sich so wenig wie möglich in die Natur und die Kultur des Zielortes einmischen, ökologische Lösungen finden, regionale Angebote stärken und alle Bedürfnisse der Einwohner respektieren.«

Ein Strahlen breitete sich auf Lullu Kosniaks Gesicht aus. Womöglich hatte sie diesen Gedanken ja auch schon gehabt. Und wenn ihr Wunsch nach einem gemäßigten Tourismus erhört würde, wäre sie sicher bereit, die eine oder andere Maßnahme zu unterstützen, statt sich aus Prinzip gegen alles zu wehren, was die restlichen Krummenauer umsetzen wollten.

Die Gespräche waren wieder lauter geworden, die meisten im Saal schienen wirklich überzeugt von Noëlles Idee zu sein. Es erfüllte sie mit einer tiefen Zufriedenheit, als sie sah, mit welchem Enthusiasmus sich die Krummenauer auf ihren Vorschlag stürzten. Und eigentlich war es ja auch wirklich ganz einfach. Das meiste war nämlich längst getan – es bedurfte lediglich einiger kleiner Korrekturen, und dann würde es sicher ganz bald bergauf …

»Unter einer Bedingung«, zerschnitt Fritz Fenchelmanns Stimme das allgemeine Gemurmel.

»Wieso wundert mich das nicht?«, stöhnte Norbert Nelk, der während der letzten Minuten erstaunlich ruhig geblieben war. Aber offensichtlich war es mit dem Frieden nicht weit her.

»Es darf nur einen Grimmschen Pfefferkuchen geben. Wir werden jetzt nicht wieder mit diesem Theater um drei verschiedene Rezepturen anfangen.«

»Ganz deiner Meinung«, rief Norbert und stand von seinem Stuhl auf. »Und welches Rezept sollte dafür besser geeignet sein als unseres? Das Rezept der Traditionsbäckerei Nelk.«

»Elende Diebesbande!«, brüllte Fenchelmann und ballte die Faust. »Diese trockenen Brösel, die du den Kunden andrehen willst – die kriegt doch kein Mensch runter!«

»Ich mag sie gern«, mischte sich Erna ein, die ihren Posten am Empfang verlassen und sich in den Saal geschlichen hatte.

»Von dir lass ich mich nicht als Dieb bezeichnen, von dir nicht!« Norbert Nelk war tomatenrot angelaufen. Noëlle befürchtete schon, dass er sich jeden Moment auf seinen Konkurrenten stürzen könnte, und dann wäre hier im Handumdrehen eine hübsche kleine Schlägerei im Gange, die allerhöchstens Erik beilegen konnte. Erik – wo war der überhaupt? Der hatte doch gerade noch in der ersten Reihe …

Noëlle konnte ihn nirgends entdecken. Er musste sich davongestohlen haben. Egal, jetzt gab es Wichtigeres. Nelk und Fenchelmann, die sich jeden Moment an die Kehle gehen würden.

»Beruhigen Sie sich«, rief Noëlle ins Mikrofon, aber keiner der beiden hörte noch zu. Stattdessen funkelten sie einander über die Sitzreihen hinweg an. Noëlle war sich sicher: Nur ein falsches Wort, und der Funke würde einen Brand entfachen, wie Krummenau ihn noch nicht erlebt hatte.

Doch im nächsten Moment fiel Noëlle etwas ein. Es gab vielleicht doch einen Ausweg. »Wir könnten doch eine Abstimmung machen«, schlug sie vor. »Fenchelmann gegen Nelk gegen die Fabrik. Wir machen eine Blindverkostung und eine geheime Wahl. Und wer gewinnt, dessen Rezept wird fortgeführt.«

»Niemals!«, schrie Fenchelmann. »Ich lass mir doch von diesem Aufschneider nicht mein Geschäft kaputtmachen!«

»Das ist ja wohl die Höhe!«, ereiferte sich jetzt auch Norbert Nelk. »Aufschneider? Dass ich nicht lache!«

»Gut«, sagte Noëlle laut genug, um die beiden Streithammel zu übertönen. »Neuer Vorschlag: Alle legen ihre Rezepte offen, wir picken uns das Beste heraus und kreieren für den Grimmschen Pfefferkuchen ein neues Rezept.«

Fenchelmann schüttelte entschieden den Kopf. »Keine Chance. Das Rezept ist ein Familiengeheimnis.«

»Na, aber sicher doch!«, höhnte Nelk.

Es war so anstrengend – wie im Kindergarten! Nur mit großen Kindern, die in Körpern von Erwachsenen steckten.

»Entweder wir ziehen hier alle an einem Strang«, meinte Noëlle genervt, »oder wir lassen es bleiben. Aber es kann doch nicht sein, dass sich zwei Parteien weigern, für die Gemeinschaft auch mal einen Kompromiss einzugehen.« Sie wandte sich an Monika. »Das Rezept für euren Lebkuchen – ist das ein Geheimnis?«

Sie winkte ab. »Ach Quatsch. Das kann jeder bekommen.«

Noëlle nickte. »Und Norbert? Wärst du bereit, dein Rezept mit uns anderen zu teilen?«

Der Bäcker zögerte. Aber Noëlle behielt recht mit ihrer Einschätzung, dass mit ihm eher zu reden war als mit Fenchelmann. Griesgrämig nickte er.

»Und Sie? Herr Fenchelmann?«, hakte Noëlle bei dem Konditor nach.

»Es ist das originale Rezept von meinem Urgroßvater, das werd ich doch nicht …«

In diesem Moment hatte Noëlle einen Geistesblitz. »Aber müsste es nicht ohnehin dasselbe Rezept sein?«

Der Konditor und der Bäcker sahen sie wie vom Donner gerührt an.

»Na, wenn es angeblich das originale Rezept der Familie Fenchelmann ist«, erklärte Noëlle, »müsste es sich doch um dasselbe Rezept handeln, oder? Um dasjenige nämlich, das Fanny mit in ihre Ehe mit Hubert Nelk gebracht hat.«

Fritz Fenchelmann und Norbert Nelk glotzten sie an wie das achte Weltwunder.

Nelk fand die Sprache als Erster wieder. »Also … ich weiß nicht … Ich hab das Rezept nie verändert, und mein Vater auch nicht, soweit ich weiß. Er hat es gehütet wie seinen Augapfel.«

Fritz Fenchelmann schüttelte entschieden den Kopf. »Das ist unmöglich! Die Lebkuchen von Nelk schmecken fürchterlich! Viel zu viel Nelkenpulver! Und trocken sind die!«

»Also, wenn ich ehrlich bin«, setzte Noëlle vorsichtig an, »ich hab keinen Unterschied rausschmecken können. Und ist Geschmack nicht immer auch sehr subjektiv?«

»Ich muss doch sehr bitten!«, brauste Fenchelmann wieder auf. »Zwischen dem Pfusch von Nelk und meinen Spezialitäten liegen doch wohl Welten!«

»Wie wäre es also mit einer Blindverkostung?«, wiederholte Noëlle. »Wir können ja einfach die Probe aufs Exempel machen.«

»Kein Problem«, erwiderte Norbert Nelk. »Ich scheue den direkten Vergleich nicht.«

»Wir auch nicht«, mischte Monika Flock sich ein.

Noëlle musterte Fenchelmann skeptisch. Würde er ja sagen? Oder sich wieder querstellen?

Er schien mit sich zu ringen. Dann sagte er: »Na gut. Wir können uns ja mal zusammensetzen und die genauen Inhaltsstoffe diskutieren.«

»Und dann werden wir ja sehen, wer die Hosen anha…«, meckerte Norbert gleich wieder los, doch Noëlle brachte ihn mit erhobener Hand zum Schweigen.

»Eure andauernden Kabbeleien sind Gift für unser gemeinsames Projekt! Ihr seid es doch, die dafür sorgen, dass es mit Krummenau den Bach runtergeht. Zusammenhalt, Gemeinschaft – darin seid ihr doch stark! Das könnt ihr doch, in Krummenau! Also reißt euch endlich mal am Riemen!«

So. Das hatte gesessen. Nelk und Fenchelmann sahen betreten zu Boden und sahen aus wie zwei Schuljungen, die zum Direktor zitiert worden waren.

Noëlle sah zur Tür, wo Lullu Kosniak im selben Moment zur Bühne aufschaute und Noëlles Blick erwiderte. Dann seufzte sie hörbar, lächelte schief und sagte: »Fritz? Norbert? Würdet ihr bitte mal kurz mit rauskommen? Es gibt da etwas, was ich mit euch besprechen muss.«

Fenchelmann und Nelk sahen verwirrt von Lullu zu Noëlle, als würden sie von ihr eine Antwort erwarten. Die aber hob lediglich die Hand. »Ich bitte euch. Für Krummenau. Ihr werdet es nicht bereuen.«

Im Stillen hoffte sie, dass sie recht behalten würde. Denn wenn sie sich nicht irrte, würde Lullu ihren Halbbrüdern gleich die Wahrheit über ihre Abstammung erzählen – und vielleicht wäre dies ja ein Weg, die Familienfehde endlich beizulegen.

Noëlle atmete tief durch, als Fenchelmann und Nelk aus dem Saal gestapft waren und Lullu die Tür hinter ihnen zugemacht hatte. Dann fuhr sie fort: »So … das war jetzt vielleicht etwas viel für einen Abend. Ich schlage vor, dass ihr alle erst mal nach Hause geht und euch in Ruhe Gedanken über meinen Vorschlag macht. Ihr könnt ja dann immer noch entscheiden, was für Krummenau das Beste ist.«

Sie wandte sich vom Mikrofon ab, als aus dem Publikum das erste Klatschen ertönte. Es war Monika Flock, die aufgestanden war und Noëlle mit glasigen Augen ansah. Sie applaudierte und rief: »Ein Hoch auf Noëlle!«, und im nächsten Moment standen auch die anderen Flocks auf – sogar Onkel Rudi – und begannen, wie wild zu applaudieren. Ines Wehr schloss sich an. Dann Hans Brommel. Erna – mit vollen Backen. Einige Gesichter, die Noëlle vage bekannt vorkamen. Es war ihr fürchterlich peinlich. Sie wollte doch nicht im Mittelpunkt stehen! Andererseits: Das hier war anders. Es war kein Ins-Zentrum-der-Aufmerksamkeit-Gezerrtwerden, diesmal stand Noëlle freiwillig hier. Niemand hatte sie gezwungen. Sie hätte Lullu nicht auffordern müssen, umzudrehen und zurück nach Krummenau zu fahren. Sie hätte sich einfach nach Idar-Oberstein bringen lassen und dann den Zug nach Frankfurt nehmen können. Aber ihre Gefühle für Erik hatten sie zurückgeholt. Erik, mit dem sie jetzt unbedingt reden musste. Dem sie sagen musste, wie schwer es ihr fiel, nein zu sagen. Den sie darum bitten musste, dass er sie unterstützte, damit sie es endlich lernte. Und der sie beschützen musste vor den allzu lieb gemeinten Versuchen seiner Familie, sie zu vereinnahmen.

Erik. Wo war er überhaupt?

Wie auf Kommando trat er auf die Bühne. Dieser große, schöne Mann, stark wie ein Wikinger und sanft wie ein überdimensionierter Teddybär. Als Noëlles Blick auf ihn fiel, machte ihr Herz wieder ganz komische Sachen … Ein bisschen fühlte es sich an, als würde es am Reck turnen und sich an einem Aufschwung versuchen.

Was sie dann aber als Nächstes sah, ließ ihr nicht nur die Hände, sondern auch das Blut in den Adern gefrieren.

Erik ging auf ein Knie. Zog etwas aus der Tasche. Klappte es auf. Irgendwas glitzerte. Noëlle wurde ganz mulmig.

Und dann fragte er: »Noëlle Christmann, würdest du mir die Ehre erweisen, mich zu heiraten?«

20

NEIN. Die Buchstaben standen vor Noëlles innerem Auge in den fettesten Großbuchstaben geschrieben, die sie sich nur vorstellen konnte. Im Geiste sah sie sich am Times Square stehen, und auf den Leuchtreklamen sämtlicher Displays flimmerten vier Buchstaben vorbei. N-E-I-N. N-E-I-N. N-E-I-N.

Sie hob den Blick und sah ins Publikum. Hundert Leute standen da und glotzten sie an: einige verzückt, andere gespannt, gerührt, amüsiert. Hundert Leute, mit denen Erik aufgewachsen war, die ihn kannten, seitdem er ein kleiner Stöpsel gewesen war. Die seine Karriere mitverfolgt hatten.

Dann sah sie wieder Erik an, der immer noch mit dem offenen Schmuckkästchen vor ihr kniete, in dem ein wunderschöner Ring mit einem Diamanten glitzerte.

»Wo hast du denn jetzt auf einmal einen Ring her?«

Eriks Lächeln verblasste ein wenig, und irritiert blickte er auf das Schmuckkästchen hinab. »Den hab ich gerade geholt, zu Hause …«

»Nein, das meine ich nicht.«

»Ach so. Der äh … gehörte meiner Großmutter.«

»Das war meine Idee!«, rief Monika in der ersten Reihe.

Noëlle sah sie fassungslos an. »Dass er mir einen Antrag macht?!«

»Nein, ich hab Mutti vor ein paar Wochen erzählt, dass ich mir sicher bin, du bist die Richtige«, erklärte Erik. »Und dass ich dich spätestens an Weihnachten fragen will, ob du mich heiraten möchtest.«

Noëlle war gerührt. Ernsthaft gerührt. Erik wollte sie wirklich heiraten? Für immer mit ihr zusammenbleiben? Möglicherweise Kinder mit ihr bekommen, seien sie aus Lebkuchen oder aus Fleisch und Blut? Das war so … unerwartet. Selbst wenn sie seit Tagen als seine Verlobte bezeichnet wurde … Das war doch eher ein Versehen gewesen?! Ein Zufall?! Ein Missverständnis wegen des Hauses und wegen der Annahme, der verlorene Sohn des Dorfes würde bald wieder nach Krummenau zurückkehren … oder nicht? Und dass er seine Frage auch noch vor einhundert Zeugen stellen musste?! Ausgerechnet er, der sich vor so vielen Wahrheiten weggeduckt und herumgedrückt hatte! Mit einem Mal war Noëlle auch klar, warum jeder im Dorf sie als Eriks Verlobte und seine Mischpoke als die Schwiegerfamilie bezeichnet hatte. Es hatten alle *gewusst!* Denn wenn Flöckchen etwas ausplauderte, machte es natürlich sofort die Runde. Und sie konnte sich nur zu gut vorstellen, wie Eriks Mutter »ganz im Vertrauen« dem einen oder anderen Dorfbewohner vom Plan ihres Ältesten erzählt hatte. Und dann …

»Und dann hat Mutti vorgeschlagen, dass ich den Verlobungsring meiner Großmutter für den Antrag nehme«, erklärte Erik.

Noëlle starrte das Schmuckstück an. »Der ist von Oma Lisbeth?«

Gut, sie hatte bei ihrem letzten Auftritt erfahren, dass die verwirrte alte Dame Noëlles Vorgängerin Saskia wohl deutlich weniger hatte leiden können als Noëlle selbst. Und sie hatten einander ja auch wirklich erst wenige Male gesehen und kaum eine Chance gehabt, sich kennenzulernen. Aber ihren Verlobungsring zu tragen, das ging vielleicht dann doch ein bisschen weit.

Erik hielt den Ring ein bisschen höher, so dass Noëlle ihn betrachten konnte. »Ja, er gehörte Omi. Nimm ihn doch mal raus.«

Noëlle beugte sich über die Schmuckschatulle und zog mit eiskalten, spitzen Fingern den Ring aus dem Samtkissen. Er war wunderschön. Schlicht und doch elegant. Das Gold schimmerte im Licht, und der Diamant funkelte wie ein Leuchtfeuer. Für einen kurzen, einen sehr, sehr kurzen Moment war Noëlle versucht, sich den Ring an den Finger zu stecken. Dann fiel ihr wieder ein, wo sie sich gerade befand. In einem Rathaus in einem Kaff irgendwo im Hunsrück. Gerade erst zwei Stunden zuvor hatte sie sich im Geiste schon von Erik getrennt und war mit wehenden Fahnen davongeritten. Und jetzt sollte sie sich einen Ring an den Finger stecken lassen, und alles wäre wieder in bester Ordnung?

Nein. Sie würde Erik verzeihen können. Und er ihr offensichtlich auch. Das war nicht das Problem. Aber sie wollte ihn nicht heiraten. *Noch* nicht. Wie immer war Erik zu schnell und Noëlle zu langsam. Sie war noch nicht so weit. Sie kannte ihn noch nicht gut genug, um so eine Entscheidung zu treffen. Natürlich schmeichelte ihr, dass er sie nicht nur in Betracht zog, sondern sie offenbar wollte, mit Haut und Haar, von der Locke bis zu Socke, und das, obwohl er seinerseits ihre gestörte Familie noch nicht mal kennengelernt hatte. (Wenn Noëlle es sich recht überlegte, wäre es eine gute Idee, den Antrag *vor* dem ersten Aufeinandertreffen anzunehmen. Danach bestünde nämlich die Gefahr, dass Erik es sich noch mal anders überlegte.)

Und doch … Noëlle Christmann, die ihr Leben lang kalte Füße gehabt hatte, wusste mit einer an Sicherheit grenzenden Wahrscheinlichkeit, dass sie nicht bereit war, nach fünf Monaten den Heiratsantrag ihres Freundes anzunehmen. Das war nicht ihr Stil. Das war nicht *sie*. Noëlle tat Dinge gründlich und mit Bedacht. Sie war kein impulsiver Mensch. Erik schon. Deswegen war der Antrag auch absolut glaubwürdig und ernst gemeint. Und er würde sich auch nicht in drei Monaten umentscheiden, denn Erik war eine treue Seele, und wenn er mal etwas beschlossen hatte, dann galt das auch.

Noëlle seufzte, während sie in das immer noch hoffnungsvoll lächelnde Gesicht ihres Freundes sah. Sie hatte sich vorgenommen, häufiger nein zu sagen. Sich in nichts mehr hineindrängen zu lassen, was sie nicht – oder zumindest *noch* nicht – wollte. Aber dass sie sich nun an ausgerechnet dieser einen Frage abarbeiten durfte …

»Was meinst du?«, wollte Erik nun wissen, und Noëlle glaubte, einen Hauch Unsicherheit aus seiner Stimme herauszuhören.

Noëlle warf erneut einen Blick ins Publikum. Es kam ihr vor, als würden alle die Luft anhalten. Monika Flock hatte die Hände vor den Mund geschlagen, ihr Mann hatte den Arm um sie gelegt. Onkel Rudi fasste sich in einer ergriffenen Geste ans Herz und rezitierte unter Garantie im Geiste Ovid. Ines und Lasse warfen einander gerade einen langen, nachdenklichen Blick zu, und Finya grinste über das ganze Gesicht.

»Ich …«, setzte Noëlle an.

»Mir schläft langsam der Fuß ein«, flüsterte Erik und versuchte sich an einem Grinsen.

Auch Noëlles Mundwinkel zuckten, dann wurde sie wieder ernst. »Es …« Sie atmete tief durch. Sie musste jetzt Farbe bekennen. Sie steckte den Ring zurück in die Schatulle. »Es tut mir leid, Erik.«

Sein Gesicht fiel regelrecht in sich zusammen. Die Augen wurden groß, der Mund klappte auf. Die Enttäuschung, die Erik in diesem Moment überschwemmte, hätte man fast greifen können.

Aus dem Saal war ein Tuscheln aus hundert Kehlen zu vernehmen.

»Was hat sie gesagt?«, wollte Lasse ungläubig wissen. »Hat Nölle nein gesagt?«

»Psst!«, machte Ines Wehr und fuchtelte mit den Händen. »Seid doch mal still!«

»Sie kann doch nicht … Aber das ist doch …« Monika Flock schien kurz vor einer Ohnmacht zu stehen.

»Auch du, Brutus?«, stammelte Onkel Rudi den angeblich letzten Spruch eines seiner großen römischen Vorbilder und schüttelte verständnislos den Kopf.

»Darf ich dazu vielleicht mal was sagen?«, zischte Noëlle giftig in Richtung der billigen Plätze.

Sofort wurde es wieder still.

Sie seufzte, sah Erik an. Er hielt ihr immer noch den Ring mitsamt Schatulle hin, aber wenn sie sich nicht täuschte, war seine Hand ein paar Zentimeter nach unten gesunken.

»Ich danke dir, Erik. Dass du dir vorstellen kannst, mit mir zusammen zu sein und mich sogar zu heiraten. Darüber freue ich mich riesig. Ich hätte nie gedacht, dass ich mal einen Mann wie dich finden würde. Du bist stark und besonnen, liebevoll und zärtlich, und du hast immer warme Hände. Du bist das, was ich mir immer gewünscht habe. Ich liebe dich.«

»Aber warum sagst du dann nein?«, fragte Erik mit leiser, zitternder Stimme.

»Ich sage nicht nein«, erwiderte Noëlle sanft, griff nach Eriks Handgelenk und zog ihn nach oben. Er kam taumelnd auf die Beine, wirkte leicht benommen, der arme Kerl. Er hatte aber auch lange dagekniet! Vermutlich war sein Kreislauf im Keller. »Ich sage: *noch* nicht. Aber irgendwann wahrscheinlich echt, echt gern.«

Ein Lächeln breitete sich auf Eriks Gesicht aus. »Also erteilst du mir keine Abfuhr?«

Noëlle schüttelte grinsend den Kopf. »Nein. Ganz im Gegenteil.«

»Und wirst du meinen Antrag eines Tages annehmen?«

Sie nickte. »Ganz bestimmt.«

Ein kollektives Aufatmen war im Saal zu vernehmen.

»Unter einer Bedingung«, sagte Noëlle schnell.

Erik sah sie mit großen Augen an.

»Ich werde nicht nach Krummenau ziehen.« Noëlle warf Monika einen entschuldigenden Blick zu. »Es tut mir leid, Flöckchen, aber das Dorfleben, das ist nichts für mich.«

Sie zuckte mit den Schultern. Es sah fast aus, als erteilte Monika ihr einen unbeholfenen Segen.

»In Ordnung«, meinte Erik. Dann fragte er: »Darf ich auch eine Bedingung stellen?«

Jetzt kommt's, dachte Noëlle, nickte aber.

»Ich hab immer noch nicht so richtig verstanden, warum du Weihnachten nicht leiden kannst. Deswegen würde ich gern deine Eltern kennenlernen. Und den Wahnsinn, den sie dir all die Jahre über angetan haben.«

Noëlle schluckte. Ach du liebe Güte. Das würde dann ja bedeuten, dass sie und Erik zu Weihnachten nach Hildesheim …

»Lass uns gemeinsam nach Himmelsthür fahren«, schlug Erik vor.

Im nächsten Augenblick meldete sich erstmals seit Ewigkeiten Ortsvorsteher Brommel wieder zu Wort. »Die Familie Christmann aus Himmelsthür?« Er schlug sich mit der flachen

Hand an die Stirn. »*Das* sind deine Eltern? Warum erfahren wir das denn erst jetzt?«

Noëlle zuckte entschuldigend mit der Schulter.

Doch Brommel war jetzt völlig aus dem Häuschen. »Noëlles Eltern sind deutschlandweit bekannt! Ich hab die schon im Fernsehen gesehen – mehrfach! Die schmücken ihr Haus und den Garten, Leute, so was habt ihr noch nicht gesehen! Die Christmanns aus Himmelsthür sind die verrücktesten Weihnachtsfans, die es gibt! Und das sind deine Eltern? Toll!«

»Wir machen eine Exkursion«, schlug Onkel Rudi sofort vor. »Oder wir schicken einen Gesandten …«

»Ich!«, rief die Bäckerin der Nelks. »Ich! Der Rudi darf immer. Ich will auch mal Gesandte sein.«

Auch andere forderten ihr Recht ein, die durchgeknallte Familie Christmann in Himmelsthür zu besuchen, auch wenn Noëlle keine Ahnung hatte, was die Krummenauer damit bezwecken wollten. Immerhin schienen sie Gefallen an der Pfefferkuchenidee gefunden zu haben. Wahrscheinlich ging es hier einmal mehr nur ums Prinzip.

Erik sah Noëlle immer noch unverwandt an. Dann trat er einen Schritt auf sie zu, ließ das Schmuckkästchen mit einer behenden Bewegung zuklappen und schob es sich in die Hosentasche. »Für später mal.« Er lächelte.

»Für später mal«, erwiderte Noëlle, fiel ihm um den Hals gab ihm einen Kuss. Und er schmeckte nicht nach Lebkuchen. Nur nach Erik.

Das war der beste Geschmack der Welt.

Epilog

Zehn Monate später

Ein Mikrofon fiepte. Irgendwo im Hintergrund raschelte Papier. Dann ertönte ein Räuspern.

Noëlle sah von ihren knallroten Händen auf. Den halben Abend hatte sie kein Gefühl mehr in ihren eiskalten Fingern gehabt. Jetzt schien das gesamte Blut ihres Körpers auf einen Schlag zurückzufließen.

Maik Lehmann, der Manager der Frankfurter Schneefüchse, ergriff das Wort: »Meine Damen und Herren, ich begrüße Sie recht herzlich zur ersten Pressekonferenz der neuen Saison. Wir haben heute …« Er zögerte, warf einen Blick auf den leeren Platz neben ihm. »Wir haben heute Kampfgeist bewiesen. Dass der Kapitän unserer Mannschaft schon im zweiten Drittel verletzt ausgewechselt werden musste, ist allerdings mehr als tragisch.« Er räusperte sich erneut. »Erik Flock wird derzeit ärztlich behandelt. Es ist keine Lappalie, so viel kann ich schon mal sagen, aber es geht ihm den Umständen entsprechend gut.«

Noëlle schnaubte leise. Den Umständen entsprechend? Pah! Ein Koloss von den Kölner Pinguinen war mit Volldampf in ihn reingekracht und hatte ihn von den Kufen gerissen. Erik war umgefallen wie ein Stein, hatte keine Chance gehabt, sich rechtzeitig abzurollen oder sich auf den Zusammenprall vorzubereiten, weil der Gegner von schräg hinten gekommen war. Er war so unglücklich auf den Ellenbogen gefallen, dass der vermutlich gebrochen war. Sein schmerzerfüllter Schrei war durch die ganze Eishalle gehallt und hatte sich tief in Noëlles Hirn gebrannt. Sie hatte zu dem Zeitpunkt auf der VIP-Tribüne gestanden und gefroren wie ein Schneider – nicht allein wegen der Kälte.

Am Ende des zweiten Drittels würde nämlich heute nicht wie sonst auf der Leinwand in der Halle direkt in die Werbung geschaltet – nein. Vor einigen Tagen hatte Noëlle sich mit ihrem Chef Michael zusammengesetzt, einem der wenigen, der von ihrem Vorhaben wusste, und dann hatten sie ein kurzes Video gedreht. Sie waren in den immer noch sommerlich wirkenden Palmengarten gefahren, der wie ein exotisches Paradies auf Noëlle gewirkt hatte, obwohl mittlerweile September war, und hatten den Clip aufgenommen – einen Clip, in dem Noëlle Erik fragte, ob er sie heiraten wolle.

Den halben Sommer lang war sie mit der Idee im Kopf herumgelaufen. Und hatte nicht gewusst, wie sie es angehen sollte. Erik hatte seit jenem Abend in Krummenau bei der Sondersitzung der Initiative Pro Lebkuchen keinen Vorstoß in diese Richtung mehr unternommen, und das konnte Noëlle ihm nicht einmal verübeln, im Gegenteil, sie hatte großes Verständnis für ihn. Wer sich einmal einen Korb abgeholt hatte, der war nun mal vorsichtig. Außerdem wusste Erik, dass er Noëlle zu nichts drängen durfte.

Dass er jetzt aber schon so lange wartete … Na ja, das wäre ja nun auch wieder nicht nötig gewesen. Es hatte ein paar wunderbare Momente im Frühling gegeben, in Paris, aber auch im wieder mal sehr heißen Juni in Frankfurt, da hätte Erik durchaus einen zweiten Versuch wagen dürfen. Spätestens als sie Ende Juli auf Santorin in den Sonnenuntergang geblickt hatten, hatte Noëlle insgeheim erwartet, dass Erik sein Schmuckkästchen wieder aus der Tasche zog. Pustekuchen. Er hatte ihr noch was von dem köstlichen, eiskalten Weißwein eingeschenkt und dann gesagt: »Vielleicht suchen wir uns nächstes Jahr mal eine gemeinsame Wohnung? Ich fänd's eigentlich ganz schön, wenn ich abends nach Hause käme, und du wärst auch da.«

Noëlle hatte gelächelt und genickt. Und dann hatte sie eingesehen, dass sie die Sache selbst in die Hand nehmen musste.

Mit Hilfe von Ann-Kristin und Michael hatte sie den Plan mit dem Video geschmiedet. Ihre Freundin guckte sich alle naselang irgendwelche Kitschfilme im Fernsehen an und wusste genau, wie man so was machte.

»Es muss eine große Geste sein – etwas, wozu du dich überwinden musst.«

»Ich will meinem Freund einen Heiratsantrag machen. Ist das nicht Überwindung genug?«

Aber Ann-Kristin prustete bloß und winkte ab. Dann fiel ihr das erste Spiel der neuen Saison ein.

»Ich hab da neulich was gesehen, in einem Film mit Kate Hudson, die haben da am Ende einen riesigen Flashmob gemacht, mit zweitausend Leuten, die tanzen und singen wie in den Bollywood-Filmen.«

Noëlle schüttelte entsetzt den Kopf. »Himmel hilf, nein! Auf gar keinen Fall!«

»Okay, dann lass den Flashmob weg. Aber eine Botschaft wäre gut. Vielleicht per Video?«

Und ehe Noëlle sichs versah, hatte sie Michael an der Strippe, den sie in ihr kleines Geheimnis einweihte und der ihr versprach, in einer der nächsten Mittagspausen Noëlles Liebesgeständnis mit dem Camcorder aufzuzeichnen.

Sie hatten dreizehn Versuche gebraucht und die Mittagspause um eine gute Stunde überzogen, aber am Ende war Noëlle stolze Besitzerin eines kurzen Videoclips, in dem sie Erik eine Liebeserklärung par excellence machte und die alles entscheidende Frage stellte. Dabei trug sie das Trikot der Frankfurter Schneefüchse. Diesen einen Tod hatte sie leider sterben müssen, um Maik Lehmann, den Vereinsmanager, davon zu überzeugen, das Video in der Pause auf die große Leinwand zu projizieren.

In Gedanken war Noëlle die Szene tausendfach durchgegangen. Wie der Pfiff zur Pause ertönte und die Spieler langsam in Richtung Bande fuhren. Wie der Jingle zum Werbeblock ertönte. Dann aber kein Werbeclip auf der Leinwand erschien, sondern die überlebensgroße Noëlle, die im Palmengarten stand, in ein viel zu großes Trikot gehüllt, und mit zitternder Stimme verkündete, was Erik ihr bedeutete. Erik würde auf dem Eis innehalten, sich umdrehen, mit großen Augen und offenem Mund Noëlle, seine Noëlle dort oben sehen, ihr zuhören, staunen, sich die Augen reiben. Seine Mannschaftskameraden würden ihm auf die Schulter klopfen, während Noëlle sich auf wackligen Beinen aus der VIP-Lounge zur Eisfläche vorarbeiteten würde. Und dann, am Ende des Clips, wenn sie ihn vor zehntausend Besuchern des Frankfurter Eisstadions fragte, ob er sie heiraten wolle, würde sich die Bande öffnen und Noëlle würde auf die Eisfläche treten und wacklig wie Bambi auf ihren Erik zuschlittern, der hoffentlich – hoffentlich! – ja sagte.

So der Plan.

Aber es war natürlich anders gekommen.

Im zweiten Drittel war Erik verletzt aus der Eishalle getragen worden. Noëlle war so schnell, wie ihre kalten Füße sie tragen konnten, nach unten gerannt, um Erik noch einmal zu sehen, ehe er ins Krankenhaus gebracht würde. Aber sie war zu spät gekommen und hatte nur mehr den blauen Lichtern des Krankenwagens hinterherblicken können. Mit hängendem Kopf war sie zurück in die Eishalle geschlichen und genau zu dem Zeitpunkt an der Bande erschienen, als der Pfiff des Schiedsrichters die gegnerischen Teams in die Pause entließ. Die Spieler beider Mannschaften glitten übers Eis in Richtung Kabinen, im selben Moment ertönte der Jingle für die Werbung – und Noëlle starrte nach oben auf die Leinwand, wo nur einen Wimpernschlag später ihr eigenes Gesicht erschien.

O. Mein. Gott.

Sie machte ihre Liebeserklärung per Video, fragte Erik, ob er sie heiraten wolle – aber da war kein Erik mehr, nur eine grölende, applaudierende Menschenmenge auf den Tribünen und dem Eis, die Noëlle zujubelte.

Zwei Stunden später fand die obligatorische Pressekonferenz nach dem Spiel statt. Noëlle wusste immer noch nicht, wie es Erik ging – er hatte im Krankenhaus natürlich kein Handy dabei, und auch die Jungs aus seinem Team hatten keine Ahnung, was die Untersuchung ergeben hatte. Noëlle stand an der Wand. Der Raum war vollgestellt mit Stuhlreihen. An der Stirnseite standen drei breite Tische nebeneinander, hinter denen sonst der Manager des Teams, der Trainer und der Kapitän der Schneefüchse saßen. Diesmal war Eriks Stuhl leer geblieben.

Die Pressekonferenz war mittlerweile in vollem Gange. Die Journalisten wurden von Maik Lehmann und dem Trainer der Schneefüchse abwechselnd aufgerufen und stellten langweilige Fragen. Ob die Niederlage zum Saisonauftakt eine Auswirkung auf die mentale Verfassung der Spieler haben könne. Welchen taktischen Verlust der Ausfall von Erik Flock für die

Mannschaft darstelle. Wie das Team in der Defensive noch kompakter agieren und im Angriff trotzdem punkten könne.

Noëlle musste ein genervtes Stöhnen unterdrücken. Die Fragen waren samt und sonders für die Tonne und so unspannend, dass ihr die Füße einschliefen. Eigentlich wartete sie nur deshalb hier, weil sie im Anschluss Maik Lehmann fragen wollte, in welches Krankenhaus Erik gebracht worden war. Gleich nachdem die Konferenz vorbei wäre, würde sie ihn ansprechen und dann so schnell wie möglich zu Erik fahren.

Plötzlich wurde es unruhig im Raum, und Noëlle blickte auf. An einigen Hinterköpfen vorbei sah sie nach vorn zu den Tischen und wollte ihren Augen nicht trauen. Erik Flock, Kapitän der Frankfurter Schneefüchse, Wikinger und im Übrigen tollster Mann der Welt, schob sich hinter den Stühlen von Manager und Trainer vorbei und setzte sich auf seinen angestammten Platz. Noëlle stockte der Atem. Sein rechter Arm war eingegipst und lag in einer Schlaufe. Irgendwo hatte sich Erik obendrein ein blaues Auge eingehandelt. Seine Haare standen zu Berge, er trug immer noch seine Trikothose und das viel zu große Oberteil, allerdings ohne die Schützer darunter. Er sah komplett derangiert aus, als wäre er in eine Schlägerei geraten. Aber er wirkte zufrieden. Ein Lächeln breitete sich auf seinem Gesicht aus, als mit einem Mal Applaus aufbrandete und ein paar Journalisten aus der ersten Reihe sich erhoben, um ihm Beifall zu spenden.

Mit der linken Hand machte Erik eine beschwichtigende Geste. »Alles gut, Leute«, meinte er und grinste verlegen. »Es ist nur ein gebrochener Ellbogen.«

Fragen prasselten auf ihn nieder, kaum dass Erik sich gesetzt hatte. Der Manager hatte alle Hände voll damit zu tun, das Kuddelmuddel wieder halbwegs zu entwirren und die Fragen in einigermaßen geordnete Bahnen zu lenken. Natürlich wollten alle von Erik wissen, wie es ihm ging, wie es zu dem Unfall hatte kommen können, wie seine Genesung nun verlaufen und wann er wieder auf dem Eis stehen würde. Das Übliche eben: Fragen, die keiner würde beantworten können und die nicht mehr Informationswert als die Wettervorhersage von gestern hatten.

Noëlle stand immer noch an der Seite des Raums, mit klopfendem Herzen, und starrte Erik an, der in seinem Trikot und mit der Schlinge um den Hals wie ein gerupftes Huhn aussah. Sie musste an ihr Video denken, an den Palmengarten, an Michael, der sie ausgeschimpft hatte, weil sie so ernst dreingeguckt hatte, als sie die entscheidende Frage stellte. »Der sagt niemals Ja, Schätzchen, wenn du so ein Regengesicht machst!« Und sie dachte an Ann-Kristin, ihre kluge, wunderbare Freundin, die immer sagte: »Lieber mal was riskieren und es anschließend bereuen, als es zu bereuen, nie etwas riskiert zu haben.«

In diesem Augenblick und wie von Geisterhand geführt schnellte Noëlles Hand nach oben. Maik Lehmann sah genau in diesem Moment auf und fragte: »Hat noch jemand eine … Ah!« Er sah sie leicht irritiert an.

Noëlles Herz klopfte immer heftiger, so dass sie fast schon das Gefühl hatte: Noch ein bisschen mehr, und sie stünde am Rande eines Herzinfarkts. Entsetzt starrte sie zu ihrer Hand hinauf. Was in aller Welt machte sie denn da?

»Noëlle Christmann, meine Damen und Herren, von der Agentur Fräuleinwunder. Also, Noëlle, welche Frage soll Erik denn noch beantworten?«

Erik sah in ihre Richtung, und sein Lächeln wurde noch ein bisschen breiter. Er hob die linke Hand und winkte ihr verlegen zu. Dann verzog er das Gesicht, zeigte auf seinen rechten Arm und winkte mit der unverletzten Hand ab, was wohl so viel heißen sollte wie: Halb so schlimm. Nur ein Kratzer.

Langsam nahm Noëlle den Arm wieder herunter. Ihr war bewusst, dass sämtliche Blicke auf sie gerichtet waren. Sie war keine Journalistin, sie hatte kein Recht darauf, Fragen zu stellen. Alles, was sie wissen wollte, würde sie fünf Minuten später unter vier Augen von Erik direkt erfahren. Allerdings …

»Ich …« Sie hielt inne, nahm noch mal Anlauf und räusperte sich. Lieber mal was riskieren und es anschließend bereuen, als es zu bereuen, nie etwas riskiert zu haben. Na dann. »Ich will Ihnen gern auch noch eine Frage stellen, Herr Flock. Eine, die ich schon viel zu lang mit mir herumtrage.«

Es wurde still im Raum. Wenn es noch jemanden gab, der Noëlle nicht schon zuvor angeglotzt hatte, dann sah er spätestens jetzt auf.

»Oh, Sie dürfen Erik zu mir sagen«, erwiderte er und grinste noch breiter.

»Also gut … Erik«, meinte Noëlle verlegen und strich sich eine Haarsträhne hinters Ohr. Dann stellte sie sich so auf beide Füße, dass sie unmöglich umkippen konnte, egal wie die Antwort auf ihre Frage ausfallen würde. Sie reckte den Kopf gerade nach oben, sah Erik direkt in die Augen und atmete tief durch. In diesem Augenblick verschwanden alle um sie herum: die Reporter, die Kameramänner, der Trainer, der Manager. Die Servicedamen, die Fläschchen mit stillem Wasser und Bier auf runden Tabletts durch den Raum trugen. Zwei Mannschaftskollegen von Erik, die in Trainingsanzügen seitlich neben der kleinen Bühne standen und miteinander tuschelten. »Vor ein paar Monaten hast du mir mal eine Frage gestellt, dic ich damals mit ›Noch nicht‹ beantwortet habe.«

Im Raum war kein Geräusch zu hören. Es war so leise, dass Noëlle selbst das Summen einer Fliege auffiel, die irgendwo in der Nähe in ihrem verzweifelten Versuch, ins Freie zu gelangen, immer wieder gegen ein Fenster trudelte. Erik saß stocksteif da und starrte Noëlle an. Sie hätte nicht sagen können, ob er entsetzt oder überrascht war, aber sein Lächeln war verblasst.

»Ich hab mir das Ganze noch mal überlegt«, fuhr Noëlle fort. »Und heute bin ich es, die dir die gleiche Frage stellen will.« Sie atmete noch einmal tief durch, dann drückte sie die Schultern nach unten, fing erneut Eriks erstaunten Blick auf und fragte: »Erik Flock, würdest du mir die Ehre erweisen, mich zu heiraten?«

Zuerst war es mucksmäuschenstill. Dann brandete schier infernalischer Lärm auf. Kameras surrten in ihre Richtung, Journalisten erhoben sich, Diktiergeräte und Handys wurden in Noëlles Richtung gestreckt. Blitzlichter flackerten. Alle redeten gleichzeitig. Aber Noëlle hatte nur Augen für Erik.

Er lächelte. Und dann nickte er.

Danksagung

Dass ein Buch kein Soloauftritt, sondern eine Gruppenperformance ist, dürfte mittlerweile hinreichend bekannt sein. Es gibt viele, viele Menschen, die daran beteiligt sind, aus einer fixen Idee ein Ding mit mehr als dreihundert bedruckten Seiten zu machen. All diese vielen Menschen aufzuzählen ist mir nicht möglich, daher konzentriere ich mich auf die wichtigsten:

Steffen Haselbach, danke für deinen wunderbaren Vorschlag, einen Weihnachtsroman zu schreiben, und vor allem *danke,* dass ich die Idee vom eingeschneiten ICE verwerfen durfte.

Sabine Ley, wie immer danke ich dir für deine hervorragenden Anregungen und Ideen und deinen unermüdlichen Willen, schöne Titel für meine unfertigen Manuskripte zu finden.

Leena Flegler, du bist und bleibst die Beste. Bald kannst du meine Bücher selbst schreiben – wir sollten uns da mal zusammensetzen und unterhalten …

Oliver Brauer, ich danke dir für deine Unterstützung, deinen Zuspruch und deinen Glauben an mich. Sei dir gewiss: Mich wirst du so schnell nicht mehr los.

Ann-Kathrin und Sina, danke, dass ihr im Februar mit mir an der Ostsee gebibbert habt. Ihr seit die tollsten Schreibfreundinnen, die man sich vorstellen kann!

Ein besonderer Dank geht an die Familie Berenz in Polch. Euer Haus zur Weihnachtszeit hat mich das Fürchten gelehrt! Danke, dass ihr euren Wahnsinn mit mir geteilt habt.

Sabine Beys danke ich für ihre Aachen-Expertise und die Madeleine-Episode. Es gibt Dinge, die kann kein Mensch wissen – du gräbst sie trotzdem aus. Tack!

Zum Schluss möchte ich dem Menschen danken, der mir die beste Bolognesesoße überhaupt gekocht hat. Du hast mich inspiriert, verzaubert und umgehauen – und zwar ganz sicher nicht nur wegen deiner Kochkünste. Danke dafür und für alles andere.

Jodi Taylor

Draußen wartet die Liebe

Roman

Wenn man 28 Jahre alt ist und schrecklich schüchtern, furchtbar stottert und von Onkel und Tante quasi vor der Welt versteckt wird, dann braucht es eine gehörige Portion Mut, um das Leben endlich in die eigenen Hände zu nehmen. Doch unterstützt von Thomas, dem wohl zauberhaftesten imaginären Freund der Welt, und von Russel, dem chaotischen Maler mit seinem heruntergekommenen britischen Landhaus und dem Herz voller Liebeskummer, greift Jenny schließlich mit beiden Händen nach dem, was ihr neues Leben werden wird – entschlossen, es nie wieder herzugeben.

KNAUR